Née à Akranes en 1988, Eva Björg Ægisdóttir vit à Reykjavík avec son mari et ses trois enfants. *Elma*, son premier roman, est devenu un best-seller en Islande. Il a été récompensé du « Blackbird Award », un prix créé par Yrsa Sigurdardóttir et Ragnar Jónasson pour promouvoir les meilleurs espoirs du polar islandais. Après *Les Filles qui mentent*, voici son nouveau roman qui la consacre reine du polar islandais.

DU MÊME AUTEUR

Elma
La Martinière, 2021
et « Points Policiers », n° P5552

Les Filles qui mentent
La Martinière, 2022
et « Points Policiers », n° P5905

Eva Björg Ægisdóttir

LES GARÇONS QUI BRÛLENT

Traduit de l'islandais
par Jean-Christophe Salaün

Éditions de La Martinière

TEXTE INTÉGRAL

TITRE ORIGINAL
Næturskuggar

ÉDITEUR ORIGINAL
Veröld Publishing, 2020

ISBN 979-10-414-1457-4

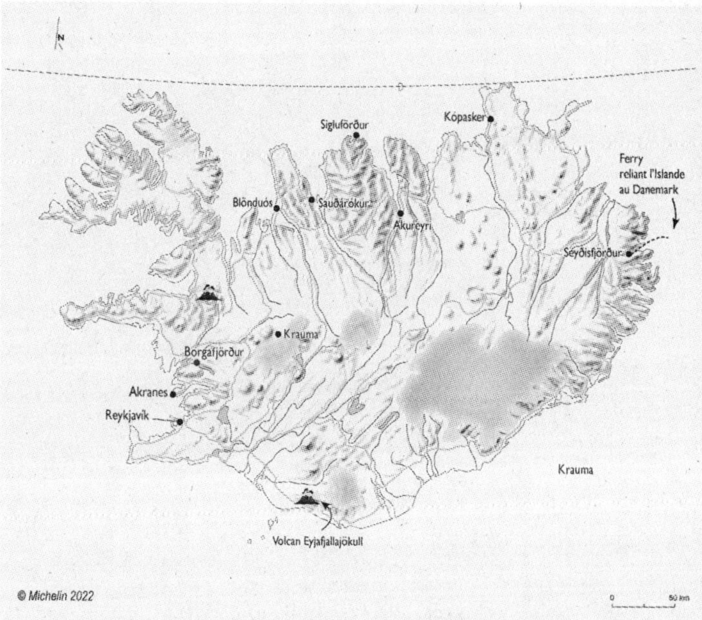
N
Kópasker
Siglufjörður
Ferry
reliant l'Islande
au Danemark
Blönduós
Sauðárkókur
Akureyri
Seyðisfjörður
Krauma
Borgafjörður
Akranes
Reykjavík
Krauma
Volcan Eyjafjallajökull
0
50 km

PREMIÈRE PARTIE

La nuit précédente

Lorsque la pluie cesserait, l'odeur risquait d'alerter quelqu'un. C'est pour cette raison qu'il avait appelé et répété qu'il voulait impérativement déplacer le corps. Le savoir là, alors que son état de décomposition empirait à chaque heure, le rendait malade. Le simple fait d'y penser le remplissait d'une angoisse telle qu'il ne tenait plus en place.

Mais c'était si difficile de se débarrasser d'un cadavre. Comment l'emporter jusqu'à sa voiture sans qu'on l'aperçoive ? Les nuits n'étaient pas encore assez sombres pour le protéger des éventuels regards. Et où aller ? Où l'enterrer ? Il ne voyageait pas beaucoup, ne connaissait pas les lieux les plus isolés, ne savait pas où la terre était assez friable ou profonde pour creuser un trou. Il ne voulait pas courir le danger qu'un fermier finisse par tomber dessus. Il avait songé à le jeter à la mer, mais la probabilité qu'on le retrouve échoué quelque part sur une plage était trop grande. Il ne connaissait pas assez bien les courants, ne savait même pas quand la marée était haute ou basse.

La nuit précédente, il était venu inspecter l'état du cadavre. Ivre, il avait observé avec fascination la manière dont la peau avait changé de couleur, de texture. Après avoir retiré les couvertures et la bâche dans lesquelles il était enroulé, il l'avait caressé du bout des doigts. Voir un corps sans vie provoquait une étrange tension en lui. Un sentiment d'irréalité s'était déversé sur lui d'un coup et, pris d'un vertige, il avait senti un fourmillement intense parcourir ses bras et ses jambes. Il avait craint de s'évanouir et placé sa tête entre ses genoux. Puis il s'était remis, avait descendu le fond de vodka restant dans sa flasque et contemplé le visage du cadavre. Ouvert sa bouche, observé sa langue, ses dents. Tiré précautionneusement sur les paupières. Un voile blanchâtre recouvrait son regard figé et terne. À cet instant, la mort était devenue un peu trop réelle, et il avait reculé d'un bond.

Une fois dehors, il avait cru qu'il allait vomir, mais en fait il était tombé à genoux et avait pleuré. Désormais, il ne cessait de les revoir, ces yeux aveugles qui le fixaient, complètement éteints.

Samedi

L'église en bois d'Akranes était bondée, sur les vitres la buée avait commencé à apparaître. Elma éventait discrètement son visage avec le livre de messe. Malgré la foule, on n'entendait que le craquement des bancs en bois fin, ainsi qu'un hoquet ou une toux de temps en temps.

Hördur était assis au premier rang avec sa famille. Depuis sa place, elle ne distinguait que ses cheveux parsemés de gris et son col de chemise parfaitement lisse. Le dos droit, il regardait devant lui. Il ne tourna pas la tête lorsque la porte s'ouvrit pour accueillir de nouvelles personnes, ni même lorsque sa fille s'appuya contre son épaule. Rien ne semblait le faire vaciller ; peut-être craignait-il que le moindre mouvement déchaîne un torrent de larmes.

Elma détourna les yeux pour contempler la photographie de Gígja qui illustrait le livret. Assez récente, elle avait toutefois été prise avant que le cancer ne laisse sur elle une marque visible. Gígja avait décliné si rapidement après son diagnostic. En quelques mois, cette femme de nature énergique avait perdu toutes ses forces. Elle avait énormément maigri, puis fini alitée, avec de puissants antidouleurs pour tenir. Elma l'avait vue pour la dernière fois un mois avant son décès. Avec quelques collègues, ils étaient allés lui rendre visite, les bras chargés de pâtisseries et de fleurs.

Hördur avait lui aussi perdu tant de poids que ses pantalons pochaient sur ses cuisses et qu'il nageait dans ses chemises. Cela faisait maintenant une semaine que sa femme était morte, et il n'était pas revenu au travail depuis.

Elma réprima un sanglot, clignant des paupières et ravalant la boule qui s'était formée dans sa gorge. Sævar lui adressa un faible sourire lorsque l'organiste entama un morceau. Les notes résonnèrent dans toute l'église, et le chœur commença à chanter. On aurait dit des voix d'un autre monde. Hördur baissa enfin la tête, et ses épaules se mirent à trembler.

Le vaisselier qui meublait le salon était un héritage de ses parents, et Laufey n'était jamais parvenue à se débarrasser de l'odeur qui imprégnait les objets à l'intérieur : le service à café qu'ils lui avaient également transmis, le plat en porcelaine de chez Royal Copenhagen, et ces beaux verres en cristal qu'on leur avait offerts, à elle et à Unnar, pour leur mariage. Chaque fois qu'ils décidaient d'utiliser la vaisselle rangée dedans, elle devait la laver de nouveau.

Tout était presque prêt. Les pommes de terre attendaient sur le plan de travail, recouvertes d'aluminium, la viande joliment dorée pourrait bientôt sortir du four, et le dessert, une grande tarte meringuée fourrée de billes de réglisse et de fraises, était au réfrigérateur.

Unnar entra dans la cuisine, vêtu d'une chemise cintrée et rasé de frais. Il s'était octroyé le luxe de prendre une douche et de choisir avec soin ses vêtements, contrairement à elle qui avait tout juste eu le temps d'enfiler la même robe que d'habitude une petite demi-heure plus tôt.

– Tu veux du champagne ? lui proposa-t-il en soulevant la bouteille.

– Non merci.

Laufey dénoua son tablier, s'efforçant de garder son calme. Elle ne voulait pas entamer une dispute alors que leurs amis arriveraient d'une minute à l'autre.

– Fatiguée ?

– Tu es sérieux, Unnar ? Que ce soit clair : c'est toi qui débarrasseras tout après le dîner. Je ne compte pas lever le petit doigt.

– Pas de problème, dit-il en retournant avec sa coupe dans le salon pour changer de chanson.

Il avait passé un long moment à préparer la playlist de la soirée pendant qu'elle trimait aux fourneaux.

S'emparant d'un torchon, Laufey essuya les empreintes que les mains moites de son mari avaient laissées sur l'un des verres. Après une courte réflexion, elle se servit également et but une gorgée. Puis une autre.

– Ils ne devraient plus tarder, dit-elle en prenant place sur le fauteuil du salon.

Unnar haussa les épaules.

– Tu sais ce que c'est, personne n'arrive jamais pile à l'heure.

– Non, c'est vrai.

Soudain, elle sursauta et posa sa coupe.

– Tout va bien ?

– Oui, j'ai juste failli oublier d'allumer la bougie parfumée, répondit Laufey en se levant.

Elle l'avait achetée à prix d'or dans un magasin chic du centre-ville, c'était l'occasion rêvée d'en faire usage.

– Dieu merci, on a évité le drame, ironisa Unnar dans un marmonnement pendant qu'elle fouillait le tiroir à la recherche d'un briquet.

Inspirant profondément, Laufey s'abstint de répliquer. Cela n'en valait pas la peine. Elle plaça la bougie sur la tablette de l'entrée, alluma les trois mèches, et presque instantanément un agréable parfum se diffusa dans toute la maison. « Toast au champagne », annonçait l'étiquette. *Comme c'est approprié*, songea Laufey en vidant sa coupe d'un trait.

Au fil de la soirée, la fatigue de la journée commença à se faire sentir. S'enfonçant de plus en plus dans le canapé, Laufey avait la plus grande difficulté à suivre les conversations. Villi n'arrêtait pas de bâiller et, juste avant minuit, il se leva avec sa femme Brynhildur, puis ils prirent congé. De leur côté, Óskar et Harpa ne semblaient pas près de partir. Après avoir vidé huit coupes de champagne, Harpa était un vrai moulin à paroles. Quant à Óskar, il avait pris le contrôle de la musique et passait à présent des chansons populaires de leur jeunesse.

Sentant qu'elle aussi avait sans doute un peu trop bu, Laufey rejoignit la cuisine pour se servir un verre d'eau. La table de la salle à manger était recouverte d'assiettes et de restes de nourriture. Elle mourait d'envie de tout débarrasser, mais ce serait injuste. Elle s'était chargée du repas, c'était à Unnar de ranger. Il n'y couperait pas, cette fois.

Elle plia le torchon et regarda par la fenêtre.

De lourdes gouttes de pluie tombaient parfaitement à la verticale dans l'air immobile. Elle ferma les yeux, inspira par le nez et sentit un vertige la traverser.

Cela faisait longtemps qu'elle n'avait pas bu autant, mais ce n'était finalement pas si désagréable. Elle était plus insouciante, plus décontractée. Sa fatigue s'était évaporée à la seconde où elle s'était levée, et soudain elle avait envie de sortir danser. La ville n'offrait toutefois pas de lieu où ils pourraient se déchaîner sur la piste jusqu'au petit matin. Leur salon devrait faire l'affaire.

Ouvrant une nouvelle bouteille de vin rouge, Laufey se servit un verre. Au diable ces assiettes, elle demanderait à Unnar de débarrasser le lendemain. Elle but une grande gorgée et remarqua tout à coup le silence. La musique s'était arrêtée, plus un mot ne s'échappait de la bouche de Harpa.

Laufey retourna dans le salon et vit les verres sur la table, éparpillés autour d'une planche à découper garnie d'une sélection de fromages.

– Unnar ? lança-t-elle, sans obtenir de réponse.

Tout le monde semblait s'être volatilisé.

Dimanche

Jetant un coup d'œil par la fenêtre de la salle de bains, Sveinn remarqua d'étranges lueurs au-dessus de la maison des voisins de derrière. Ensommeillé, il crut d'abord que c'était le soleil qui se couchait au beau milieu de la nuit, mais un sifflement strident perça bientôt le silence environnant. Un détecteur de fumée. Il remonta précipitamment son caleçon et ne songea même pas à réveiller Rósa, ni à mettre un manteau.

Les branches éraflèrent sa peau nue tandis qu'il se frayait un chemin à travers la haie qui séparait les deux terrains. Le feu provenait de la façade côté rue, mais Sveinn commença par essayer d'ouvrir la porte de derrière. N'y parvenant pas, il frappa dessus de toutes ses forces.

– Eh oh ! s'écria-t-il en posant le front contre la vitre. Il y a quelqu'un là-dedans ?

Il s'attendit à percevoir un cri ou à voir une silhouette apparaître, mais rien. Un couple avec deux enfants habitait cette maison. À vrai dire, ce n'étaient plus des enfants, car ils avaient tous les deux la vingtaine, mais ils vivaient encore chez leurs parents.

Son cœur s'emballa sous son maillot de corps. Sveinn ne sentait même pas le froid, pourtant piquant. Il envisagea une seconde de forcer la porte. Cela semblait toujours aisé dans les films, mais c'était loin d'être le cas dans la réalité.

Il renonça et courut vers l'avant de la maison. Une fois passé l'angle, il vit avec horreur qu'une voiture était garée dans l'allée. Il y avait probablement quelqu'un à l'intérieur.

– Que se passe-t-il ?

Il tourna la tête. Le voisin de la maison sur le côté accourait à son tour. Comment s'appelait-il, déjà ? Jón. Jens. Quelque chose comme ça.

– Il y a le feu, répondit-il en reprenant son souffle. Je n'arrive pas à entrer. Je ne sais pas s'il y a quelqu'un dans la maison. Je…

– J'appelle les secours, lança Jón ou Jens, qui avait eu la présence d'esprit de sortir avec un manteau et son téléphone.

Sveinn, lui, était pieds nus et en sous-vêtements, mais ce n'était pas le moment de se soucier de ce genre de détails.

– Allez-y, je vais vérifier la porte d'entrée.

Il se précipita, grimaçant de douleur tandis que le gravier s'enfonçait dans la plante de ses pieds.

Cette porte était elle aussi fermée à clé, et malgré toutes ses tentatives, elle ne cédait pas. Un puissant fracas le fit sursauter. La vitre d'une des fenêtres venait d'éclater en morceaux.

Sveinn essaya à nouveau d'appeler.

– Il y a quelqu'un ? hurla-t-il par-dessus le grondement des flammes.

Aucune réponse.

La chaleur et la fumée excessives l'empêchaient d'approcher. Il enfouit son visage dans le creux de son bras et toussa. Distinguant déjà le bruit grandissant des sirènes, il se dit qu'il ne pouvait rien faire de plus.

Unnar se réveilla tout habillé sur son lit. Sa chemise blanche lui collait à la peau, et son pantalon de costume déboutonné révélait ses sous-vêtements. La bouche sèche, il fit claquer sa langue pour essayer de retrouver un peu de salive, puis porta ses mains à ses yeux pour se protéger du soleil qui brillait par la fenêtre.

Il essaya de se redresser, mais il souffrait d'un tel mal de crâne qu'il se rallongea aussitôt et ferma les paupières. Au bout d'un moment, il parvint à s'extirper du lit et à tituber jusqu'à la salle de bains où les restes de la nuit finirent dans la cuvette des toilettes.

Il était trop vieux pour ça. Il avait beau boire régulièrement, il n'était jamais aussi ivre qu'il l'avait été la veille.

Sous la douche, il essaya de se remémorer les événements de la nuit. Il se rappelait bien le dîner et la première partie de la soirée. Les bouteilles de Bollinger qui accompagnaient l'entrée, le rôti qui fondait dans la bouche après une cuisson sous vide, les pommes de terre Hasselback. Tous les invités les avaient complimentés pour le repas, puis ils avaient bu la bouteille de whisky de dix ans d'âge que Villi avait apportée.

La suite était noyée dans le brouillard et, sa douche terminée, il était toujours incapable de se souvenir comment il avait fini entièrement habillé sur son lit. Son malaise ne le quitta pas tandis qu'il enfilait des vêtements propres, mais plus il essayait de rassembler les pièces éparses de cette soirée, plus elles s'éloignaient.

Anna, sa fille de sept ans, faisait des exercices de gymnastique dans le salon lorsqu'il entra. Elle leva les bras en l'air, tendit la jambe, inclina le dos en arrière et exécuta une sorte de roue. On aurait dit un pantin désarticulé.

– Waouh ! s'exclama Unnar, admiratif. J'ai une fille drôlement agile !

Le visage d'Anna resplendit de fierté, puis elle grimaça.

– Tu sens mauvais de la bouche, Papa.

Il trouva Laufey devant l'ordinateur dans le bureau, ses lunettes sur le nez. Elle s'empressa de fermer la fenêtre ouverte sur l'écran lorsqu'elle remarqua sa présence.

– Tu réserves un vol ?

Il avait cru discerner le logo d'une compagnie aérienne.

Laufey se tourna vers lui et sourit.

– Oui, dit-elle. Je n'avais pas encore acheté les billets pour la Suède.

– Toujours pas ? Mais c'est dans deux semaines !

– Je sais, je suis affreusement en retard.

Retirant ses lunettes, elle se frotta les yeux, l'observa et esquissa un petit sourire.

– Comment vas-tu, à part ça ?

– Ça va, mentit Unnar.

– Tu as énormément bu hier soir.

– Toi aussi.

Elle ne répondit pas.

À vrai dire, il ignorait si elle avait bu autant qu'il l'affirmait. Il n'avait que peu de souvenirs de Laufey au cours de la soirée. Elle avait bavardé avec les femmes pendant que lui et ses amis ressassaient des anecdotes de leur jeunesse. Il se rappelait surtout le regard mauvais qu'elle lui avait lancé parce qu'il n'avait pas débarrassé la table immédiatement après le repas.

Il essaya de lire sur son visage s'il s'était passé quelque chose, mais son expression était indéchiffrable, et elle se contenta de lui proposer du café.

– Non, répondit-il. Non merci.

Il la regarda s'éloigner vers la cuisine et l'observa

tandis qu'elle versait les grains dans la machine automatique qu'ils avaient achetée au Noël précédent.

Sa femme était belle autrefois, mais à présent elle ne se préoccupait plus de son apparence. Quelques années auparavant, elle s'était coupé les cheveux court, s'était mise à porter des lunettes et… et bon sang, ce qu'il pouvait détester ces lunettes ! Elles la vieillissaient d'au moins dix ans.

Lorsqu'ils s'étaient rencontrés, elle avait quinze ans et rêvait de devenir coiffeuse. Ils avaient toujours été un peu déchaînés, avaient fait l'amour dans des allées derrière des discothèques, dans le lit de ses parents, sur le balcon d'un hôtel en Espagne. Aujourd'hui, à quarante-deux ans, elle siégeait au conseil municipal, enseignait le yoga et s'était inscrite à l'université pour passer un quelconque diplôme. Lorsqu'elle prenait la parole en public, il avait honte à cause de sa voix stridente et agaçante. Ils ne faisaient plus que rarement l'amour, et en général cela ne durait pas très longtemps.

Les femmes de la plupart de ses collègues avaient bien meilleure allure, et semblaient davantage se soucier de leur image. Cependant, aucune ne faisait le poids face à Helena, la nouvelle petite amie de Tommi qui travaillait au département d'import-export avec lui. Tommi avait divorcé l'année précédente, ses deux enfants étaient déjà grands et il ne les voyait presque plus. Dotée de cheveux sombres, d'une taille de guêpe et d'une poitrine généreuse, Helena venait d'achever ses études de tourisme à l'université et pratiquait la randonnée en montagne, où elle emmenait souvent Tommi. Il s'était métamorphosé. Lorsque Unnar lui en avait touché un mot, il lui avait expliqué que ce n'était pas tant grâce à ces randonnées qu'au sexe. Après quoi il lui avait montré une photo de Helena endormie seins nus sur le lit avant d'éclater d'un rire sonore.

Unnar savait bien que tout cela était superficiel. Après des années de mariage, ce genre de choses n'auraient pas dû avoir d'importance, pourtant c'était le cas. Ce n'était pas seulement l'apparence de Laufey qu'il regrettait. Son caractère aussi avait changé. Elle n'était plus aussi amusante, aussi insouciante, elle n'avait plus le goût de l'aventure.

Parfois, il avait la sensation de ne plus rien avoir en commun avec elle en dehors des enfants. Et un jour, ils prendraient leur envol. Tous deux se retrouveraient alors seuls. De quoi pourraient-ils bien parler ?

– Quoi ? demanda Laufey lorsqu'elle remarqua qu'il la fixait.

Elle plongea un demi-biscuit dans sa tasse et l'enfonça dans sa bouche.

– Rien.

– Ta gueule de bois est si méchante que ça ?

– Tu es sûre de vouloir manger ce biscuit ? répliqua-t-il. Je croyais que tu étais au régime.

Elle lui adressa un regard las puis se détourna de lui.

Un long sifflement désagréable la tira de son sommeil sans rêve. Elma enfonça son visage dans l'oreiller. Elle n'était pas prête à émerger. Le bruit résonna de nouveau, et elle comprit qu'il s'agissait de la sonnette. S'extirpant du lit, elle enfila son peignoir en flanelle et se dirigea vers la porte. En chemin, elle croisa son reflet dans un miroir et grimaça. Ses cheveux collaient à son visage, ses paupières tombaient et ses cernes descendaient jusqu'aux joues.

Son état n'échappa pas à sa sœur Dagný, à en juger par son expression.

– Qu'est-ce qui t'est arrivé ? demanda-t-elle avec inquiétude en entrant avec ses deux fils, Alexander et Jökull. Tu es malade ? Ou bien… attends une seconde, tu as fait la fête hier soir ?

– Tu viens seulement de te réveiller ? glissa Alexander avant qu'Elma ait le temps de répondre. Il fait jour depuis longtemps, mec.

Il mit l'accent sur le mot *longtemps* puis resta bouche bée.

– Je sais, dit-elle en ébouriffant ses cheveux blonds.

Après un été ensoleillé, ils étaient presque blancs, et sa peau avait pris une teinte dorée. Elma regarda ensuite sa sœur.

– Mais du calme, je ne suis pas sortie faire la fête. C'est juste que je n'arrivais pas à dormir.

– Bon. Dis donc, tu as entendu parler de l'incen…, commença Dagný avant de tourner la tête et de soupirer. Non, Jökull, n'ouvre pas le tiroir.

Il avait beau avoir trois ans à peine, le petit garçon savait précisément quel était l'endroit le plus intéressant dans l'appartement de sa tante. Le tiroir à biscuits était suffisamment bas pour lui permettre de se servir tout seul, ce dont il ne se privait pas à chacune de ses visites.

– Elma, tu ne peux pas ranger les gâteaux ailleurs ? souffla Dagný d'un ton résigné pendant qu'elle regardait son fils recouvrir le sol de la cuisine de miettes chocolatées.

– Je ne veux pas de gâteaux, moi, intervint Alexander. Mon entraîneur dit que pour être bon au foot, il faut manger sainement.

Elma haussa les sourcils.

– Est-ce vraiment quelque chose dont un garçon de sept ans doit s'inquiéter ?

– Bien sûr, mec ! s'exclama Alexander – ces derniers temps, il avait acquis de nouveaux tics de langage, le plus récent étant d'ajouter « mec » à la fin de chaque phrase. Tu ne vas pas t'habiller, Elma ? Le spectacle va bientôt commencer, mec !

Elle jeta un coup d'œil à l'heure. Ils allaient être en retard si elle ne se dépêchait pas. Elle avait promis d'emmener ses neveux voir une pièce de théâtre donnée au cinéma de la ville.

– Donnez-moi cinq minutes et je suis prête.

– Il va te falloir plus de cinq minutes, ironisa Dagný.

– Tiens, reprends donc un gâteau, mon petit Jökull, dit Elma en caressant la tête de l'enfant avant de rejoindre sa chambre pour s'habiller. Et sinon, c'est quoi cette histoire d'incendie dont tu parlais ? lança-t-elle à sa sœur.

Au même moment, son téléphone sonna. Hördur était à l'autre bout de la ligne, et il était clair qu'elle allait manquer le spectacle.

La maison, à l'apparence ultramoderne, possédait un double garage et des murs de taille variable troués de grandes fenêtres. Le toit fortement pentu suggérait une hauteur sous plafond inhabituelle. Une façade en pierre de taille renforçait l'effet saisissant, rappelant à Elma les demeures exposées dans ces magazines d'architecture et de design qu'elle avait feuilletés chez une amie. Une terrasse et un grand jardin, étonnamment vides comparés au fatras visible chez les voisins, entouraient l'habitation. À l'extérieur, seule la façade avait été endommagée par l'incendie. Des stries noires s'échappaient de la fenêtre brisée.

Ce quartier pavillonnaire calme d'Akranes accueillait principalement des familles, parmi lesquelles l'amie d'Elma passionnée d'architecture avec ses trois enfants. Durant l'été elles avaient profité de sa terrasse pour boire des cafés. Par cette belle journée, la vie battait son plein dans les jardins alentour, les gamins sautaient sur leur trampoline ou barbotaient dans le spa.

Sur le chemin, Hördur lui avait expliqué ce qui s'était passé. Durant la nuit, un feu s'était déclaré dans l'une des chambres, où un jeune homme dormait. Un voisin avait appelé les secours, mais malgré l'arrivée rapide des pompiers, il n'avait pas pu être sauvé.

– Il s'appelait Marinó Finnsson et avait vingt ans, ajouta Hördur lorsqu'ils sortirent de la voiture. Ses parents passaient la nuit à l'hôtel dans le Borgarfjördur et sa sœur jumelle logeait chez son petit ami, il était donc seul. Le feu semble avoir démarré dans sa chambre.

– Ici ? demanda Elma en désignant la fenêtre brisée.

– Oui. La Scientifique est en train d'analyser la scène. Je les ai eus au téléphone ce matin, ils sont certains qu'il s'agit d'un incendie criminel. Marinó était toujours dans son lit lorsque les pompiers sont arrivés.

Elma remarqua qu'un groupe de curieux les observaient avec attention. Devant l'une des maisons, le drapeau était en berne.

– Il n'y avait pas de détecteur de fumée ? demanda-t-elle.

– Si, si. C'est ce qui a alerté les voisins.

– Mais Marinó ne s'est pas réveillé ?

– Il semblerait que non. Il y avait un détecteur dans sa chambre pourtant, il a dû rapidement sonner. Normalement, il aurait eu le temps de s'échapper. Enfin, j'en ai discuté avec le capitaine des pompiers qui m'a dit que parfois, c'était une question de secondes.

– Ils ont tout de suite envisagé un acte malveillant ?

– Assez rapidement, oui, dit Hördur en ouvrant la

porte de la maison. Mais comme je te l'ai dit, l'incendie a démarré dans la chambre de Marinó, ce qui me semble étrange s'il s'agit d'un crime. La porte était fermée à clé et il n'y a aucun signe d'effraction.

Se penchant vers elle, il baissa la voix et ajouta :

– Il est évidemment possible qu'il ait lui-même mis le feu.

– Possible, répondit Elma après une brève réflexion. Ou que le coupable ait eu les clés de la maison.

Finnur ne supportait pas l'appartement de sa mère. Il détestait le canapé en velours rouge du salon, le tableau représentant une petite fille au bord d'un ruisseau, la couverture à carreaux bleus du lit conjugal. Une vague odeur de tabac froid imprégnait tout, bien que sa mère eût arrêté de fumer à l'époque où son père était mort d'un cancer du poumon.

Dans la maison de son enfance, il régnait un silence écrasant, malgré la télévision allumée à longueur de journée. Ses parents passaient leur temps devant. Ils vivaient modestement de leurs pensions d'invalidité, mais il semblait toujours y avoir assez d'argent pour les cigarettes et l'alcool. Finnur avait vite appris que la seule règle à respecter absolument était de ne pas toucher à la boisson de Papa et Maman. À part ça, il pouvait traîner dehors aussi tard qu'il le souhaitait, il devait juste s'assurer de ne pas les déranger lorsqu'ils avaient mal au crâne ou qu'ils étaient de mauvaise humeur – à savoir les trois quarts du temps. Ils n'étaient jamais méchants avec lui, mais d'une certaine manière, leur indifférence à son égard était pire encore.

Très tôt, Finnur s'était fait la promesse d'échapper à cette misère dès que possible et de ne jamais devenir comme eux. Cette promesse, il l'avait tenue.

Aujourd'hui âgé de cinquante-cinq ans, il ne buvait que sporadiquement et jouissait d'une situation financière plutôt confortable.

Pendant des années, il avait regardé le solde de son compte en banque s'accroître encore et encore, avec l'impression de grandir lui-même. Il en éprouvait de la fierté, un sentiment de pouvoir, la sensation d'être un vainqueur.

Mais qu'avait-il vaincu, au juste ? songeait-il à présent en contemplant la photographie entre ses mains. Où était sa victoire ?

C'était un portrait de Marinó. Âgé de cinq ans, il tenait dans ses bras un chaton, cadeau que lui et sa sœur avaient reçu pour Noël. Mais alors qu'il l'avait réclamé sans relâche pendant des mois, il arborait une expression terrifiée. Les yeux écarquillés et le dos tendu, il semblait s'attendre à ce que le chat sorte ses griffes et l'attaque. Finnur passa un doigt sur la photo. Il aurait tant voulu pouvoir le toucher encore une fois.

Depuis sa mort, il avait la sensation de s'enfoncer dans un gouffre sans fond. L'idée que son fils ne soit plus de ce monde ne tenait pas debout. Comment la vie pouvait-elle se poursuivre sans lui ?

Une vive douleur lui enserra le cœur. Un instant, le chagrin le submergea, puis la colère prit sa place.

Ce n'était pas un accident. Quelqu'un avait tué son fils, et il pensait savoir de qui il s'agissait. Ouvrant son ordinateur portable, il retrouva ces vieux mails à la prose furieuse. Il ne les avait jamais vraiment pris au sérieux, estimant que les problèmes des autres ne le concernaient pas. Pour lui, c'était juste quelqu'un de faible et pathétique qui ne mettrait jamais ses menaces à exécution. Mais à présent, il voyait les choses autrement.

Il entra le nom de l'expéditeur dans l'annuaire en

ligne et nota son adresse. Puis il ferma l'ordinateur, reprit la photo et replongea dans ses souvenirs, ces instants qu'il ne vivrait plus jamais.

– Je ne comprends pas, dit Gerda, la mère de Marinó, en reposant son verre d'eau, les mains tremblantes. Je ne comprends pas ce qui s'est passé. Ça doit être un problème électrique. La lumière de sa chambre vacillait toujours, et j'ai dit…

– Non, répondit Hördur avec empressement. Rien ne suggère que le feu ait été provoqué par un dysfonctionnement.

Gerda ferma les yeux et inspira profondément, luttant visiblement contre les larmes.

Ils étaient installés chez Agnes, la mère âgée de Finnur. C'est elle qui avait accueilli Elma et Hördur, la vieille dame se déplaçait avec lenteur, le visage complètement fermé. La situation ne prêtait assurément pas à sourire, mais Elma avait la sensation que cette femme en était de toute façon incapable, quelles que soient les circonstances. Sans prononcer un mot, elle s'était contentée de faire un geste vers le salon avant d'aller s'enfermer dans une chambre.

– Notre équipe scientifique analyse actuellement les lieux, reprit Hördur. Malheureusement, il semble que ce soit un acte criminel.

– Vraiment ? lâcha Gerda, sidérée. Mais… qui ?

– Nous l'ignorons, répondit Hördur. Nous avons repéré des traces de combustible, et le feu s'est propagé bien plus rapidement qu'il ne l'aurait fait s'il s'était agi d'un accident.

Le silence retomba dans le salon, puis l'horloge se mit à tinter bruyamment, faisant sursauter tout le monde. Sauf Finnur. Pétrifié sur le canapé, ce petit homme plutôt fluet semblait absent. Ses sourcils volumineux lui conféraient une expression austère.

– Où avez-vous passé la nuit de samedi à dimanche ? interrogea Elma.

– Nous avons dormi à l'hôtel, dans le Borgarfjördur, répondit Gerda.

– Quel établissement ?

– L'hôtel Húsafell. Nous y sommes arrivés à dix-sept heures vendredi, pour deux nuits. Nous sommes également allés à… à Krauma, la station thermale, et nous avons mangé au restaurant là-bas.

– Vous rappelez-vous quand vous avez eu des nouvelles de Marinó pour la dernière fois ?

– Il m'a appelée vers midi samedi. Il cherchait son maillot de bain, il voulait aller à la salle de sport puis se détendre dans le Jacuzzi après.

– Il vous a semblé différent ?

– Non, dit Gerda. Non, pas du tout.

– Et ces derniers jours, ces dernières semaines ?

– Absolument pas, asséna soudain Finnur.

– En fait, il n'était pas tout à fait lui-même, Finnur, rétorqua Gerda d'une voix basse. Maintenant que j'y repense, il était souvent absent la semaine dernière. Il sortait tous les soirs et rentrait tard.

– C'était inhabituel ?

– C'est déjà arrivé, mais pas de manière aussi répétée.

– Aviez-vous la sensation que quelque chose le tracassait ?

– Je n'y ai pas vraiment pensé, pour être honnête, soupira Gerda. Mais maintenant que vous le dites…

– Il allait très bien, répliqua Finnur, presque furieux. Rien ne le tracassait, il était tout à fait normal. Exactement comme d'habitude. Exactement comme…

Sa voix se brisa et il baissa les yeux.

– D'après vous, est-ce que quelqu'un aurait pu vouloir du mal à Marinó ? s'enquit Elma. Avait-il eu un conflit récemment ?

– Non, répondit Gerda avec précipitation avant de renifler. Marinó n'était pas du genre à chercher le conflit, tout le monde l'aimait. C'était un bon étudiant, il avait des amis fidèles et menait une vie parfaitement ordinaire. Il… il était plein d'ambitions, il s'intéressait à la politique, jouait du saxophone et projetait de devenir informaticien. Il aimait aussi l'histoire et la philosophie antique, il lisait sans cesse des livres de Platon ou d'Aristote. Jamais il ne se serait attiré des ennuis. Ça, non.

– Marinó venait de commencer ses études d'informatique à l'université d'Islande, ajouta Finnur, ayant repris le contrôle de sa voix. Il n'a jamais causé le moindre problème, si c'est ce que vous cherchez à savoir. Il n'avait pas de mauvaises fréquentations, il ne se droguait pas… Rien de tout ça.

– Qui étaient ses amis ?

– Il avait les mêmes depuis le collège, dit Gerda en essuyant d'un geste rapide une larme qui coulait sur sa joue. Ísak, Andri et Frída, sa sœur jumelle. Ah oui, et Sonja, l'amie de Frída.

Elma demanda leurs noms complets et les nota sur son carnet.

– Qui a les clés de votre maison ? s'enquit-elle ensuite.

– Seulement nous, répondit Gerda avant de regarder son mari.

– Oui, seulement la famille, renchérit celui-ci. Pourquoi cette question ?

– La porte était fermée à clé lorsque les pompiers sont arrivés, expliqua Elma. Or, le feu a démarré à l'intérieur.

– Je ne comprends pas, balbutia Gerda. Qu'est-ce que ça veut dire ?

– Ça veut dire que quelqu'un devait avoir la clé pour fermer la porte de l'extérieur. Et pour entrer aussi, puisqu'il n'y avait pas de signe d'effraction.

Elma doutait que Marinó ait lui-même ouvert la porte à l'intrus, étant donné qu'il était allongé sur son lit à l'arrivée des pompiers.

– Mais..., commença Gerda en s'avançant au bord de son siège. Mais nous sommes les seuls à avoir la clé.

– Vous en êtes certains ? insista Elma.

– Oui, nous deux et les jumeaux, acquiesça Gerda. Et aussi Agnes, la mère de Finnur.

Hördur s'éclaircit la gorge, rechignant visiblement à poser la question suivante.

– Est-ce que Marinó prenait des médicaments ?

– Des médicaments ? répéta Finnur d'un ton outragé. Non, certainement pas.

– Vous aviez des médicaments à la maison ?

– Qu'est-ce que... pourquoi vous nous demandez ça ? bafouilla Gerda, désemparée.

– Je me demandais simplement si Marinó avait pu ingérer quelque chose malgré lui, se justifia Hördur. Peut-être qu'il a confondu des antidouleurs avec autre chose, par exemple.

– Je ne sais pas ce que vous sous-entendez, siffla Finnur, mais non, Marinó ne prenait rien du tout. C'était un gamin sérieux.

– Pensez-vous qu'il ait pu lui-même allumer le feu ? tenta Hördur avec prudence.

– Cette fois, ça suffit !

Finnur se leva d'un bond, les lèvres pincées.

Hördur s'empressa d'ajouter :

– Je vous pose ces questions parce que votre fils ne

semble pas avoir été réveillé par le détecteur de fumée, qui a pourtant fait suffisamment de bruit pour alerter les voisins. Marinó était toujours dans son lit quand les pompiers sont arrivés, il n'avait pas tenté de s'enfuir.

La conversation avec les parents de la victime avait été éprouvante. Elma appréhendait toujours le moment de poser des questions intrusives. Les personnes interrogées le prenaient plus ou moins bien, mais c'était nécessaire : les questions gênantes étaient souvent celles qui importaient le plus. Après leur entretien, Finnur bouillonnait de colère. Sans leur dire au revoir, il était allé s'enfermer dans une autre pièce et avait laissé à Gerda le soin de les raccompagner à la porte.

Elma comprenait bien la difficulté des parents de Marinó à imaginer quelqu'un pénétrer dans sa chambre en plein milieu de la nuit, y mettre le feu et disparaître en ayant pris soin de fermer à clé derrière lui – le tout sans réveiller le jeune homme. Mais elle ne comptait pas exclure cette éventualité, toutes les hypothèses restaient plausibles à ce stade.

Gerda leur avait dit que le seul jeu de clés supplémentaire était dissimulé sous une pierre dans le jardin. Il y avait donc bien une possibilité, aussi faible fût-elle, que quelqu'un ait mis la main dessus. Peut-être un voisin qui les avait repérées.

– C'est quelle pierre, d'après toi ? demanda Sævar.

– Gerda a dit qu'elle se trouvait sous la fenêtre et qu'elle était plutôt grosse, répondit Elma.

Elle était allée chercher son collègue au commissariat après sa visite aux parents de la victime. Hördur avait décidé de rester au poste pour relire le communiqué qu'il comptait envoyer à la presse avant de rentrer chez lui. À vrai dire, Elma ne comprenait pas ce qu'il faisait au travail, seulement une semaine après le décès de Gígja. Lorsqu'elle lui avait parlé juste avant le week-end, il lui avait assuré avoir l'intention de prendre quelques mois de congé. Au lieu de cela, il était de retour dès le lendemain de l'enterrement. Elle avait envie de lui recommander un peu de repos mais ne savait pas comment le formuler.

– Elles sont toutes plutôt grosses, commenta Sævar.

En effet, une lignée de gros galets ornementaux longeait le mur de la maison.

– En tout cas, ce n'est pas une mauvaise idée de cachette, dit Elma. La plupart des gens glissent leurs clés dans un pot de fleurs ou une applique.

Petite, elle retrouvait toujours les clés de sa maison dans le pot à côté de la porte, les rares fois où celle-ci était fermée. La plupart du temps, elle demeurait ouverte, qu'il y ait quelqu'un ou pas à l'intérieur.

Elma enfila une paire de gants et souleva le plus gros galet qu'elle repéra sous la fenêtre. Ne voyant pas de clés, elle continua de chercher.

– Je ne les trouve nulle part, conclut-elle.

Elle se redressa et regarda autour d'elle.

Le trafic était étonnamment intense autour de la maison, de nombreuses voitures ralentissaient en passant devant, sans doute pour apercevoir les dégâts causés par l'incendie. Les événements de la nuit s'étaient rapidement ébruités et étaient déjà relatés dans les plus grands journaux du pays.

Traversant la ville un peu plus tôt dans la journée, Elma avait constaté que d'autres drapeaux étaient en berne. Si la vie dans une petite communauté avait ses inconvénients, elle possédait aussi ses qualités, la principale étant la solidarité dont les habitants faisaient preuve. Lorsqu'un drame arrivait, on se serrait les coudes.

Elma s'efforça de ne pas trop penser à la famille de Marinó, à leurs amis, à leurs proches. Sævar et elle devaient se concentrer sur la résolution de l'enquête, et la première étape était de s'entretenir avec les voisins. Avec un peu de chance, l'un d'entre eux avait aperçu quelque chose qui expliquerait cette tragédie.

Ils appuyèrent sur la sonnette et durent attendre un long moment avant qu'on ne leur ouvre. L'homme qui les accueillit avait à peu près le même âge qu'eux, la trentaine, les cheveux épars et des lunettes sur le nez. Ils le suivirent jusqu'à la cuisine où une femme coiffée d'un chignon était assise.

– C'est vous qui avez appelé les secours cette nuit, n'est-ce pas ? demanda Elma.

– Oui, répondit la femme en regardant son mari. C'est Jens qui a téléphoné.

– En effet, acquiesça celui-ci. Je n'arrivais pas à dormir et je traînais ici, dans la cuisine, quand j'ai entendu une alarme. J'ai jeté un coup d'œil par la fenêtre et j'ai remarqué de la fumée venant de chez Gerda et Finnur. En me précipitant dehors, j'ai vu Sveinn, qui habite juste derrière, en train de frapper à la porte. C'est là que j'ai appelé. Si j'avais su que le gamin était à l'intérieur, j'aurais tout essayé pour…

– Mais les pompiers sont tout de suite arrivés, glissa sa femme pour le consoler. Jens avait à peine raccroché qu'on entendait déjà les sirènes.

– Avez-vous aperçu quelqu'un autour de la maison quand vous avez regardé par la fenêtre ?

Jens fronça les sourcils.

– Non, personne. Mais si quelqu'un s'est enfui par leur porte, je ne pouvais de toute façon pas voir grand-chose.

Se tournant vers la fenêtre qu'il avait désignée d'un geste de la main, Elma nota en effet que la porte d'entrée de Gerda et Finnur était dissimulée par leur garage, plus avancé.

Jens ne tarda pas à comprendre où ils voulaient en venir.

– Vous pensez que c'est un incendie criminel, je l'ai lu dans le journal.

– Nous envisageons tous les scénarios, répondit Sævar. Nous ne sommes pas encore certains de l'origine du feu.

Visiblement peu convaincu, le couple patienta, comme s'ils espéraient que le silence finirait par leur apporter de nouvelles informations. C'est alors qu'une voix s'écria « j'ai fini » dans une autre pièce. La femme s'excusa et sortit.

– Gerda et Finnur, vous les connaissez bien ? enchaîna Elma.

– Je n'irais pas jusque-là, mais nous sommes voisins, il faut bien qu'on se parle de temps en temps.

Les lèvres de Jens tressautèrent, comme s'il réprimait un sourire.

– J'ai remarqué qu'ils partaient quelque part ce week-end. Finnur a mis une valise dans son coffre vendredi après-midi. Et il s'en est passé des choses chez eux, depuis.

– Ah ?

– Enfin, principalement vendredi soir.

– Comment ça ?

– Les enfants ont clairement profité de l'absence de leurs parents pour organiser une soirée. Non pas que je me plaigne, mais ils ont fait un sacré boucan toute la nuit de vendredi à samedi. Cela dit, ce n'est pas nous qui avons appelé la police.

– Quelqu'un a appelé la police ?

– Oui, ça n'arrêtait pas de crier, et ils sont venus au bout d'un moment pour mettre fin à la petite fête. Je n'ai rien vu de tout ça. Rósa et Sveinn, qui habitent de l'autre côté, me l'ont raconté. Ce sont eux qui ont contacté la police.

– Je suis horrifiée, je ne sais pas comment réagir. Pauvres Finnur et Gerda.

Portant son regard vers la fenêtre de la cuisine, Rósa poussa un lourd soupir.

– Je n'arrive pas à croire que Marinó soit mort. Un garçon si charmant.

Rósa et Sveinn habitaient le pavillon situé derrière celui de la famille de la victime. Leurs jardins mitoyens étaient séparés par une épaisse haie.

– J'ai cru comprendre que c'est vous qui avez remarqué l'incendie le premier, dit Elma à Sveinn.

– Oui, acquiesça-t-il, la mine sombre. Mais ce n'est pas comme si cela avait eu la moindre utilité.

– Vous pouvez nous dire ce qui s'est passé ?

S'éclaircissant la gorge, Sveinn résuma brièvement les faits : il avait aperçu une lueur en provenance de leur maison lorsqu'il s'était réveillé au milieu de la nuit. Il n'avait pas immédiatement compris que c'était un incendie, mais lorsqu'il avait entendu le détecteur de fumée, il s'était précipité dehors.

– J'ai essayé d'entrer chez eux, mais…

Il baissa les yeux, et Rósa posa la main sur son bras. Ses doigts étaient boudinés et son alliance bien trop étroite.

– Ça n'aurait rien changé, le consola Elma. Le feu s'est propagé à une telle vitesse que vous vous seriez probablement mis en danger si vous aviez tenté de pénétrer dans la chambre.

– Dans les journaux, ils disent qu'il pourrait s'agir d'un incendie criminel, reprit Rósa après un court silence.

– Plusieurs indices le suggèrent, répondit Elma. Nous voudrions savoir si vous avez remarqué quelque chose d'inhabituel près de la maison.

– Non, je n'ai rien vu, dit Sveinn. Mais je ne regardais pas spécialement autour de moi.

– Sveinn est sorti en sous-vêtements, précisa Rósa. Je doute qu'il ait eu autre chose à l'esprit que de s'assurer que tout le monde allait bien.

– Et vous, vous avez vu quelque chose ? lui demanda Elma.

– Non, mais…, hésita-t-elle. J'ai entendu une voiture plus tôt dans la soirée, et des gens qui discutaient devant chez eux.

Sveinn laissa échapper un grognement.

– C'est ton imagination qui te joue des tours. L'autre jour, tu étais persuadée d'avoir entendu un bébé pleurer en plein milieu de la nuit.

– Je n'ai pas rêvé ! J'en suis absolument certaine.

Sveinn secoua la tête avant de s'adresser à Sævar et Elma.

– Il n'y a pas le moindre bébé chez nos voisins.

– Qu'est-ce que tu racontes ? rétorqua Rósa. Il y en a un, un peu plus haut dans la rue !

– Ce gamin habite trois maisons plus loin. Tu te crois capable d'entendre ce qui se passe à travers trois maisons ? Tu ne m'entends même pas quand je t'appelle dans la nôtre !

– Parfois, on a l'ouïe sélective, répliqua Rósa en souriant à Sævar et Elma. Mais je suis sûre d'avoir entendu un bruit de moteur.

– Vous avez vu la voiture, ou ses passagers ?

– Non, il devait être une heure du matin. J'étais au lit, je m'étais réveillée parce que Sveinn s'était retourné dans son sommeil.

– Nous avons appris qu'il y avait eu une grosse fête vendredi…, enchaîna Elma.

– Oh oui, fit Rósa. Mais ce n'est pas moi qui ai appelé la police. Je n'ai rien contre le fait que les jeunes s'amusent. On n'a vingt ans qu'une fois, après tout.

– La musique était beaucoup trop forte ! s'exclama Sveinn. Pas moyen de fermer l'œil avec ce tintamarre. Il y a des gamins dans le quar…

– Ah ! lança Rósa. Alors maintenant, il y a des gamins dans le voisinage ?

– Des gamins, oui, pas des bébés, se défendit Sveinn.

– Nous avons entendu dire qu'il y avait eu un peu de chahut, dit Elma.

Elle avait déjà contacté les agents qui s'étaient rendus sur place pour interrompre la soirée. D'après eux, les fêtards étaient ivres et avaient mis la musique à fond, mais ils n'avaient pas remarqué de traces de bagarre.

– Oui… j'ai entendu quelque chose se casser et des gens se disputer, expliqua Sveinn.

– Encore ? dit Rósa. Ils s'étaient déjà disputés l'autre jour.

– Qui ça ? interrogea Elma, car la femme ne semblait plus parler de la fête.

– Oh, les jumeaux. Frída et Marinó.

Le gigot du dimanche sortait du four lorsque Elma arriva chez ses parents. Son père mettait la table pendant que sa mère s'activait derrière les fourneaux.

– Comment va Sævar ? demanda Adalheidur de but en blanc.

S'emparant d'une brique de lait, elle en versa un trait

dans le mélange de beurre et de farine qui crépitait au fond de la casserole tout en remuant d'un geste assuré avec l'autre main.

– Ça va, je crois. Tu devrais lui demander toi-même, répondit Elma en volant un morceau de concombre dans le saladier.

– Je le ferais s'il était là.

Depuis qu'Elma était allée avec lui à Tenerife au Noël précédent, sa mère n'avait cessé de lui poser des questions à son sujet. Dans son esprit, un voyage à l'étranger devait signifier qu'ils étaient plus que de simples amis.

Elma et Sævar avaient décidé de partir en vacances à la dernière minute. Célibataires, sans enfants, ils en étaient à peu près au même point dans leur vie, et leur envie de soleil et de chaleur avait surpassé l'esprit des fêtes.

Sævar avait perdu ses parents de nombreuses années auparavant et son frère Maggi, autrefois pensionnaire de la résidence spécialisée d'Akranes, avait à présent son propre appartement. Il avait préféré fêter Noël avec la famille de sa nouvelle petite amie, laissant son frère en solitaire. Sævar avait bien reçu une invitation de sa tante qui vivait à Akureyri, mais cela ne le tentait pas vraiment. Voilà pourquoi il avait été si réceptif lorsque Elma avait proposé un voyage au soleil sur le ton de la plaisanterie.

Après le dîner, elle débarrassa la table avec son père pendant que sa mère tricotait devant la télévision.

– Maman, l'interpella-t-elle en s'asseyant enfin à côté d'elle. Que peux-tu me dire à propos de Finnur et Gerda ?

Sa mère savait toujours tout sur tout le monde. Elle travaillait pour la commune depuis qu'Elma était toute petite. Sans surprise, elle entama un long discours sans même avoir besoin de ralentir le mouvement de ses aiguilles.

– Les parents de Marinó, le garçon mort dans l'incendie de la nuit dernière ? Mon Dieu, comme c'est terrible. C'était un gamin si adorable. Et un saxophoniste très prometteur, d'après ce que j'ai entendu dire.

Elle jeta un coup d'œil à son patron, puis reprit :

– Voyons voir. Marinó avait une sœur jumelle qui s'appelle Frída. Elle enchaîne les bêtises depuis qu'elle s'est mise en couple avec un homme bien plus âgé qu'elle. J'ai appris qu'ils avaient eu un accident de voiture, l'autre jour…

Les aiguilles s'entrechoquaient à un rythme soutenu pendant qu'Adalheidur parlait. Après cette conversation, Elma possédait une image plutôt complète de la famille et des informations bien plus détaillées que ce qu'elle aurait pu trouver sur Internet. Parfois, la curiosité de sa mère avait ses avantages.

Lorsqu'elle rentra chez elle plus tard dans la soirée, elle se fit couler un bain et réfléchit à tout ce qu'elle venait d'apprendre. Posant ses pieds sur le bord de la baignoire, elle inclina la tête en arrière.

Finnur était originaire d'Akranes et Gerda de la région des Dalir, mais ils avaient tous deux vécu l'essentiel de leur vie à Reykjavík. Adalheidur avait pris le temps de retracer l'arbre généalogique de Finnur, dont elle connaissait le nom des parents et même des grands-parents. N'ayant jamais entendu parler de ces gens, Elma n'avait écouté que d'une oreille distraite la longue saga familiale que lui avait déroulée sa mère. Son intérêt s'était toutefois ravivé lorsque cette dernière lui avait raconté que Finnur et Gerda s'étaient allègrement enrichis en achetant des biens immobiliers au Fonds de financement du logement après la brutale crise économique de 2008 – des biens repris aux propriétaires qui ne pouvaient plus rembourser leur emprunt. Finnur en avait fait l'acquisition pour une bouchée de pain avant de les revendre quelque temps plus tard à un prix largement supérieur. Cette manœuvre leur avait attiré des regards en coin au sein de la communauté ; certains murmuraient que c'était immoral, d'autres regrettaient d'avoir laissé une occasion en or leur échapper. Non que tout le monde eût pu se permettre un tel achat – pour cela, il fallait bénéficier de contacts, comme c'était le cas de Finnur.

À l'époque de la crise, il travaillait pour un fonds d'investissement à Reykjavík. Après le krach, alors que de nombreuses personnes se retrouvaient acculées par leurs dettes, il avait acquis un terrain à Akranes où il avait fait construire cette grande maison. Elle jurait tant avec les habitations environnantes qu'on voyait régulièrement des voitures ralentir en passant devant. Les gens n'essayaient même pas de dissimuler leur curiosité et s'arrêtaient, voire sortaient de leur véhicule pour admirer la luxueuse demeure.

Pendant sa construction, des ragots avaient circulé au sujet des futurs habitants. On imaginait une famille de « snobinards », ainsi que sa mère l'avait formulé. Ce n'était toutefois pas le cas, car Finnur et Gerda ne portaient pas leur richesse sur eux. La cinquantaine passée, ils avaient eu leurs jumeaux assez tard, et en dehors de leur impressionnante maison, ils ne se faisaient pas beaucoup remarquer à Akranes. Tous deux étaient plutôt petits et fluets, ils ne sortaient presque jamais la voiture de leur double garage, préférant le vélo ou la marche pour la plupart de leurs déplacements. Leur attitude amicale avait rapidement fait taire les médisants, et peu à peu, les gens étaient passés à autre chose.

Les jumeaux, eux aussi parfaitement ordinaires, s'étaient intégrés sans problème à Grundaskóli, l'ancienne école d'Elma, où ils étudiaient dans deux classes différentes.

Elma n'avait pas encore rencontré Frída, la sœur de la victime, qui dormait chez son petit ami la nuit où Marinó était mort. Finnur et Gerda avaient supplié les policiers de laisser un peu de temps à leur fille, dévastée par la perte de son frère jumeau. Il fallait pourtant qu'ils s'entretiennent avec elle au plus vite. Si quelqu'un pouvait les renseigner sur le jeune homme, c'était bien elle.

Elma se lava le visage avec l'eau chaude de son bain et effaça les traces de mascara de ses yeux.

Elle n'arrêtait pas de penser au chagrin que devaient ressentir les parents de Marinó. Elle ne pouvait imaginer la douleur de perdre un enfant. La simple idée qu'il arrive quelque chose à ses neveux Alexander et Jökull lui était insupportable. Bien sûr, elle ne devait pas se laisser déborder par l'émotion, mais elle ne pouvait s'empêcher d'éprouver une profonde empathie pour les gens qui faisaient face à une telle tragédie.

Au fil des années, Elma avait croisé plusieurs parents qui avaient perdu l'un de leurs enfants, à la suite d'un accident ou autre, et tous le portaient sur eux, comme si le deuil avait laissé une marque indélébile sur leur visage.

Elle se laissa glisser dans l'eau pour tremper ses cheveux, puis elle se redressa et les essora avant de se lever.

Cela faisait un mois aujourd'hui qu'elle avait remarqué quelque chose de différent en elle, et trois semaines et cinq jours qu'elle en avait eu la confirmation. D'ici sept mois, sa vie entière serait bouleversée.

Le soir venu, Unnar n'y tint plus et appela Villi.

– Bon sang, qu'est-ce qui s'est passé hier soir ? Je ne me souviens de rien.

Son ami éclata d'un rire tel qu'il manqua de s'étouffer avec la boisson énergisante qu'il était en train de siroter.

– Tu étais si bourré que ça ? demanda-t-il lorsqu'il eut retrouvé son souffle.

Unnar avait envie de hurler. Il n'avait pas l'habitude de perdre aussi facilement son sang-froid, il aimait garder le contrôle en toutes circonstances.

– Arrête un peu, tu veux. Il s'est passé quelque chose de spécial ?

– On a fini ma bouteille de whisky.

– Et ?

– Et ?

Villi toussa à l'autre bout du fil, et Unnar imagina sa bedaine se secouer. Le régime keto qu'il suivait depuis un an n'avait pas donné le moindre résultat. À vrai dire, il avait même sans doute pris du poids avec tout ce bacon et ce fromage qu'il ingurgitait.

– Tu nous as passé du U2 et du Prince, c'est là que j'ai compris qu'il était temps de partir.

S'appuyant sur le bureau, Unnar se massa la tempe.

– Et Laufey… comment était-elle ?

– Comment ça ?

– Elle était bourrée, elle aussi ?

– Ben…, hésita Villi. Elle était sans doute dans un meilleur état que nous tous. Brynhildur et moi étions de vraies loques ce matin. Elle avait invité ses parents à déjeuner et on a dû annuler en prétextant que j'avais la gastro. Mais je ne sais pas ce qui s'est passé après notre départ.

– Vous êtes partis si tôt que ça ?

– C'est une question de point de vue… Il devait être minuit. On vous a laissés avec Óskar et Harpa. La dernière chose dont je me souvienne, c'est que tu étais en plein débat avec Harpa et qu'Óskar avait pris le contrôle de la musique. Il a bien meilleur goût que toi, soit dit en passant.

Unnar raccrocha, essayant de se remémorer le débat, la musique, n'importe quoi. Mais la seule chose qui lui revenait, c'était l'odeur de l'herbe mouillée et la sensation de sa chemise humide lui collant au dos.

Lundi

– Bonne nouvelle !

Elma sursauta lorsque Begga pénétra bruyamment dans la salle de pause. Sa collègue n'était pas du genre à se faire discrète. Elle n'était pas inspectrice comme elle, mais agent de police, et travaillait par roulement. Dès ses premières semaines au commissariat d'Akranes, Elma s'était liée d'amitié avec elle, et elle était toujours heureuse quand Begga était de jour. Au sein de la brigade criminelle, Elma avait des horaires plus réguliers qui ne correspondaient pas nécessairement à ceux de son amie.

Durant l'été, elles avaient passé de nombreuses soirées dans le spa que Begga avait installé sur sa terrasse. Vivant seule – si l'on exceptait son gros chat roux tigré –, elle invitait fréquemment du monde chez elle, comme lors de la fête qu'elle avait organisée pour tout le commissariat au printemps. Entre les collègues totalement dépourvus d'oreille musicale qui s'entêtaient à chanter par-dessus la musique et ceux qui, ayant oublié leur maillot de bain, avaient sauté dans le Jacuzzi en sous-vêtements, la soirée n'avait pas manqué de piquant.

– Je t'écoute, dit Elma, qui n'avait rien contre une bonne nouvelle – ces derniers temps, elles avaient été plutôt rares.

– Je suis allée frapper chez tous les voisins, répondit

Begga en s'asseyant face à elle. Personne n'a rien vu, la plupart dormaient à cette heure-là, et ceux qui étaient réveillés, parce qu'ils redonnaient sa tétine à leur gamin ou que sais-je, n'ont rien entendu. Mais figure-toi que de l'autre côté de la rue, à trois maisons de là, vit un type obsédé par les nouvelles technologies. Il y a des écrans partout chez lui, il a installé un petit studio de photographie dans son salon et il possède une énorme antenne parabolique sur son toit, le genre de truc qui capte un milliard de chaînes de télé – j'en reviens d'ailleurs pas que des gens aient encore des appareils comme ça ! Je croyais que ces paraboles étaient passées de mode depuis longtemps…

– Et donc ? s'impatienta Elma.

– Bref, il a aussi un tas de caméras dans sa maison. Je te jure, il y en a dans chaque recoin… sauf aux toilettes, j'espère, ajouta Begga avec un sourire. Et dehors aussi, évidemment. Une à chaque angle, qui lui permettent de voir ce qui se passe partout autour, y compris – et c'est notre coup de bol – dans la rue. Il m'a envoyé une vidéo datant de la nuit de l'incendie.

– Dans la rue ? C'est parfaitement illégal d'avoir une caméra qui filme aussi loin, mais si ça peut nous servir…, dit Elma avant de se lever et de poser sa tasse dans l'évier. On va y jeter un coup d'œil ?

D'excellente qualité, la caméra du voisin offrait une image nette de l'entrée de sa maison, du trottoir et de la rue. Averses et éclaircies s'étaient succédé tout au long de la journée de samedi, assombrissant la vidéo par moments. Lorsque le soleil se coucha, la qualité se dégrada, mais l'appareil semblait équipé d'un mode nuit qui permettait encore de discerner ce qui se passait dehors.

Par chance, la maison était légèrement plus avancée

que les autres, et aucun arbre ne cachait les voitures qui passaient devant. Soudain, deux garçons apparurent sur l'écran, et Elma sursauta.

– Là, dit-elle.

Begga lui montra l'heure de la vidéo : il n'était pas encore assez tard, par ailleurs les garçons en question ne se dirigeaient pas vers la maison de Marinó. Elles poursuivirent leur visionnage.

En dehors de deux chats longeant le trottoir, il ne se passa rien pendant un long moment. Sans grande surprise, puisqu'il s'agissait d'un quartier calme, isolé du centre-ville. À presque trois heures du matin sur l'enregistrement, Elma bondit de nouveau.

Elle appuya sur pause et se pencha en avant.

L'individu sur l'écran était vêtu d'une épaisse doudoune, la tête et le visage enfouis sous une capuche. C'était plutôt étrange pour un mois de septembre. Même s'il faisait souvent froid en Islande, y compris l'été, le temps avait été étonnamment doux, et peu de gens avaient ressorti leurs gros manteaux. Pendant l'été, c'était le plus souvent les touristes qui portaient ce genre de vêtements, facilement reconnaissables parmi les Islandais aux tenues plus légères. Cela étant, il avait plu durant la soirée de samedi, peut-être que cette personne ne possédait pas d'imperméable et s'était reportée sur ce manteau.

– Continue, lui enjoignit Begga, et Elma reprit la lecture de la vidéo.

L'individu marchait à pas rapides en direction de la maison de Marinó, la tête baissée et les mains dans les poches. Durant quelques minutes, il ne se passa plus rien. Elma retint son souffle.

Soudain, il réapparut et repartit en sens inverse, presque en courant.

Les mains dans les poches, Jón allait et venait paresseusement dans la boutique, comme s'il faisait sa balade du dimanche et non les magasins. Ayant abandonné l'idée de lui faire des suggestions, Elma prit les rênes et empila des vêtements sur son bras.

– Maintenant, Papa, tu vas là-dedans, dit-elle en lui montrant la cabine d'essayage.

– Là-dedans ? Pour quoi faire ?

– Pour essayer des vêtements.

– Il faut vraiment que je les essaie ? On ne peut pas se contenter de les acheter ?

– Oui, il le faut, insista Elma en posant la main sur son épaule et en le poussant à l'intérieur. Sinon, on ne pourra pas savoir s'ils te vont.

– J'ai toujours acheté mes vêtements sans les essayer, maugréa-t-il en se laissant toutefois faire.

– Tu veux bien fermer le rideau, Papa ? s'exclama Elma, s'exécutant elle-même avant que les autres clients n'aperçoivent la bedaine de son père.

Elle soupira, et la vendeuse lui adressa un sourire compatissant.

La mère d'Elma devait savourer sa victoire d'avoir échappé à cette séance de shopping. D'après Adalheidur, les chemises, tee-shirts et bermudas de son père étaient tous trop petits, car il avait pris du poids ces derniers temps. Ils partaient en vacances au soleil un mois plus tard, il fallait impérativement qu'il renouvelle son stock de vêtements estivaux. Jón ne semblait pas se chagriner des reproches que sa femme lui faisait sur son embonpoint. « Tu n'es pas contente ? » lui avait-il demandé. Adalheidur l'avait regardé d'un air perplexe. Pourquoi aurait-elle été contente de ses kilos en trop ? « Maintenant, toute la ville peut voir à quel point tu es bonne cuisinière ! » lui avait-il lancé. Ce à quoi elle n'avait rien pu répondre. Probablement parce que, lors de cette conversation, elle était justement dans la cuisine en train de pétrir de la pâte.

– C'est trop grand, dit Jón en ouvrant le rideau.

– Qu'est-ce que tu racontes ? rétorqua Elma en l'observant. C'est une superbe chemise, et elle te va comme un gant.

Jón la regarda un instant, semblant se demander s'il devait protester ou s'avouer vaincu. La deuxième option finit par l'emporter, sans doute parce qu'il n'avait pas le courage d'essayer d'autres vêtements.

– Parfait. Dans ce cas, on sait ce qui me va, dit-il avant d'aller piocher quelques chemises de la même taille. On peut y aller. Je t'offre une glace ?

– Mais Papa…

– Quoi ?

Elle baissa les bras :

– D'accord. Va payer, on s'en va.

Sur le chemin, son père lui parla des terrains que la ville projetait de vendre en tirant au sort les acheteurs intéressés, comme une loterie. La sœur d'Elma et son mari comptaient laisser leur nom pour participer, même si leurs chances étaient faibles.

Elma l'écoutait en mangeant sa glace, mais Marinó occupait bien davantage ses pensées que le marché de l'immobilier à Akranes.

Ils avaient regardé encore et encore l'enregistrement vidéo du voisin et tiré leurs premières conclusions. Étant donné l'heure et le comportement suspect de l'individu, il était probable que celui-ci ait un lien avec leur affaire, mais ils avaient beau zoomer, impossible de l'identifier. Avec l'aide du département scientifique, ils étaient toutefois parvenus à évaluer qu'il devait mesurer autour d'un mètre soixante-quinze. Il s'agissait donc soit d'une grande femme, soit d'un homme de taille modeste. Sa doudoune sombre, sans doute noire, était un modèle de la marque 66° North. Il portait également des baskets Nike, d'une pointure indéterminable.

Plusieurs éléments suggéraient donc que ce n'était pas Marinó qui avait déclenché l'incendie. Peut-être trouveraient-ils quelque chose dans la vie du jeune homme qui expliquerait qui lui voulait du mal. Ses parents affirmaient qu'il ne s'était jamais attiré d'ennuis, qu'il ne faisait pas de vagues ; restait à savoir si ses amis partageaient leur opinion.

Le médecin légiste était probablement en train d'effectuer l'autopsie en ce moment même. Elma était reconnaissante de ne pas devoir y assister, car le corps, presque entièrement brûlé au troisième degré, était en piteux état. L'analyse des lieux par la Scientifique avait également pris fin, Elma et ses collègues attendaient à présent leurs conclusions préliminaires. Après quoi ils iraient interroger les amis et connaissances de Marinó.

Elma se demandait si le jeune homme était la véritable cible de cet acte. Finnur s'était sans doute fait plus d'ennemis au cours de sa vie que son fils. Travaillant dans le domaine de l'investissement, il avait participé à des affaires controversées qui lui avaient rapporté un généreux profit. Provoquer un incendie semblait toutefois un peu trop dramatique pour se venger d'un mauvais coup financier. Selon Elma, le feu, avec son pouvoir destructeur et sa capacité à faire des ravages en un temps record, symbolisait surtout une haine profonde.

Lorsqu'elle eut terminé sa glace, elle prit congé de son père, s'empara de son téléphone et entra un numéro qu'elle connaissait encore par cœur, même si elle ne l'avait pas composé depuis longtemps.

Rúna était une brillante et ambitieuse psychologue qui travaillait au sein de l'administration pénitentiaire islandaise depuis son retour des Pays-Bas, où elle avait étudié la criminologie. Elles avaient toutes les deux suivi le même cursus de psychologie à l'université d'Islande pendant deux ans, jusqu'à ce qu'Elma décide de tout arrêter pour rejoindre les rangs de la police. Malgré des contacts assez rares ces dernières années, leur amitié était restée intacte.

Rúna habitait la petite ville de Mosfellsbær, située à une demi-heure d'Akranes, en passant par le tunnel creusé sous le Hvalfjördur. Elma savoura cette occasion de changer d'air et de suivre la route 1 qui se faufilait entre le mont Esja et la côte. C'était l'une de ces journées d'automne étonnamment dégagées, le soleil de septembre faisait ressortir toutes les saillies rocheuses sur les flancs de la montagne, ainsi que la teinte jaune roussâtre de l'herbe.

Presque du jour au lendemain, Mosfellsbær était passé d'un village de fermiers à une petite ville qui, avec ses quelque douze mille habitants, surpassait aujourd'hui largement Akranes en population. Elma longea les nouveaux lotissements blancs aux toits colorés jusqu'à trouver l'adresse qu'elle cherchait. Vieille et décrépite, la maison allait d'une certaine façon comme un gant à Rúna, qui n'était pas du genre à suivre les modes ni à trouver la moindre satisfaction dans les choses matérielles.

Elles s'installèrent dans la cuisine dont le sol était recouvert de linoléum. Tandis qu'elle faisait bouillir de l'eau et sortait des tasses, Rúna invita Elma à s'asseoir à une petite table aux pieds d'acier et l'interrogea sur sa vie et son travail à Akranes.

– Tu avais juré que tu ne retournerais jamais sur les terres de ton enfance. Mais je comprends le besoin de retrouver tes racines après le décès de Davíd. De retrouver la sécurité.

Elma ne savait pas quoi répondre. Le fait était que lorsque son compagnon s'était suicidé deux ans auparavant, elle était revenue dans sa ville natale. Ce n'était pas une décision réfléchie, elle avait simplement pris le volant et fini chez ses parents.

Rúna avait toujours été franche et directe ; elle ne s'embarrassait pas des convenances et, pour elle, analyser les gens était un défi personnel. Ces qualités lui étaient sans doute utiles dans son travail au sein de l'administration pénitentiaire.

Elle posa la bouilloire, les sachets de thé et un gâteau de Noël sorti du congélateur sur la table.

– Tu as rencontré quelqu'un ? demanda-t-elle avant qu'Elma n'ait eu le temps de prononcer un mot.

– Non, pas vraiment…

– Pas vraiment, mais il y a quelqu'un qui t'est cher, fit Rúna en hochant la tête, un sourire entendu aux lèvres. Je vois que ça t'a réussi de revenir à la maison. Crois-moi ou pas, tu as même l'air plutôt heureuse.

– Ah bon ?

– Oui, tu as une certaine lueur dans le regard.

– Eh bien, dit Elma avec embarras. Mais…

– Mais tu n'es pas venue pour parler de ça, devina Rúna.

Elle ferma la porte de la cuisine et s'assit.

– Non, pas cette fois. Que pourrais-tu me dire au sujet des incendiaires ?

– Ça dépend du cas de figure, répondit-elle de ce ton didactique dont Elma se souvenait si bien.

À l'université, elle endossait souvent le rôle du professeur lorsqu'elles étudiaient ensemble, et visiblement la même dynamique s'était mise en marche aujourd'hui.

– Quel est le but ? Causer des dégâts matériels, tuer ?

– Je ne sais pas…, hésita Elma, avant de se décider à parler sans ambages : Il s'agirait de quelqu'un qui utilise le feu pour tuer. Ou qui met le feu après avoir tué.

– Ce sont deux choses différentes, commenta Rúna en sirotant son thé. Les incendiaires ont souvent des troubles psychiatriques. C'est une pulsion irrépressible, pas si lointaine de l'addiction au jeu ou à la drogue. Les pyromanes, comme on les appelle, sont fascinés par tout ce qui a trait au feu. Ça va des systèmes de prévention contre les incendies, qu'ils connaissent dans les moindres détails, au travail des pompiers, etc. La vision des flammes leur procure une sorte d'apaisement, c'est une manière de libérer la tension en eux. Lorsque le feu s'éteint, l'obsession renaît. Ils doivent recommencer. Obtenir leur dose de drogue.

– Je comprends, mais ce n'est pas ce que je…

Elma se tut lorsqu'un des fils de son amie entra dans la cuisine pour réclamer une pomme.

– Non, tu veux parler d'un meurtre par le feu, poursuivit Rúna quand le petit garçon fut ressorti avec son en-cas. Ou de la destruction d'une scène de crime.

– En effet.

– Il y a un lien avec… ? fit Rúna avant de s'interrompre dans un toussotement. Incendier une scène de crime a évidemment des avantages indéniables. Ne serait-ce que pour éliminer des preuves. On ne peut plus relever d'empreintes ni d'autres échantillons biologiques. Mais donner la mort par le feu peut avoir une tout autre signification. Un acte pareil révèle un sentiment de haine, un désir de vengeance. Ce n'est pas forcément synonyme de troubles psychiatriques. Vouloir tuer quelqu'un, profaner son corps de la sorte, pour moi, c'est de la haine.

Elma médita sur ces mots. Quelqu'un détestait-il Marinó à ce point ?

– N'écarte pas non plus la piste de la simple fraude à l'assurance, reprit Rúna. Ton coupable avait peut-être des ennuis financiers ? Quelqu'un pouvait-il tirer un profit de cet incendie ?

Elma lui répondit qu'ils attendaient encore le retour de la banque sur la situation financière des parents de Marinó.

– Ce serait quand même incroyable qu'ils aient mis le feu à leur maison en sachant que leur fils était à l'intérieur, ajouta-t-elle.

– Mais le savaient-ils ?

– Probablement. Pourquoi aurait-il été absent ?

Rúna haussa les épaules.

– Je me rappelle avoir entendu parler d'un homme qui avait engagé quelqu'un pour incendier sa maison. Il avait perdu d'importantes sommes d'argent en pariant sur des courses de chevaux, n'en avait pas touché un mot à sa famille et espérait se renflouer avec le remboursement de l'assurance. Il avait donné au type une heure précise, en milieu de journée, où sa femme et son enfant étaient censés être absents. Mais ce jour-là, la femme avait reçu un appel de l'école parce que leur fils de trois ans avait de la fièvre. Elle était allée chercher le gamin sans prévenir son mari puis, une fois rentrée à la maison, elle avait couché le petit dans leur lit et s'était allongée à côté de lui. Leurs corps ont été retrouvés par les pompiers.

Rúna but une gorgée de thé puis ajouta :

– Ou du moins ce qu'il en restait.

Hannes Hreidar Thorsteinsson se préoccupait sans doute beaucoup plus de la mort que la plupart des gens.

Pas tant de la sienne, ni de ce qu'il pourrait advenir de son âme – il ne croyait pas à tout cela –, mais plutôt de ce qu'on pourrait appeler la biologie de la mort. La manière dont le corps se transforme, dont les circonstances et l'environnement influent sur ce processus naturel.

Le sujet ne l'avait pas toujours autant fasciné. Hannes ne lisait pas de romans noirs, il ne regardait pas de séries télévisées où des policiers, après avoir prélevé un échantillon de cheveux et l'avoir reniflé, révélaient qui était l'assassin. D'ailleurs, contrairement à la police, il n'avait qu'un intérêt limité pour le *qui* ou le *pourquoi*, il préférait de loin analyser le *comment*.

En Islande, les décès étaient rarement suspects. L'immense majorité des cas qu'il voyait passer étaient conformes aux apparences : crises cardiaques, caillots sanguins ou autres causes naturelles. Occasionnellement, il était confronté à un suicide, sans équivoque.

Mais son travail ne se limitait pas aux morts, il avait parfois assisté la police dans des affaires d'agression ou de violences domestiques sur des victimes encore vivantes. Des enfants portant des traces de blessures qui ne pouvaient ou ne voulaient pas en expliquer la source. D'une certaine manière, c'était encore plus effrayant que ces corps sans vie qu'il voyait défiler au quotidien et auxquels il ne pensait généralement plus en rentrant chez lui. Les visages de ces enfants maltraités, eux, continuaient de le hanter encore longtemps quand il avait quitté son lieu de travail.

Après avoir consulté le dossier du jour, Hannes était prêt. Il enfila sa combinaison verte et noua son tablier en plastique bleu dans son dos. Une fois ses mains gantées, il aligna soigneusement ses instruments sur sa tablette en acier. Pendant ce temps, ses assistants préparaient le cadavre, posé sur une table au milieu de la salle.

Avec une extrême concentration, Hannes commença par le photographier sous tous les angles. Le feu avait grandement endommagé le corps du jeune homme, dont il émanait encore une odeur de chair brûlée. Ses vêtements étaient collés à la peau de ses bras et de ses jambes et il n'avait plus de cheveux.

D'un geste lent et prudent, Hannes souleva le tissu du tee-shirt qui, par endroits, avait fusionné avec l'épiderme. Ce n'était pas la première fois qu'il autopsiait la victime d'un incendie. Il avait d'ailleurs déjà été confronté à des corps en pire état que cela. L'une de ses premières missions, à l'époque où il travaillait à l'étranger, avait été d'analyser les cadavres de deux vieux époux qui avaient péri dans leur sommeil lorsque leur camping-car avait pris feu. On soupçonnait que leur mort remontait à avant l'incendie.

Ce qui était faux, et il n'aurait su dire si c'était une bonne nouvelle ou pas.

La même mission l'attendait à présent. Il devait déterminer si ce jeune homme était mort avant de brûler. S'il était toujours en vie quand le feu avait démarré, Hannes retrouverait des traces de suie ou de fumée dans ses poumons. Il allait chercher des traumatismes dus à la chaleur, comme des saignements dans les voies respiratoires, un œdème dans le pharynx ou les poumons. Il arrivait parfois qu'aucune marque de ce genre ne soit décelable, sans que ce soit pour autant concluant. Lors d'un incendie, certaines matières pouvaient libérer du cyanure, entraînant une mort rapide, avant même que la victime ait eu le temps de respirer de la suie ou de la fumée.

Hannes décrivait à voix haute tout ce qu'il voyait

ou ne voyait pas pour l'enregistrement audio. Il devait se montrer particulièrement méticuleux, car le moindre détail pouvait revêtir une importance capitale pour la suite de l'enquête.

À l'aide de sa petite lampe de poche, il éclaira l'intérieur des narines, puis il appuya son pouce sur le menton de la victime pour lui ouvrir la bouche, d'un geste assez ferme car après la mort, le corps devenait plus rigide et difficile à manier. Aucune trace d'œdème ni de saignement dans la cavité buccale ou au fond de la gorge. Les sourcils froncés, Hannes passa à l'examen suivant.

Au terme d'une observation minutieuse, il se redressa et fit craquer son dos. Pendant qu'il retirait ses gants, il songea que c'était la première fois depuis longtemps que les résultats d'une autopsie le surprenaient. Car il était presque certain que ce n'était pas l'incendie qui avait causé la mort de Marinó Finnsson.

Unnar était épuisé lorsqu'il rentra enfin chez lui. Il avait passé la journée à affronter des clients étrangers qui prétendaient qu'une partie de leur livraison manquait. Il en avait plus qu'assez de cet emploi au sein du département d'import-export d'une entreprise de fret, mais il ne s'était pas encore décidé à démissionner.

Lorsque ses filles furent endormies, il ouvrit une bouteille de soda et se servit un verre à ras bord. Laufey prenait un bain, il sentait l'odeur de ses produits jusque dans le coin télé. Elle en faisait toujours un véritable rituel. Elle allumait des bougies, versait dans l'eau toutes sortes d'huiles et de mixtures avant de mettre de la musique. Unnar ne comprenait pas le plaisir qu'elle éprouvait à rester mariner là-dedans. Elle en ressortait les joues rouges, exhalant des parfums de bouquet de fleurs.

Il n'y avait rien à la télé. Peu passionné par un énième documentaire sur les éruptions volcaniques, il sélectionna une série sur son service de streaming.

Une fois son verre vidé, il retourna dans la cuisine pour se resservir. Il fut surpris d'y trouver Laufey debout dans le noir, regardant par la fenêtre, les bras serrés contre sa poitrine. Elle semblait perdue dans son monde.

– À quoi tu penses ? lui demanda-t-il.

Elle sursauta.

– À rien de spécial, répondit-elle en retirant la serviette qu'elle avait nouée autour de ses cheveux.

Il la vit hésiter puis remplir à son tour un verre de soda.

– J'ai du mal à y croire, dit Unnar.

– À quoi ?

– Au fait que tu ne pensais à rien de spécial.

Un sourire aux lèvres, il se pencha par-dessus la table et ajouta :

– Tes pensées sont toujours spéciales.

– Tu es de bonne humeur, lui fit-elle remarquer.

En effet, il l'était, malgré la fatigue et l'ennui que lui inspirait son travail. Il ne savait pas ce qui lui prenait, mais il était soudain en proie à un regain d'optimisme. Après des mois de stress, durant lesquels il avait évité la maison autant que possible, il se sentait enfin détendu.

– Tu te rappelles l'époque où nous nous sommes rencontrés ? reprit-il. Tu partais toujours dans des délires philosophiques qui n'intéressaient que toi. Si un arbre tombe dans une forêt et que personne ne l'entend…

– Oh, Unnar, soupira Laufey sans pouvoir se retenir de sourire. Ça fait si longtemps. J'ai arrêté ce genre d'élucubrations.

– Tu penses donc à présent que l'arbre tombe même si personne ne l'entend ?

– Mon Dieu, je ne me rappelle même plus quel était le raisonnement derrière ces âneries !

– Qui a dit que c'étaient des âneries ?

– Toi. Tu me le répétais tout le temps.

– Vraiment ?

Unnar fronça les sourcils et s'approcha d'elle. Elle était plutôt jolie avec ses cheveux humides et, après son bain, elle s'était abstenue de remettre ses lunettes.

– Tout ce dont je me souviens, c'est à quel point tu étais sexy quand tu parlais comme ça. Même si c'étaient des âneries.

– Pourquoi tu me ressors ça ? Ça fait une éternité.

Laufey le fixa, l'air mal à l'aise, comme si elle trouvait son bonheur suspect.

– Klara, poursuivit-il. Notre fille est ton portrait craché. Tout à l'heure, elle m'a demandé où on allait lorsqu'on mourait.

– Et que lui as-tu répondu ?

– Eh bien, au paradis ! Mais elle a soupiré et m'a rétorqué qu'elle ne croyait pas en Dieu, qu'elle voulait parler du corps. Elle voulait savoir s'il se transformait en poussière, et si cette poussière était vraiment comme la poussière qu'on connaît.

– Elle a sans doute entendu parler de l'incendie ? suggéra Laufey. C'est si terrible. Pauvre Marinó.

– Tu n'as pourtant jamais porté sa mère dans ton cœur.

– Et alors ? Ça ne compte pas, dans des circonstances pareilles.

Unnar marqua une pause. Il n'avait aucune envie de parler de Finnur et Gerda.

– Non, bien sûr, dit-il enfin. J'expose juste un fait.

– Jamais je ne lui aurais souhaité de… de perdre son enfant. Peu importe que Gerda et moi ne nous soyons jamais…

– Ce n'est pas ce que je voulais dire.

– D'ailleurs, tu n'aimes pas beaucoup Finnur non plus.

– Je sais.

Laufey jeta un nouveau coup d'œil dans le jardin et inspira lentement par le nez.

Unnar posa son verre.

– Tu sens bon.

– Tu trouves ? demanda-t-elle.

– Hmm.

Il était arrivé tout contre elle. Il se baissa pour pouvoir respirer ses cheveux et l'embrasser dans le cou. Figée un instant, elle finit par se laisser faire. Elle pencha la tête et ne protesta pas lorsqu'il dénoua la ceinture de son peignoir.

Mardi

Convoqués par Hördur dès leur arrivée, ils atteignirent la porte de la salle de réunion au même instant et Sævar, sa chienne Birta sur les talons, s'arrêta pour laisser passer Elma.

– Les dames d'abord, dit-il d'un ton théâtral.

Elma grimaça. Elle ne supportait pas qu'on la qualifie de « dame », et il le savait très bien. Chaque jour, elle portait des tennis plutôt que des talons hauts, ne s'était jamais fait poser de faux ongles, et si par hasard elle mettait du vernis, à peine était-il sec qu'elle avait déjà commencé à le ronger. Le plus souvent, elle n'avait même pas le courage de le retirer avec du dissolvant et le laissait s'écailler pendant des jours.

– J'ai reçu le rapport préliminaire du médecin légiste hier soir, dit Hördur lorsqu'ils se furent assis.

Tandis qu'il caressait sa barbe blonde, une ride profonde se creusa entre ses sourcils.

Elma essaya de finir discrètement son sandwich pendant que, dans le couloir, deux agents discutaient de leurs voyages estivaux – Kári décrivait à son interlocuteur les merveilles de la gastronomie italienne.

Se relevant, Hördur alla fermer la porte avant de poursuivre :

– Il n'y a aucune trace d'inhalation de fumée ou de

suie dans les poumons de Marinó. Vous pourrez lire tous les détails techniques dans le dossier, mais le plus important, c'est qu'il y a fort à parier que la victime était morte avant l'incendie.

– Le médecin ne peut pas en être certain ? s'enquit Sævar tout en grattant la tête de Birta, allongée sous sa chaise.

– J'ai appelé Hannes ce matin pour obtenir plus de précisions. Il était plutôt affirmatif, mais il m'a dit que d'autres éléments pouvaient expliquer cette absence de suie dans les poumons. Une histoire d'intoxication au cyanure.

– Qu'est-ce qui aurait pu provoquer une telle intoxication ? demanda Elma en jetant un coup d'œil à Birta.

La chienne leva immédiatement la tête comme si Elma l'avait appelée, puis se dirigea tranquillement vers sa chaise sous laquelle elle s'affala – Sævar fit semblant de ne pas l'avoir remarqué.

– Certaines pièces, comme les matelas, peuvent libérer cette substance et provoquer la mort assez rapidement, leur expliqua Hördur. Hannes m'a dit que c'était extrêmement rare de nos jours, mais que cela pouvait arriver lorsque le mobilier était ancien. J'ai contacté le département scientifique après ça, et ils étaient d'accord sur le fait que c'était improbable. Les meubles de la maison étaient récents, et aujourd'hui il est interdit de produire du mobilier pouvant dégager du cyanure. On en saura plus demain au plus tard, après l'analyse de sang.

– Le corps portait-il des traces de blessures ?

– Il était trop gravement brûlé pour le dire, répondit Hördur.

– Mais nous partons du principe que c'est quelqu'un d'autre que Marinó qui a allumé ce feu, pas vrai ? fit

Elma. Et donc que cette même personne pourrait l'avoir assassiné avant ?

Après avoir regardé l'enregistrement vidéo, ils étaient tous convaincus que l'individu qu'on y apercevait était l'incendiaire. Aucune autre explication ne justifiait son comportement à cette heure de la nuit.

– Oui, peut-être. S'il a bien été assassiné, nuança Hördur. Dans ce cas, l'incendie a servi à éliminer les preuves.

– Nous avons interrogé les voisins qui nous ont dit que le vendredi, une fête avait été organisée par Marinó et sa sœur, et qu'ils avaient entendu une dispute, enchaîna Elma. J'ai parlé avec les policiers de service ce soir-là, apparemment le calme était revenu lorsqu'ils se sont présentés sur les lieux.

– Il faudrait quand même qu'on se renseigne au sujet de cette dispute, compléta Sævar. Histoire de savoir si elle a eu des conséquences.

– Faites donc ça, lâcha Hördur en étouffant un bâillement.

Il avait les yeux fatigués et, fait notable, sa chemise était chiffonnée, sans parler de la tache de café sur sa manche. Elma avait envie de lui dire de rentrer se reposer, qu'ils superviseraient cette affaire. Mais elle comprenait son désir de travailler plutôt que de traîner chez lui. Sa maison devait être bien vide sans Gígja. Elle avait une personnalité qu'on remarquait, parlait beaucoup et riait fort. Le parfait opposé de son mari, qui aimait la tranquilité et souriait peu.

– Sævar et moi allons nous en occuper, dit-elle.

– Faites attention, ordonna Hördur. Je ne veux pas que les gens découvrent tout de suite que Marinó était peut-être mort avant l'incendie. On ne peut pas infliger ça à la famille avant d'en être absolument certains. Je vais demander au département scientifique de retourner sur les lieux, juste au cas où.

Örnólfur habitait un immeuble proche du centre de Reykjavík.

Finnur avait fait sa connaissance dans un restaurant quelques années auparavant. Il venait alors de mettre fin à une réunion concernant un projet dans lequel il comptait peut-être investir. Les deux gamins qui lui avaient présenté cette affaire en parlaient avec ferveur. À trente ans à peine, ils affichaient une volonté de fer et lui avaient laissé une bonne impression. Après leur départ, Finnur était resté assis pour finir son verre tranquillement. Il n'était pas pressé. Se doutant que la rencontre s'éterniserait, il avait préalablement réservé une chambre d'hôtel.

Assez rapidement, un homme s'était approché et présenté ; il s'appelait Örnólfur et avait entendu parler de lui. Finnur n'avait pas vraiment compris par quel biais.

– Je n'ai pas pu m'empêcher d'écouter votre conversation, lui avait-il dit. C'est un projet intéressant.

Vêtu d'une chemise noire qui moulait son corps musclé, il avait une pinte de bière à la main.

– Absolument, avait acquiescé Finnur, sans un mot de plus.

Il trouvait étrange que cet inconnu se soit installé juste à côté. Au début de la soirée, l'établissement était presque vide, les places ne manquaient pas. Chaque recoin accueillait des fauteuils moelleux, nul besoin de se coller les uns aux autres.

Örnólfur avait continué de bavarder avec lui, et avant d'avoir complètement vidé son verre, Finnur avait malgré lui raconté en détail toute la réunion. Mais son interlocuteur voulait en savoir toujours plus, il ne cessait de l'interroger au sujet de son entreprise, qu'il semblait pourtant déjà bien connaître. Il avait fini par avouer qu'il s'intéressait à lui depuis un moment.

À ce stade, Finnur était passablement éméché. Il avait pris cet aveu comme un compliment. Certes, il était déjà reconnu dans le domaine de l'investissement, mais uniquement par ses pairs. Le commun des mortels ignorait son existence, on ne parlait pas de lui dans les journaux, comme c'était le cas pour certains de ses confrères. Finnur s'était toujours assuré de cacher son nom dans ses plus gros coups.

– Elle ne serait pas en train de vous attendre ? avait-il demandé en désignant une jeune femme qui les fixait, assise au bar.

Örnólfur avait balayé la question de la main.

– Oh, elle peut bien me laisser deux minutes.

La jeune femme avait détourné le regard avec humeur en voyant son geste, et lorsque Finnur avait de nouveau jeté un coup d'œil au bar, elle était partie.

Les deux hommes étaient restés encore un long moment. Örnólfur avait payé sa tournée, et Finnur commençait à être sérieusement ivre.

Avec le recul, il n'aurait sans doute pas dû parler aussi librement. Örnólfur disait avoir une belle somme à investir, mais qu'il attendait la bonne occasion. Finnur lui avait transmis les noms des deux gamins avant qu'ils ne se séparent, puis il était allé s'acheter un kebab au fast-food le plus proche et avait rejoint sa chambre d'hôtel.

Quelques semaines plus tard, un autre projet similaire, quoique bien plus avancé, s'était présenté à lui. Finnur s'était alors félicité de ne pas avoir investi précipitamment dans celui de ces deux gamins.

Puis un jour, il avait entendu du vacarme dans le couloir devant son bureau. Il avait accouru pour voir ce qui se passait. Un homme, qu'il ne reconnaissait pas, venait de balayer une pile de papiers du comptoir d'accueil sous les yeux horrifiés de Birna, la réceptionniste, qui s'était collée au mur.

– Vous ! s'était écrié le type en le fixant d'un air mauvais.

Il ne l'avait pas lâché du regard, même lorsqu'il avait trébuché en s'approchant de lui. C'est là que Finnur l'avait reconnu.

– C'est votre faute, avait articulé Örnólfur en le pointant du doigt.

Les yeux rouges et cernés de noir, il postillonnait abondamment.

– C'était tout ce que j'avais, vous comprenez ça ?

Finnur avait réussi de justesse à s'enfermer à double tour dans son bureau avant que l'homme ne l'atteigne. Il était resté pétrifié tandis qu'Örnólfur tambourinait contre la porte en le couvrant d'insultes et en exigeant des réponses.

Arrivée rapidement, la police l'avait arrêté, mais après cet incident Finnur avait commencé à recevoir d'étranges mails. Tous anonymes et en provenance d'adresses différentes, cependant leur expéditeur ne faisait pas de mystère. La plupart lui étaient envoyés durant la nuit, et le nombre de fautes d'orthographe et de frappe suggérait que leur auteur était ivre. Menaçant, il promettait de lui rendre la monnaie de sa pièce en précisant qu'il savait où il habitait.

Finnur n'avait toutefois jamais revu Örnólfur. En y repensant, il éprouvait parfois une certaine culpabilité. L'homme n'avait visiblement aucune expérience de la finance, et il avait pris ses conseils un peu trop au sérieux. Finnur aurait peut-être dû le mettre en garde au sujet de cet investissement, mais après tout, ce n'était pas son rôle : chacun était libre de décider ce qu'il faisait de son argent. Lui-même n'avait confiance en personne, il n'écoutait que son instinct, c'est pourquoi il avait finalement peu de pitié pour ce pauvre gars.

Quelle idée de placer toutes ses économies dans un tel projet ! Finnur avait pour règle de ne jamais investir plus qu'il ne s'autorisait à perdre. Jamais il n'aurait mis une telle somme là-dedans ; il ne pariait gros que sur des propositions solides. Pour lui, les mails d'Örnólfur n'étaient que le défouloir d'un homme faible, ivre mais inoffensif. Il n'avait jamais mis ses menaces à exécution, c'est pourquoi Finnur n'avait pas estimé nécessaire d'avertir la police.

Il s'était écoulé un an depuis le dernier mail. Un mail qui l'avait cependant troublé. Örnólfur y avait joint la copie d'une vieille condamnation en justice, suggérant qu'il était en vérité loin d'être inoffensif.

Garé devant son immeuble, Finnur coupa le moteur de sa voiture. Il baissa légèrement la vitre, les yeux rivés sur la porte d'entrée. Tôt ou tard, Örnólfur finirait bien par apparaître, et il avait tout son temps.

Au bout d'une heure, la porte s'ouvrit. L'homme avait beaucoup changé ces dernières années, et il ne rentrerait probablement plus dans son étroite chemise noire. Mais c'était bien lui. Le tatouage qui lui remontait jusqu'au cou était reconnaissable entre mille.

Il semblait immense à côté de la femme qui l'accompagnait. Finnur commença à transpirer. Il se rappelait qu'il était grand, mais en le revoyant, un sentiment de menace s'insinua en lui. S'ils se retrouvaient face à face, il ne ferait pas le poids. Il ne s'était jamais battu, pas même lorsqu'il était gamin.

Mais il ne comptait pas se battre. Il y avait bien d'autres manières de causer des dégâts.

Örnólfur et la femme ne prirent pas de voiture, ils descendirent la rue à pied, main dans la main, en bavardant. Finnur redémarra et les suivit.

Après la réunion matinale, Elma vérifia les appels passés et reçus avec le téléphone portable de Marinó pendant les jours précédant l'incendie. Ils n'étaient pas très nombreux, et lorsqu'elle eut retiré les numéros appartenant à ses parents, il n'en restait plus qu'une poignée. Les jeunes ne se téléphonaient presque pas. Ils communiquaient par d'autres moyens : photos et messages envoyés sur les réseaux sociaux, auxquels la police avait plus difficilement accès.

Elle rechercha les autres numéros et nota les noms de leurs propriétaires. Les plus récurrents appartenaient à Andri et Ísak, les meilleurs amis de la victime. Sa mère lui avait donné ces deux noms lorsqu'elle l'avait interrogée, ainsi que celui de Sonja, qui avait un enfant avec Ísak et était l'amie de Frída. Tous les cinq formaient un petit groupe inséparable, l'un d'entre eux lui apprendrait forcément quelque chose sur la vie du jeune homme. Elma remarqua que le dernier coup de téléphone passé par Marinó, à l'heure du dîner le soir de sa mort, avait été pour Sonja.

Malgré cela, elle décida de commencer par aller voir Frída, la jumelle de Marinó. Elle avait promis à ses parents de lui laisser un peu de temps pour digérer le terrible choc qu'elle venait de subir, mais étant donné la tournure que prenait l'enquête, il n'y avait plus une seconde à perdre.

Frída se trouvait chez son petit ami, ce qui arrangeait bien Elma qui voulait s'entretenir avec elle sans la présence de Gerda et Finnur. Les enfants rechignaient toujours à parler devant leurs parents, quel que soit leur âge. La jeune fille lui donna l'adresse au téléphone, et aussitôt Elma et Sævar se mirent en route.

– Tout va bien ?

Elma regarda son collègue d'un air surpris.

– Hein ? Oui, pourquoi cette question ?

– Pour rien. En général, tu es un vrai moulin à paroles.

– Pas du tout.

– Non, pas du tout, répéta Sævar d'un ton ironique. Disons plutôt, tu ne restes jamais silencieuse aussi longtemps.

Elle avait été plongée dans ses pensées, et toutes ne concernaient pas cette affaire.

– Tout va très bien, répondit-elle, s'efforçant de mettre de l'enthousiasme dans sa voix.

– Parfait.

Sævar se gara et coupa le moteur.

Il la regarda un instant, comme s'il s'attendait à ce qu'elle ajoute quelque chose. Un sourire aux lèvres, Elma s'efforça de ne rien laisser paraître. Il était clair que son ami avait un pressentiment, mais elle espérait qu'il n'exige pas de réponses de sa part. Ils avaient fait connaissance deux ans auparavant, alors qu'elle débutait au commissariat d'Akranes. À vrai dire, il était l'une des raisons principales pour lesquelles elle se sentait si bien dans cette ville, mais à cet instant précis, elle voulait surtout sortir de cette voiture et fuir son regard inquisiteur.

Lorsque Frída ouvrit la porte, sa pâleur, ses traits tirés et les larges cernes noirs qui s'étalaient sous ses yeux ne laissèrent aucune place au doute quant au chagrin qui l'habitait. Malgré son état, elle leur serra fermement la main.

– Je vous présente Hrafnkell, dit-elle en entrant dans le salon.

Un garçon râblé leva les yeux de son ordinateur et les salua.

– Vous voulez que je vous laisse tranquilles ? demanda-t-il.

– Oh non, ça ira, répondit Sævar.

– Je vais dans la chambre, dit Hrafnkell comme s'il ne l'avait pas entendu.

Il ferma son ordinateur portable et sortit.

– On peut s'asseoir ici, proposa Frída en désignant un canapé en velours passablement sale.

– Nous avons quelques questions au sujet de votre frère, commença Elma lorsqu'ils se furent installés.

– D'accord, acquiesça Frída en enroulant une mèche de ses cheveux autour de son index.

– Vos parents nous disaient que vous étiez proches ?

– Nous sommes jumeaux, répondit Frída, comme si cela suffisait.

– Je veux dire…

– Je sais ce que vous voulez dire, l'interrompit-elle. Et oui, nous nous sommes toujours bien entendus.

– Vous fréquentiez le même cercle d'amis ?

– Plus ou moins. En tout cas, depuis notre arrivée à Akranes. Ce n'était pas aussi facile à l'école quand nous vivions dans la capitale.

– Pourquoi ?

– Bah…, fit-elle en haussant les épaules. Les enfants n'étaient pas très sympas.

– Avec vous ?

– Surtout avec Marinó.

– De quelle manière ?

– Quelle importance ? On n'était que des gamins de neuf ou dix ans, et ces garçons se sont tous excusés depuis. Ils n'ont plus rien à se reprocher.

Frída hésita un instant avant de reprendre :

– Marinó n'a pas toujours été du goût de tout le monde. Il pouvait sembler un peu prétentieux. Les autres enfants avaient l'impression qu'il les snobait, ce qui n'était pas vrai du tout. Parfois, il était simplement à part, il ne se préoccupait pas vraiment des autres, et ça pouvait déranger. On le considérait comme arrogant, alors que c'était tout le contraire.

– Et ses amis d'aujourd'hui ? s'enquit Elma. Vous pouvez nous en dire un peu plus à leur sujet ?

– Que voulez-vous savoir ?

– Ce qui vous semble important.

Frída réfléchit une seconde.

– Marinó avait deux meilleurs amis, Ísak et Andri. Il a connu Andri en premier, ils ont tout de suite accroché, bien qu'ils soient très différents.

– En quoi sont-ils différents ?

– Je sais pas, moi… Marinó ne s'intéressait pas du tout au sport, alors qu'Andri est obsédé par le foot. Marinó joue… jouait du saxophone, et je pense qu'il aurait voulu se diriger vers des études de musique, même s'il s'est finalement inscrit en informatique. Ça a toujours été un nerd, alors ce cursus lui allait bien, mais la musique, c'était sa véritable passion. Andri se moquait gentiment de lui. En réalité, je crois qu'il admirait la manière dont Marinó suivait son chemin sans craindre d'être différent. Andri est le genre de mec qui se préoccupe beaucoup de son apparence. Ses fringues, ses cheveux, tout ça. Les filles tombent toutes à genoux devant lui, mais quand on apprend à le connaître, on se rend compte qu'il n'est pas aussi dur qu'il le prétend. Il est même plutôt timide.

À en juger par son sourire, Frída l'appréciait beaucoup.

– Est-ce qu'ils se sont déjà brouillés ?

– Non, jamais.
– Et concernant Ísak ?
Frída prit un coussin dans ses bras avant de poursuivre.
– Ísak sortait avec ma copine Sonja jusqu'à récemment. Ils formaient un couple depuis… depuis toujours, en fait. Ils ont un bébé de cinq mois ensemble. Ísak travaille comme mécanicien à l'usine de ferrosilicium. Mais le truc, c'est qu'il a toujours été un peu…
Frída chercha un instant le bon mot en triturant l'un des coins usés du coussin.
– Un peu incontrôlable. Il y a quelques années, tous les gamins avaient peur de lui. Il volait des vélos et les peignait en noir à la bombe pour les revendre. Quand il n'y arrivait pas, il les jetait dans des jardins au hasard. Il a commencé à traîner avec Marinó et Andri en troisième. À ce moment-là, il était déjà avec Sonja.
– Et ça l'a transformé ? demanda Sævar.
Il s'était légèrement incliné en avant, peut-être parce que Frída parlait à voix très basse. Elma n'aurait su dire si c'était son volume naturel ou si elle voulait éviter de déranger son petit ami.
– Pas du tout, répondit la jeune fille en secouant la tête. Il continuait à faire des conneries régulièrement.
– Il y a eu un conflit entre Ísak et Marinó récemment ? Ils se sont disputés lors de la fête ?
– La fête ? répéta Frída d'un air surpris.
– Oui, nous avons discuté avec vos voisins, expliqua Elma. Ils nous ont appris qu'il y avait eu une fête chez vous vendredi dernier.
– Ah, oui. Nos parents n'étaient pas là et…
Elle inspira profondément et enchaîna d'une voix rapide :
– Ísak et Marinó se sont à moitié battus vendredi soir.

Mon frère discutait avec Sonja dans une des chambres, et quand il est ressorti, il était énervé, il voulait parler à Ísak. Ils ont disparu dehors quelques instants, puis Ísak est parti en furie et… et je ne sais pas ce qui s'est passé entre eux, mais quand Marinó a réapparu, il avait la joue rouge et une lèvre ouverte. Après ça, la police est arrivée.

– Donc, les voisins les ont entendus se battre ?

– Je pensais qu'ils avaient appelé la police à cause de la musique ? s'étonna Frída.

– Non, ils ont entendu des cris, dit Elma. Et quelque chose qui s'est cassé.

– Oh. Je crois que c'est juste un verre qui est tombé, rien de grave.

– Marinó ne s'est pas confié à vous après le départ d'Ísak ?

– Non, il ne voulait pas parler, répondit Frída en haussant les épaules. Je n'ai rien compris, mais tout ça était très… étrange. Ce n'était même pas censé être une fête, on voulait juste jouer aux jeux vidéo. Et soudain, Marinó était bourré, et je n'ai rien suivi de ce qui se passait.

– Il avait l'habitude de boire ?

– Non… À vrai dire, il ne buvait presque jamais, en tout cas jamais autant que vendredi.

– Vous vous disputiez, parfois ? interrogea Sævar.

– Hein ? lâcha la jeune fille, piquée au vif. Non, presque jamais.

– Les voisins disent vous avoir entendus vous disputer il y a quelques jours.

– Ah, ça ! C'était stupide. Nos parents nous ont offert une voiture qu'on devait se partager, mais c'était presque toujours Marinó qui s'en servait, parce que Hrafnkell en a une aussi. Sauf que celle de Hrafnkell était en panne la semaine dernière et qu'on voulait aller au cinéma à Reykjavík. Pour une fois que je réclamais la voiture, Marinó s'est énervé parce qu'il devait aller quelque part.

– Je vois, dit Elma.

Si quelqu'un était capable de comprendre les disputes entre frères et sœurs, c'était bien elle. Sa grande sœur Dagný et elle avaient passé leur enfance et leur adolescence à s'écharper, et elle aurait été curieuse d'entendre ce que les voisins avaient à dire à leur sujet vingt ans auparavant.

– Vous fermez votre porte d'entrée à clé, en général ? demanda Sævar.

– Toujours. Pourquoi ?

– Nous n'avons remarqué aucune trace d'effraction. Pas de fenêtre brisée ni rien d'autre, et les pompiers ont dû forcer la porte pour entrer. Vous pensez que Marinó aurait pu oublier de la fermer ?

– Non, jamais. Il est assez angoissé à ce sujet.

– Vous savez qui d'autre possède une clé de votre maison ? demanda Elma.

– La famille, c'est tout.

– Quelqu'un peut nous confirmer où vous vous trouviez dans la nuit de samedi à dimanche ?

Frída ne semblait pas affectée par cette question lorsqu'elle regarda Elma dans les yeux.

– Hrafnkell. Nous étions ici tous les deux.

La maison de Finnur et Gerda avait fière allure de l'extérieur, mais à l'intérieur la décoration n'était pas du meilleur goût. Dans le séjour avec cuisine ouverte, en dépit d'un plafond haut et d'un sol recouvert de belles dalles en pierre naturelle sombre, le mobilier était si vieillot qu'il rendait la pièce presque oppressante. Les tableaux de paysages ainsi que le canapé et les fauteuils en cuir marron n'aidaient pas à alléger l'atmosphère. Si ces meubles ne semblaient pas de mauvaise qualité en soi, le style de l'ensemble avait quelque chose d'un peu ridicule. Ils étaient mal disposés, les étagères étaient trop chargées, l'arrangement des tableaux semblait aléatoire sur les murs qui, pour ne rien arranger, avaient jauni.

Elma parcourait la maison tandis que l'équipe scientifique avait repris son inspection de la chambre de Marinó.

Il était clair que les parents avaient été absents durant le week-end. L'évier de la cuisine était rempli de vaisselle sale et sur la table trônaient deux bouteilles de Coca vides ainsi qu'une boîte à pizza. Quelqu'un s'était préparé un smoothie, car il y avait également un mixeur et un sachet ayant contenu des framboises surgelées.

En dehors d'une odeur persistante de brûlé, le salon et la cuisine avaient été épargnés par l'incendie.

Elma s'approcha d'une vitrine aussi surchargée que les autres étagères de statuettes, de photos des jumeaux et de livres empilés.

– Qu'en penses-tu ? demanda Sævar.

– Pas vraiment mon genre, mais la maison est belle de l'extérieur.

– Vraiment ?

– Oui, dit Elma en se retournant avec un sourire aux lèvres. Tu ne trouves pas ?

Sævar haussa les épaules et s'avança vers elle.

– Personnellement, je préférerais une maison plus ancienne. Avec plus de personnalité.

– Les maisons ont des personnalités ?

– Bien sûr, acquiesça Sævar. Comme les gens.

– N'importe quoi.

Elma reporta son attention sur la vitrine. Une puissante odeur de vieux livres et de cuir lui envahit les narines lorsqu'elle l'ouvrit. La plupart de ces ouvrages devaient appartenir à une collection, car ils avaient la même couverture noire et les mêmes lettres dorées.

– Quelque chose d'intéressant ? demanda Sævar qui s'était approché de la fenêtre et observait la terrasse.

– Peut-être. Si on aime Laxness ou la poésie.

Elle leva la tête vers les étagères du haut, ornées de plusieurs cadres. Il s'agissait pour l'essentiel de portraits pris chez un photographe. Très apprêtés, tous prenaient la pose et arboraient leur plus beau sourire.

S'emparant d'une photo de la famille au complet, Elma contempla les jeunes parents entourant leurs enfants, qui devaient avoir cinq ans. Finnur avait beaucoup plus de cheveux, et ils étaient plus sombres, Gerda portait de grandes boucles d'oreilles et une chemise en soie. Les jumeaux étaient alors la copie conforme l'un de l'autre, cependant le temps avait gommé leur air de famille. Sur les photos d'aujourd'hui, Elma ne leur trouvait pas de ressemblance particulière, mais elle ne pouvait évidemment juger que d'après leur apparence. Elle n'avait jamais vu Marinó parler ou bouger, or les similitudes pouvaient concerner bien d'autres aspects que le simple physique.

Apparu dans le couloir, Hördur les interpella.

– La Scientifique est en train de remballer.

Ils le suivirent dans la chambre de Marinó.

L'odeur de brûlé, qui avait déjà commencé à s'évaporer, se mêlait à celles des produits chimiques employés par le département scientifique. Si une grande partie de la pièce portait les stigmates de l'incendie, les dégâts n'étaient toutefois pas aussi importants que ce à quoi Elma s'était attendue. La fenêtre avait explosé, et il y avait fort à parier qu'il faudrait reconsolider l'ensemble du mur de la façade, mais les autres semblaient avoir été relativement épargnés. Elle se demanda si les parents du jeune homme entreprendraient les travaux nécessaires, ou s'ils préféreraient déménager. Pouvaient-ils envisager de vivre à nouveau dans cette maison après la tragédie qui les avait touchés ?

La plupart des meubles et des objets étaient en piteux état, les flammes n'ayant fait qu'une bouchée du bureau et du lit. Les murs étaient couverts de marques noires, et d'étranges stries parsemaient le sol. Sans doute les traces du liquide inflammable qui avait été aspergé par terre. Observant avec une fascination morbide le lit calciné, elle croisa les doigts pour qu'il soit retiré avant que les parents de Marinó ne reviennent.

Spacieuse, la chambre accueillait une grande armoire encore entière contre le mur opposé au lit. Les pompiers étaient visiblement arrivés avant que le feu ne l'atteigne.

– S'il y avait des indices à relever, ils ont probablement été détruits par les flammes, commenta Hördur. L'ordinateur portable de Marinó a été sauvé, il était dans une autre pièce, mais son téléphone a été sérieusement endommagé.

Un agent de la Scientifique s'approcha d'eux.

– Je t'envoie un rapport dans la semaine, dit-il à Hördur. Nous avons presque fini.

– On est d'accord qu'il s'agit bien d'un incendie criminel ? demanda Sævar.

– Oui, acquiesça l'homme en pointant le sol du doigt. Vous voyez ici l'origine du feu. Quelqu'un a versé de l'essence, comme l'indiquent ces traces irrégulières. Pour tout vous dire, je suis étonné que la pièce ne soit pas en plus mauvais état. Les pompiers ont été si rapides ?

– Oui, répondit Hördur. La caserne est juste à côté, en à peine quelques minutes ils étaient sur les lieux.

– Malheureusement, quelques minutes suffisent parfois. C'est bizarre que le gamin n'ait pas été réveillé par le détecteur de fumée, il fonctionne encore.

Levant les yeux au plafond, ils virent la petite diode rouge de l'appareil clignoter.

– Par ailleurs, poursuivit l'agent de la Scientifique en soulevant un sachet en plastique transparent, on a trouvé ça dans l'armoire.

– Le téléphone de Marinó ? demanda Elma.

– J'en doute, répondit-il en retournant le sachet.

L'arrière du téléphone était décoré de strass violet et argenté.

– Qu'est-ce qui s'est passé ?

L'expression horrifiée, Gerda leva les mains en l'air en apercevant Finnur. Sans répondre, il se précipita dans la cuisine et ouvrit le réfrigérateur. Le sang bouillonnait toujours dans ses veines et il ruisselait de sueur.

– Que cherches-tu, Finnur ? Je ne suis pas allée faire les courses.

Elle lui prit la main et essaya d'attirer son regard.

– Que s'est-il passé au juste ? Où étais-tu ?

– De l'eau, parvint-il à articuler.

– De l'eau ?

Elle l'observa une seconde avant d'attraper un verre et de le remplir d'eau du robinet.

Il le vida d'un trait puis rejoignit le salon et se laissa tomber sur le canapé.

Chaque fois qu'il fermait les yeux, il imaginait le bien-être qu'il aurait éprouvé en sentant le corps d'Örnólfur s'écraser contre sa voiture et en le voyant s'effondrer par terre, sans vie. Là, oui, il aurait eu la sensation que justice avait été faite. Mais il s'était ravisé et contenté de le dépasser à toute vitesse. Dans le rétroviseur, il l'avait vu lever les yeux sur la voiture avec surprise.

– Finnur, où étais-tu ? répéta Gerda.

L'ayant suivi dans le salon, elle le surplombait à présent, les mains sur les hanches.

– J'ai passé la journée toute seule, Finnur. Seule sans nouvelles de toi. Je croyais que… je…

Portant la main à sa bouche, elle ferma les paupières. Finnur la regarda puis, bondissant sur ses pieds, il la prit dans ses bras.

– Ne t'inquiète pas, lui dit-il d'une voix apaisante.

Ils finirent par s'asseoir tous les deux sur le canapé.

Retrouvant peu à peu ses repères, il se souvint où il était. Il avait loué un logement à l'un de ses collègues, car il ne voulait plus avoir à vivre chez sa mère. Le propriétaire habitait à l'étranger, il avait mis son appartement en vente mais, après avoir appris ce qui leur était arrivé, il avait accepté de leur louer pour une durée limitée. Il était hors de question qu'ils retournent dans la maison qu'ils avaient fait construire. Plus jamais il n'y remettrait les pieds.

Lentement, il berça Gerda ; il avait autant besoin qu'elle de ce moment d'intimité. Ses nerfs étaient encore à vif. Il avait conduit à toute vitesse pour revenir chez lui, et s'estimait chanceux de n'avoir pas été arrêté sur la route. Mais peut-être n'était-ce pas une si bonne chose. Peut-être le méritait-il. Sa tragédie n'était pas une excuse pour mettre la vie des autres en danger.

– Je suis allé à Reykjavík, dit-il après un instant.

– Pour quoi faire ? l'interrogea Gerda en le regardant fixement.

– Je voulais me venger.

– Te venger de qui ? Je ne comprends pas, Finnur.

Pas étonnant qu'elle ne comprenne pas. Il ne lui avait jamais parlé d'Örnólfur ni des mails qu'il avait reçus. Il ne voulait pas lui causer du souci inutilement. C'était encore plus difficile à présent qu'il savait qu'il était responsable de la mort de leur fils. S'il avait dénoncé cet homme ou réclamé une protection policière, Marinó serait encore en vie.

Se détachant de son étreinte, il ne put la regarder dans les yeux pendant qu'il lui racontait tout ce qui s'était passé.

La salle de sport de la rue Vesturgata sentait le caoutchouc et la sueur. Tandis qu'il parcourait l'étroit couloir en direction des vestiaires, Unnar entendait les semelles des chaussures couiner contre le sol.

Il avait hâte de bouger. Toute la journée, il avait été d'humeur sombre et n'avait pas réussi à se concentrer au travail. Un peu plus tôt, il avait reçu un appel d'une succursale en Suède et s'était ridiculisé. S'il n'avait jamais été très bon en anglais, il savait d'ordinaire se débrouiller, mais au téléphone, sa langue semblait soudain avoir triplé de volume. Il bégayait, ne retrouvait plus les mots les plus simples. Dieu merci, il était seul et personne n'avait vu son visage écarlate. La conversation terminée, il avait été tenté de jeter l'appareil à travers la pièce. Mais céder à cette rage qui le submergeait parfois ne servait à rien.

S'asseyant sur le banc en bois du vestiaire, Unnar sentit l'odeur âcre de sa propre sueur en retirant son pull. Pris d'une crampe dans le dos, il grimaça. Il aurait eu bien besoin d'un massage. Autrefois, il avait pour habitude de masser les épaules de Laufey lorsqu'elle se plaignait après une longue journée au salon de coiffure. Il imaginait à présent son expression s'il lui demandait la même chose. Elle prétendait toujours que son travail à lui était une partie de plaisir à côté des heures qu'elle passait à s'occuper des enfants, et qu'elle méritait bien un peu de repos. À croire que lui, en comparaison, revenait tout juste de vacances.

Óskar l'attendait dans la salle. Il avait déjà préparé le terrain de badminton, enfoncé les poteaux blancs dans les trous du sol et tendu le filet.

– Regardez-moi qui s'est enfin décidé à venir ! s'exclama-t-il en l'apercevant.

Il lui lança le volant, et Unnar parvint de justesse à lever sa raquette pour le lui renvoyer avant qu'il ne frappe son visage.

– Tu peux parler, rétorqua-t-il à son ami.

D'accord, il était en retard, mais il n'était pas le seul. Óskar et Harpa étaient arrivés à une heure indécente à leur dîner le week-end précédent, prétextant un problème avec les enfants. Unnar avait cependant bien remarqué à l'étincelle dans leur regard que c'était tout autre chose qui les avait retenus. Ils avaient trois gamins âgés de moins de cinq ans et peu d'occasions d'engager une baby-sitter, difficile de leur en vouloir.

Éclatant de rire, Óskar lui renvoya le volant.

– Tu t'es remis de notre soirée ? lui demanda-t-il une heure plus tard, alors qu'ils étaient assis dans le vestiaire.

– Si on veut, fit Unnar avant de marquer un silence et d'enfiler son tee-shirt. Mais je ne sais pas vraiment ce qui s'est passé.

– Comment ça ?

Déjà tout habillé, Óskar était pressé de rentrer – contrairement à lui. Unnar laissa échapper un petit rire et s'efforça d'employer un ton léger :

– Je veux dire… J'ai perdu le compte du nombre de

verres que j'ai bus et je n'ai presque aucun souvenir. Un peu comme dans le temps.

Óskar sourit, mais quelque chose dans ce sourire agaça Unnar.

Lorsqu'ils étaient plus jeunes, son ami ne le lâchait jamais d'une semelle. Il achetait le même genre de vêtements que lui, répétait les mêmes phrases et essayait même de copier sa manière de se tenir. Mais une fois en couple avec Harpa, il avait commencé à changer. Il ne sortait plus avec les copains le soir, ne riait plus sincèrement à leurs blagues, ne faisait la fête que lorsqu'elle était là.

Unnar comprenait bien pourquoi il ne voulait jamais trop s'éloigner d'elle. Elle était bien plus belle que lui, avec son sourire lumineux et son rire cristallin. Personne ne comprenait ce qu'elle voyait chez lui, d'ailleurs, et Unnar avait parié avec ses amis que cette relation ne durerait que quelques jours. Mais après plusieurs années, ils étaient toujours ensemble et l'éclat qu'Óskar avait dans les yeux lorsqu'il parlait d'elle ne faisait que s'intensifier au fil du temps.

Visiblement, il avait quitté l'équipe des hommes pour rejoindre celle des femmes. Il prenait toujours fait et cause pour elles et au cours des dîners il restait à côté de Harpa, discutait avec les autres épouses ou s'occupait des enfants. Ces dix dernières années, il avait endossé un nouveau rôle, était devenu Óskar qui construit une cabane pour ses gamins, Óskar qui fait le tour du pays dans une caravane flambant neuve, Óskar qui ne boit de l'alcool qu'avec sa femme, Óskar qui vote pour les Verts et écrit des articles féministes sur Facebook.

Pour ne rien arranger, l'admiration qu'il éprouvait autrefois pour Unnar semblait s'être muée en pitié, si ce n'était en mépris. Leur amitié ne tournait plus qu'autour du badminton et des dîners de couples.

– En effet, acquiesça Óskar. Comme dans le temps.

– Qu'est-ce que…, hésita Unnar avant de s'éclaircir la gorge. Une fois que Villi et sa femme sont partis…

– Brynhildur.

– Oui, Brynhildur. Vous êtes restés longtemps après, ou bien… ?

– Pas tellement, non. Harpa et moi sommes rentrés vers une heure. J'avais mal au ventre d'avoir trop mangé et trop bu, et Harpa avait très froid après être restée sous la pluie.

– Sous la pluie ?

– Vous avez discuté un long moment dans le jardin quand vous êtes sortis fumer. Elle était trempée lorsque vous êtes enfin rentrés.

Óskar replia sa tenue de sport et la glissa dans son sac.

– Je ne comprendrai jamais pourquoi Harpa ressent le besoin de fumer dès qu'elle boit de l'alcool, mais je croyais que toi, tu avais complètement arrêté, Unnar.

– Oui, je…, balbutia-t-il, sentant la sueur se glacer dans son dos. Ça m'arrive d'en fumer une.

Óskar hissa le sac sur son épaule et regarda son ami quelques secondes de trop, comme s'il hésitait à ajouter quelque chose.

– Il vaut mieux que j'y aille, dit-il finalement avec un sourire crispé avant de sortir.

Resté seul, Unnar fixa le mur blanc qui s'écaillait face à lui.

Il se rappelait bien avoir fumé cette cigarette, il se rappelait bien la pluie. Les fragments de souvenirs s'alignaient de nouveau dans sa tête, et soudain, il sut exactement ce qui s'était passé.

Sonja essaya de nouveau d'appeler et écouta le téléphone sonner dans le vide jusqu'à tomber sur le répondeur. Elle contempla avec déception le nom qui s'affichait à l'écran, se rappelant le sentiment qui s'était emparé d'elle la première fois qu'elle l'avait vu apparaître, la manière dont son cœur s'était emballé. Ísak n'avait pas provoqué un tel effet sur elle depuis des années.

L'interphone retentit, et c'est à ce moment qu'elle se rendit compte que Jóel était réveillé. Contrairement aux autres enfants, il ne pleurait jamais en émergeant du sommeil, mais se contentait de babiller paisiblement dans son petit lit à barreaux.

S'emparant du combiné, Sonja crut un instant que c'était *lui*, avant d'entendre la voix de sa mère. Un peu essoufflée, comme si elle venait de courir – ce n'était pas le cas. Le moindre effort lui faisait perdre haleine, porter tous ces kilos en trop lui coûtait beaucoup d'énergie.

– Tu as vu ta tête ? lui lança-t-elle en entrant brusquement.

Elle arrivait toujours comme une tornade. Elle jeta son sac par terre, posa sa veste sur la poussette dans l'entrée et, passant devant elle en coup de vent, elle alla droit vers la chambre, à bout de souffle.

Sonja n'eut même pas le temps de lui répondre, car elle parlait déjà avec son petit-fils. De la chambre lui parvenait l'écho de sa voix sirupeuse :

– Ça alors, mon petit chéri à sa grand-mère, tu es toujours dans ton lit ? Ta maman ne s'occupe donc pas de toi ? Tu veux que Mamie te prenne dans ses bras, mon amour ?

En chemin vers la cuisine, Sonja croisa son reflet. Sa mère avait raison : elle avait l'air malade avec ses yeux cernés et ses cheveux filandreux. Elle s'était endormie alors qu'ils étaient encore mouillés, et à présent ils pointaient dans toutes les directions. Peu importait. Elle versa du café dans deux tasses.

– Sa grenouillère est sale, dit sa mère d'un ton accusateur lorsqu'elle fut assise sur une chaise de la cuisine, Jóel sur ses genoux. Il s'est vomi dessus.

Sonja posa les tasses sur la table et s'installa à son tour.

– Je le changerai après.

Sa mère la regardait fixement. Elle décelait sans doute chez elle chaque signe de fatigue, chaque tic nerveux. Elle avait toujours eu un œil de lynx pour ce genre de choses, et détectait instantanément si elle avait des problèmes, si elle mentait ou avait fait une bêtise. Parfois, c'était à croire qu'elle le ressentait à distance, car elle venait systématiquement à l'improviste les jours où Sonja était au plus mal.

– Qu'a fait Ísak, encore ? soupira-t-elle avant de boire une gorgée de café. Mets-moi un peu de lait là-dedans.

Sonja se leva et lui obéit.

– Rien. Il n'a rien fait.

– Je t'avais dit de ne pas lui faire confiance. Dès que tu l'as ramené à la maison, j'ai compris à quel genre de garçon on avait affaire.

Elle déposa un baiser sur le front de Jóel, comme pour s'excuser de parler ainsi de son père.

– Quand il est arrivé avec ce… ce pantalon de femme et ce tee-shirt moulant, qu'il est allé directement dans ta chambre et qu'il a fermé la porte en nous disant à peine bonjour. Comme si c'était acceptable de venir dans ma maison passer du temps avec ma fille sans même se présenter.

– Maman…, souffla Sonja.

– Je te dis simplement la vérité, ma chérie, poursuivit sa mère d'une voix calme. J'ai immédiatement su qu'il ne serait jamais un homme comme il faut. Jamais celui dont tu avais besoin. D'accord, c'est un beau garçon, et il n'a pas que des défauts. Ton grand-père m'assure qu'il travaille plutôt bien et qu'il est ponctuel.

– Ponctuel ? répéta Sonja, sans parvenir à réprimer un sourire. C'est la seule qualité que tu lui trouves ? Il est ponctuel ?

– Non, non. Il t'a aussi donné ce magnifique fils. N'est-ce pas, mon petit Jóel ? Tu es un vrai cadeau.

Elle le fit sauter sur ses genoux et le bébé sourit jusqu'aux oreilles. Il adorait sa grand-mère. Elle disait que c'était pour cette raison qu'elle ne voulait pas perdre ses kilos en trop. Selon elle, une mamie devait être douce et confortable.

Sonja sourit. Le fait que son fils semble préférer passer du temps avec sa grand-mère plutôt qu'avec elle ne la dérangeait pas, elle était à vrai dire reconnaissante de pouvoir se reposer un peu.

– Alors, qu'a fait Ísak cette fois ? insista sa mère en la regardant de nouveau.

Sonja fit tournoyer le café dans sa tasse, et le liquide noir vint en frôler le bord.

– Il n'a rien fait, répéta-t-elle d'une voix soudain rauque.

Sa mère attendit.

Sonja déglutit et leva les yeux.

– C'est un autre garçon qui…

– Un autre garçon ? la coupa sa mère d'une voix dure.

Trop souvent, elle avait été une épaule sur laquelle pleurer lorsque Sonja était encore en couple avec Ísak.

– Il t'a fait du mal ?

– Non, tu ne comprends pas, Maman, soupira Sonja en continuant de remuer sa tasse.

Un filet de café avait débordé et coulait à présent sur la table.

– Qu'est-ce que tu veux dire, alors ?

– C'est moi qui ai fait quelque chose de mal, cette fois, pas lui, balbutia-t-elle au bord des larmes. Quelque chose de très, très mal.

Mercredi

Le rapport complet du médecin légiste arriva sur le bureau de Hördur le mercredi matin. Il convoqua Elma et Sævar à une réunion et leur expliqua qu'aucune trace de cyanure n'avait été décelée dans le sang de Marinó.

– En revanche, on y a découvert quelque chose de surprenant, poursuivit-il. Une importante quantité d'Imovane, un somnifère, ainsi que des traces d'alcool.

– Une importante quantité ? demanda Sævar. Du genre à suggérer une tentative de suicide ?

– On dirait bien. Finnur est venu me voir tout à l'heure, j'en ai profité pour lui poser des questions à ce sujet. Il m'a confirmé s'être fait prescrire ce médicament car il souffrait de troubles du sommeil, mais à sa connaissance Marinó n'en avait jamais pris.

– Il aurait donc attenté à sa vie pile la nuit où quelqu'un avait décidé de s'introduire chez eux pour mettre le feu ?

Elma trouvait cela un peu trop pratique. À vrai dire complètement improbable.

– Visiblement, acquiesça Hördur. Les somnifères sont souvent utilisés pour les tentatives de suicide, mais le fait que cela ait eu lieu la même nuit que l'incendie est évidemment étrange.

– Pour moi, aucune chance que ce soit une coïncidence, commenta Sævar.

– Finnur est persuadé que cet acte était dirigé contre lui, dit Hördur avant d'évoquer Örnólfur, l'homme qui l'accusait de l'avoir arnaqué. Il a tout perdu après un mauvais investissement, et considérait Finnur comme responsable. Ces dernières années, il n'a pas arrêté de lui envoyer des mails avec toutes sortes de menaces, parmi lesquelles celle de brûler sa maison.

Elma consulta rapidement les feuilles de papier où les mails en question avaient été imprimés.

– Le dernier remonte à presque un an, fit-elle remarquer. Pourquoi ce type n'aurait-il agi que maintenant ?

– Comme vous le savez très bien, les hommes de ce genre peuvent être imprévisibles. Cet Örnólfur a eu des problèmes avec la justice depuis ses quinze ans. Il a été incarcéré en 2006 pour toute une série de délits : vols, agressions physiques et trafic de drogue. Il a de nouveau été condamné à une peine de dix ans en 2009, mais il a finalement été libéré en 2015.

– Ce n'est pas un peu tiré par les cheveux ? demanda Elma en tendant les feuilles à Sævar. C'est une chose de menacer quelqu'un, mais de là à assassiner Marinó pour se venger de son père…

– Pourquoi a-t-il été condamné en 2009 ? interrogea Sævar.

– J'y venais, répondit Hördur. Örnólfur était en bisbille avec un de ses collaborateurs trafiquants. Et pas du genre petit dealer ; le type habitait une luxueuse maison à Gardabær avec sa femme et ses deux fils. Un soir, Örnólfur est entré chez eux, et vous pouvez lire ici ce qu'il a fait ensuite.

Elma lut le paragraphe que Hördur pointait du doigt et sentit son cœur s'emballer. La nuit du samedi

20 décembre 2008, Örnólfur s'était introduit au domicile de son associé armé d'un bidon d'essence. Il l'avait vidé sur le sapin de Noël dans le salon pendant que la famille dormait paisiblement, avant de craquer une allumette et de la porter à l'une des branches.

– Qu'est-ce que c'est que ça ? C'est… c'est vraiment une pizza ? Depuis quand elle est là ?

– Oh, Maman, soupira Ísak en se retournant dans son lit. Tu veux bien me laisser ?

– C'est dégoûtant, Ísak ! Ta chambre est une vraie porcherie, et je ne parle même pas de l'odeur ! Tu ne peux pas au moins ouvrir la fenêtre ?

– Non, je me repose.

– Tu te reposes ? cracha sa mère. Je ne sais pas quel est ton problème, Ísak. À vingt et un ans, tu te fais porter pâle au travail, tu vis de nouveau chez ta mère et tu n'es même pas capable de garder ta chambre en ordre ! Dire que tu es père d'un enfant…

– Tu. Veux. Bien. Me. Laisser.

Malgré ses efforts pour rester calme, Ísak sentit un tremblement dans ses doigts tandis que ses muscles se contractaient. Il entendait sa mère aller et venir dans sa chambre, ramassant assiettes et verres pendant qu'elle lui parlait. Elle ne cessait de pousser des grognements exaspérés.

– C'est absolument dégueulasse, Ísak. Et je veux que tu me paies un loyer.

– Un loyer ?

– Quoi, tu croyais que tu logerais ici gratuitement ? Service compris, c'est ça ?

Prenant une voix sirupeuse, elle poursuivit :

– Tu pensais que ta maman ferait ta lessive et qu'elle cuisinerait pour toi, comme si tu étais tout petit. Un tout petit garçon qui…

– Putain mais dégage !

Ísak repoussa sa couette d'un geste brusque et se redressa. Tremblant de rage, il se fichait d'avoir choqué sa mère.

– Dehors, maintenant !

– Arrête immédiatement, Ísak ! Tu ne me parles pas comme ça. Je sais que ton ami vient de mourir, mais ce n'est pas une rai…

– Dehors ! hurla-t-il aussi fort qu'il le pouvait.

Sa mère se figea et le regarda d'un air incrédule.

– Je ne comprends pas ce que tu es devenu, Ísak, dit-elle d'une voix faible avant de sortir enfin.

Il se laissa retomber sur son lit et cacha ses yeux avec son bras. Il était si las de tout ça. Mais elle avait raison. Il n'était pas un père digne de ce nom. L'idée qu'il puisse avoir un fils était grotesque.

Sonja et lui s'étaient mis ensemble alors qu'ils n'étaient encore que des adolescents, et pour lui, ce n'était rien de sérieux. Elle n'aurait jamais dû être plus qu'une histoire d'un soir. Mais elle n'était pas de cet avis. Elle ne l'avait pas laissé partir. Jamais. Il avait beau lui dire des choses terribles, il avait beau la tromper, elle lui pardonnait tout, revenait toujours vers lui et ils reprenaient à zéro, comme si de rien n'était.

Une certaine partie de lui admirait sa détermination. Aucune fille ne s'était jamais donné autant de mal pour être avec lui. Et lorsqu'elle était de bonne humeur, Sonja déployait une énergie incroyable, partante pour n'importe quelle aventure, toujours aux petits soins. À seize ou dix-sept ans, cette attention qu'elle lui portait boostait son ego, mais à un certain moment, leur relation était devenue malsaine. Il ne comprenait pas comment Sonja supportait cela. Parfois, il avait la sensation qu'elle voulait être maltraitée.

Le vendredi précédent, lors de la soirée, quelque chose avait changé. Elle n'arrêtait pas de tourner autour de Marinó. Ísak avait fini par les surprendre dans une des chambres, où ils étaient tous deux assis sur le lit. Ils se tenaient la main, et lorsqu'elle avait redressé la tête, Sonja était en larmes. Marinó s'était levé, avait lancé un regard furieux à Ísak puis il avait claqué la porte.

Quand ils étaient ressortis plus tard dans la soirée, Marinó était ivre mort, et c'est là que la fête avait vraiment dégénéré.

Même si c'était son ami qui l'avait agressé le premier, Ísak était rongé par le regret. Il regrettait d'avoir pris Sonja pour une imbécile si longtemps, il regrettait son comportement envers elle, mais par-dessus tout, il regrettait ses derniers échanges avec Marinó.

Elma aurait dû prendre le volant. Incapable de se repérer dans Reykjavík, Sævar refusait néanmoins d'utiliser le GPS. Après avoir obtenu l'adresse, il avait affirmé savoir à peu près où se trouvait l'appartement.

Elma soupira lorsqu'il manqua un énième virage.

– Fais demi-tour, lui ordonna-t-elle. C'est une impasse.

Sævar obéit et accepta enfin de suivre ses indications.

– Il n'y a pas eu de riposte après qu'Örnólfur a mis le feu à la maison de son associé ? demanda-t-elle lorsqu'ils furent de nouveau sur le bon itinéraire.

– De riposte ?

– Oui. Il est allé en prison, je sais bien, mais j'imagine que l'autre type n'a pas voulu en rester là. Même si toute la famille a pu sortir de la maison à temps, il a dû vouloir se venger.

– Aucune idée. Si vengeance il y a eu, la police n'a jamais été au courant.

– Je vois.

Elma ne comprenait pas ce qui avait pu se passer entre les deux associés pour que cela se termine de manière aussi violente. Qu'est-ce qui pouvait justifier de mettre deux jeunes enfants en danger de mort ? Tout bien réfléchi, les hommes capables de tels actes ne pensaient pas de manière logique, et ils étaient souvent sous l'influence de substances diverses. Örnólfur avait un fils de deux ans aujourd'hui. Elma espérait qu'il se rendait à présent compte de la gravité de ses actes.

– Personnellement, je m'interroge surtout sur la manière dont il a acquis l'argent investi dans le projet que mentionnait Finnur, dit Sævar. Apparemment, c'était une somme vraiment importante, et Örnólfur n'a pas l'air franchement brillant.

– Je doute qu'il l'ait gagnée de manière très honnête, répondit Elma en pointant du doigt l'immeuble où il habitait. C'est là.

L'homme qui les accueillit était si imposant que même Sævar dut lever la tête pour le regarder dans les yeux. Finnur l'avait qualifié d'armoire à glace, mais Örnólfur semblait plus grassouillet que musclé. Un tatouage émergeait de l'encolure de son tee-shirt à manches longues et lui remontait jusqu'au cou.

– Entrez, dit-il en leur maintenant la porte ouverte.

Lorsqu'ils furent assis, Sævar l'interrogea sur sa relation avec le père de Marinó.

– Finnur, répéta-t-il en mâchant nerveusement son chewing-gum. Je vois qui c'est, ouais. Et alors, qu'est-ce qu'il a ?

– Son fils est mort ce week-end, répondit Sævar.

– Ah bon ? Ben… c'est triste.

– Vous voulez savoir comment ?

– Hein ? Euh… ouais, OK.

Il leur adressa un regard méfiant.

– Un incendie. On a versé de l'essence par terre dans sa chambre avant de mettre le feu. Ça vous rappelle quelque chose, non ?

Un instant, Örnólfur s'arrêta de mâcher son chewing-gum, puis il reprit sans prononcer un mot.

– Rappelez-nous comment vous connaissez Finnur, s'enquit Sævar.

– On ne se connaît pas vraiment.

– Ça ne vous a pas empêché de lui envoyer des mails régulièrement.

– Ça fait longtemps que je ne l'ai plus contacté, répliqua Örnólfur. J'étais dans une période sombre. Je... j'avais perdu beaucoup d'argent.

– Et vous rejetiez la faute sur Finnur ?

– J'étais dans une période sombre, insista-t-il.

– Et maintenant, ça va mieux ?

– Ça fera cinq mois demain.

– Cinq mois ?

– Que je suis sobre.

Son expression de fierté n'échappa pas à Elma. Elle remarqua aussi qu'il avait jeté un rapide coup d'œil au portrait d'un petit garçon suspendu au mur blanc.

– C'est votre fils ? demanda-t-elle.

– Oui, répondit-il, cette fois avec le sourire. Il s'appelle Stormur.

– Un prénom qui en impose, commenta Elma. Il vous ressemble.

– Il est génial.

– Votre associé aussi avait des enfants. Deux fils. Ils ont failli mourir lorsque vous avez décidé de mettre le feu à sa maison. D'après ce que j'ai cru comprendre, vous aviez également une raison de vouloir vous venger de Finnur.

Örnólfur jeta un nouveau coup d'œil à la photographie de son fils, et ses lèvres tressautèrent.

– Je n'étais pas moi-même à cette époque. Il n'y a rien que je regrette plus au monde. L'idée qu'à cause de moi, deux petits garçons auraient pu…

Il baissa la tête.

Elma se tourna vers Sævar qui haussa les épaules.

– Nous devons savoir où vous vous trouviez dans la nuit de samedi à dimanche, enchaîna-t-elle.

– Aux Alcooliques anonymes.

– Combien de temps ?

– J'étais à la réunion de minuit. Après ça, nous sommes allés dans un café avec quelques membres. On a dû y rester jusqu'à deux heures et demie, puis je suis rentré chez moi.

– Très bien, nous allons vérifier cela.

Örnólfur les raccompagna à la porte, mais il les arrêta avant qu'ils ne soient sortis.

– Au fait, je voulais appeler Finnur pour lui présenter mes excuses. Vous pourriez me donner son numéro de téléphone ? Je ne le trouve nulle part sur Internet et…

– Je crois qu'il vaut mieux vous abstenir pour le moment, lui répondit Sævar. Finnur a bien d'autres soucis.

Unnar avait observé sa femme tout l'après-midi sans arriver à déterminer si elle savait ou pas. Pour l'essentiel, elle avait un comportement tout à fait normal, aidait les filles à faire leurs devoirs et révisait ses propres cours pendant qu'il préparait à manger.

– Le repas est prêt ! s'exclama-t-il à sept heures moins vingt.

Elle reposa ses manuels et lui adressa un sourire, à son grand soulagement.

Laufey n'avait pas la moindre idée de ce que Harpa et lui avaient fait le soir du fameux dîner.

Lorsque Óskar lui avait rappelé qu'il était sorti fumer avec elle, tout lui était soudainement revenu. Harpa et lui dans le jardin, l'instant où il lui avait tendu le briquet et où elle s'était penchée. L'odeur de son parfum qui lui avait envahi les narines. La manière dont ils avaient, presque malgré eux, quitté le faisceau du réverbère pour se réfugier dans la pénombre. Harpa appuyée contre le mur. Relevant le menton, elle avait inhalé une bouffée de sa cigarette, lui avait lancé un regard séducteur en humectant ses lèvres, et il avait mordu à l'hameçon.

Le baiser avait été bref mais intense, il aurait voulu ne jamais y mettre fin. C'était finalement Harpa qui s'était détachée de son étreinte avant de rajuster son chemisier. Elle l'avait fixé de ses yeux brillants de désir, puis elle avait écrasé sa cigarette et était retournée à l'intérieur.

Lui était resté dehors et en avait fumé une deuxième en se demandant quel était son problème.

Pourquoi était-il devenu un de ces types qui trompaient leur femme ? Autrefois, il n'avait que mépris pour eux, il les considérait comme des salauds, des moins-que-rien. Et aujourd'hui, il était l'un d'eux.

Mais Laufey ne pouvait pas être au courant, songea-t-il en mangeant une bouchée de pâtes à la crème. Il avala et l'observa. Elle portait encore sa tenue de yoga, un haut de sport moulant dont la fermeture Éclair était entrouverte, les cheveux noués en une queue de cheval qui tombait sur sa nuque et pas de maquillage. Son alliance semblait devenue trop petite pour son doigt ; avec les années, ses mains avaient grossi et à présent elle parvenait à peine à la retirer.

Soudain, il eut si douloureusement pitié d'elle qu'il dut détourner le regard. Elle était sans cesse en compétition avec elle-même, estimait devoir s'éduquer davantage, maintenir son foyer immaculé, manger sain, maigrir et en même temps rester la meilleure mère au monde. À un certain moment de la décennie passée, elle s'était comme effacée derrière cette quête perpétuelle de la perfection. L'un de ses plus grands défis avait été de se présenter à l'élection du conseil municipal. À la surprise d'Unnar, elle avait remporté la victoire, mais aujourd'hui, elle s'écroulait sous la pression.

Le pire, c'était que Laufey semblait fournir des efforts dans tous les domaines sauf la préservation de son couple. Depuis des années, elle ne faisait plus rien pour améliorer leur mariage, et c'était bien pour ça qu'il devait chercher ailleurs.

Tout le monde avait besoin de reconnaissance et d'amour, il ne faisait pas exception. Après tout, il n'était qu'un homme.

Jeudi

Les employés du café confirmèrent avoir vu Örnólfur le soir de la mort de Marinó. Par ailleurs, du haut de son mètre quatre-vingt-dix, il dépassait de loin la taille de l'individu aperçu sur la vidéo de surveillance du voisin.

Elma était toujours tracassée par l'absence d'effraction et par le fait que la porte d'entrée était fermée à clé. Elle demeurait persuadée que Marinó connaissait celui qui avait provoqué l'incendie. Soit le coupable savait où se trouvait le double des clés, soit on lui avait ouvert. Peut-être avait-il même sa propre clé, ce n'était pas à exclure.

Après avoir appuyé sur le piston de sa cafetière, elle se servit. Ces derniers temps, son addiction à la caféine s'était amenuisée, elle ne buvait plus qu'une tasse le matin et n'en ressentait plus l'envie au cours de la journée. Elle avait souvent entendu dire que le goût changeait au cours d'une grossesse, mais elle ne s'attendait pas à ce que cela se produise aussi rapidement.

Le lendemain, elle avait rendez-vous avec une sage-femme qui lui dirait pour de bon si elle avait rêvé, si tous les tests qu'elle avait faits à la maison étaient erronés, ou bien si elle était réellement enceinte. Si tel était le cas, elle passerait les prochaines semaines à annoncer la nouvelle, et tout le monde finirait par être au courant : ses parents, sa sœur, ses collègues, le père de l'enfant.

Elle inspira à fond et essaya de réprimer son angoisse. Ce n'était pas comme si elle avait le choix, comme si elle pouvait ignorer cet événement jusqu'à ce qu'il disparaisse.

Distinguant du bruit dans la chambre, elle sortit une autre tasse. Il restait bien assez de café, elle avait pris soin d'en préparer pour deux.

– Örnólfur a un alibi pour la nuit de la mort de Marinó.

Elma avait presque l'impression d'apporter une mauvaise nouvelle à Finnur et Gerda. Elle aurait aimé que l'affaire se résolve aussi facilement.

– Comment est-ce possible ? répliqua Finnur, abasourdi.

– Il est sobre depuis cinq mois, il était à une réunion des Alcooliques anonymes, expliqua Sævar. Après ça, il est sorti avec deux autres membres jusqu'à deux heures et demie du matin. Tous deux l'ont confirmé, et le serveur se souvenait également d'eux. Nous attendons de recevoir la vidéo des caméras de surveillance du café pour vérifier l'heure de son départ.

Silencieux, Finnur regardait dans le vague. Le désespoir se lisait sur son visage, et Elma le comprenait bien. Le plus insupportable dans une affaire de ce genre, c'était de ne rien savoir, d'avoir la sensation d'être suspendu dans le vide.

Lorsqu'ils quittèrent l'appartement, elle éprouva un soulagement bientôt mêlé de culpabilité. Contrairement aux parents de Marinó, elle avait le privilège de pouvoir s'échapper et mettre l'affaire de côté.

– Et maintenant ? demanda Sævar, qui semblait lui aussi plus léger.

Elma se contenta de soupirer.

Le département scientifique avait effectué dans la maison de nombreux prélèvements qui jusqu'ici n'avaient pas révélé le moindre indice. Ils attendaient encore de récupérer les données de l'ordinateur de Marinó, et Elma espérait pouvoir en retirer quelque chose. Souvent, les ordinateurs étaient une extension des gens, une grande partie de leur vie se déroulait sur ces écrans. Ils y faisaient des rencontres, écrivaient leurs pensées, organisaient leur avenir.

Mais en attendant de recevoir ces nouveaux documents, ils devaient réunir un maximum d'informations de leur côté, et Elma savait où aller les chercher.

– Il s'est passé quelque chose au cours de la fête du vendredi, dit-elle. On devrait peut-être commencer par découvrir pourquoi Ísak et Marinó se sont battus.

– Tu veux aller chez Ísak ?

– Non. Allons d'abord interroger Andri.

La chambre aménagée dans le garage permettait à Andri de s'isoler de sa famille. Sans cela, il aurait probablement déménagé depuis longtemps. Peu importaient le sifflement régulier de la tuyauterie qui longeait le mur ou les branches qui cognaient contre la fenêtre les jours de grand vent. Ici, il n'avait pas de loyer à payer et pouvait économiser. Il avait déjà amassé de quoi constituer un apport pour acheter un petit appartement à Akranes, même si ce n'était pas son ambition. Depuis tout petit, il rêvait de jouer au foot dans une équipe étrangère, mais à présent, c'était surtout la perspective de quitter l'Islande qui le motivait.

– À quoi tu penses ? lui demanda Júlía en se redressant.

Ses cheveux blonds faisaient penser à de la soie sur la taie d'oreiller noire. Andri n'avait rien contre elle. Elle était mignonne, avec ses longs cils et ses lèvres rose clair. Intelligente aussi, bien plus que lui. Elle avait reçu un nombre incalculable de récompenses à la remise de diplôme du lycée de commerce de Reykjavík, et à présent elle avait entamé des études de droit à l'université d'Islande.

– À rien de spécial, répondit-il.

Les mots, ce n'était pas vraiment son truc. Il ne savait pas décrire comment il se sentait, encore moins expliquer pourquoi. Mais cela n'avait jamais dérangé les filles avec qui il sortait. Au contraire, elles se battaient toutes pour lui faire avouer des choses dont il ignorait lui-même la nature. Et quand elles ne parvenaient pas à lire en lui, leur déception se transformait vite en désespoir. Elles ne semblaient pas comprendre que non, il n'envoyait pas des messages codés, ni n'essayait de cacher ses sentiments. En tout cas pas volontairement.

Les lèvres serrées, Júlía l'observa. Son regard intrusif le mettait un peu mal à l'aise. Il ferma les yeux et bâilla, comme s'il était fatigué.

– Si tu veux parler de… tu vois.

Elle posa le menton sur son épaule.

Andri sentit son rythme cardiaque s'accélérer et ses paumes devenir moites, et il voulut soudain être seul. Il n'arrêtait pas d'imaginer les flammes refermant leurs griffes sur son ami. Il avait fait des cauchemars au cours desquels Marinó, en feu, se levait de son lit et essayait d'appeler au secours. Mais il n'avait aucune envie d'en parler, surtout pas avec Júlía.

– Júlía, dit-il avant de déglutir – tôt ou tard, il allait bien devoir avoir une vraie conversation avec elle. Je…

La sonnerie du téléphone l'interrompit.

Quelques minutes plus tard, elle était partie avec toutes ses affaires – vêtements, produits de beauté et chaussures. Elle avait simplement laissé dans l'air un doux parfum, et des traces de maquillage sur l'oreiller.

Andri le retourna, étendit la couette sur le lit et ouvrit la fenêtre. Au même instant, on frappa à la porte trois coups fermes.

Sævar et Elma étaient de la police. Ils avaient tous deux l'air plus âgés que lui, mais plus jeunes que ses parents. Plutôt grand, Sævar portait un jean et un tee-shirt qui auraient pu aller à un garçon de vingt ans comme lui. Elma n'était pas d'une beauté renversante, mais plutôt mignonne à sa manière – il n'aurait pas trouvé de meilleurs mots pour la décrire.

– C'est une belle chambre que vous avez là, commenta Sævar en se laissant tomber sur le lit.

– Ça va.

Ne sachant pas quoi faire de ses mains, Andri les enfonça dans ses poches.

– Au moins, vos parents ne vous dérangent pas. Vous pouvez aller et venir sans qu'ils le sachent.

– Ouais, j'imagine, répondit Andri.

Elma lui sourit, comme pour s'excuser du comportement de son collègue. Toujours debout, elle regardait partout autour d'elle.

Andri se demanda ce qu'elle pensait. Sans doute ne voyait-elle qu'une chambre typique de garçon, meubles noirs, parquet grisâtre et murs gris. Marinó et lui l'avaient peinte durant l'été. Ils avaient entassé les meubles dans le jardin en attendant. Régulièrement, ils faisaient des pauses et s'allongeaient au soleil, torse nu, en sirotant du soda au gingembre.

– Toutes mes condoléances pour votre ami, dit Elma.

– Merci, marmonna-t-il, les yeux rivés au sol.

– Comme vous le savez, quelqu'un a sans doute mis le feu à la chambre de Marinó, poursuivit-elle.

– Ouais, c'est ce que j'ai entendu dire.

Andri essaya de remettre de l'ordre dans ses pensées, mais c'était comme si elles s'obstinaient à tournoyer de manière anarchique dans son cerveau.

– Quand lui avez-vous parlé pour la dernière fois ? demanda Sævar.

– Vendredi soir, à la fête. Quoique… non, en fait c'était samedi. Il m'a téléphoné vers midi pour me proposer qu'on se voie le soir même.

– Et vous avez décliné ?

– Oui, j'avais d'autres plans. Avec ma copine.

– Comment vous a semblé Marinó au téléphone ? s'enquit Elma.

– Je sais pas. Normal.

– A-t-il évoqué des soucis qu'il aurait eus ces derniers temps ?

– Non.

Il n'avait pas eu l'intention d'être aussi abrupt. Il voulait simplement que cette conversation prenne fin au plus vite.

– Andri, l'interpella Elma en essayant d'établir un contact visuel.

Il regarda droit dans ses yeux marron-vert.

– Nous avons discuté avec les parents de Marinó, poursuivit-elle, et sa mère était d'un tout autre avis. Elle disait qu'il n'était pas vraiment lui-même cette semaine. Vous n'avez rien remarqué ?

– Je… je ne l'ai pas beaucoup vu cette semaine.

– Vous en êtes sûr ? Vous n'avez aucune idée de ce qui aurait pu l'inquiéter ?

Inspirant profondément, Andri secoua la tête.

– Non. Non, j'en sais rien.

– Très bien, acquiesça Elma. Savez-vous ce qui s'est passé avec Ísak vendredi soir ?

Marinó était son ami depuis environ neuf ans. Andri avait compté les années tandis qu'il essayait de s'endormir la veille au soir. Neuf ans depuis le jour où sa mère lui avait montré ce frêle garçon à lunettes et à la chevelure luxuriante. « Va lui parler », lui avait-elle ordonné. Sa mère avait pitié de Marinó, il le comprenait aujourd'hui. Elle avait entendu parler des mauvais traitements qu'on lui infligeait dans son ancienne école. Elle était si sensible, rien d'étonnant à ce que cette histoire l'ait touchée. Durant toute la scolarité de son fils, elle avait insisté pour inviter sa classe entière à chaque anniversaire, malgré les récriminations de son mari devant cette marmaille qui courait partout dans la maison.

– Je…, balbutia-t-il. Ce n'est pas à moi de le dire.

– Ce n'est pas à vous de le dire ? répéta Sævar. Comment ça ?

– C'est juste… Parfois, Marinó prenait les choses à cœur. Il ne supportait pas quand les gens se comportaient mal.

– Quels gens ?

Andri hésita.

– Les gens, c'est tout.

– Comme votre ami Ísak ? interrogea Elma.

Il hocha la tête.

– Il s'est mal comporté avec quelqu'un, c'est ça ? insista-t-elle avec un regard intense.

– Ouais… oui, j'imagine que ça n'a rien d'un secret.

Un appel manqué attendait Elma lorsqu'elle reprit place dans la voiture.

– Hördur a essayé de me joindre, dit-elle à Sævar en rappelant.

Hördur répondit dès la première sonnerie.

– Salut, Elma. Vous êtes où ?

– On sort de chez Andri, l'ami de Marinó, et on s'apprête à rendre visite à Sonja. Du nouveau ?

– Oui.

Elle entendit une porte claquer, puis le grincement de son fauteuil de bureau lorsqu'il s'assit.

– L'équipe scientifique vient de me recontacter, ils ont trouvé des traces de somnifères dans le mixeur de la cuisine au domicile de Marinó.

– Dans le mixeur, répéta Elma.

Sævar la regarda. Le volume du téléphone étant élevé, il distinguait probablement tout ce que leur chef disait.

– Oui, on dirait que les comprimés ont été mélangés avec… avec des fruits et de l'alcool. Il a dû boire ça.

– Tu crois qu'il a lui-même préparé ce cocktail ?

– Je suis retourné chez lui et j'ai fouillé le placard à pharmacie. Les somnifères prescrits à Finnur, son père, étaient toujours là. En tout cas, les quelques comprimés manquants n'auraient pas suffi pour causer le niveau relevé dans le sang de Marinó.

– Ils viendraient donc d'ailleurs ?

– Oui. Reste à savoir où il se les est procurés… ou qui les a apportés.

– Et a proposé à Marinó de lui préparer un smoothie ?

Elma raccrocha et regarda Sævar.

– En tout cas, on est certains d'une chose, dit ce dernier. Si Marinó ne s'est pas donné la mort, le coupable est à coup sûr quelqu'un qu'il connaissait.

La première fois qu'Unnar avait trompé sa femme, il était tellement ivre qu'il ne se rappelait que de fragments de la nuit en question. C'était avec une mère célibataire en admiration devant son costume coûteux et la liasse de billets qu'il sortait chaque fois qu'il payait leurs boissons. Elle imaginait sans doute que cet homme riche les prendrait sous son aile, elle et son fils, et les tirerait de cette barre d'immeuble qu'ils habitaient dans le quartier de Breidholt. Unnar l'avait laissée vivre ce rêve le temps d'une soirée.

Cette fille dont il avait oublié le prénom avait les cheveux bruns et fins et des lèvres qui disparaissaient lorsqu'elle souriait. Malgré le brouillard qui enveloppait ses souvenirs, il se revoyait encore nettement au petit matin, lorsqu'il s'était réveillé dans ce lit aux draps ornés d'un motif de roses et qu'il avait vu ses sous-vêtements par terre. En sortant, il avait aperçu le fils de la jeune femme en train de manger des céréales dans la cuisine. Unnar n'avait pas envisagé que l'enfant dont elle ne cessait de lui rebattre les oreilles la veille au soir était en vérité un garçon de douze ans qui avait visiblement un problème de surpoids. Unnar s'était volatilisé après lui avoir donné un billet de mille couronnes, avec la sensation de payer pour avoir couché avec sa mère.

C'était onze ans auparavant, juste avant la naissance de Klara, et quelques années avant qu'Anna ne vienne au monde. Aux yeux de cette dernière, il était si parfait. Elle était loin de soupçonner les nombreuses erreurs que son père avait commises.

Il savait bien qu'il n'était pas censé avoir d'enfant préféré, mais il aimait Anna plus que tout. Peut-être parce qu'elle était née prématurée, et qu'il n'avait jamais vu un être aussi petit et fragile. La main d'Anna n'était alors pas assez grande pour faire le tour de son doigt, mais elle s'accrochait malgré tout, en quête d'amour et de sécurité.

Encore aujourd'hui, elle se jetait sans cesse à son

cou et lui murmurait qu'il était le meilleur. Son visage s'éclairait à chaque fois qu'elle le voyait, et du haut de ses sept ans, elle continuait de grimper sur ses genoux et de poser la tête contre son torse. Il s'était promis que quelles que soient les crises que traverse son couple, il tiendrait au moins jusqu'à son adolescence.

Les deux sœurs n'avaient que trois ans de différence, mais Klara avait toujours été beaucoup plus mature que son âge ne le laissait penser. Elle avait tendance à se montrer méfiante, sur la défensive ; parfois, elle le regardait avec une expression qu'il n'aimait pas – comme si elle avait quelque chose à lui reprocher.

Après sa première aventure extraconjugale, les autres avaient suivi le plus naturellement du monde. Des filles qu'il rencontrait dans les bars ou avec qui il travaillait. Il se contentait d'en embrasser certaines, couchait avec d'autres. La culpabilité ne le lâchait pas, mais il ne parvenait pas à s'arrêter.

Trop occupée, Laufey ne remarquait rien. Ils habitaient ensemble, avaient des enfants ensemble, pourtant c'était comme s'ils vivaient dans deux mondes séparés. Les rares fois où ils se disputaient, elle ne ripostait jamais vraiment. Les problèmes ne se résolvaient donc pas, ils se fondaient dans leur quotidien. De temps en temps, il la blessait sciemment, dans l'unique but de la faire réagir, mais ne décelait chez elle qu'une légère crispation de la mâchoire, ou une vague hésitation. C'était tout ce qu'elle daignait montrer.

Sur son débardeur blanc, une petite tache humide s'était formée au niveau du sein que la tête du bébé ne cachait pas. Sonja ne semblait pas l'avoir remarquée lorsqu'elle leur ouvrit la porte d'un geste incertain.

– Quel beau garçon, dit Sævar en souriant à l'enfant. Comment s'appelle-t-il ?

– Jóel. Comme mon grand-père, répondit la jeune fille, l'air plus serein.

Elle se poussa pour les laisser entrer.

– Salut Jóel, dit Sævar en lui faisant une grimace.

Elma ne put s'empêcher de sourire. Il ne maîtrisait pas exactement la voix de bébé, mais à sa décharge il n'avait pas souvent l'occasion de s'entraîner.

– Toutes mes condoléances pour la mort de votre ami, dit-elle lorsqu'ils se furent assis.

Hochant la tête, Sonja serra son fils contre elle. Visiblement fatigué, il se pelotonnait contre la poitrine de sa maman et suçait sa tétine avec ferveur. Ses paupières ne cessaient de tomber, malgré ses efforts pour les garder ouvertes.

– Nous n'allons pas vous déranger longtemps, je vois que votre petit est sur le point de s'endormir, reprit Elma. Mais nous souhaitions vous poser quelques questions.

– D'accord, répondit la jeune fille en berçant le bébé.

– Depuis combien de temps connaissiez-vous Marinó ?

– Depuis qu'il est arrivé dans notre école.

Vous étiez dans la même classe ?

– Non, j'ai d'abord connu sa sœur Fríða, qui me l'a ensuite présenté.

– Il vous a appelée vers l'heure du dîner samedi soir. Vous pouvez nous dire ce qu'il voulait ?

– Il voulait s'excuser. Et s'assurer que tout allait bien.

– S'excuser pour la bagarre avec Ísak ? devina Elma.

Sonja acquiesça.

– Pourquoi se sont-ils battus ? Ísak est bien le père de votre enfant ?

– Oui. Oh, mon Dieu…

Sonja ne put retenir ses larmes.

– Tout ça, c'est de ma faute.

Elma et Sævar attendirent qu'elle poursuive, mais rien ne vint.

– Sonja…, reprit Elma.

– Attendez, répondit-elle avant de renifler. Je vais poser Jóel et tout vous raconter.

À son retour, elle avait enfilé un large pull en laine par-dessus son débardeur. Elle se servit un verre d'eau puis se rassit.

– Ísak et moi, on s'est mis ensemble en troisième, mais on se connaissait déjà depuis longtemps. J'étais amoureuse de lui dès le CP, précisa-t-elle avec un sourire timide. Forcément, quand il s'est enfin intéressé à moi, j'étais si heureuse que je laissais tout passer. Il n'a jamais été particulièrement gentil avec moi. Au téléphone, il ne me répondait que quand ça l'arrangeait, alors qu'il ne se privait pas d'envoyer des messages à mes copines en même temps, donc je savais qu'il avait son portable avec lui. Et puis des gens m'ont dit l'avoir vu avec d'autres filles, mais bon… Je ne voulais pas les croire. On n'était que des gamins. Il y a deux ans, les choses se sont subitement arrangées. J'ai enfin cessé d'avoir peur de le perdre. Je suis tombée enceinte, on a loué cet appartement, et Jóel est venu au monde.

Sonja but une gorgée d'eau avant de poursuivre :

– L'accouchement a été terriblement difficile, j'ai perdu beaucoup de sang et j'ai mis du temps à m'en remettre. J'ai passé deux semaines à l'hôpital. Comme Ísak travaillait, il n'a pas pu dormir avec nous, sauf la première nuit. À mon retour à la maison, il a été génial, sans cesse aux petits soins avec moi, toujours à courir m'acheter à manger, à m'apporter des bonbons, ce genre de choses. Mais un soir, j'ai reçu un coup de téléphone d'une fille qui tenait absolument à m'avouer que pendant que j'étais hospitalisée, ils avaient couché ensemble. Pas qu'une fois, mais cinq. Elle me l'a précisé. Et elle m'a envoyé des photos pour le prouver.

S'emparant de son téléphone, elle fouilla dans ses messages avant de leur tendre l'apparcil. Sur l'image apparaissait un garçon de dos, allongé sur un lit, les draps emmêlés entre ses jambes. Il dormait et ne savait visiblement pas qu'on le photographiait.

– Le plus triste, c'est que j'aurais aimé qu'elle n'appelle jamais. J'aurais voulu que rien ne change.

– Mais je ne comprends pas, intervint Elma. Marinó et Ísak ne se battaient quand même pas à cause de ça ? Marinó était si furieux pour vous ?

– Non, mais..., balbutia Sonja. Ce soir-là, lui et moi, on a discuté, je lui ai raconté la manière dont Ísak me traitait depuis toutes ces années. Jusqu'ici, j'avais toujours gardé le silence, car malgré tout, il est le père de Jóel, je ne voulais pas qu'on médise à son sujet.

– C'est donc pour ça que Marinó s'est emporté contre lui ?

– Je crois, mais... mais l'ambiance était bizarre lors de cette fête. Je n'ai pas bien compris ce qui lui a pris. Il s'est énervé d'un seul coup.

– Sans raison ?

– Il allait très bien pendant qu'on parlait, et soudain il s'est jeté sur Ísak. Après ça, il n'arrêtait pas de ressasser la même phrase.

Le bébé remua dans la chambre, mais Sonja ne réagit pas.

– « Qu'est-ce que j'ai fait ? »

– « Qu'est-ce que j'ai fait ? » répéta Elma.

– Oui, c'est ce qu'il disait sans cesse. Au début, j'ai

cru qu'il parlait de sa bagarre avec Ísak, mais après… je ne sais pas, je n'en étais plus si sûre.

À peine sorti de la douche, Ísak exhalait une odeur de shampooing et de parfum.

Sævar commença son interrogatoire lorsqu'ils se furent assis.

– Nous avons appris que Marinó et vous, vous vous êtes battus vendredi soir, nous souhaitons savoir pourquoi.

Le jeune homme les regarda longuement sans rien dire.

– Pour être honnête, je ne comprends pas ce qui s'est passé, finit-il par répondre avec lenteur.

– Comment ça ?

– Marinó a pété les plombs d'un seul coup. Il s'est mis à me hurler dessus. Quelque chose au sujet de Sonja et… C'est comme si elle lui avait raconté des trucs…

– Raconté des trucs ?

– Des conneries, fit Ísak en haussant les épaules.

– Des conneries ? répéta Sævar, les sourcils arqués.

– Ouais, des conneries…, commença Ísak avant d'hésiter. Marinó croyait que je la frappais. Mais c'est faux.

– Qu'est-ce qui lui faisait penser ça ? demanda Elma.

Sonja ne leur avait pas parlé de violences domestiques, mais peut-être s'était-elle davantage confiée à son ami.

Ísak secoua la tête puis baissa les yeux. Elma l'observa avec plus d'attention. Il avait le visage mince, la mâchoire anguleuse et les oreilles légèrement décollées. Il émanait de lui une certaine sensibilité, peut-être même de la fragilité.

– Vous avez un enfant ensemble, glissa Sævar.

– Et alors ? Ça ne veut pas dire qu'on est en couple, répliqua Ísak en passant une main dans ses cheveux. Les choses n'ont pas été faciles entre nous. On a toujours eu une relation en dents de scie. Ensuite, Jóel est né, et tout est devenu plus… compliqué.

– Compliqué comment ?

– Juste compliqué, soupira le jeune homme. Je n'étais pas prêt. Sonja disait prendre la pilule, et elle s'est quand même retrouvée enceinte. Je sais bien que des accidents peuvent arriver, mais je pense vraiment que c'était volontaire. Pour me… me piéger.

– Vous piéger ?

Elma ne se priva pas de laisser transparaître sa perplexité. Peu de jeunes filles étaient prêtes à tomber enceintes pour retenir un garçon.

– Je sais que ça semble ridicule, admit-il. Mais vous ne la connaissez pas.

– Marinó vous connaissait tous les deux, lui, rétorqua Elma. Pourtant, il a décidé de croire Sonja.

– Elle sait se montrer très convaincante, marmonna Ísak en remuant sur sa chaise. Elle… elle est douée pour inventer des trucs.

– Inventer des trucs ?

– Oui. Pour qu'on ait pitié d'elle. En plus, je pense que Marinó a toujours eu un peu le béguin pour elle. Elle l'avait dans la poche.

– C'est pour ça que vous vous êtes battus ? demanda Sævar. Parce que vous étiez jaloux de leur relation ?

– Non, je m'en foutais, grogna-t-il. Ce n'était pas comme si Marinó avait l'intention de faire quoi que ce soit, et quand bien même… ça m'était égal.

Sa réponse n'était pas surprenante. À en juger par ses propos, Ísak n'était pas particulièrement attaché à sa relation avec Sonja.

– Où étiez-vous dans la nuit de samedi à dimanche ? demanda Elma.

– Chez moi.

– Quelqu'un peut le confirmer ?

– Ma mère.

– Et si vous étiez sorti dans la nuit, votre mère l'aurait remarqué ?

– Non, mais je n'ai pas bougé, répliqua Ísak, évoquant soudain à Elma un gamin récalcitrant.

– Encore une chose, dit-elle avant de se lever. Vous avez bu des cocktails vendredi ? Vous avez utilisé le mixeur ?

– Oui. Les filles en ont fait.

– Qui s'occupait de les préparer ?

– Frída. Pourquoi vous me demandez ça ?

Elma avait imprimé une photo, trouvée sur le profil Facebook de Gerda, où tout le petit groupe prenait la pose en tenue de soirée dans un jardin : les jumeaux Frída et Marinó, les deux meilleurs amis de ce dernier, Andri et Ísak, et évidemment Sonja.

Elma trouvait incroyable que leur amitié n'ait pas éclaté malgré tout ce qui était arrivé entre Ísak et Sonja. La plupart du temps, les groupes se divisaient à la suite d'une rupture. Peut-être les liens qu'ils avaient forgés au fil de leur scolarité étaient-ils plus forts que tout.

Frída se tenait à l'extrémité, et Elma dut revérifier pour s'assurer que la photographie datait bien de l'été précédent. La jeune fille semblait ici peser dix voire vingt kilos de plus, sa perte de poids était frappante. Aujourd'hui, elle était si mince que son pantalon tenait à peine sur ses hanches.

À côté d'elle, Sonja s'appuyait contre Ísak qui avait le bras autour de ses épaules. Elle avait de longs cheveux lisses couleur chocolat. Grande et svelte, les traits fins, elle arborait un large sourire que Sævar et elle n'avaient même pas entraperçu au cours de leur entretien avec elle. À n'en pas douter, les deux adolescents formaient un beau couple. Vêtu d'une chemise et d'un gilet de costume avec son jean légèrement délavé et déchiré, il avait l'allure beaucoup plus soignée que lorsqu'ils étaient allés lui rendre visite, plus tôt dans la journée. Pas vraiment la tenue chic traditionnelle, mais ce n'était visiblement pas le genre de garçon à porter des vêtements très formels.

Son autre bras était enroulé autour des épaules de Marinó, qui était bien plus petit que lui. Les cheveux brun-roux, le teint hâlé, il portait un pantalon lui recouvrant à peine les chevilles et il avait boutonné sa chemise jusqu'au cou. On aurait dit qu'il avait été découpé sur une photo bien plus ancienne et collé parmi eux.

À côté de lui, Andri semblait mal à l'aise dans son costume et sa chemise, à en juger par son expression un peu figée. Il préférait sans doute les tenues plus sportives. Elma contempla son visage un long moment. Elle avait la sensation de l'avoir déjà vu quelque part, sans certitude. Peut-être lors d'un match de foot remontant à l'été passé. Andri jouait pour le club d'Akranes, et il était assurément doué. Il projetait de rejoindre une équipe étrangère à l'automne.

– Tu es toujours si organisée.

– Tu dis ça comme si c'était un défaut.

Elle n'eut pas besoin de lever les yeux pour reconnaître la voix de Sævar.

Lorsqu'il s'assit face à elle, elle essaya de déchiffrer son expression. Cela faisait presque deux ans qu'ils se connaissaient, ils se voyaient presque quotidiennement, pourtant elle avait parfois la plus grande difficulté à savoir ce qu'il pensait.

– Tu as des hypothèses ? demanda-t-il en croisant les mains sur sa nuque. L'un d'entre eux s'est brouillé avec Marinó ?

– Je ne sais pas, soupira Elma. Certes, on est sûrs qu'il s'est passé quelque chose entre lui et Ísak, mais il aurait quand même fallu que ce soit très grave pour se terminer comme ça.

– C'est subjectif…

– Comment ça ?

– Ce qui est grave pour l'un peut sembler sans importance à l'autre, répliqua Sævar. C'est très variable.

– Je te trouve bien philosophe, répondit Elma avec un sourire en coin. Mais tu as raison, bien sûr. Peut-être que tout ça concernait Sonja, peut-être qu'elle comptait bien plus pour Ísak qu'il ne veut l'admettre.

– Tu penses donc qu'il pourrait être notre coupable ?

– C'est une possibilité, acquiesça-t-elle en jetant un nouveau regard à la photo de groupe. Ça me paraît un peu tiré par les cheveux, mais pourquoi pas ? Les gens sont pleins de surprises.

Elle s'arrêta sur Ísak. Contrairement à ses amis, il ne souriait pas, seul un coin de ses lèvres était légèrement relevé. Elma observa sa main qui reposait sur l'épaule de Sonja. S'emparant de la photo, elle plissa les yeux. La jeune fille portait une robe sans manches, et la disposition des doigts d'Ísak avait quelque chose d'étrange. On aurait dit que ses ongles étaient plantés dans la peau nue de Sonja.

Assise sur le lit, Laufey changeait de pantalon. Ses larges cuisses étaient pâles en dépit d'un été ensoleillé, et ses varices violettes semblaient se multiplier d'année en année. Elle parlait parfois de consulter un chirurgien pour les opérer, mais n'en avait jamais rien fait.

– Quoi ? demanda-t-elle lorsqu'elle remarqua qu'Unnar la regardait depuis le cadre de la porte.

Elle se leva et rentra le ventre pour boutonner son jean.

– Je voulais juste te prévenir que je sors ce soir, dit-il. C'est l'anniversaire de Villi.

– Ah bon ?

Ouvrant l'armoire, Laufey contempla ses chemisiers qui arboraient, pour la plupart, un motif floral.

– Les conjoints ne sont pas invités ?

– Si, d'ailleurs il m'a dit que tu étais la bienvenue. Mais ce ne serait pas très raisonnable d'engager à nouveau une baby-sitter. Je ne resterai pas longtemps.

Laufey s'empara d'un chemisier bleu qu'elle maintint en l'air.

– Ça ne te dérange pas ? demanda Unnar devant son absence de réaction.

– Non, bien sûr que non.

Elle se tourna vers lui et lui sourit. Le col de son débardeur était orné de dentelle, et l'on distinguait son soutien-gorge à travers le tissu fin.

– Tu vas quelque part ?

– Oui.

Elle se glissa dans la salle de bains attenante à leur chambre, ouvrit le placard et appliqua de la crème hydratante sur son visage avec de fermes mouvements circulaires.

Où ça ?

– Juste une petite « réunion » avec les autres conseillers municipaux, dit-elle mimant des guillemets avec ses doigts.

– Une réunion ? fit Unnar en jetant un coup d'œil à sa montre. Un jeudi soir ? À quelle heure commence-t-elle ?

– Dans une demi-heure. Vers vingt heures.

– Et qui va s'occuper des enfants ?

– J'ai déjà réglé la question, répondit Laufey en branchant son sèche-cheveux.

– Quand comptais-tu m'en parler ? lança Unnar, mais elle ne l'entendit pas à cause du bruit.

Il retira sa chemise pendant que sa femme se préparait et en trouva une bleu foncé propre pour aller avec son plus beau pantalon. Devant le miroir, il inspecta ses deux profils et se demanda s'il devait se raser ou non.

Laufey apparut derrière lui dans le reflet, les cheveux lisses, le visage maquillé et les lèvres rouge vif. Elle lui rappela soudain sa jeunesse, l'époque où ils n'avaient pas encore d'enfants. Ils voyageaient beaucoup, visitaient des lieux peu communs. Ils prenaient par exemple l'avion pour l'Espagne et louaient une voiture pour rejoindre des villages de montagne loin des touristes. Ou bien ils parcouraient la campagne britannique et les hautes terres d'Écosse. Cette Laufey-là ne lui résistait jamais, elle ne rechignait pas à dormir sur un matelas de fortune par terre, à boire de la bière avant midi ou à faire des nuits blanches.

– Quoi ? dit-elle en donnant du volume à ses cheveux.

– Rien, répondit-il avant de boutonner sa chemise.

– Tu pensais à quelque chose en particulier ?

Unnar se racla la gorge.

– Moi ? Non, non. Tu…

– Oui ?

Il entendait distinctement la supplication dans sa voix, il savait ce qu'elle espérait entendre.

– Essaie de ne pas rentrer trop tard. Je ne sais pas quand je vais pouvoir quitter la soirée, mais on ne peut pas se permettre de payer une baby-sitter toute la nuit.

Laufey garda le silence un instant, puis elle lui tourna le dos.

– Bien sûr. Je n'en ai pas pour longtemps, répondit-elle avant de quitter la chambre.

Sur l'étendue de sable fin caramel, la mer avait abandonné des stries qui ressemblaient à des vaisseaux sanguins. De nombreux badauds allaient et venaient pendant que quelques courageux nageaient dans l'océan ; les deux bains de Gudlaug, construits l'année précédente dans la roche qui surplombait la plage de Langisandur, étaient pleins. Celui du bas, à l'eau généralement tiède, pouvait parfois être glacial lors de la marée haute, mais à cet instant il convenait amplement aux nageurs qui voulaient se réchauffer entre deux plongeons dans l'océan. De son côté, Elma préférait le bain du haut, avec sa vue sur le fjord où la mer et le ciel se confondaient sur la ligne d'horizon.

Elle réfléchissait à ce que lui avait dit son amie Rúna. Selon elle, l'incendie pouvait avoir servi à détruire des preuves. La mort de Marinó lui étant antérieure, le feu ne jouait probablement qu'un rôle secondaire dans cette affaire ; l'assassin avait voulu effacer ses traces. Si on partait du principe que le jeune homme avait été assassiné. Les policiers n'étaient pas encore totalement sûrs que Marinó n'avait pas pris lui-même les médicaments, puis mis le feu avant d'être complètement anéanti par la drogue. Mais dans ce cas, qui était la personne suspecte repérée sur la vidéo de surveillance du voisin ?

– Je croyais que le but, c'était de se changer les idées, lui dit Sævar à voix basse.

– C'est ce que je fais.

La journée avait été longue, et Elma avait besoin de se distraire un peu. Elle savait que si elle rentrait chez elle, une nouvelle nuit blanche à ressasser les mêmes pensées l'attendrait. Voilà pourquoi cette proposition d'aller se détendre dans un bain chaud l'avait séduite, cependant elle avait du mal à accorder du repos à son esprit.

– Je t'entends presque réfléchir, lui fit remarquer Sævar en souriant jusqu'aux oreilles. Vas-y, dis-moi ce que tu as sur le cœur.

– Je… je me demandais simplement pourquoi Marinó n'arrêtait pas de répéter cette phrase.

– « Qu'est-ce que j'ai fait ? »

– C'est ça. D'après toi, qu'est-ce qu'il voulait dire ?

– Il venait de se battre avec son ami.

– Oui, mais Sonja soupçonnait que ça n'avait rien à voir.

– Peut-être qu'il était mêlé à quelque chose que nous ignorons ? Pour l'instant, ajouta-t-il en se retournant pour poser sa nuque contre le rebord.

– Possible.

– J'ai fait une recherche sur le petit ami de Frída, le dénommé Hrafnkell. Il a trente ans, soit dix de plus qu'elle, et il a déjà conduit deux de ses sociétés à la banqueroute.

– C'était quoi, ces sociétés ?

– La première importait des boissons énergisantes dont quelques-uns des ingrédients étaient en fait interdits. La deuxième était une sorte de boutique en ligne qui revendait à un prix exorbitant des articles achetés sur Ali Express. Lorsque ça s'est ébruité, il a évidemment mis la clé sous la porte. Mais c'est plutôt pratique pour lui d'avoir mis le grappin sur une fille dont les parents sont très aisés. En tout cas, je te parie que c'est le genre d'argument qui l'a conforté dans ses sentiments.

– Oui, j'imagine, acquiesça Elma. Du coup, c'est quoi ta théorie ? Que Marinó aurait pu être impliqué dans ses affaires ?

Sævar ne put répondre, car des gens qu'il connaissait vinrent s'installer dans le bain et bavardèrent avec lui. Elma se remit à contempler le fjord.

L'une des choses qu'on lui avait enseignées à l'école de police, c'était d'adopter un regard aussi neutre que possible sur les éléments qui se présentaient à elle. Cela signifiait ne rien considérer comme acquis, porter un œil critique sur tout et tout le monde. Les enquêtes qui paraissaient simples au premier abord pouvaient se révéler hautement complexes. Chuter d'une échelle n'était pas forcément un accident, aussi était-il nécessaire de conserver une vision objective et de suivre un processus bien défini. Cela avait beau sembler évident, elle devait sans cesse se le rappeler. Voilà pourquoi elle songeait à cet instant que leur affaire n'avait peut-être rien à voir avec les amis de Marinó, ni avec son père, mais plutôt avec quelque chose qui n'avait pas encore fait surface. Cela n'empêchait pas Ísak de réapparaître sans cesse dans l'esprit d'Elma, elle revoyait encore et encore ce sourire en coin et la façon dont il empoignait l'épaule de Sonja sur la photographie.

Hördur avait enfin congédié ses jeunes collègues. Ils étaient restés tard, planifiant la suite de l'enquête et épluchant les documents qu'ils avaient sous la main, mais peu d'indices avaient émergé jusqu'ici. L'enregistrement vidéo n'avait pas donné grand-chose, et rien ne suggérait qu'Örnólfur soit impliqué dans l'incendie. Quant à Marinó, personne ne semblait avoir de mal à dire à son sujet.

Hördur aussi aurait mieux fait de rentrer chez lui se

reposer, mais il s'éternisait au bureau. Il se fit griller une tranche de pain, but une tasse de thé puis composa le numéro de sa fille. Quelques secondes passèrent avant qu'elle ne réponde, le souffle court.

– Des contractions ? s'enquit-il.

– Non, rien du tout.

Des coups de marteau résonnaient derrière elle. Elle venait d'emménager avec son mari dans un appartement qu'ils retapaient.

– Ça peut arriver vite, répondit Hördur en s'approchant de la fenêtre.

– Papa, soupira Katrín avec lassitude, je n'ai même pas encore atteint mon terme. L'accouchement est prévu pour dans trois semaines.

– Je sais, je sais. C'est juste que quand tu es née…

– Oui, je sais bien que j'étais prématurée, mais ça n'a rien à voir.

– Non, j'imagine, fit Hördur en s'asseyant sur son fauteuil de bureau et en allumant l'écran de son ordinateur.

– J'espère même qu'il va attendre un peu, ajouta Katrín. On est en plein emménagement et rien n'est prêt.

– Mais c'est Snorri qui s'occupe de tout ça…

– C'est une question ? demanda sa fille en riant. Non, il ne s'occupe pas de tout, tout seul. Il monte les meubles de la cuisine pendant que je vide les cartons. Et oui, Papa, je fais attention à moi.

Comme toujours, elle répondait aux questions qu'il n'avait pas encore posées et devinait ce qu'il allait dire. Il ne supportait pas l'idée d'être aussi prévisible, pourtant Gígja faisait exactement pareil. Parfois, il avait la sensation que sa famille le connaissait mieux que lui-même.

– Bon. Tu me tiens au courant.

– Oui, oui.

Il y eut un court silence au bout du fil. Hördur soupçonnait que sa fille voulait se débarrasser de lui. Elle avait assez de pain sur la planche comme ça, pas de temps à perdre à bavarder avec son vieux père.

– Attends un peu avant de choisir la couleur de la chambre du bébé, lâcha-t-il.

Il se mordit aussitôt la lèvre. Il n'avait pas eu l'intention de prononcer cette phrase à voix haute, mais il avait encore du mal à croire que sa fille ait décidé de connaître le sexe de l'enfant avant sa naissance. C'était comme jeter un coup d'œil aux cadeaux avant Noël. Dans leur famille, la tradition voulait qu'on attende. À vrai dire, il ne comprenait pas l'impatience qui caractérisait la nouvelle génération, ces fêtes prénatales et autres grandes cérémonies pour annoncer le sexe du futur bébé qui étaient à la mode ces derniers temps. Et s'il arrivait quelque chose ? Si les parents perdaient l'enfant et devaient voir ce décor rose ou bleu rempli d'objets et de vêtements en rentrant chez eux ? Ce serait insupportable. Bien sûr, chambre décorée ou pas, la perte d'un enfant était toujours insupportable.

– Papa, soupira-t-elle, comme une mise en garde qui ne lui échappa pas.

– Et si le garçon que vous attendez est finalement une fille ?

– Je vais raccrocher.

– D'accord, j'arrête.

– Bien, dit Katrín avant de s'éclaircir la gorge. Papa ?

– Oui ?

– Est-ce que… euh… est-ce que tout va bien ? Tu veux venir dîner avec nous ? Je ne comptais pas cuisiner, mais on peut commander quelque chose.

– Non, ma chérie, ce n'est pas la peine. Je passerai vous voir demain.

Hördur reposa le téléphone sur son bureau. Depuis que Katrín lui avait fait part de sa grossesse, il ne parvenait pas à se débarrasser du nœud qu'il avait à l'estomac. Elle avait toujours été si sensible ; depuis sa plus tendre enfance, le moindre choc pouvait la déstabiliser. À présent, cela faisait seulement deux semaines que Gígja était morte, et elle semblait avoir décidé d'être la plus forte au sein de la famille. Il ne se passait presque pas une journée sans qu'elle l'appelle ou l'invite à manger. Leurs rôles avaient été inversés, désormais c'était elle qui voulait prendre soin de lui. Peut-être qu'elle ressemblait plus à sa mère qu'il ne le soupçonnait.

Interrompant ses pensées, le téléphone sonna de nouveau. C'était un agent de la Scientifique qui avait fouillé l'ordinateur de Marinó.

– On a des traces d'activité jusqu'à vingt-trois heures douze, navigation classique sur Internet. Je n'ai rien repéré qui sorte de l'ordinaire. Jusqu'à…

Il marqua un court silence et reprit :

– Voilà. Il a fait une pause, puis il est revenu sur son ordinateur à minuit vingt-trois. C'est là que ça devient étrange.

– Comment ça ?

– J'y viens.

Sa voix enthousiaste suggérait qu'il était tombé sur quelque chose d'important.

– Il a fait une recherche sur Google avec les mots-clés suivants : « *How to hide a body* », qu'on peut traduire par : « Comment cacher un corps ».

– Il a eu des résultats ?

S'emparant d'un stylo, Hördur nota les heures que lui avait données le scientifique.

– Oui. Internet fourmille de bonnes idées. Il a consulté pas mal de sites, je vais t'envoyer la liste.

– Super. Quand a-t-il arrêté ses recherches ?

– Il a éteint son ordi à minuit cinquante-deux.

Après avoir raccroché, Hördur inscrivit ces nouvelles informations sur sa feuille et essaya de se figurer le déroulement de la dernière nuit de Marinó.

Ces recherches sur la manière dont on pouvait cacher un corps avaient de quoi attirer l'attention. Hördur imagina quelles circonstances pouvaient justifier une telle requête. Peut-être une simple curiosité, mais lui-même ne se souvenait pas de s'être posé ce genre de questions durant sa jeunesse.

Cela ne pouvait pas être sérieux. La seule affaire de mort suspecte en Islande ces jours-ci était précisément celle sur laquelle ils enquêtaient. Tout juste demeurait-il quelques vieux dossiers jamais élucidés, pas des meurtres mais des disparitions d'origine potentiellement criminelle. Il rédigea une petite note pour se rappeler de jeter un coup d'œil aux éventuelles disparitions récentes afin de vérifier si l'une d'elles pouvait avoir un lien avec Marinó.

Juste avant une heure, le jeune homme avait éteint son ordinateur. Hördur ignorait ce qu'il avait fait après cela, s'il s'était couché directement, s'il avait regardé la télévision.

S'appuyant au dossier de son fauteuil, il continua de contempler sa feuille. Toutes ces heures, tous ces points d'interrogation. L'incendie n'avait été déclenché que vers trois heures, mais Marinó était probablement mort un peu avant. À un certain moment de la soirée, il avait bu un cocktail alcoolisé chargé en somnifères qui lui avait été fatal. À présent, il s'agissait de découvrir qui avait préparé ce cocktail.

La baby-sitter les avait envoyées au lit bien trop tôt, mais peu importait. Elle s'appelait Vilborg, avait quinze ans et levait à peine le nez de son téléphone, ce qui ne l'empêchait pas d'avoir la télévision allumée à un volume bien trop fort. Elle ne prenait jamais le temps de discuter ou de jouer avec elle et sa sœur, et Klara était convaincue qu'elle ne se souvenait même pas de son prénom.

L'avantage de ne susciter que de l'indifférence chez sa baby-sitter, c'était qu'elle pouvait lire dans son lit aussi tard qu'elle le souhaitait. Elle n'avait même pas besoin d'utiliser sa lampe de poche en cachette, elle pouvait allumer l'applique murale car personne ne venait lui ordonner d'éteindre la lumière.

Elle dut cependant finir par s'assoupir, car elle se réveilla en sursaut et remarqua que son livre était tombé par terre. Son réveil indiquait bientôt trois heures. Elle ramassa le livre, le posa sur la table de chevet et éteignit la lumière. Elle était sur le point de se rendormir lorsqu'elle entendit quelque chose, un frottement régulier qui ressemblait à un bruit de pas en provenance du jardin. Parfaitement immobile, elle tendit l'oreille, mais rien.

Derrière la porte de sa chambre, c'était le silence complet. La télévision s'était tue, la baby-sitter était sûrement repartie chez elle, ses parents devaient être rentrés – au moins l'un des deux. Ils étaient habillés tellement chic lorsqu'ils étaient sortis plus tôt dans la soirée, surtout sa mère. Elle adorait l'odeur de son parfum et la couleur de son rouge à lèvres. Lorsque sa mère se faisait belle, elle semblait devenir quelqu'un d'autre, et Klara ne pouvait la lâcher des yeux.

Incapable de retrouver le sommeil, elle se leva et se dirigea vers la fenêtre entrouverte. D'où venait ce bruit ? Ce n'était sans doute que le chat des voisins, qui venait régulièrement se prélasser sur leur terrasse. Elle rêvait d'un animal de compagnie, possiblement un chien, elle l'avait souvent réclamé à ses parents, sans succès.

Soulevant légèrement le store, Klara jeta un coup d'œil dans le jardin avec sa cage de football, son trampoline et le fil à étendre le linge qui claquait au moindre souffle de vent.

Elle sursauta et son cœur s'emballa lorsqu'elle aperçut quelqu'un. Une fille aux longs cheveux noirs vêtue d'un épais manteau.

Klara recula légèrement pour ne pas être vue. Que faisait cette inconnue dans leur jardin au beau milieu de la nuit ? Elle regardait autour d'elle avec agitation, comme si elle cherchait quelque chose, mais quoi ? Était-ce une voleuse, allait-elle s'introduire dans leur maison ? Klara croisa les doigts pour que ses parents aient pensé à fermer à clé – généralement, ils le faisaient, mais il arrivait que sa mère s'énerve le matin en constatant que son père avait oublié.

La fille lui tourna le dos. Elle avait quelque chose de familier – mais non, c'était impossible. Elle se dirigea vers une des fenêtres, posa ses paumes à plat sur la vitre et regarda à l'intérieur. Klara avait envie de lui crier de déguerpir. Elle envisagea une seconde de courir alerter sa mère, mais n'osa pas bouger.

Tout à coup, la fille se retourna et regarda dans sa direction.

Figée, Klara retint son souffle. L'intruse pouvait-elle la repérer ?

D'abord immobile, elle se mit ensuite à avancer vers elle d'un pas rapide et décidé, le regard fixé sur la fenêtre.

Klara lâcha précipitamment le store et se jeta sur son lit. Tirant la couverture sur sa tête, elle ferma les paupières aussi fort qu'elle le pouvait.

Vendredi

Le silence s'abattit sur la salle de réunion après que Hördur leur eut rapporté sa conversation avec l'agent de la Scientifique. Tous trois fixaient le tableau où il venait de noter les heures d'activité de l'ordinateur au cours de la dernière nuit de Marinó.

– Il planifiait quelque chose ? suggéra enfin Elma. Ou il fantasmait ?

– Fantasmer de tuer quelqu'un ? répliqua Sævar.

– Je ne sais pas. Peut-être. Les gens font des tas de recherches bizarres sur Internet.

– Mais le fait qu'il soit mort juste après a de quoi interpeller, dit Hördur avant de se lever et de s'approcher du tableau.

– On a vérifié ses activités en ligne plus tôt dans la journée ? demanda Sævar.

– Oui, mais c'est la seule chose qui sortait de l'ordinaire.

– Les gens se font étonnamment souvent prendre avec ça, dit Elma. Ils ne se rendent pas compte qu'au moindre soupçon, la police épluchera l'historique de leurs recherches sur Internet.

– Le truc, c'est que Marinó n'a assassiné personne, nota Sævar.

– On en est vraiment sûrs ?

– Comment ça ? Nous n'avons qu'un seul corps sous la main, ou alors j'ai manqué quelque chose.

Il n'avait pas tort, mais Elma ne pouvait s'empêcher de se demander si Marinó n'était pas impliqué dans une affaire plus sérieuse. Ce qui expliquerait peut-être son soudain accès de colère lors de la soirée qui avait eu lieu la veille de sa mort, et son comportement apparemment inhabituel tout au long de la semaine.

– Il y a autre chose, poursuivit Hördur. La Scientifique a identifié la propriétaire du téléphone portable. Elle habite aux Pays-Bas.

– Attends, rappelle-moi quel téléphone portable ? demanda Sævar.

– Celui qu'on a trouvé dans son armoire.

Elma avait presque oublié l'appareil orné de strass violet et argenté, découvert lors de la fouille de la chambre de Marinó.

– Aux Pays-Bas ? s'étonna-t-elle. Il a des amis hollandais ?

– J'ai le nom de la femme, dit Hördur.

S'emparant d'une feuille posée sur la table, il lut :

– Lise Ragnarsdóttir Visser.

– Lísa ? répéta Sævar. C'est islandais, non ?

– C'est un prénom qui existe dans plein de pays, dit Elma en prenant la feuille des mains de Hördur. En fait, il est orthographié avec un *e* : Lise.

– D'accord, mais elle a un patronyme clairement islandais : Ragnarsdóttir[1].

1. La plupart des Islandais n'ont pas de nom de famille mais un patronyme construit généralement avec le prénom du père suivi du suffixe *-son* (fils) ou *-dóttir* (fille). Ragnarsdóttir signifie donc « fille de Ragnar ». *(Note du traducteur.)*

– Peut-être qu'elle a une mère hollandaise et un père islandais ? suggéra Elma.

– En tout cas, on n'a jamais entendu parler d'une dénommée Lise au cours de nos interrogatoires, commenta Sævar. Ce ne serait pas juste un téléphone perdu ? Peut-être que Marinó est tombé dessus et l'a rapporté chez lui.

– Je ne suis pas allé très loin dans mes recherches sur cette femme, dit Hördur en réunissant les papiers éparpillés sur la table. Elma, tu peux peut-être t'en charger ?

Qui était Lise, et pourquoi son téléphone portable se trouvait-il dans l'armoire de Marinó ? Il était récent et en parfait état, Elma connaissait le prix de ce genre d'appareils. De son côté, elle s'était contentée d'acheter un modèle plus ancien, qui coûtait trois fois rien en comparaison. À croire que le fabricant voulait la punir de sa décision, elle ne cessait de recevoir des notifications l'avertissant que son téléphone n'était pas compatible avec telle ou telle mise à jour.

Le modèle de Lise lui semblait en tout point identique à celui de sa sœur. Dagný avait toujours le Smartphone dernier cri, non par vanité mais parce que son mari Vidar travaillait pour une entreprise de téléphonie et équipait sa maison des plus récentes technologies. Il ne se lassait pas de faire remarquer à Elma que son téléphone était antédiluvien, et lui avait plusieurs fois proposé des promotions intéressantes. Elle déclinait systématiquement, ne souhaitait pas gaspiller de l'argent dans un nouveau portable tant que le sien fonctionnait. Elle comptait bien l'utiliser aussi longtemps que possible – peut-être par pur esprit de contradiction.

Elma était presque certaine que Lise n'aurait jamais abandonné son téléphone volontairement. Peut-être l'avait-elle simplement oublié, cependant il semblait improbable qu'elle ne soit pas revenue le chercher aussitôt.

Une autre hypothèse, c'était que Marinó ait volé l'appareil. Mais avec les technologies actuelles, voler un téléphone était devenu particulièrement difficile. Il fallait une bonne connaissance de son fonctionnement pour le déverrouiller et désactiver le système de géolocalisation, ce qui n'était pas à la portée de tout le monde.

Justement, son téléphone se mit à sonner lorsqu'elle s'assit à son bureau.

– Elma Jónsdóttir ? lança une voix de femme formelle.

– C'est moi, répondit-elle en entrant ses identifiants dans son ordinateur.

– Vous aviez rendez-vous à dix heures.

– Je sais, j'ai téléphoné pour prévenir que j'avais un empêchement.

Le matin même, elle avait contacté la secrétaire de sa sage-femme pour annuler son rendez-vous lorsqu'elle s'était rendu compte qu'elle n'aurait pas le temps de faire la route jusqu'à Mosfellsbær. Elle avait délibérément choisi un cabinet là-bas plutôt qu'à Akranes, où elle craignait de croiser une connaissance.

– Aucun problème. Mais vous aviez demandé qu'on vous rappelle pour trouver un nouveau créneau.

– Très juste, acquiesça Elma en levant les yeux – Sævar se tenait dans le cadre de la porte. Je… euh…

– Vous êtes disponible, lundi à dix heures ?

Il s'assit en face d'elle et patienta.

– Hmm, hmm, marmonna-t-elle en baissant discrètement le volume de l'appareil.

– Vous étiez à combien de semaines, déjà ? Je ne le vois pas sur mon…

– Merci beaucoup ! s'exclama Elma avant de raccrocher.

– C'était qui ? demanda Sævar en la fixant.

Elle sentit ses joues s'empourprer.

– Personne. Rien de spécial.

Elle ne savait vraiment pas mentir. Pourquoi n'avait-elle pas simplement prétendu que c'était sa mère ? Une amie ? N'importe qui ?

Sævar l'observa d'un air méfiant, puis il sembla se résoudre à ne pas insister.

– Tu as faim ? Je comptais faire un saut chez Galitó prendre un plat à emporter, si ça te tente.

– Je veux bien, merci, répondit Elma avec un sourire.

À son départ, elle soupira de soulagement. Elle n'était pas encore prête à lui faire part de son état. Elle employait d'ailleurs encore ce mot, alors que sa raison lui rappelait sans cesse que même si cet « état » était temporaire, ce qui venait après serait pour la vie.

Elle but un verre d'eau d'un trait et éloigna de son esprit l'image d'un ventre tendu à l'extrême, puis tapa le nom Lise Visser dans son moteur de recherche. Plusieurs résultats apparurent sur les principaux réseaux sociaux, c'était visiblement un nom assez courant. Y ajoutant le patronyme Ragnarsdóttir, elle trouva rapidement la bonne personne. Sur l'écran devant elle s'afficha la photo d'une jeune fille au teint mat et aux cheveux noirs. Elma se pencha en avant et entama sa lecture.

– Lise Ragnarsdóttir Visser est née et a grandi à Amsterdam. Son père était islandais et s'appelait Ragnar Snær Hafsteinsson. Il est décédé cette année.

– Et sa mère ? s'enquit Sævar.

– Morte il y a longtemps. Je n'ai pas trouvé grand-chose à son sujet, en dehors du fait qu'elle était hollandaise.

– OK, et tu as découvert comment son téléphone a atterri chez Marinó ?

– Pas précisément, mais j'ai vu qu'elle était venue en Islande en février.

– Février ? Ça fait des mois !

– Je sais. Pas moyen de connaître l'objet précis de sa visite, ses dernières publications sur les réseaux sociaux datent de janvier, à peu près une semaine avant la mort de son père.

Elma soupçonnait que le décès était survenu de manière soudaine et que, sous le choc, la jeune fille avait abandonné ses réseaux sociaux.

– Son père est mort en janvier, et elle est venue en Islande en février, résuma Sævar. Peut-être qu'elle voulait rendre visite à sa famille ?

– Possible. Cela dit, je ne lui ai pas trouvé beaucoup de proches encore en vie. Ses grands-parents sont morts et son père était fils unique. Elle avait bien quelques grands-oncles et grands-tantes qui eux-mêmes ont eu des enfants, mais ce sont des liens plutôt ténus.

– Aucun d'entre eux ne vit à Akranes ?

– Non, fit Elma en secouant la tête. La plupart habitent Reykjavík.

– Mais il n'est pas exclu qu'elle ait voulu les voir.

– Effectivement. J'ai préparé une liste avec les noms que j'ai retrouvés, je me disais que tu pourrais les appeler ?

– Pas de souci. Peut-être que Lise se cache chez l'un d'entre eux.

– Pendant ce temps, je comptais rendre visite à Frída. Elle doit bien savoir si son frère connaissait cette jeune fille.

– Et si c'est le cas ? demanda Sævar. Ça ne veut pas dire grand-chose.

– Non, répondit Elma en hochant lentement la tête avant d'ajouter : Ça ne veut pas dire grand-chose si on la retrouve saine et sauve.

Sævar ferma la porte de son bureau, ce qu'il ne faisait presque jamais. Il préférait sentir la présence de ses collègues à proximité. Depuis qu'il avait rejoint la brigade criminelle, il avait son propre bureau, mais parfois il regrettait le travail dans un espace ouvert. Plus jeune, il faisait partie de ces élèves qui aimaient réviser avec de la musique dans les oreilles ou dans des lieux publics où la vie battait son plein.

Il versa des croquettes dans le bol de Birta avant de se mettre au travail. Elma lui avait donné les coordonnées de quelques proches du père de Lise, Ragnar. Il commença par un de ses cousins, espérant qu'il pourrait lui donner quelques informations sur les errances de la jeune femme. Dans la mesure où son père était décédé récemment, il y avait fort à parier qu'elle avait voulu renouer des liens avec cette partie de sa famille en venant en Islande.

À seulement dix-neuf ans, Lise était déjà orpheline, un sentiment que Sævar ne connaissait que trop bien. Ses parents n'étaient toutefois pas morts de maladie à plusieurs années d'intervalle. Non, il les avait perdus tous deux la même nuit, à la même seconde. En l'espace d'un instant, lui, vingt ans, et son frère Maggi, seize ans, s'étaient retrouvés seuls. Sævar n'était absolument pas équipé pour s'occuper de ce frère qui requérait des soins particuliers. Jusqu'ici, sa seule responsabilité avait été de se lever suffisamment tôt pour arriver à l'heure en cours.

L'homme qui décrocha avait la voix lumineuse et chantante. Lorsque Sævar lui exposa l'objet de son appel, il récolta un long silence. Il crut même que la ligne avait été coupée, jusqu'à entendre un raclement de gorge à l'autre bout.

– Si ma mémoire est bonne, je n'ai rencontré la fille de Ragnar qu'une seule fois, il y a une dizaine d'années, lorsqu'il est venu en Islande avec sa famille. Pour être honnête, on n'était pas beaucoup en contact. Pas depuis tout petits, à l'époque où nos grands-parents nous gardaient.

– Vous avez sans doute appris que Ragnar est décédé cette année ?

– Oui, oui. On me l'a dit, mais je n'ai pas fait le voyage pour l'enterrement, et à ma connaissance, personne d'autre de ma famille ne l'a fait. Les parents de Ragnar sont morts il y a bien longtemps, après ça on s'est un peu perdus de vue. Il habitait à Amsterdam avec sa femme et sa fille, et leurs visites en Islande étaient plutôt rares. Je m'attendais à ce que ça change après le décès de sa femme, lorsqu'il s'est retrouvé seul avec la petite, mais ils ne sont jamais revenus.

– Donc, d'après vous, aucun de vos proches n'était en contact avec eux ?

– Non, mais puis-je vous demander pourquoi vous me posez ces questions ?

– Nous devons nous entretenir avec Lise concernant une enquête en cours, répondit Sævar. Rien de grave.

– Et vous pensez qu'elle est en Islande ?

– Nous savons qu'elle a pris l'avion en février de cette année.

– Je vois, fit l'homme d'un ton surpris. Oui, oui. Je peux me renseigner et vous tenir au courant. Peut-être qu'elle a contacté quelqu'un sans que je le sache.

– Cela m'aiderait beaucoup, merci, acquiesça Sævar avant de lui dire au revoir.

Il observa les autres noms sur sa liste. Peut-être valait-il mieux attendre que cet homme le rappelle.

D'ordinaire, il vivait et respirait pour ses entraînements, mais ce jour-là Andri avait hâte qu'il se termine et ne cessait de regarder l'heure.

– Les yeux sur le ballon, Andri ! s'écria Ingi, son entraîneur, depuis la touche.

Rien ne lui échappait, il avait un œil de lynx et ne souriait presque jamais, pas même lorsque tout se passait bien. Le plus souvent, il n'exprimait sa satisfaction que d'un léger mouvement de tête.

À la fin de la séance, alors qu'Andri regagnait le vestiaire, son coéquipier Grímur accourut vers lui.

– Tout va bien ? demanda-t-il à voix basse.

– Nickel, répondit Andri avec énergie.

Ils s'entendaient bien, mais c'était loin d'être son meilleur ami. Âgé de quelques années de plus, Grímur avait toujours nourri une certaine admiration pour lui. C'était un bon joueur, cependant il n'irait jamais plus loin dans le football, et n'en avait d'ailleurs pas l'ambition.

– Tu vas aux bains chauds ?

– Non, pas cette fois. Júlía m'attend, mentit Andri.

Il ne comptait pas la retrouver avant le soir mais, d'humeur peu sociable, il avait besoin de solitude.

Il avait toujours été un gamin un peu à part, qui se satisfaisait d'une poignée d'amis et aimait rester seul. À l'école primaire, s'il n'était pas à proprement parler impopulaire, il ne cherchait pas la compagnie des autres garçons de sa classe. Son unique centre d'intérêt était le football, et ce n'était qu'à la fin du collège que ses camarades avaient véritablement remarqué son existence. Peu après sa sélection dans l'équipe nationale des moins de dix-huit ans, les filles avaient commencé à s'intéresser à lui, et soudain les garçons voulaient l'inviter ici ou là. Il n'avait même pas à se donner de mal : il lui suffisait d'être présent, et d'une certaine manière, tout le monde acceptait son naturel silencieux. Le seul garçon avec qui il était parvenu à nouer des liens était Marinó, principalement grâce au fait que ce dernier assurait l'essentiel de la conversation sans se laisser déstabiliser par les réponses monosyllabiques d'Andri.

Marinó avait un don pour déceler chez les gens ce que les autres ne voyaient pas. Voilà pourquoi il s'était aussi lié d'amitié avec Ísak, qui se comportait pourtant souvent comme un con. Andri le connaissait depuis longtemps, mais il n'était devenu son ami qu'après l'arrivée de Marinó dans leur vie.

Plus jeune, Ísak était un excellent footballeur, encore meilleur qu'Andri d'un point de vue technique. Durant les entraînements, ils se disputaient sans cesse l'attention de tous, mais finalement Ísak ne s'était pas donné les moyens d'aller plus loin. Au foot, le talent seul ne suffisait pas.

Andri retourna chez lui d'un pas précipité, le regard fixé droit devant. À sa propre surprise, il sentait une boule coincée dans sa gorge. Toute sa vie, il avait été bon au foot, et c'était tout. Il n'avait rêvé que d'une chose depuis qu'il était enfant : devenir joueur professionnel. À présent que cette possibilité était plus palpable que jamais, c'était comme s'il en avait assez. Il n'éprouvait plus la moindre hâte, plus le moindre enthousiasme, et ce depuis une éternité.

Le football avait depuis longtemps cessé d'être un jeu pour devenir un métier. Avant chaque match, il était en proie à une angoisse telle qu'il ne pouvait pas fermer l'œil de la nuit. Tout le monde attendait tant de lui, parfois il avait l'impression qu'ils voulaient tous leur part du gâteau. L'équipe, la ville, le pays entier. Contrairement à ce que ses parents croyaient, il ne ressentait pas de fierté en lisant les articles qui lui étaient consacrés. Que de la lassitude. Une lassitude si profonde, si écrasante, qu'il avait la sensation d'étouffer.

Pour la deuxième fois en l'espace de deux jours, Elma se gara devant cet immeuble récent. Tout bien réfléchi, il n'était peut-être pas si récent que ça. Il devait bien avoir dix ou quinze ans, mais étrangement, elle avait la sensation que tout ce qui avait été construit alors qu'elle était adulte sortait juste de terre.

C'était dans ce bâtiment orange de taille modeste que vivait Hrafnkell, le petit ami de Frída. Elma s'était renseignée sur lui après sa conversation avec Sævar, plus par curiosité que parce qu'elle le soupçonnait d'être directement impliqué dans cette affaire. Ses réseaux sociaux étaient remplis de photos de Jeeps et de motos, entre deux autoportraits de lui en pleine randonnée en montagne, parfois accompagné d'un groupe de touristes. C'était à se demander quelle place Frída occupait dans sa vie, car elle n'apparaissait sur aucune de ces images, alors qu'elle semblait passer beaucoup de temps chez lui.

– Oh, lâcha celle-ci d'un ton presque irrité lorsque, ouvrant la porte, elle aperçut Elma. Entrez.

– Merci, je n'en ai que pour une minute.

Elma retira ses chaussures et suivit la jeune fille.

Accoudé à la table basse en train de manger un sandwich grillé, Hrafnkell la salua. L'assiette posée devant lui contenait une montagne de sauce cocktail.

Elma s'assit face à Frída à la table de la salle à manger et s'efforça de réprimer la nausée qui l'avait prise tandis qu'elle montait l'escalier.

– Du nouveau ? demanda la jeune fille en mâchant un chewing-gum.

– Pas grand-chose pour le moment. Mais je voulais vous demander si vous connaissiez cette personne.

Elma sortit son téléphone, afficha une photographie de Lise et posa l'appareil sur la table.

Frída se pencha en avant. Un rayon de soleil qui s'insinuait par la fenêtre illumina ses cheveux.

– C'est Lise, répondit-elle en étouffant un bâillement avec le dos de sa main. Elle est… enfin, elle était jeune fille au pair.

– Était ?

– Oui, elle est repartie le week-end dernier. Ou non, le précédent.

– Chez qui travaillait-elle ?

– Les parents d'Andri. Ils sont tellement occupés qu'ils n'ont pas de temps pour leurs enfants.

Frída mima des guillemets en prononçant « occupés ».

– Est-ce que Marinó et elle étaient…

– Ensemble ? compléta Frída. Non, pas du tout. C'est Andri qui nous l'a présentée. Elle a un an de moins que nous, mais elle semblait sympa. Elle parle parfaitement islandais, parce que je crois que son père était originaire d'ici. Bref, Andri l'a parfois amenée avec lui aux soirées qu'on faisait.

– Vous savez où elle est à présent ?

– Elle est retournée chez elle. On l'a vue le week-end avant… avant l'incendie. Elle nous a dit qu'elle allait repartir.

– Mais…, hésita Elma. Vous êtes sûre que c'est le cas ?

– Aucune idée, répondit Frída. Demandez à Andri ou à ses parents.

Lâchant un soupir, elle ajouta :

– Mais je ne vois pas le rapport avec Marinó. Je ne comprends pas pourquoi vous perdez votre temps avec cette fille au lieu de chercher celui qui a tué mon frère.

Elma se contenta de hocher la tête, laissant passer un bref silence avant de reprendre :

– Marinó utilisait souvent le mixeur pour se préparer des boissons ?

– Hein ? Vous voulez dire des smoothies ou… ?

– Oui. Ou des cocktails.

– Euh… non. Parfois, on en faisait avec les filles, mais Marinó buvait juste de la bière. Où vous voulez en venir ? Quelle importance ça peut bien avoir ?

Frída n'était plus la même. La dernière fois qu'elles s'étaient parlé, elle se montrait calme, prête à collaborer. À vrai dire étonnamment calme, compte tenu du fait que son frère venait de mourir. À présent, la colère semblait bouillonner en elle.

– Je ne comprends pas pourquoi vous n'avez toujours pas mis la main sur celui qui a fait ça, poursuivit la jeune fille, sa voix gagnant en puissance à chaque mot. Ma famille n'a reçu aucune nouvelle de votre part. Ce ne serait pas le moment de demander de l'aide, de consulter quelqu'un qui aurait plus d'expérience dans ce genre d'affaires ? La police de Reykjavík, par exemple ?

– Je suis sincèrement désolée si vous avez l'impression que nous ne vous tenons pas suffisamment informés, vous et vos parents, mais soyez assurée que nous travaillons d'arrache-pied sur cette enquête, répliqua Elma.

– Vraiment ? siffla Frída entre ses dents.

– Vraiment.

Elma n'était pas vexée, elle comprenait la frustration de la jeune fille. Ils n'avaient presque aucun indice sur ce qui était arrivé à son frère. C'est pourquoi elle s'accrochait tant à l'espoir que Lise puisse lui révéler quelque chose, aussi improbable cela soit-il.

De retour dans sa voiture, elle attrapa le volant des deux mains et posa son front contre le vinyle noir. Fermant les paupières, elle attendit que la nausée, revenue lorsqu'elle avait redescendu l'escalier, passe. Elle inspira lentement par le nez, expira puis parvint à relever la tête et à démarrer la voiture.

Frída avait dit que Lise comptait retourner chez elle. Les jeunes au pair ne restaient en effet que pour une durée limitée chez les familles qui les employaient. Peut-être qu'elle était venue en Islande sur un coup de tête après avoir perdu son père, et qu'elle s'était rapidement lassée. Mais Elma avait contacté toutes les compagnies aériennes qui desservaient l'île, et aucune n'avait retrouvé le nom de Lise dans ses registres. Elle s'était même renseignée auprès de la compagnie maritime qui assurait la liaison avec le Danemark, au cas où la jeune fille ait pris le bateau, sans plus de succès.

À moins d'être parvenue à s'échapper sans laisser de traces, Lise semblait donc n'avoir jamais quitté l'Islande. Soit elle avait menti sur ses projets de retourner chez elle, soit quelque chose l'en avait empêché.

Certains jours, le vent semblait prendre du repos, le calme retombait et les feuilles mortes restaient accrochées aux branches des arbres.

Anna avait proposé d'aller à Langisandur et Klara avait fini par se laisser convaincre de se joindre à la balade. Regardant Anna se précipiter vers la plage, Unnar songea qu'il n'y avait rien d'étonnant à ce que cette agence publicitaire les ait de nouveau contactés. L'été dernier, on avait proposé à la fillette de jouer dans une publicité pour une nouvelle marque de glace à l'eau. Une immense fierté avait envahi Unnar lorsqu'il avait vu pour la première fois le petit film où sa fille courait parmi un groupe d'enfants déchaînés. Elle avait beau ne pas être seule à l'écran, elle occupait le premier rôle, et la caméra était concentrée sur elle. Ce petit boulot lui avait valu l'attention de tous ses camarades à l'école, et même de la ville entière, bien plus longtemps que la durée de vie de la glace à l'eau qu'elle promouvait, qui n'était aujourd'hui plus en vente. Ayant pris goût à la célébrité, elle rêvait à présent de devenir actrice, et championne de gymnastique à côté.

L'agence publicitaire avait désormais besoin d'une fillette pour le clip d'un groupe étranger tourné en Islande. L'idée semblait amusante. Dans une nature islandaise omniprésente, lors du rassemblement des moutons dans leurs enclos, une petite fille se mettait à poursuivre une souris des champs. Oubliant le temps, elle se perdait dans la campagne. Une femme-elfe, s'échappant d'un rocher, lui prenait alors la main et la ramenait chez elle. Charmé par le scénario, Unnar était certain qu'Anna serait aux anges à la perspective de jouer ce rôle.

– Papa ! s'exclama Klara, quelques pas derrière eux.

– Oui ?

Unnar se tourna vers l'aînée de ses deux filles. Elle avançait avec peine, comme si ses jambes étaient lourdes et faibles.

– Je peux rentrer à la maison ?

Elle plissait les yeux sous le soleil comme un vampire qui verrait pour la première fois la lumière du jour.

– Comment ça, tu ne veux pas passer du temps avec ton père ?

Elle ne répondit pas.

Unnar était un peu rouillé après la soirée de la veille. Il était rentré tard, beaucoup plus que ce qu'il avait prévu. Villi et lui avaient discuté un long moment après le départ des autres, et il n'avait qu'un souvenir flou du chemin du retour. Il se rappelait toutefois avoir vu la lumière allumée à la fenêtre de sa chambre et s'être demandé pourquoi Laufey était encore éveillée. Lorsqu'il l'avait rejointe, elle dormait en fait à poings fermés ; elle n'avait même pas remué lorsqu'il l'avait légèrement secouée.

Allongé sur son lit, il avait longuement réfléchi. Peu fier de ses exploits passés, il avait décidé, juste avant de s'endormir, de faire de son mieux pour réparer son mariage. Il aimait ses enfants, et Laufey aussi. Si seulement elle pouvait relâcher la pression, redevenir un peu celle qu'elle était autrefois, cesser d'avoir constamment les nerfs en boule. Peut-être devrait-il l'emmener en week-end, à Paris ou à New York. Une manière de redonner vie à leur amour.

Ayant retiré son pantalon, Anna courait vers la mer tandis que Klara s'était arrêtée et creusait le sable avec un bâton. Unnar les prévint qu'il allait se changer avant de se diriger vers les vestiaires. Il n'avait pas été aussi prévoyant que sa fille cadette, qui portait son maillot sous ses vêtements. Une fois ressorti, en chemin vers les bains chauds, il aperçut son fils sur le sentier piéton qui longeait la plage.

– Andri ? Qu'est-ce que tu fais là ?

– Je rentre de mon entraînement. Et toi ? Tu… Maman est là aussi ?

Andri semblait tout aussi étonné de croiser son père à Langisandur.

– Non, juste tes sœurs.

L'adolescent hocha la tête, hésita un instant puis reprit sa route.

– Andri ! lui lança Unnar. Tu ne veux pas… rester avec nous ?

Il se retourna et fixa son père.

– Non, je dois y aller.

– OK, pas de problème.

Unnar le regarda s'éloigner, et la tristesse qui s'empara de lui le prit par surprise. Andri était si grand désormais. Il était trop tard pour changer, devenir ce père que son fils aurait sans doute voulu avoir.

Poussant un soupir, il grimpa les marches menant au bain chaud. L'écho du rire d'Anna sur la plage lui redonna le sourire. Au moins, il avait toujours ses deux filles.

Andri habitait à deux pas du domicile des parents d'Elma. Elle avait de nombreuses fois parcouru les sentiers piétonniers qui émaillaient le quartier, savait dans quels jardins on trouvait les plus beaux groseilliers, sur quels terrains de jeux poussaient la rhubarbe et la petite oseille durant l'été.

Elle était même souvent entrée dans cette maison, où vivait autrefois l'un de ses camarades de classe qui, chaque année, organisait une fête pour son anniversaire. À l'époque, le sol était recouvert de moquette, le mobilier de la cuisine était sombre et le jardin parsemé d'arbres, de buissons et d'autres plantes. En dehors de la haie qui délimitait le terrain, la végétation avait aujourd'hui été remplacée par une spacieuse terrasse en bois.

Lorsque la porte s'ouvrit et que la mère d'Andri les accueillit, elle constata également que la moquette avait cédé la place à un parquet clair.

– Il est à son entraînement de foot, il devrait être de retour d'ici un quart d'heure, dit la femme en jetant un coup d'œil à sa montre.

– Vous auriez quelques minutes à nous accorder ? demanda Sævar.

– Bien sûr, entrez.

Elle se présenta et dit s'appeler Laufey. Ils la suivirent à l'intérieur, où tout avait changé depuis l'époque où Elma était enfant. Dans la cuisine, les placards étaient désormais blancs, et le reste du mobilier en noyer. Les petites sœurs d'Andri avaient laissé leurs marques un peu partout : un tapis de gymnastique par terre, deux paires de sandales devant la porte-fenêtre et des manuels scolaires colorés éparpillés sur la table de la salle à manger. Laufey sortit deux tasses ornées de corbeaux noirs d'un placard.

– Ne vous donnez pas de mal, s'empressa de lui dire Elma.

– Oh, il suffit d'appuyer sur un bouton, répondit Laufey en désignant sa grande machine automatisée. Vous ne voulez pas de café ?

– Non merci, dit Elma avec un sourire. On ne va pas s'éterniser.

– Bon.

Rangeant les tasses dans un coin, Laufey s'assit.

La quarantaine, elle était légèrement enveloppée malgré un squelette fin et un visage aux traits délicats. Si elle était encore belle aujourd'hui, Elma songea que, vingt ans auparavant, les hommes ne devaient pas pouvoir la quitter des yeux.

– Marinó Finsson était l'ami de votre fils Andri, commença-t-elle.

C'était plus une affirmation qu'une question, mais Laufey hocha la tête.

– Tout à fait. Depuis le CM2, lorsque Marinó et sa sœur Frída ont emménagé ici. Marinó et Andri se sont immédiatement entendus.

Elle parlait vite, et Elma voyait sa poitrine se soulever et s'affaisser sous son tee-shirt.

– Ils passaient donc beaucoup de temps ensemble ?

– Oh que oui, répondit-elle avant de déglutir. Nous digérons encore la nouvelle. Ça semble si irréel, c'est tragique. Vous avez une idée de ce qui a pu arriver ? Je suis attentivement l'actualité, mais aucune information n'a filtré.

– Il faut espérer que l'affaire s'éclaircisse rapidement, dit Elma, bottant en touche.

Puis elle décida d'entrer dans le vif du sujet. Elle posa son téléphone sur la table devant Laufey.

– Cette jeune fille s'appelle Lise Ragnarsdóttir Visser, et j'ai cru comprendre qu'elle était au pair chez vous.

Laufey regarda le téléphone avant de relever les yeux sur eux, l'air perdu.

– Oui, c'est bien Lise, mais je ne comprends pas…

– Nous avons trouvé un objet lui appartenant chez Marinó, et nous aimerions nous entretenir avec elle.

– Vous allez avoir du chemin à faire. Lise est rentrée aux Pays-Bas il y a bientôt deux semaines.

– Son contrat avait pris fin ?

– À vrai dire, non, répondit Laufey dans un soupir. Quelque chose est arrivé, ou du moins c'est ce qu'elle prétendait. Je dois avouer que ça ne m'arrangeait pas du tout. Je donne des cours de yoga le matin et je travaille souvent jusqu'à dix-huit heures au salon de coiffure, en plus de siéger au conseil municipal un mardi sur deux. J'ai dû annuler plusieurs de mes engagements lorsqu'elle a décidé de partir du jour au lendemain.

– A-t-elle précisé ce qui était arrivé ?

– Non, mais elle… elle semblait très triste, les derniers jours.

– Pourquoi ? s'enquit Sævar.

– Je ne sais pas vraiment, répondit Laufey après un temps de réflexion. Au début, elle était joyeuse, pleine de vie, elle passait son temps avec nous ici, dans la cuisine ou dans le salon. À la fin, elle s'isolait beaucoup plus et ne quittait presque jamais sa chambre.

– Vous n'avez pas la moindre idée de ce qui la tourmentait ?

– Non, mais c'est sans doute lié à son père, supposa Laufey. Il est décédé en début d'année.

– Nous l'avons appris, dit Elma. Quand avez-vous remarqué ce changement de comportement ? Ça a été progressif ou soudain ?

– Plutôt soudain, répondit Laufey, comme si elle en prenait tout juste conscience. Je me suis absentée le week-end précédant son départ, et à mon retour elle était différente. J'ai demandé à mon mari Unnar s'il s'était passé quelque chose, mais il m'a dit que non.

– Votre mari était donc à la maison avec elle lors de votre absence ?

– Oui, mais je doute qu'il ait passé beaucoup de temps ici. Je suis partie avec des copines dans un chalet de vacances et comme Unnar devait travailler, nous avons demandé à Lise de s'occuper des filles. Nous lui avons payé un supplément.

– Où était Andri ?

– Ce week-end-là ? Il était à la maison, mais il a un emploi du temps déjà bien rempli.

– Lise et Andri s'entendaient bien, non ? s'enquit Elma. Apparemment, il lui arrivait de l'emmener lors de soirées chez ses amis.

– Absolument, fit Laufey avant de réfléchir un instant. En fait, je ne sais pas s'ils étaient si proches que ça. Andri s'était pris de pitié pour Lise, elle était très seule ici. Pourtant, elle ne semblait pas tenir plus que ça à rencontrer des gens. Elle ne voulait pas aller aux cours de fitness que je lui avais suggérés, ni faire connaissance avec les autres jeunes au pair. Je pense que le décès de son papa l'a affectée plus qu'elle ne le prétendait, ce que je comprends totalement.

Elma se demanda si Lise ne s'était pas fait embaucher au pair dans une tentative désespérée d'avoir une nouvelle famille. Peut-être s'était-elle finalement rendu compte que les choses n'étaient pas aussi simples, et qu'elle avait décidé de rentrer chez elle.

– Quel genre de téléphone possédait-elle ? poursuivit Sævar.

– Pas un iPhone. Une autre marque. Elle avait collé des décorations dessus, comme des pierres précieuses.

– Elle l'avait toujours sur elle ?

– Quand elle sortait de la maison, oui, répondit Laufey en fronçant les sourcils. Pourquoi, vous l'avez retrouvé quelque part ?

– Il était chez Marinó, dit Sævar. Vous auriez une explication ?

Laufey jeta un coup d'œil par la fenêtre tandis qu'une voiture passait dans la rue avec un grondement sourd.

– Eh bien… Elle a dû l'oublier là.

– Il y a deux semaines ? s'étonna Sævar. Les gamins de son âge sont généralement trop accros à leur téléphone pour passer plus de deux minutes sans.

– Ne m'en parlez pas, fit Laufey avec un sourire. Mais Lise n'était pas comme ça. Contrairement à mon fils, elle n'avait presque jamais son portable sur elle, sauf quand elle sortait. Elle aurait tout à fait pu l'oublier et ne pas s'en rendre compte immédiatement.

– Pas même avant de quitter le pays ?

– C'est possible.

– Quand Lise devait-elle prendre l'avion ?

– Elle a quitté la maison dimanche, il y a presque deux semaines.

Laufey marqua une courte pause.

– La veille, elle est allée chez Marinó avec Andri. Oui, c'est à ce moment-là qu'elle a dû oublier son téléphone. Elle était déjà partie quand je suis revenue de mon cours de yoga à midi le dimanche. Je ne sais pas si elle a pris l'avion le même jour, mais en tout cas on ne l'a pas revue après.

– C'était donc une semaine avant la mort de Marinó ?

– C'est ça, acquiesça Laufey. J'imagine qu'elle avait un vol de bonne heure, ce qui expliquerait pourquoi elle ne nous a pas dit au revoir. Tout ça s'est passé si vite. J'ai offert de payer son billet d'avion et de l'emmener à l'aéroport, mais elle a catégoriquement refusé. Si j'avais su qu'elle partait si tôt, j'aurais organisé un petit quelque chose le matin. Elle n'a même pas fait ses adieux aux filles, ça leur a fait beaucoup de peine.

– Donc vous ne l'avez pas vue du tout le fameux dimanche ?

– Non.

– Comment savez-vous qu'elle est revenue la nuit du samedi au dimanche ?

– Parce que ses bagages n'étaient plus là dimanche midi, et je me rappelle les avoir vus dans sa chambre la veille.

– Le problème, commença Sævar en se penchant légèrement en avant, c'est que Lise n'a jamais pris l'avion. Nous nous sommes renseignés auprès de toutes les compagnies aériennes qui avaient un vol programmé ces dernières semaines, et elle n'apparaît nulle part sur leurs registres. Elle ne loge pas non plus chez un membre de sa famille islandaise, nous avons contacté ses proches et personne ne l'a vue.

– Vous êtes sérieux ? balbutia Laufey, visiblement choquée. Comment est-ce possible ?

– Nous espérions que vous pourriez nous le dire.

– J'aimerais vous aider. Mais je n'ai pas la moindre idée d'où elle a pu passer.

– Où était Andri, la nuit de samedi dernier ? demanda Elma.

– Il est rentré à la maison entre une heure et deux heures du matin, je peux donc vous assurer qu'il n'a rien à voir avec cet incendie.

Elle s'empressa d'ajouter :

– Enfin, je sais bien que ce n'est pas ce que vous pensez. Mais toujours est-il qu'il est rentré à la maison. Nous avions des invités à dîner, certains étaient encore là et ils peuvent en attester.

– Mais Andri dort dans le garage, non ?

– Oui, tout à fait.

– Donc s'il était ressorti, vous ne l'auriez pas remarqué ?

Laufey ouvrit la bouche comme pour protester, avant d'hésiter et de concéder finalement :

– Non. Non, je ne l'aurais pas remarqué.

De retour dans la voiture, Elma était plongée dans ses pensées. Elle tenait à retrouver Lise, mais soupçonnait que celle-ci avait orchestré sa propre disparition. Après la conversation avec Laufey, il semblait évident que la jeune fille ne s'était pas remise de la mort de son père, et qu'elle était venue en Islande pour fuir et s'isoler de ses amis hollandais. Son récent changement de comportement n'était peut-être qu'un symptôme du deuil, un processus loin d'être linéaire, qui se manifestait souvent par de profondes sautes d'humeur.

Lorsqu'elle partagea ses réflexions avec Sævar, celui-ci secoua la tête.

– Non, dit-il en démarrant. Je crois qu'il se passe autre chose. Réfléchis une seconde, Lise et Andri sont allés chez Marinó, et personne ne l'a vue depuis. Le week-end suivant, Marinó cherche sur Internet comment dissimuler un corps ; un instant plus tard, il meurt et on met le feu à sa chambre. D'après toi, c'est une coïncidence ?

– Mais nous ne sommes pas sûrs que personne n'ait vu Lise. Ce n'est pas comme si nous avions interrogé tous les témoins potentiels.

– Effectivement, concéda Sævar.

– Tu penses donc qu'il s'est passé quelque chose le soir où Andri et elle se sont rendus chez Marinó ?

– Oui, j'en suis convaincu.

Sævar tourna soudainement vers le musée du Folklore d'Akranes et le cimetière avant de se garer. Puis il regarda Elma.

– Admettons que Marinó ait tué Lise et qu'il ait fait une recherche sur Internet pour savoir comment se débarrasser de son corps.

– Tu crois vraiment que c'est une possibilité ?

– Pourquoi pas ? Si Marinó l'a assassinée, il n'est pas improbable qu'il se soit suicidé parce qu'il ne supportait pas la culpabilité. Voire qu'il ait lui-même incendié sa chambre, pour détruire les preuves.

– Peut-être, répondit Elma en se frottant les yeux. Cette histoire est tellement tirée par les cheveux. Tu penses que ça tient la route ?

Sævar haussa les épaules.

– Je n'ai pas d'autre explication concernant sa recherche sur le Net. Je veux dire… Marinó n'était pas en train d'écrire un roman qui aurait pu le pousser à se poser ce genre de questions.

– Tu es sûr ? fit Elma en souriant jusqu'aux oreilles. Ou alors, c'était pour un devoir de méthodologie : « Comment dissimuler un corps ? »

– Très drôle.

– Non, mais sérieusement… Il me semble bien plus probable que Lise se soit suicidée. Elle ne s'était clairement pas remise de la mort de son père.

– Autre chose, reprit Sævar, qui ne l'avait visiblement pas écoutée. Marinó a fait cette recherche le soir de sa mort, ce qui signifie qu'il ne s'était pas encore débarrassé du corps. Donc si j'ai raison, il y a un cadavre quelque part.

– Sævar, tu ne vas quand même pas te mettre en quête d'un cadavre ?

– Il ne peut pas être chez Marinó, le département scientifique a passé la maison au peigne fin.

– Et dans la voiture ? suggéra Elma.

Celle qu'il partageait avec sa sœur ? fit Sævar, dubitatif.

– Il refusait de la lui laisser, ils se sont disputés à cause de ça, lui rappela Elma.

– Très juste.

– Mais s'il gardait un corps quelque part, nous aurions perçu des indices. L'odeur…

Elma repensa à celle qui régnait dans la salle d'autopsie du médecin légiste. Jamais elle n'oublierait cette puanteur douceâtre de putréfaction.

– Si je me souviens bien, dit Sævar, la voiture de Marinó était encore dans l'allée du garage. On peut peut-être y jeter un coup d'œil.

– N'oublie pas que Lise était chez Marinó une semaine avant l'incendie, lui fit remarquer Elma.

– En effet, mais si tu y réfléchis, ce n'est pas si long. Peut-être qu'il préférait avoir le corps sous la main pour pouvoir le surveiller en attendant de trouver un moyen de s'en débarrasser.

Il sortit son téléphone.

– Qui appelles-tu ? demanda Elma.

– Hördur. Je vais lui demander la permission de fouiller la voiture.

À leur retour, Unnar et les filles avaient les doigts fripés et les joues rouges d'avoir passé trop de temps dans les bains chauds. Il ne trouva sa femme ni dans le salon, ni dans la cuisine.

– Laufey ? lança-t-il, sans obtenir de réponse.

– Papa, on peut regarder la télé ? demanda Klara.

Il hocha la tête, pensif. En entrant, il avait eu un mauvais pressentiment qu'il n'aurait su expliquer, comme si quelque chose n'était pas à sa place, ou avait purement et simplement disparu.

Une fois les filles installées devant la télévision, il alla dans la chambre où dormait autrefois Lise, la jeune fille au pair arrivée en février qui avait partagé leur quotidien pendant plus de six mois.

Les murs étaient peints en bleu clair, et elle était meublée d'une armoire, d'un bureau et d'un lit simple. Lise n'avait rien laissé derrière elle. L'armoire était vide, de même que le bureau, en dehors d'une plante en pot aux feuilles desséchées. Malgré l'odeur de renfermé, il ne voulait pas ouvrir la fenêtre, de crainte que Laufey devine qu'il était venu dans cette pièce.

Unnar s'assit sur le lit. Il souleva la couverture d'un geste délicat, comme si Lise se trouvait encore en dessous. Laufey n'avait pas changé les draps depuis son départ, ils sentaient encore ce parfum exotique qu'il décelait chaque fois que la jeune fille s'approchait de lui.

Il inspira profondément et ferma les yeux.

– Unnar.

Il ouvrit les paupières dans un sursaut. Laufey l'observait depuis le seuil.

– Qu'est-ce que tu fais ? demanda-t-elle lentement, presque dans un murmure.

– Je…

Il se leva d'un bond.

– J'ai mal au crâne. Je voulais juste un instant de répit.

Elle garda le silence.

– Où étais-tu ? s'enquit-il, s'efforçant d'adopter un ton posé.

– Dans la buanderie. Anna est invitée à un anniversaire demain, je cherchais la tenue qu'elle veut porter. Comment ça s'est passé à la plage ? J'ai essayé de t'appeler.

– Ah, oui, j'ai oublié mon téléphone dans la poche de mon manteau. On a passé un bon moment. Beaucoup de monde dans les bains chauds.

– Hmm, je veux bien te croire.

À la surprise d'Unnar, elle sourit.

– Les filles se sont bien amusées, reprit-il en la suivant dans la cuisine.

– Merci de les avoir emmenées là-bas.

S'emparant de deux tasses, elle lui demanda s'il voulait du café, et il accepta.

– Il faudra que je teste ces fameux bains chauds, ajouta-t-elle.

– Tu n'y es encore jamais allée ?

– Non, répondit Laufey dans un rire. Je dois être la seule à Akranes !

– Peut-être qu'on devrait y faire un tour ensemble un de ces soirs, proposa Unnar.

– Oui, acquiesça-t-elle en lui tendant une tasse. Peut-être.

Unnar sourit et but une gorgée.

La météo était étonnamment calme ce vendredi après-midi, ce qui leur permettait d'entendre distinctement tous les sons de leur environnement : les voitures qui passaient, les portes qui claquaient, les enfants qui jouaient. La rue était pleine de vie à cette heure de la journée. Une famille venait de se garer devant la maison d'en face. La femme était penchée sur la banquette arrière et, lorsqu'elle se redressa, elle tenait une petite fille dans ses bras. L'homme ouvrit le coffre et en sortit deux sacs plastique, l'un arborant le logo d'un magasin d'alimentation, l'autre celui de Vínbúð, la chaîne de vente d'alcool détenue par l'État. À côté de lui, un petit garçon d'environ cinq ans insistait pour porter quelque chose. Son père lui tendit un paquet de céréales qui semblait énorme dans ses mains. Bientôt, une odeur de nourriture grillée flotterait dans tout le quartier, on remplirait des verres de vin et on ouvrirait des canettes de bière devant le barbecue.

Ayant obtenu l'autorisation de procéder à une fouille, Elma et Sævar étaient repassés au bureau pour récupérer les clés de la voiture auprès de Hördur. Ce dernier leur avait donné un énorme trousseau qui comportait bien plus que les seules clés du véhicule. L'hypothèse de Sævar lui semblait improbable, mais il lui avait laissé le champ libre et contacté Finnur et Gerda. Elma ne savait pas ce qu'ils lui avaient répondu, ni comment

son supérieur leur avait expliqué l'affaire, mais toujours est-il qu'ils avaient les clés en main et étaient à présent devant chez Marinó.

Ils s'approchèrent de la Nissan Leaf presque neuve garée dans l'allée.

Elma retint son souffle tandis que son collègue ouvrait le coffre. Elle s'attendait à être soudain confrontée à une odeur épouvantable, mais rien. Il était vide.

– Je crois que nous en faisons trop avec cette histoire de recherche sur le Net, dit-elle en verrouillant de nouveau la voiture. Je doute qu'il ait fait quoi que ce soit à Lise.

– Peut-être, répondit Sævar en jetant un coup d'œil circulaire. Tu as une autre idée de lieu ?

– Où garder un corps ? demanda Elma. Non, pas vraiment.

Elle lui emboîta le pas tandis qu'il longeait la façade ombragée de la maison.

Le soleil brillait encore dans le jardin protégé par un muret en ciment et en bois de cerisier. Le terrain accueillait également un cabanon du même bois, dont la seule ouverture était une porte à peine discernable, comme si on l'avait découpée dans une des cloisons après la construction.

– Là-dedans ? suggéra Sævar.

– On peut regarder. Mais si on ne trouve rien, je crois qu'on devra abandonner ta théorie.

Occupé à tester toutes les clés, Sævar ne répondit pas. L'une d'entre elles finit par s'enfoncer dans la serrure, mais elle refusait de tourner. Il insista, poussant contre la porte avec son épaule.

– Tu es sûr que c'est la bonne ? demanda Elma, aussitôt interrompue par un craquement – la porte avait cédé.

– Elle résistait un peu, c'est tout, dit-il avec un sourire. Je ne comprends pas l'intérêt de ce cabanon, ajouta-t-il. Ils ont un double garage, pourquoi ranger leurs outils là-dedans ?

Elma allait répondre quand une puanteur effroyable lui emplit les narines. Elle regarda à l'intérieur du cabanon, qui devait mesurer six à huit mètres carrés tout au plus. Une fois ses yeux habitués à la pénombre, elle vit un bidon d'essence vert à côté d'une tondeuse à gazon, et toute une collection d'outils de jardinage cloués aux murs.

Sævar s'avança. Par terre dans un coin, quelque chose avait attiré son attention. Au premier regard, on aurait dit qu'une toile de protection pour barbecue, avait simplement été jetée là, mais en dessous on distinguait du plastique mat. Il se pencha et tendit la main. Semblant prendre soudain conscience de ce qu'il faisait, il s'interrompit et tira une paire de gants de sa poche.

– Tu veux bien m'éclairer ? lui demanda-t-il pendant qu'il les enfilait.

Elma activa la lampe torche de son téléphone, dont le faisceau éclaira la poussière qui oscillait dans l'air. À travers les fines cloisons du cabanon leur parvenait le grincement répétitif du trampoline des voisins tandis que leurs enfants sautaient dessus.

Sævar souleva prudemment la toile, sous laquelle il trouva une couverture en laine sombre au motif évoquant les pulls traditionnels islandais. Ils ne prononcèrent pas un mot pendant qu'il écartait la couverture, puis la bâche en plastique qui se trouvait en dessous.

Elma porta sa manche à son nez lorsque la puanteur s'intensifia.

Lise Ragnarsdóttir Visser gisait sur le sol, les yeux ouverts. Elle portait des boucles d'oreilles en or et un

débardeur noir aux bretelles fines. Ses mains délicates avaient été croisées sur sa poitrine, et sur ses ongles, le vernis noir avait commencé à s'écailler.

Elma sortit à reculons du cabanon sans dire un mot et porta le téléphone à son oreille. Dans le jardin voisin, quelqu'un appelait les enfants à venir dîner.

SECONDE PARTIE

Février 2019

Lise était bien consciente de prendre la fuite, elle n'avait pas besoin qu'on le lui rappelle encore et encore. Pourtant, la voix d'Anita résonnait sans cesse dans sa tête : « Tu es sûre que c'est la bonne décision ? » Non, Anita, *répondait-elle mentalement, car elle n'en était pas sûre. Loin de là. La seule chose dont elle était certaine, c'était qu'Anita ignorait si son voyage lui serait bénéfique ou non. Lise avait appris depuis longtemps que personne ne savait vraiment ce qui était bon pour elle.*

Ces dernières semaines, elle avait patiemment écouté les innombrables conseils qu'on lui avait prodigués, mais en réalité, ils ne lui apportaient rien. Ces mots ne ramèneraient pas son père, ils ne changeraient pas le passé ni n'affecteraient l'avenir. Alors oui, elle fuyait son appartement et cette ville qui ne faisaient qu'alimenter la nostalgie qu'elle avait de son père. Elle fuyait vers l'Islande car elle était convaincue que la vie là bas serait plus facile.

La pluie tombait en gouttes verticales sur la vitre pendant que le bus longeait des prés à peine visibles dans la pénombre. En Islande, la nuit noire tombait vite en février, et Lise se sentait un peu bête de s'être attendue à autre chose. Elle avait imaginé contempler les montagnes et les champs de lave sur la route. Tout ce que son père lui avait si souvent décrit et qu'elle-même n'avait pas vu depuis très longtemps. Elle était toute petite quand ils avaient pris l'avion ensemble, son père, sa mère et elle, et logé chez ses grands-parents paternels ; ils jouaient aux cartes tous les soirs, se baignaient dans des piscines chauffées par la géothermie, allaient admirer les chutes d'eau, les sources chaudes et la roche volcanique qui s'étalait partout. Elle se rappelait encore le sentiment qui l'avait étreinte tandis que, debout au milieu de ce paysage lunaire, elle avait eu l'impression d'être sur une autre planète. Dans son souvenir, ce voyage était parfait, et l'idée que sa mère était morte à peine un an après lui semblait irréelle.

Soudain, le bus s'immobilisa et Lise se redressa sur son siège. Elle n'avait même pas remarqué qu'ils étaient déjà arrivés. Akranes. Quel nom étrange pour une petite ville. Elle parlait couramment islandais, pourtant ce nom lui paraissait toujours aussi curieux, si âpre, si rigide, comme si les lettres n'allaient pas vraiment ensemble.

– C'est ici ! lui lança le chauffeur en se retournant.

Lise lui avait donné un morceau de papier où était écrit le nom de la rue où elle se rendait, car elle n'était pas sûre de réussir à appuyer sur le bouton d'arrêt à temps. Tirant sa valise du compartiment à bagages, elle descendit du véhicule en titubant.

L'air avait une odeur différente ici, Lise avait presque l'impression de percevoir le goût de l'océan et des glaciers sur sa langue.

Dès que le bus fut reparti, elle aperçut le couple de l'autre côté de la rue. Laufey portait des bottes à lacets et un imperméable, et Unnar un épais manteau avec une capuche fourrée.

– Bienvenue, lui dit celui-ci en lui tendant sa main chaude et douce au toucher.

– Nous sommes si heureux de te rencontrer, renchérit Laufey avec un sourire.

– Nous avons demandé aux filles d'attendre à la maison, car nous ne savions pas combien de valises tu aurais avec toi, reprit Unnar en ouvrant le coffre de sa voiture et en rangeant son bagage à l'intérieur. Mais visiblement, tu voyages léger.

Lise glissa derrière son oreille une mèche de cheveux que le vent ramena aussitôt devant ses yeux.

– Oui, je n'ai pris que le strict nécessaire.

– N'hésite pas à nous dire si tu as besoin de quelque chose.

Il ouvrit la portière arrière et Lise monta dans la voiture. Deux sacs de sport, l'un rose, l'autre vert, encombraient son siège. Ils étaient étiquetés du prénom des filles, Anna et Klara.

– Oh, pousse ça où tu peux, lui dit Laufey après avoir retiré sa capuche, dévoilant des cheveux blonds coupés court. Les filles oublient toujours de rapporter leurs affaires de sport. Ça a sûrement commencé à moisir là-dedans.

– Pas de souci, répondit Lise.

– Elles voulaient rester éveillées pour te rencontrer, poursuivit Laufey lorsqu'ils se furent mis en route. Elles ont tellement hâte !

– Oui, moi aussi, dit Lise – et c'était la vérité.

Elle avait connu ce couple sur un site Internet d'annonces pour les jeunes au pair. Une grosse semaine plus tard, elle était arrivée en Islande, où elle comptait passer toute l'année. Anita n'avait pas tort : sa décision était précipitée. Mais pour la première fois depuis la mort de son père, elle parvenait à penser à quelque chose de nouveau et d'excitant, à éprouver de l'enthousiasme.

Elle poussa un soupir, avec l'impression d'évacuer le chagrin et la solitude qui la tourmentaient, comme si elle respirait enfin normalement après des semaines sous l'eau. Au même moment, elle croisa dans le rétroviseur le regard d'Unnar, chaleureux et sécurisant.

– Je ne vois aucune marque, aucune blessure qui aurait pu entraîner sa mort, dit Hannes, le médecin légiste, en sortant du cabanon.

Une main sur les reins, il s'étira en arrière comme s'il avait mal au dos. Ce qui n'était pas très étonnant, étant donné qu'il avait passé un long moment penché sur le corps.

Les agents du département scientifique avaient effectué leurs prélèvements. Ils n'étaient pas très nombreux cette fois, la remise étant de toute façon trop petite pour accueillir une équipe importante. Ils avaient rapidement terminé l'analyse des lieux, et à vingt-deux heures passées, ils étaient déjà repartis vers la capitale.

D'après leurs premières conclusions, Lise n'avait pas été tuée dans ce cabanon, on l'y avait amenée après sa mort. Aucune trace d'affrontement, tout était rangé à sa place. Pas de sang, pas de fluides corporels – rien. Mais ils retrouveraient sans doute des échantillons biologiques sur la couverture, le plastique ou la housse de protection pour barbecue ayant dissimulé le cadavre, qu'ils avaient emportés avec eux.

– Pas de cause du décès à ce stade, donc ? demanda Hördur.

– Non, désolé. Je ne peux rien déterminer tant qu'elle n'est pas passée sur ma table.

– Il n'y avait aucune marque sur le corps ?

– Ce n'est pas ce que j'ai dit. Je n'ai repéré aucune blessure ayant pu entraîner la mort. Elle a une ecchymose sur le bras, comme si quelqu'un l'avait brusquement empoignée. Mais à vrai dire, cette marque avait déjà commencé à jaunir, elle est donc apparue au minimum vingt-quatre heures avant sa mort.

– D'après toi, depuis combien de temps elle est morte ?

– Difficile d'être affirmatif, j'en saurai plus après l'autopsie. Je dirais une bonne semaine, si ce n'est deux. Ça dépend des conditions météorologiques de ces derniers jours.

– Une à deux semaines ? Tu en es sûr ?

– Oui, plutôt certain, étant donné l'état du corps. Cela fait au moins une semaine qu'il est dans ce cabanon.

Hördur regarda Elma et Sævar. La ride entre ses yeux se creusa encore davantage. Si Lise était morte depuis deux semaines, cela signifiait que son meurtre était survenu le week-end précédant l'incendie. Donc probablement lors de sa visite chez Marinó avec Andri.

Hannes remonta ses lunettes sur son nez.

– Deux cadavres en une semaine, c'est pas croyable. Qu'est-ce qui vous arrive à Akranes, en ce moment ?

– À Akranes ? répliqua Hördur. Tu ne vas quand même pas mettre ça sur le dos de toute la ville !

Le médecin légiste esquissa un léger sourire.

– Bon, je vous envoie un rapport en début de semaine prochaine.

Une fois que l'ambulance eut emmené le corps, Elma et Hördur se retrouvèrent seuls. Sævar avait quitté les lieux en même temps que le médecin légiste pour passer chez lui s'occuper de sa chienne.

La rue entière était plongée dans le silence, en dehors des voix lointaines qui résonnaient par les fenêtres ouvertes. Les policiers étaient parvenus à maintenir une certaine discrétion au cours de leur intervention, car le jardin de Finnur et Gerda était encerclé par des arbres hauts et touffus que le vent d'automne n'avait pas encore effeuillés. Elma avait seulement aperçu un voisin qui les observait à travers un interstice dans la haie. Il s'agissait de Sveinn, l'homme qui habitait la maison de derrière et avait découvert l'incendie. Il bénéficiait d'une bonne vue sur le jardin et n'essayait même pas de cacher sa curiosité ; il restait là, les mains sur les hanches, à suivre ce qui se passait.

– Est-ce qu'il pourrait s'agir d'un accident, voire d'une mort naturelle ? suggéra Elma. Puisqu'il n'y a pas de traces de blessure.

– J'ai du mal à y croire, répondit Hördur avec lenteur. Si c'était le cas, on n'aurait pas dissimulé son corps dans ce cabanon.

Le téléphone sonna dans sa poche. S'emparant de l'appareil, il s'éloigna. Lorsqu'il revint, il fit signe à Elma de le suivre.

– Je te ramène chez toi.

Elle grimpa dans la Jeep après avoir déplacé la toque de son supérieur à côté de ses gants en cuir rangés dans le compartiment entre les deux sièges. Elle ne put réprimer un sourire ; Hördur portait cette toque dès que l'hiver s'annonçait, ce qui l'avait toujours amusée. On aurait dit un personnage de *Game of Thrones*, il ne manquait que le manteau de fourrure. Il était cependant bien trop doux et gentil pour véritablement ressembler aux héros de cette série.

– Quelle sale affaire, marmonna-t-il lorsqu'il eut mis le contact. Qu'est-ce qui leur a pris, à ces gamins ?

– Tu es sûr que ce sont nos coupables ?

– Je ne suis sûr de rien. Mais le fait est que Lise a été vue pour la dernière fois avec eux, et que c'est dans le jardin de Marinó qu'on l'a retrouvée. Enfin, celui de ses parents…

– Je dois avouer qu'ils ne me donnent pas cette impression…, dit Elma, songeuse.

– Quelle impression ?

– Qu'ils pourraient commettre de tels actes, ou participer à des activités louches. Ils me semblent tous relativement sérieux.

À peine eut-elle lâché ce mot qu'elle repensa à Ísak. Il détonait au sein du groupe, et qu'avait dit Frída à son sujet ? Il avait fait pas mal de bêtises plus jeune, comme voler des vélos, et à l'époque les enfants le craignaient.

– Ce ne sont d'ailleurs plus des gamins.

– Pas aux yeux de la loi, en tout cas, acquiesça Elma.

À vingt ans, ils étaient considérés comme des adultes, mais en y repensant, elle-même se sentait encore tellement adolescente à cet âge.

Les deux mains sur le volant, Hördur conduisait lentement avec la radio en fond sonore. L'animateur demandait à un psychologue si les jeunes se parlaient encore de vive voix, en chair et en os. L'invité répondit que de nouveaux moyens de communication étaient en train de prendre le pas. Le deuxième animateur rit et demanda si un monde où les échanges ne se feraient plus que numériquement était plausible, si l'être humain n'avait pas fondamentalement besoin d'un rapport social à l'autre. Elma attendait la réponse du spécialiste lorsque Hördur baissa le volume.

– Ça fait combien de temps que vous êtes ensemble avec Sævar ?

– Hein ?

– Je me rappelle ma rencontre avec Gígja, poursuivit-il en tournant dans sa rue. Parfois, j'ai l'impression que c'était hier, et puis je croise mon reflet dans le miroir et je me rends compte que je suis devenu un vieil homme. Nous étions encore des adolescents lorsque nous sommes tombés amoureux. Elle avait un an de plus que moi, ce qui était vu comme une curiosité à l'époque. On avait plutôt l'habitude de voir l'inverse.

Hördur se gara, mais Elma ne sortit pas immédiatement.

– Lors de notre première rencontre, je lui ai proposé d'aller faire un petit tour. Imagine-toi le courage qu'il m'a fallu pour lui poser la question, les yeux dans les yeux. Pas de mails ni de… de SMS, juste elle et moi qui nous regardions, qui discutions. Je suis souvent reconnaissant de ne pas être né plus tard, même si, du haut de mes soixante-trois ans, je n'aurais rien contre avoir quelques années de moins.

– Vous vous êtes tout de suite mis en couple ?

Elma voulait qu'il poursuive son récit. Elle avait rarement abordé des sujets intimes avec lui, et il semblait éprouver du plaisir à se rappeler le bon vieux temps.

– En fait, Gígja n'avait pas vraiment envie de me revoir après cette première balade. J'avais à peine prononcé un mot, je bégayais et je transpirais comme le dernier des idiots. Mais un peu plus tard, on est tombés l'un sur l'autre alors qu'on revenait tous les deux de l'épicerie Einarsbúd. Nos chemins se sont croisés, en quelque sorte, et j'ai réussi à être un peu plus prolixe. J'ai enfin su la charmer, ajouta-t-il avec un sourire.

Après ça, plus de retour en arrière. Nos routes ne se sont jamais séparées.

Jusqu'à récemment, songea Elma avec tristesse.

L'injustice de la vie éveilla une soudaine colère en elle mais, tandis qu'elle posait son regard sur Hördur, elle nota que lui n'était pas furieux du tout. Il semblait un peu mélancolique, mais aussi reconnaissant, comme si ces souvenirs lui avaient apporté un peu de bonheur. Désormais, tous ses souvenirs provoqueraient sans doute un mélange de joie et de peine.

– Ce que j'essaie de te dire, reprit-il, c'est que j'ai appris ces dernières semaines que le temps est finalement la seule chose que nous possédons. Sævar et toi devriez en faire bon usage.

– Mais… Comment es-tu au courant ?

– Oh, tout le monde est au courant, ma petite Elma.

– Vraiment ?

Un sourire aux lèvres, Hördur inclina légèrement la tête avant de dire :

– Bonne nuit, à demain matin.

Février 2019

Les filles réveillèrent Lise de bonne heure le lendemain matin. Elle les entendait glousser et tousser de l'autre côté de la porte de sa chambre ; leur objectif était évident. Cédant enfin, elle leur proposa d'entrer. Elles commencèrent par rester sur le seuil, observant la pièce avec curiosité : la valise ouverte par terre, le sac à dos posé sur le bureau et les vêtements qu'elle avait suspendus au dossier de la chaise.

L'aînée, Klara, portait un tee-shirt vert clair orné d'un dessin représentant un éléphant. Vêtue d'une chemise de nuit blanche au motif floral, Anna, de trois ans sa cadette, avait les ongles d'orteils vernis en violet. Ceux de Klara n'étaient pas maquillés. Elle avait des lunettes à monture bordeaux, et ses cheveux frisés étaient tout ébouriffés. À l'inverse, ceux d'Anna, parfaitement raides, encadraient son visage aux traits délicats de manière harmonieuse.

Les deux sœurs semblaient si différentes que Lise se demanda si elles s'entendaient bien. Elle-même avait toujours rêvé d'avoir un frère ou une sœur, mais rien ne disait qu'elle en aurait été proche.

– Les filles, vous n'êtes pas en train d'embêter Lise, j'espère ? lança Laufey avant d'apparaître dans le cadre de la porte.

Elle regarda les deux petites d'un air sévère, puis ajouta :

– Je suis désolée, Lise, j'avais demandé à ces deux petits singes de ne pas te réveiller.

– Ce n'est pas grave, j'ai bien dormi, mentit-elle.

– Dans ce cas, je te propose de venir prendre le petit déjeuner avec nous. Je viens de préparer des œufs et du bacon.

– Avec plaisir.

– Tu n'as qu'à descendre quand tu es prête, dit Laufey avant de poser les mains sur les épaules de ses filles. Quant à vous, mesdemoiselles, suivez-moi. Laissez Lise se réveiller et s'habiller tranquillement.

Les deux sœurs sortirent, leurs yeux curieux toutefois toujours rivés sur elle.

Une fois seule, Lise se laissa retomber sur son oreiller. Elle était mal à l'aise. Pendant dix-neuf ans, elle avait vécu dans le même appartement et le connaissait sur le bout des doigts. Si elle était chez elle, elle déambulerait en pyjama avant de boire un café dans le fauteuil le plus confortable en contemplant l'Amstel. Elle observerait l'éveil de la ville, les premiers rayons du soleil scintillant à la surface du fleuve. Assis à la table de la cuisine, son père lisait toujours le journal pendant qu'elle prenait son petit déjeuner, et il commentait chaque article : « C'est quand même dingue que Rutte ait pris une décision pareille vu ce qui s'est passé la semaine dernière, tu ne trouves pas, Lise ? »

Il tenait à ce qu'elle s'intéresse à la marche du monde et prenne part aux conversations des adultes. C'est pourquoi elle préparait soigneusement ses réponses. Lorsqu'elle avait le malheur de laisser échapper quelque chose d'un peu bête, il secouait la tête et lui donnait un léger coup de journal sur le crâne. « Tu me feras le plaisir de lire lui lançait-il. C'est comme ça que tu garderas une longueur d'avance. C'est comme ça que tu iras loin dans la vie. » Mais lorsqu'elle lui livrait une analyse plus fine, son visage affichait une soudaine fierté. Ils débattaient de plus en plus souvent, car l'intérêt de Lise avait été éveillé. Ils n'étaient peut-être pas toujours d'accord, mais au fond, ils se ressemblaient. À présent, son père n'était plus là, et tout lui paraissait étranger – l'odeur des draps, les voix dans la maison, les sons de l'autre côté de la fenêtre.

Lise ferma les yeux et inspira profondément. Elle remit ses vêtements de la veille, peigna rapidement ses cheveux avec ses doigts et sortit.

Mère et filles étaient assises à la table ronde de la cuisine sur laquelle étaient disposés un plat de pancakes, un autre avec des tranches de bacon et des œufs au plat, un pot de confiture de fraises, du sirop d'érable et des quartiers de melon.

– Assieds-toi, l'invita Laufey avec un sourire.

Elle tenait une tasse à la main, mais elle n'avait pas d'assiette.

Lise s'installa à côté de Klara. En face, Anna empilait des tranches de bacon sur la sienne. Lise n'avait pas besoin de regarder sous la table pour deviner qu'elle balançait ses jambes.

Klara planta sa fourchette dans un œuf au plat pour l'attraper.

Maman, dit-elle. Je peux reprendre du bacon ?

– Tu en as déjà eu une tranche, répliqua Laufey d'un ton résolu malgré son sourire.

– Mais Anna en a eu trois !

– Klara.

La petite fille soupira et s'empara d'un quartier de melon.

– Bonjour.

Unnar venait de pénétrer dans la cuisine, un sac dans chaque main. Il commença à vider leur contenu sur la table : des petits sachets en papier huileux remplis de viennoiseries.

– Mais..., souffla Laufey, j'ai cuisiné. J'ai préparé des pancakes.

– J'ai vraiment très faim ! s'exclama Unnar en adressant un clin d'œil aux filles.

Il éloigna les plats avec le bacon et les pancakes que Laufey avait posés sur la table. Son sourire était communicatif. Malgré un visage assurément adulte, avec sa barbe de trois jours et ses rides au coin des yeux – Lise savait qu'il avait quarante-cinq ans –, il y avait quelque chose de juvénile dans son expression.

– Comment ont dormi mes petits monstres ? demanda-t-il en saisissant le pot de confiture.

– Pas bien, répondit Anna. Mon lit est beaucoup trop petit, dès que je bouge je me cogne dans le mur ou...

– Anna, l'interrompit Laufey. Tu as sept ans, tu n'es pas si grande. Tu n'as pas besoin d'un lit plus spacieux.

– Mais Ína en a un beaucoup plus large, alors qu'elle est plus petite que moi !

– Anna.

Poussant un nouveau soupir, l'intéressée regarda son père d'un air implorant pour qu'il prenne fait et cause pour elle. Celui-ci se contenta de lui faire une petite grimace qui la fit sourire, en dépit de ses efforts pour le cacher.

– Il y a combien d'habitants ici ? s'enquit Lise.

– À Akranes ? Sans doute quelque chose comme... quoi ? Huit mille ? tenta Laufey en regardant son mari.

– C'est ça. À peu près.

La bouche pleine, Unnar but une gorgée de jus de fruits avant de reprendre :

– On ira faire un tour en voiture après le petit déjeuner. Je te montrerai la ville.

– Bonne idée, acquiesça Laufey. Il faut que tu connaisses le chemin pour aller à l'école et au gymnase où les filles s'entraînent. Anna pratique la gymnastique et Klara, le football.

– Tu avais promis que je pourrais arrêter cet été.

– Oh, Klara, souffla Laufey avant d'ajouter, à l'intention de Lise : Elle n'aime pas beaucoup ça.

– Je déteste le foot.

– Allons, allons, ne dis pas de bêtises, répliqua son père en lui ébouriffant les cheveux. Ton frère est l'un des meilleurs joueurs du pays, tu ne peux pas détester ça.

– Si, rétorqua Klara avant de lécher son doigt pour attraper les miettes de son assiette.

– Andri s'entraîne là-bas, lui aussi, expliqua Laufey, ignorant les protestations de sa fille.

– Andri ?

– Oui, tu sais, fit Laufey, les sourcils froncés. Notre fils. Le grand frère d'Anna et Klara. Il a à peu près ton âge.

– Oh, lâcha simplement Lise.

Ils n'avaient jamais évoqué ce grand frère lorsqu'ils avaient discuté au téléphone. Il ne figurait pas sur les photos publiées sur le site d'annonces pour jeunes au pair, ce qui n'avait peut-être rien de surprenant. Ce n'était pas comme si Lise allait devoir s'occuper de lui également.

– Bien, dit Laufey en se levant. Il faut que je file, j'ai mon cours de yoga dans quelques minutes. Vous ne voulez pas attendre mon retour ?

– Non, non, on va se débrouiller, lui répondit Unnar. Ça devrait aller. N'est-ce pas, Lise ?

– Oui, fit-elle avec un sourire. Oui, ça va aller.

La ville était différente de ce à quoi elle s'était attendue. Peut-être parce que toutes les photos qu'elle avait vues étaient prises soit en été, lorsque l'herbe était verte, soit au cœur de l'hiver, sous une couche de neige blanche. Ce jour de février, il n'y avait ni soleil ni neige, et le macadam était humide après la pluie de la veille. Les nuages sombres qui recouvraient la voûte céleste rendaient la luminosité crépusculaire, alors qu'il n'était que midi. Les voitures qu'ils croisaient étaient sales, l'herbe en décomposition virait au marron et les arbres avaient perdu leur feuillage. En somme, l'atmosphère des lieux était plutôt lugubre.

– Qu'en penses-tu ? demanda Unnar.

Lise était assise sur le siège passager. Anna, qui avait insisté pour les accompagner, chantonnait une mélodie en jouant sur sa tablette, installée derrière elle. Klara avait préféré rester à la maison. Elle s'était enfermée dans sa chambre sitôt le petit déjeuner terminé, et ne s'était pas montrée depuis. Quant à Anna, elle avait suivi Lise à l'étage et l'avait observée tandis qu'elle se coiffait et appliquait de la crème hydratante sur son visage. Elle avait fouiné parmi toutes ses affaires, y compris celles encore rangées dans sa valise.

– C'est... sympa.

– C'est plus joli l'été, dit Unnar en riant. J'espère que tu resteras assez longtemps pour en profiter.

– Oh, mais..., balbutia Lise, soudain gênée – elle était persuadée qu'ils s'étaient mis d'accord sur la durée de son séjour. Mais je comptais vivre ici un an.

– Je sais bien. C'est juste qu'il y a parfois des imprévus. Nous avons déjà été confrontés au problème.

Lise le regarda d'un air surpris.

– Vous avez déjà eu une jeune fille au pair ?

– Oui, une fois. On ne t'en a pas parlé ?

Elle secoua la tête. Elle pensait que c'était une expérience inédite pour eux comme pour elle. Ils n'en avaient pas fait mention sur leur profil.

– C'était quand ?

– Il y a quoi... un an, je crois. Elle s'appelait Lena et venait de Pologne.

– Que s'est-il passé ? s'enquit Lise. Elle est repartie plus tôt que prévu ?

– Oui, mais je ne me rappelle plus vraiment pourquoi. Sans doute le mal du pays.

Unnar tourna à gauche et prit la direction de la mer.

– Regarde, le paysage est plus joli par ici. Ce lieu, c'est la fierté de la ville.

– Elle est restée combien de temps ? insista Lise, sentant qu'il cherchait à changer de sujet.

– Qui ça ? Lena ? fit Unnar avant de s'éclaircir la gorge. Environ un mois, peut-être deux.

Il se gara sur une place de parking tournée vers l'océan.

– C'est le meilleur point de vue. La plage Langisandur, la montagne Akrafjall, la baie Faxaflói et la capitale de l'autre côté. Tout ça depuis un seul emplacement. Si tu regardes vers la droite, tu apercevras les deux phares. On pourra y aller juste après.

Lise avait beau vouloir en savoir plus sur Lena, elle n'osa pas poser davantage de questions. Unnar paraissait réticent à lui répondre. Elle regarda dans la direction qu'il lui indiquait, contempla l'étendue de sable sous leurs yeux, la mer grisâtre, le mont Akrafjall avec son sommet enneigé et les deux phares au loin, qui semblaient jaillir de l'eau. Oubliant un instant toutes ses préoccupations, elle se contenta d'admirer le panorama.

– C'est beau, n'est-ce pas ?

Unnar arborait un sourire fier. Comme s'il avait façonné ce paysage de ses propres mains.

Lise hocha la tête. Sentant le regard de l'homme peser sur elle, elle éprouva un soudain embarras. Ses cheveux bruns étaient réunis en queue de cheval, comme une gamine, et elle portait un sweat à capuche orné d'un dessin stupide.

– Oui, dit-elle. Oui, c'est très beau.

Samedi

Deux jeunes décédés en l'espace de deux semaines. Deux personnes qui avaient la vie devant elles. Elma n'arrivait pas à l'accepter. Qu'avait-il bien pu arriver pour que cela se termine dans un bain de sang pareil ?

Pour ne rien arranger, ils savaient très peu de choses sur Lise. Aucun de ses proches ici n'avait été en contact avec elle, et ses deux parents étaient morts. À Amsterdam, elle était domiciliée à l'adresse où elle vivait autrefois avec son père. Qui devaient-ils avertir de son décès ? Auprès de qui pourraient-ils en apprendre davantage à son sujet ?

Elma songea d'abord à s'entretenir avec Unnar et Laufey. Cette dernière avait semblé particulièrement inquiète en apprenant que Lise n'avait pas pris l'avion. Elma soupçonnait Andri d'avoir joué un rôle dans ces deux meurtres. Il était le seul lien avéré entre la jeune fille et Marinó – même s'il était possible que les deux victimes se soient vues sans qu'Andri soit au courant.

En retournant dans la chambre, elle trouva Sævar en train de parler au téléphone, adossé à la tête de lit. Il lui sourit, répondit par l'affirmative à quelque chose puis raccrocha.

Dans la salle de bains, Elma avait enfilé un jogging qu'elle n'avait jamais utilisé pour le sport ainsi qu'un vieux pull en laine.

– Tu comptes prendre une douche, toi aussi ?

– Oui, oui, répondit Sævar en s'allongeant de nouveau et en tapotant la couette à côté de lui. Dans un instant.

– Il ne faut pas qu'on tarde, lui fit remarquer Elma avant de s'asseoir quand même.

– Je sais.

Sævar l'attira à lui et la prit dans ses bras.

Elle posa la tête contre son torse qui gonflait et s'affaissait au rythme de sa respiration. Sentant la chaleur qui émanait de lui, elle imagina son cœur envoyant le sang dans tout son corps, le complexe processus biologique qui lui permettait d'être là, d'exister.

Sævar appuya ses lèvres contre son crâne, et Elma songea que le moment était parfait pour tout lui dire. Une douce sérénité régnait dans la chambre tandis qu'un timide rayon de soleil matinal se glissait à travers le store. *Allez, dis quelque chose*, criait une petite voix en elle. Son cœur s'emballa à cette simple perspective.

– Bon, je vais prendre ma douche, lança-t-il en se redressant.

– Sævar.

– Quoi ?

– Je…

Elle chercha les bons mots, sans succès.

– Tu ? reprit Sævar en arquant les sourcils – un léger sourire se dessina sur ses lèvres, celui dont il ne semblait jamais se départir complètement.

– Je euh…

– Tu voulais que j'aille prendre ma douche, non ?

– Si, si, vas-y.

– Je peux rester allongé encore un moment, si tu veux.

Il enroula de nouveau ses bras autour d'elle.

– Sævar, fit-elle en le repoussant. On va être en retard.

– Je m'en fiche, répondit-il en s'étendant sur elle.

– Menteur.

– Vraiment ?

Il appuya son menton contre sa poitrine. Vu de près, son visage semblait si impressionnant avec ses sourcils épais, sa barbe de trois jours et ses cheveux bruns.

– Il faut qu'on y aille, marmonna-t-elle, sentant toutefois son corps s'enfoncer de plus en plus profondément dans le matelas.

Andri était si las d'avoir sans cesse ces gens sur le dos. Qui exigeaient toujours qu'il soit au top de sa forme, performant et exemplaire en toutes circonstances. Peut-être qu'il avait fait ça pour cette raison. Ou peut-être était-ce parce qu'il ne supportait pas ce mec, ce petit merdeux qui avait rejoint leur équipe la saison précédente et qui se la jouait. Il roulait des mécaniques, copiait tout ce que les autres disaient et en faisait des caisses pour essayer de s'intégrer au groupe. Quoi qu'il en soit, il gisait à présent par terre, les mains autour de son nez tandis qu'un filet de sang s'écoulait entre ses doigts.

– Qu'est-ce que tu fous, putain ?

Ingi, l'entraîneur, avait accouru et l'avait rejoint avant les autres garçons.

– Bordel.

Quelqu'un s'empara de l'épaule d'Andri et le repoussa d'un geste brusque. Il s'essuya le visage avec sa manche et regarda enfin autour de lui. Éparpillés sur le terrain, la plupart de ses coéquipiers demeuraient immobiles, comme s'ils ne savaient pas quoi faire. Ingi s'était penché sur le garçon et essayait de lui parler.

Celui qui l'avait attrapé par l'épaule s'appelait Fúsi, c'était l'un des joueurs les plus âgés de l'équipe et il appréciait le nouveau venu. Il s'était immédiatement pris d'affection pour lui, heureux de toujours avoir sur les talons un gamin qui riait à toutes ses plaisanteries.

– C'est quoi ton problème, mec ? Pourquoi tu as fait ça ?

Le visage presque collé au sien, Fúsi le poussa de nouveau.

– Réponds. Je te parle.

Andri ne bougea pas, il se contenta de le regarder fixement, comme s'il était face à quelque chose qui ne le concernait pas.

– Pourquoi tu souris ? Tu trouves ça drôle ?

Fúsi ne s'arrêtait pas. Il l'attrapa par la nuque, mais Andri ne pouvait s'empêcher de continuer à sourire. Il y avait quelque chose de tellement ridicule dans l'expression de son coéquipier, dans ses yeux exorbités et sa bouche grande ouverte.

Son amusement ne faisait qu'accroître l'énervement de Fúsi. Tremblant de colère, ce dernier le poussa encore, mais Andri ne tomba pas, il recula simplement de quelques pas et cracha sur le côté. Les autres garçons les observaient sans oser réagir.

Occupant le poste de défenseur, Fúsi était bien plus grand et musclé que lui, mais Andri ne le craignait pas. Finalement, Ingi les arrêta avant que les choses ne dégénèrent. Il les regarda l'un après l'autre, puis ses yeux se fixèrent sur Andri. Son visage était indéchiffrable. Ingi était un homme sévère qui n'hésitait jamais à réprimander ses joueurs, cependant ce n'était pas de la colère qu'il semblait éprouver cette fois, mais un sentiment plus difficile à déterminer. À vrai dire, cela ressemblait surtout à de la pitié.

– Qu'est-ce que tu fais, Andri ? lui demanda-t-il à voix basse après l'avoir emmené à part. Qu'est-ce qui te prend ?

– Je sais pas, répondit Andri en évitant ses yeux.

– Bon…, commença Ingi en le prenant par l'épaule et en l'obligeant à le regarder. Je sais que c'est ton ami qui est mort dans cet incendie. Si tu as besoin d'un peu de temps pour te remettre, dis-le-moi.

Andri garda le silence.

– Tu penses que ça va aller ? insista l'entraîneur.

– Oui, oui. Ça va.

– Tu es sûr ?

Andri hocha la tête, mais Ingi le regarda longuement avant de lâcher son épaule.

Le tintamarre que faisaient les fillettes s'entendait jusque dans la rue. Laufey inspira un grand coup avant de frapper à la porte.

– Je peux te dire qu'il y a de l'ambiance ! s'exclama Nína lorsqu'elle ouvrit.

Laufey pouvait en effet imaginer l'ambiance, avec quinze petites filles de sept ans courant à travers la maison depuis deux heures.

– Estime-toi chanceuse de ne pas avoir de garçons, répliqua-t-elle en se remémorant les anniversaires où Andri avait invité toute sa classe à la maison.

Entre les miettes de gâteau partout, les gamins qui hurlaient et chouinaient, les ballons qui volaient dans tous les sens et les petites flaques de pipi devant la cuvette des toilettes, elle avait été immensément reconnaissante lorsque, à douze ans, il lui avait dit ne plus vouloir faire de goûter avec ses camarades.

– Oh, je ne suis pas sûre que les garçons soient pires, fit Nína dans un rire. Mais entre, je t'en prie, il y a du café. Les filles regardent la fin de leur film.

Laufey avait espéré ne faire qu'un bref passage, mais sans grande surprise, c'était un vœu pieux. Il fallait toujours s'arrêter prendre un café ici ou là, ainsi allaient les choses. Parfois, elle avait la sensation de ne jamais pouvoir retirer ce masque qu'elle montrait au monde entier. Sourire, être polie, manifester de l'intérêt. Que se passerait-il si elle arrêtait ? Si elle se mettait, un beau jour, à dire et à faire tout ce que bon lui semblait ?

– Anna m'a dit que vous n'aviez plus de jeune fille au pair. Que s'est-il passé ? Je croyais que tout allait bien avec elle.

– Oh, elle est rentrée chez elle.

– Ah ? Il me semblait… ne venait-elle pas d'arriver tout récemment ?

– Pas vraiment, non. Elle était chez nous depuis le mois de février, un peu plus de sept mois. Mais elle a eu une urgence et a dû partir.

Laufey prit la tasse que Nína lui tendait et sourit. Elle se demanda un instant si elle devait lui parler de la visite de la police, lui raconter qu'ils n'avaient aucune preuve attestant qu'elle avait bien quitté l'Islande, mais elle garda le silence. Pas vraiment d'humeur à discuter de Lise, elle ne voulait pas affronter le flux de questions qui en résulterait.

– Vous allez en engager une nouvelle ?

– Peut-être, hésita Laufey en tournant la tasse entre ses mains. Cela dit… c'est un peu gênant d'avoir toujours quelqu'un chez soi. Plus difficile que ce à quoi je m'attendais. Je ne suis pas sûre d'avoir envie de renouveler l'expérience.

– Hmm, acquiesça Nína en souriant, comme si elle savait quelque chose que Laufey ignorait. Unnar et toi devez être contents d'être à nouveau tranquilles le soir, non ?

– Oui, répondit Laufey, sentant ses joues s'empourprer. Oui, c'est sympa.

Nína rit puis, posant sa tasse, se leva d'un bond.

– Je ne sais pas comment tu fais. Tu n'aurais pas des conseils à me donner ?

– Comment ça ? Comment je fais quoi ?

– Unnar et toi avez toujours l'air tellement amoureux l'un de l'autre, tout le monde le voit.

À nouveau, elle laissa échapper un petit rire et rangea sa tasse dans l'évier. Appuyée contre le plan de travail, elle fixa Laufey.

– Sérieusement, Palli et moi, on ne fait plus rien. Jamais. Ça ne me manque même pas… enfin, pas avec lui. Parfois, je ne serais pas contre…

– Maman ?

La fillette dont c'était l'anniversaire accourut dans la cuisine, interrompant leur conversation.

Laufey but une gorgée de café. Une nouvelle fois, on venait de lui rappeler à quel point les apparences étaient trompeuses. Unnar avait certes ses bons côtés, il pouvait se montrer affectueux et prévenant, surtout en public. Parfois, elle se laissait aller à ce petit jeu, elle s'autorisait à oublier les mauvaises choses et l'accueillait à bras ouverts. Mais d'autres jours, elle arrivait à peine à le regarder sans voir toutes ses promesses brisées.

Que lui importaient les belles paroles d'Unnar lorsqu'il ne rentrait pas dormir ? Lorsqu'il n'était pas là le matin alors qu'Anna pleurait de fatigue, que Klara refusait d'aller à l'école ou que l'angoisse d'Andri lui coupait complètement l'appétit ?

Abandonnant sa tasse encore à moitié pleine, Laufey rejoignit le salon et trouva Anna assise au milieu d'un groupe de fillettes, la main remplie de bonbons. La petite fille lâcha un soupir théâtral en apercevant sa mère, mais elle se leva et dit au revoir à ses copines d'un ton affecté que Laufey ne lui connaissait pas.

Dans la voiture, le sourire d'Anna s'effaça.

– Pourquoi ce n'est pas Papa qui est venu me chercher ?

– Il a mal à la tête.

– Oh là là, répliqua Anna en faisant traîner la dernière syllabe. Il avait promis de m'acheter un tee-shirt à sequins. Tu sais ? Ceux qui changent quand tu passes la main dessus. Toutes les filles en ont un comme ça. Même Ína, alors que ses parents n'ont pas d'argent et…

Elle poursuivit sa logorrhée tandis que Laufey manœuvrait pour sortir de l'impasse. Tel un bourdonnement agréablement familier, la voix de la petite fille remplissait l'habitacle, ne laissant plus la moindre place pour les pensées de sa mère.

Il faisait une chaleur épouvantable dans la salle de réunion. Sur la photo posée devant Elma, Lise Ragnarsdóttir portait un pull rouge et une queue de cheval. Elle semblait très jeune, même pour ses dix-neuf ans, avec cette frange droite et ce large sourire. Ses cheveux étaient bruns, presque noirs, et elle avait le teint mat. Parcourant sa page Facebook, Elma avait remarqué qu'elle ressemblait beaucoup à sa mère, dont la peau était aussi sombre. De son côté, son père Ragnar était un Islandais typique au teint rose pâle et aux cheveux châtain clair.

– Il est mort en janvier de cette année, rappela Elma tandis qu'ils faisaient le bilan des informations réunies au sujet de la jeune fille – l'affaire avait pris un nouveau tournant depuis que son cadavre avait été retrouvé. Lise est venue en Islande peu de temps après. Selon Laufey, son séjour en tant que jeune fille au pair a été décidé à la dernière minute.

– C'est-à-dire ? demanda Hördur.

– Environ une semaine avant son arrivée, précisa Elma avant de se lever pour ouvrir une fenêtre. Je pensais qu'elle voulait passer un peu de temps auprès de sa famille paternelle, mais elle n'a pas du tout essayé d'entrer en contact avec eux. N'est-ce pas, Sævar ?

– Oui, ceux à qui j'ai parlé n'ont pas eu de ses nouvelles, répondit l'intéressé. Le but de son séjour n'était donc clairement pas de renouer avec ses proches.

– Elle parlait islandais ?

– Couramment. J'imagine que c'était la langue qu'elle utilisait avec son père, dit Elma.

– Et sa mère est morte il y a dix ans, c'est ça ? s'enquit Hördur en se grattant le menton et en observant la photo de la jeune fille.

– Oui, après une courte maladie, répondit Sævar. Aucun des membres de la famille que j'ai interrogés ne semblait savoir exactement quoi, cela dit. L'un m'a parlé d'un cancer, l'autre d'une pneumonie.

– Et le père, que lui est-il arrivé ?

– Crise cardiaque, dit Elma, le cœur serré en pensant au destin tragique de cette pauvre famille.

– Il faut que nous annoncions la nouvelle à ses proches au Pays-Bas, enchaîna Hördur. Quelqu'un doit s'inquiéter de son silence, là-bas. À vrai dire, je suis surpris que personne n'ait encore alerté les autorités locales.

– Tu as vérifié ?

– Oui, la police n'a pas reçu de signalement. J'imagine qu'elle était moins souvent en contact avec sa famille et ses amis hollandais depuis son arrivée en Islande.

– Sans doute, acquiesça Elma. Pas facile de donner des nouvelles tous les jours. Mais certains d'entre eux vont commencer à se poser des questions. Et à propos du contenu de son téléphone portable, on a quelque chose à se mettre sous la dent ?

– Lise ne téléphonait pas beaucoup, expliqua Hördur. Elle communiquait probablement *via* les messageries des réseaux sociaux surtout.

– C'est vrai, dit Elma en se rappelant que Laufey lui avait précisé que la jeune fille utilisait peu son portable.

Elma avait cherché des proches de Lise aux Pays-Bas et trouvé quelques noms, mais elle ignorait s'ils étaient en contact régulier. En tout cas, personne n'avait encore remarqué qu'elle ne répondait plus au téléphone.

À dix-neuf ans, elle avait été contrainte de voler de ses propres ailes après le décès de son père. Elle avait beau être adulte aux yeux de la loi, elle était encore très jeune. Ses seules préoccupations auraient dû être ses études ou le métier qu'elle aurait aimé faire. Elma ne savait pas si elle était inscrite dans une école ou si elle travaillait déjà avant de partir pour l'Islande. Comment imaginait-elle son avenir ? Elle avait dû hériter quelque chose de son père, car l'appartement d'Amsterdam était désormais à son nom.

– Pourquoi Unnar et Laufey n'ont-ils pas signalé sa disparition ? demanda Hördur.

– Lise devait rentrer aux Pays-Bas.

Elle lui fit part de ce que Laufey leur avait raconté : la jeune fille avait soudain décidé de s'en aller le samedi 7 septembre sans en dévoiler la raison, et le dimanche matin, lorsque Laufey était revenue de son cours de yoga, Lise était déjà partie avec ses bagages.

– Hmm…, marmonna Hördur en retirant ses lunettes et en se frottant les yeux. Dis-moi, comment ça marche, ce… ce système de jeunes gens au pair ? Ils vont et viennent à leur guise ou bien il y a un contrat stipulant la durée de leur séjour ?

– En général, la famille et l'au pair négocient au préalable. Selon son contrat, Lise devait rester encore cinq mois, c'est pourquoi Laufey a été aussi surprise de son départ.

Hördur remit ses lunettes et s'empara du portrait sur la table pour l'observer de plus près, comme s'il espérait trouver des réponses cachées derrière les yeux sombres de la jeune fille.

– Où sont ses bagages ?

– Quoi ?

– Tu as dit qu'elle était partie avec ses bagages. On a retrouvé le corps de Lise, mais où sont ses affaires ? Est-elle retournée les chercher chez Unnar et Laufey, ou bien est-ce quelqu'un qui a fait le ménage après sa mort ?

– Je ne sais pas.

Elma s'en voulut de ne même pas s'être posé la question. Elle avait simplement imaginé que Lise s'était rendue à la fête chez Marinó le samedi 7 septembre et qu'elle n'en était jamais revenue. Selon Laufey, les bagages étaient encore dans sa chambre le samedi soir, et ils avaient disparu le dimanche matin. Il était donc clair que quelqu'un était passé durant la nuit, qu'il s'agisse de Lise elle-même ou d'une autre personne.

– Celui qui a pris sa valise devait avoir accès au domicile de Laufey et Unnar, dit Hördur, énonçant à voix haute les pensées d'Elma.

Elle hocha la tête. Un seul nom lui venait.

– Andri, asséna-t-elle. Andri Unnarsson, leur fils.

– Ah oui, le joueur de foot, acquiesça Hördur, comme pour lui-même.

– Il s'apprête à rejoindre une équipe étrangère. Suédoise, je crois…

– Örebro, confirma Sævar.

– C'est bien ça, dit Elma – elle ne parvenait jamais à se rappeler ce nom.

– On l'a interrogé l'autre jour concernant l'incendie, ajouta Sævar. C'était le meilleur ami de Marinó, il a parfois invité Lise à se joindre à leurs soirées. Ils sont allés ensemble chez Marinó le week-end précédant l'incendie.

– Lise n'a pas été mentionnée lors de votre entretien avec lui ? demanda Hördur.

– Non, répondit Elma, il n'en a pas parlé. D'un autre côté, on ne lui a posé aucune question à son sujet ou concernant cette soirée. Nous n'avons abordé que l'incendie, qui a eu lieu une semaine après.

– Donc, si je résume : Andri s'est rendu avec Lise chez Marinó le week-end précédant l'incendie, et il était également avec Marinó la veille de sa mort ? dit Hördur en posant son stylo. Je crois qu'il va falloir de nouveau discuter avec ce jeune homme.

Février 2019

– Tu dois leur préparer un déjeuner et les emmener à l'école.

Tout en parlant, Laufey allait et venait pour montrer à Lise les cartables des deux fillettes ainsi que leurs boîtes à déjeuner.

– Klara aime le pâté, mais Anna ne supporte pas ça. Elle est terriblement difficile, tout ce qu'elle veut manger, c'est du pain et du chocolat. Mais je ne le lui permets que le vendredi. Je veux que les filles mangent sainement, surtout Klara. Hors de question qu'elles se goinfrent de biscuits après l'école, d'ailleurs nous n'en avons presque jamais à la maison.

Lise réprima un bâillement tandis qu'elle la suivait.

– Unnar t'a bien montré l'école ?

– Oui, nous sommes passés devant en voiture.

– Très bien. Tu sauras retrouver le chemin.

– À vrai dire, je...

– Au pire, les filles le connaissent, l'interrompit Laufey.

Semblant se rendre compte de son attitude expéditive, elle esquissa un sourire – qui s'effaça de ses lèvres aussi vite qu'il était apparu.

– Tu as faim ?

– Peut-être un peu.

– Je comptais aller chercher des sushis pour le dîner. Tu aimes ça ?

– Oui, j'adore ! s'exclama Lise.

À Amsterdam, elle avait l'habitude d'aller avec son père dans un restaurant où de petites assiettes défilaient sur un tapis roulant devant eux. Chaque fois, il lui défendait de compter ce qu'elle mangeait. « Ça gâche tout le plaisir de sortir ! Pourquoi on est là ? Pour nous soucier de l'argent ? Dans ce cas, autant faire cuire un paquet de nouilles à la maison », disait-il en dissimulant le prix des assiettes avec sa main.

– Tant mieux. Je file maintenant, si ça te va, dit Laufey en fouillant dans son sac à main noir.

– On joue ? proposa Anna lorsque sa mère eut refermé la porte d'entrée derrière elle.

Sans attendre la réponse, elle se précipita dans sa chambre et revint avec un jeu de société.

– C'est quoi ? demanda Lise.

– L'Escalier hanté. Je l'ai eu en cadeau pour mon anniversaire.

Anna ouvrit la boîte en carton, sortit le plateau et le posa au milieu de la table de la cuisine. Chacun de ses gestes était assuré, elle n'hésitait jamais, ne montrait jamais la moindre timidité. Lorsqu'elle parlait, c'était tout son visage qui s'exprimait : elle écarquillait les yeux et grimaçait.

– Et si on allait chercher Klara ? suggéra Lise.

– Si tu veux, mais elle est sûrement occupée.

Levant les yeux au ciel, elle ajouta d'un ton las :

– Klara est toujours occupée.

– Qu'est-ce qu'elle fait ?

Lise jeta un coup d'œil en direction de la chambre de la petite fille. Elle ne l'avait pas vue depuis le matin.

– Je sais pas. Elle dessine, ou un truc comme ça.

– Elle dessine ?

– Oui, elle est douée pour ça, répondit Anna. Mais très mauvaise en sport. Moi, je suis très forte en sport, surtout en gymnastique. Maman dit que nous avons des qualités différentes.

Sa voix était dépourvue de fierté ; pour Anna, il s'agissait de simples faits.

– J'ai hâte de te voir t'entraîner, l'encouragea Lise.

Le visage de la petite fille s'illumina.

– Klara ! s'écria-t-elle alors.

Lise sursauta. D'une voix encore plus forte, Anna appela de nouveau sa sœur qui sortit enfin de sa chambre.

– Quoi ?

– On va jouer à un jeu. Lise a dit que tu devais venir.

– Je n'ai pas dit que tu devais venir, la corrigea-t-elle. Simplement que ce serait chouette que tu sois là.

Klara hésita un instant avant de s'approcher. Elle tira la chaise à côté de sa sœur et s'assit.

Les règles étaient simples, il fallait mémoriser la couleur des pions cachés sous chaque fantôme pour pouvoir gagner. À la fin de la partie, lorsque Lise souleva son fantôme et se rendit compte qu'il s'agissait en fait du pion d'Anna, elle leva les bras en l'air en signe de résignation, et Klara éclata de rire.

– Dites, les filles..., reprit Lise après un bref instant. Votre père m'a dit que vous aviez déjà eu une jeune fille au pair ?

– Oh oui, répondit Anna. Lena.

Elle replaça les pions sur la case départ, ayant visiblement décidé qu'une seconde partie s'imposait.

– Elle est restée longtemps ?

– Non, enchaîna Klara avant que sa sœur ait pu prendre la parole.

Lise lança son dé et fit avancer son pion.

– Pourquoi ?

– Parce qu'elle a raconté que...

– Anna, siffla Klara en regardant sa sœur.

– Quoi ? Je ne comptais rien dire...

Elle s'interrompit lorsque Klara lui asséna un coup de coude.

Lise les regarda tour à tour. La gêne des deux petites filles n'avait fait qu'alimenter sa curiosité.

– Qu'est-ce qu'elle a raconté ?

Anna jeta un coup d'œil hésitant à sa sœur qui grattait une tache marron sur la table avec son index.

– Un mensonge, marmonna cette dernière sans relever la tête.

– Un mensonge ? Comment ça ? insista Lise.

Klara leva les yeux, mais avant qu'elle ait eu le temps de répondre, la porte d'entrée s'ouvrit.

Laufey était de retour.

– Papa.

Les bras en l'air et l'un de ses pieds tendu, Anna interrompit la série de roues qu'elle effectuait dans le salon.

– Pourquoi il y a des gens qui sont gros ?

– Anna, soupira Laufey sur le ton d'un avertissement.

– Elle a le droit de poser des questions, rétorqua Unnar en retirant ses lunettes et en repliant son journal. Certains ont plus de mal que d'autres à contrôler ce qu'ils mangent.

– Ce n'est pas la seule…, commença Laufey, mais Unnar la coupa aussitôt :

– Regarde ta maman, par exemple. Elle adore manger des gâteaux.

Il adressa un sourire taquin à sa femme, et Anna se mit à rire.

– Elle n'a jamais su s'arrêter, c'est pour ça que… bon, tu vois ce que je veux dire.

– Mais pourquoi Klara est grosse ?

– Anna, ça suffit ! s'exclama Laufey, lançant un regard sévère à sa fille.

– C'est un fait, mon amour, glissa Unnar. De ce point de vue, Klara te ressemble.

Ignorant son mari, Laufey s'efforça de conserver une voix calme en répondant à sa fille :

– Il n'y a aucun mal à être gros. Il y a des choses bien pires, comme le fait d'être méchant ou de dire des choses blessantes.

Anna haussa les épaules.

– N'empêche, j'aimerais pas être grosse comme toi et Klara. Je préfère être comme Papa.

– Ça, c'est ma fille, fit Unnar dans un rire en lui caressant les cheveux.

– Je pense qu'il y a plus important dans la vie que de se soucier de son apparence, répliqua Laufey en se forçant à sourire.

Elle jeta un coup d'œil à Klara qui dessinait, assise à la table de la cuisine. Concentrée sur sa tâche, elle ne semblait pas les entendre, et le mouvement si précis de sa main avait quelque chose d'incongru chez une fillette de dix ans.

– Oui, oui, dit Unnar en lui pinçant l'épaule avant d'adresser un clin d'œil à Anna. Mais ça ne fait pas de mal de se préoccuper un peu de sa silhouette, non ?

Laufey décida de ne pas répondre, c'était un débat qu'elle ne pouvait gagner. Ils avaient souvent abordé ce sujet, et Unnar savait très bien ce qu'elle avait subi dans son enfance. Souffrant de troubles mentaux, sa mère lui avait transmis son obsession de la nourriture. Chaque jour, elle l'obligeait à se peser, notait le résultat dans un petit carnet et rationnait minutieusement son dîner. Laufey devait endurer des commentaires incessants sur le fait que ses vêtements ne lui allaient pas, que son lit n'était pas assez solide pour supporter son poids, et quoi, elle comptait vraiment porter ce genre de chaussures avec les pieds qu'elle avait ?

Longtemps après la mort de sa mère, elle luttait

encore contre l'impact que ces brimades avaient eu sur elle ; il lui avait fallu de nombreuses années pour se débarrasser de cette petite voix dans sa tête, et encore davantage pour faire la paix avec son corps.

Pourtant, Unnar continuait de qualifier ses propres commentaires sur son poids de « plaisanteries innocentes », l'accusant de manquer d'humour et d'autodérision. Laufey avait fini par arrêter d'essayer de lui expliquer pourquoi c'était si blessant, mais à présent, elle se sentait rougir de colère.

Elle s'était donné tant de mal pour inculquer à ses filles le sens des priorités. D'abord, elle avait très tôt commencé à les complimenter sur les choses qui importaient. Elle ne leur disait jamais qu'elles étaient *jolies* ou *mignonnes*, mais *fortes* ou *intelligentes*. L'apparence, c'était un attribut avec lequel on naissait, pas un acte qu'on accomplissait ou une aptitude pour laquelle on travaillait. C'est pourquoi cela ne méritait pas de compliments. Mais dès que les filles étaient allées à l'école, tous ses enseignements avaient volé en éclats. Klara s'entendait dire qu'elle était grosse, et Anna qu'elle était mignonne. Laufey avait beau leur répéter que c'était sans importance, rien n'y faisait. Perdant confiance en elle, Klara s'était repliée sur elle-même, tandis qu'Anna passait des heures à sourire ou faire la moue devant son miroir et réclamait sans cesse de nouveaux vêtements ou du vernis à ongles.

Les enfants étaient superficiels, Laufey ne pouvait rien y changer. La seule chose qu'elle voulait, c'était que ses filles ne se laissent pas trop influencer par les autres, qu'elles soient fières et heureuses, quelle que soit leur apparence. Mais Unnar s'en mêlait et se moquait de tout ça. Prétendant plaisanter, il ne se privait pas de juger les gens qui prenaient du poids, particulièrement les femmes médiatisées. Laufey lui avait souvent fait la remarque, cependant il n'en faisait qu'à sa tête – comme toujours.

Klara ramassa son matériel de dessin et alla s'enfermer dans sa chambre. Laufey essuya la table, pensant à sa fille aînée. Puis elle observa Unnar qui avait repris la lecture de son journal en fredonnant. Il avait été d'une humeur étonnamment légère toute la journée, la disparition de Lise ne semblait pas du tout l'affecter. Lorsqu'elle lui avait dit que la police était venue l'interroger à ce sujet, il en avait vaguement pris acte avant de se mettre à parler de son collègue qui venait de rompre avec sa petite amie bien plus jeune que lui.

De son côté, Laufey ne cessait de repenser à Lise. Elle devait admettre qu'elle ne l'appréciait pas plus que cela, même si cela ne changeait rien. Elle était juste différente de ce qu'elle s'était imaginé – négligente, sale, distraite. Laufey devait presque la pousser sous la douche chaque semaine, et elle ne semblait pas avoir la moindre envie de sortir et de rencontrer du monde. Elle passait toutes ses soirées à traîner dans le salon, alors que Laufey aurait tant aimé être seule. Elle donnait des bonbons à Klara et Anna dès qu'elle avait le dos tourné, et fouillait parmi ses produits de beauté dans la salle de bains.

Laufey pensait toujours à la jeune fille lorsque quelques minutes plus tard, on frappa à la porte.

Cette fois, Unnar et Laufey les accueillirent ensemble. On entendait leurs filles discuter à voix haute dans une des chambres, mais Andri semblait absent. Elma le soupçonnait de passer le plus clair de son temps dans le garage, où il s'était installé.

– Vous avez retrouvé Lise ? demanda Laufey

lorsqu'ils se furent assis. J'ai vu aux informations qu'un corps avait été découvert, c'est… c'est elle ?

– Malheureusement oui, acquiesça Elma. Lise a été retrouvée morte hier soir.

Laufey porta la main à sa bouche et Unnar pâlit à vue d'œil. Ils étaient assis dans le salon où résonnait le tic-tac d'une horloge sculptée suspendue au mur. Une odeur de café leur parvenait depuis la cuisine.

– Son corps avait été dissimulé chez Marinó, poursuivit Elma. Mais on ne connaît pas encore la cause du décès.

– Chez Marinó ? Mais… mais comment est-ce possible ? Que s'est-il passé ? interrogea Laufey.

– Nous l'ignorons. Quand l'avez-vous vue pour la dernière fois ?

Laufey regardait droit devant elle, pétrifiée, semblant encore digérer la nouvelle. Les lèvres entrouvertes, elle avait enroulé ses bras autour de son corps, comme pour se consoler elle-même.

– Ce devait être le samedi soir, il y a deux semaines, répondit Unnar. N'est-ce pas, Laufey ?

– Hein ? Je… oui, fit-elle avant de se redresser. Comme je vous l'ai dit hier. Tu te rappelles, Unnar ? C'était le soir où Andri est allé avec elle chez Marinó.

– Oui, je me rappelle.

– J'avais un cours de yoga de bonne heure le lendemain matin, et je suis allée me coucher avant toi. Tu as pas mal traîné, toi, non ? Tu te souviens de les avoir vus rentrer ?

– Je ne sais plus…, hésita Unnar en tirant sur le col de son pull, comme pour laisser un peu d'air passer. J'ai peut-être vu Andri rentrer, mais pas Lise. Ça, j'en suis presque sûr.

– Tu as vu Andri rentrer seul ?

– Oui. Il est allé directement dans le garage, comme d'habitude.

– Que les choses soient claires, glissa Elma en sortant un stylo pour prendre des notes. Lise et Andri sont allés chez Marinó le soir du samedi 7 septembre.

– C'est ça, acquiesça Laufey.

– Unnar, vous avez vu votre fils revenir durant la nuit. Vous vous souvenez de l'heure ?

– Non, je…, dit-il avant de faire claquer sa langue contre son palais. Peut-être vers quatre ou cinq heures.

– Quatre ou cinq heures, répéta Elma en haussant les sourcils. Et il était donc seul ?

– Oui.

– Vous êtes certain de ne pas avoir entendu Lise entrer ?

– Absolument.

– Laufey, vous disiez que les bagages de Lise étaient dans sa chambre le samedi soir, mais que le lendemain ils avaient disparu, poursuivit Elma. Quelqu'un a donc dû venir les chercher ?

– Oui, murmura-t-elle. Oui, j'imagine.

– Pendant tout ce temps, du samedi soir jusqu'au dimanche matin, au moins l'un de vous deux était là. La maison n'a jamais été vide.

Elma rangea son carnet dans sa poche sans les lâcher du regard.

– Dans ce cas, reprit-elle, je ne comprends pas comment les bagages de Lise ont pu se volatiliser. Vous devez bien vous rendre compte que quelque chose ne colle pas.

– Nous voulions vous interroger sur le week-end précédant la mort de Marinó, et plus particulièrement sur le samedi 7 septembre, dit Elma à Andri.

Ils l'avaient fait venir au commissariat afin de prendre sa déposition.

– Vous vous souvenez de ce que vous faisiez ce jour-là ?

– Je jouais, répondit Andri. Un match à Akureyri.

– Comment ça s'est passé ? demanda Elma avec un sourire.

– On a perdu, dit-il, semblant toutefois peu affecté par cette défaite.

– Je suis désolée. Je ne suis pas beaucoup le foot, mais j'ai cru comprendre que vous étiez un bon joueur. Vous allez bientôt rejoindre une équipe étrangère, non ?

– Je pars en Suède la semaine prochaine.

– Vous devez avoir hâte !

Le jeune homme semblait désormais plus détendu qu'à son arrivée. Buvant une gorgée d'eau, il jeta un rapide coup d'œil autour de lui. Il n'y avait pas grand-chose à voir, la salle d'interrogatoire était plutôt quelconque. Des murs couleur crème, une table en bouleau et des chaises. La fenêtre était fermée et le soleil chauffait la pièce malgré les rideaux tirés.

Elma nota qu'Andri restait parfaitement immobile sur son siège. Lors d'un interrogatoire, elle avait plutôt l'habitude de voir les gens remuer sans cesse, taper du pied, se ronger les ongles ou bien battre un rythme régulier avec leur main sur leur cuisse. C'était une situation stressante, aussi ces réactions n'avaient-elles rien d'étonnant. À l'inverse, Andri semblait serein, il respirait normalement et n'affichait pas le moindre signe d'inquiétude.

– Vous connaissiez Lise, n'est-ce pas ? reprit-elle. Vous pouvez m'en dire un peu plus à son sujet ?

– Je ne sais pas grand-chose d'elle. Elle était au pair chez nous. Elle s'occupait de mes petites sœurs.

– Vous n'étiez pas amis ?

– Amis ? Maman a parfois insisté pour que je l'invite quand je sortais, dans l'espoir qu'elle se lie avec des gens. Elle logeait chez nous depuis des mois et avait à peine mis un pied hors de la maison.

– Donc, quand vous êtes rentré de votre match à Akureyri, vous avez invité Lise parce que votre mère vous l'avait demandé ?

– Oui. Enfin, non, se corrigea-t-il avant de boire une nouvelle gorgée d'eau. Je l'avais présentée à mes amies. Ce sont elles qui l'ont invitée chez Marinó ce soir-là, et on y est allés ensemble.

– Je vois. À quelle heure êtes-vous rentré ?

– Je ne me souviens plus très bien, répondit-il – pour la première fois, il eut l'air gêné. Je… en général, je ne bois pas, mais ce soir-là j'avais un peu abusé. Je suis rentré assez tard.

– Pourquoi avez-vous bu ce soir-là en particulier ?

Il haussa les épaules.

– Je… Je ne sais pas.

– Lise n'est pas rentrée avec vous ?

– Non, elle est restée chez Marinó.

Elma le regarda d'un œil inquisiteur.

– Pourquoi ? Pourquoi n'est-elle pas revenue en même temps que vous ?

– Elle s'est endormie là-bas, répondit Andri, les yeux baissés sur la table. Elle était trop bourrée, on a décidé de la laisser se remettre un peu.

Elma resta silencieuse un instant et adressa un regard à Sævar. Il était tout à fait possible qu'Andri dise la vérité. Ils l'avaient déjà interrogé sur ce qu'il faisait le soir de l'incendie, mais elle décida d'insister un peu, pour voir si son témoignage demeurait cohérent.

Ses réponses furent claires, nettes et précises. Le soir

du samedi 14 septembre, Marinó et lui ne s'étaient pas vus, Andri était avec sa petite amie jusqu'à une ou deux heures du matin, heure à laquelle il était rentré chez lui. Ses parents avaient des amis à dîner qui pouvaient attester de son retour.

– Quand avez-vous vu Lise pour la dernière fois ? enchaîna Sævar, revenant au sujet initial lorsqu'ils eurent fait le tour de leurs questions concernant la soirée de l'incendie.

– Cette nuit-là, chez Marinó. Je crois qu'elle n'avait pas l'habitude de boire, parce qu'elle a fini par vomir. Ensuite, elle s'est allongée sur le lit de Frída, et je l'ai laissée. Je me suis dit qu'il valait mieux qu'elle cuve là-bas plutôt qu'à la maison.

– Vous n'avez pas été surpris de ne pas la revoir ?

– Pas vraiment. Lise nous avait annoncé que c'était son dernier soir à Akranes, et le dimanche, Maman nous a dit qu'elle était partie.

– Sans dire au revoir ?

– Oui. Peut-être que ça, c'était un peu bizarre.

– Lise vous a expliqué pourquoi elle voulait rentrer chez elle ?

– Elle disait simplement qu'elle avait le mal du pays. Ça faisait plus de six mois qu'elle était là, ce qui est déjà pas mal. Bien plus que Lena.

– Qui est Lena ?

– La jeune fille au pair polonaise qui travaillait chez nous l'année dernière.

– Elle aussi est repartie plus tôt que prévu ? interrogea Elma.

– Oui, elle n'a tenu qu'un mois ou deux.

– Que s'est-il passé ? demanda Sævar.

– Ne me demandez pas. Je ne passe pas beaucoup de temps à la maison. Je veux dire… Je vis là-bas, mais le garage est séparé du reste, c'est un peu comme si j'habitais tout seul.

– Nous le savons, acquiesça Sævar avec un sourire. Vous n'avez pas eu de nouvelles par Marinó après cette soirée ? Il ne vous a pas dit comment Lise allait, ou s'il s'était passé quelque chose entre eux, par exemple ?

Andri le fixa un instant comme s'il ne comprenait pas où il voulait en venir. Puis son visage s'illumina, et il secoua la tête.

– Il n'y avait rien de ce genre entre eux, c'est à peine s'ils se connaissaient. Je vous ai dit que Lise avait dormi dans le lit de Frída.

– Donc, Marinó vous a dit qu'elle était rentrée aux Pays-Bas le lendemain ?

– Non, il…, hésita Andri. En fait, il ne m'a rien dit, mais je ne lui ai rien demandé non plus.

– Vous vous en fichiez ? Vous allez à une soirée ensemble, elle finit complètement ivre et dort chez votre ami, et vous ne prenez même pas de ses nouvelles ? gronda Elma.

– Ouais… non, répondit Andri. Pourquoi j'aurais fait ça ?

Mars 2019

Émergeant du sommeil, Lise regarda l'heure et bondit. Elle se leva si rapidement qu'elle fut prise d'un vertige, mais elle n'avait pas le temps de se pencher en avant et d'attendre que le sang atteigne son cerveau.

Comment avait-elle pu dormir aussi longtemps ? L'école commençait à huit heures et demie, et elle avait soigneusement réglé son alarme sur sept heures afin d'avoir le temps de préparer un petit déjeuner et un repas à emporter pour le déjeuner des filles avant de les réveiller.

– Les filles ! s'exclama-t-elle en ouvrant les portes de leurs chambres. Les filles, on a trop dormi !

Anna se redressa et se frotta les yeux.

– C'est toi qui as trop dormi, gémit-elle. Tu devais nous réveiller.

– Je sais, mais mon alarme n'a pas sonné et…

Lise essaya de respirer calmement. Pas la peine de se trouver des excuses. C'était à elle de surveiller l'heure, et si son réveil n'avait pas sonné, c'est probablement qu'elle l'avait mal réglé.

– Allez, on se dépêche. Je vais préparer vos déjeuners, et je veux que vous soyez habillées quand ce sera prêt.

– On ne mange pas de petit déjeuner ? demanda Klara.

– Non, mais vous pouvez emporter une banane.

Se laissant retomber sur son lit, Anna poussa un lourd soupir.

– Mais on mange toujours le petit déjeuner à la maison. Maman dit que…

– Les filles ! siffla Lise, et Anna se tut aussitôt. Habillez-vous tout de suite, sinon vous allez être en retard.

Vingt minutes plus tard, elles étaient dehors à respirer l'air humide. Par chance l'école n'était pas très loin. Elles venaient d'entrer dans la cour lorsque la sonnerie retentit, et Lise regarda les deux fillettes courir vers le bâtiment. Dès qu'elles eurent disparu de son champ de vision, elle baissa la garde et les larmes se mirent à couler sur ses joues froides. Elle les essuya d'un geste nerveux. Tête baissée sur le chemin du retour, elle priait pour que personne ne voie son visage. Heureusement, il faisait encore nuit.

Une fois la porte refermée derrière elle, elle s'y appuya puis se laissa glisser par terre en sanglotant.

– Y a quelqu'un ?

Lise retint son souffle. Elle se releva d'un bond et passa la main sur ses joues. Pouvait-il s'agir d'Unnar, à cette heure-ci ? C'était une voix d'homme, mais différente, plus claire et… Avant qu'elle n'ait eu le temps de se poser davantage de questions, un garçon apparut sur le seuil. Andri. Elle l'avait vu sur les portraits de famille dans le salon. C'était l'aîné des trois enfants, le grand frère d'Anna et Klara. Il était en stage de football pendant deux semaines, mais visiblement, il venait de rentrer.

– Je…, balbutia-t-elle. Je ne savais pas qu'il y avait quelqu'un à la maison.

– Ouais, je..., fit Andri avant de s'éclaircir la gorge. Je reviens juste de mon stage de foot. T'es euh... t'es la nounou ?

– Oui, répondit-elle en se forçant à sourire. Je m'appelle Lise.

– Andri, dit-il avec enthousiasme. Comment ça se passe ?

– Très bien, mentit-elle.

Aussitôt, elle imagina la tête qu'elle devait avoir : les cheveux ébouriffés, les yeux gonflés, les joues rouges. Et elle ne put s'empêcher de rire. La situation avait quelque chose d'assez ridicule, notamment l'état dans lequel elle avait laissé la cuisine : des vêtements éparpillés partout, les ingrédients du déjeuner encore sur la table, sans parler du fait qu'elle avait vidé à peu près l'intégralité des tiroirs à la recherche de boîtes en plastique pour la gamelle des filles. Andri devait la prendre pour une folle furieuse, ce qui ne la fit rire que davantage.

– Excuse-moi, parvint-elle enfin à articuler. J'ai juste... mon Dieu. Ça n'a pas été comme ça tous les jours. C'est... mon réveil qui n'a pas sonné, du coup...

Les sourcils arqués, Andri sourit.

– Du coup, tu as mis la cuisine sens dessus dessous ?

– Hmm.

– Je croyais que nous avions eu un cambriolage. D'un autre côté, je trouvais bizarre que le voleur ne s'intéresse qu'au contenu de notre frigo et de nos tiroirs.

– Ce serait bizarre, en effet, approuva Lise. À moins que le voleur soit une mère un peu dingue qui voulait préparer à manger pour ses enfants.

Andri rit, et Lise nota qu'il avait des dents étonnamment petites. Il ressemblait beaucoup à sa mère, mais tenait clairement son sourire de son père.

Lise avait à peine vu Unnar de toute la semaine. Depuis leur petit tour en voiture le dimanche précédent, il avait été presque toujours absent. Elle l'entendait parfois rentrer tard le soir, ouvrant puis refermant prudemment la porte d'entrée avant d'allumer la télévision. Une nuit, elle avait été réveillée par un bruit vers deux heures du matin et, jetant un coup d'œil par la porte de sa chambre, elle l'avait aperçu près de l'îlot de la cuisine, un verre d'eau à la main. Les cheveux hirsutes, sa chemise déboutonnée et chiffonnée. Après avoir vidé son verre d'un trait, il s'était essuyé la bouche du revers de sa manche et avait regardé dans le vide, l'air pensif. Le plafonnier projetait une ombre sur ses yeux fatigués, et son visage avait quelque chose de dur. Tout le contraire de cette expression chaleureuse et amicale que Lise lui connaissait.

– Bref, dit Andri avec un geste en direction du garage, je vais retourner chez moi et te laisser faire ce que tu dois faire.

Lise hocha la tête et se poussa pour lui permettre de passer. Lorsqu'il fut ressorti, elle jeta un coup d'œil à son reflet dans le miroir de l'entrée. Ses joues étaient encore en feu, et ses yeux un peu rouges. Glissant ses cheveux derrière ses oreilles, elle prit une profonde inspiration et entreprit de ranger le désordre qu'elle avait semé un peu plus tôt.

À la fin de la journée, Elma était épuisée. Après l'interrogatoire, elle avait appelé la petite amie d'Andri qui lui avait confirmé qu'il était bien avec elle jusqu'à minuit le soir de l'incendie. Après cela, il était rentré chez ses parents. Elma se demandait si ces derniers étaient prêts à mentir pour leur fils. Le fameux soir, ils avaient des invités qui pouvaient témoigner d'avoir vu le jeune homme rentrer. Mais il était tout à fait possible qu'il soit ressorti – Marinó avait vraisemblablement été assassiné entre deux et trois heures du matin. La police recevrait bientôt les données du téléphone d'Andri, qui en diraient plus sur ses allées et venues.

– Marinó aurait donc tué Lise avant de la cacher dans le cabanon de son jardin en attendant de trouver un endroit où se débarrasser du corps, dit Sævar en portant un sushi imprégné de sauce soja à sa bouche avec ses doigts.

C'est l'explication la plus probable, répondit Elma. Personne n'a revu Lise depuis la soirée chez lui, et elle a été retrouvée là-bas.

Sævar avala sa bouchée et s'apprêta à reprendre la parole, mais elle fut plus rapide :

– Ceci dit, il reste des questions en suspens. Par exemple, qui a récupéré les bagages de Lise, et où sont-ils ?

– Mais la recherche de Marinó sur Internet est sans équivoque, il était forcément impliqué.

– Oui. On peut donc partir du principe qu'au moins deux personnes savaient que le corps de Lise se trouvait dans le cabanon.

– Tu en es si sûre ? répliqua Sævar, sceptique. Nous savons que Marinó était au courant pour le corps, mais ça ne veut pas automatiquement dire qu'il y avait une deuxième personne.

– Je ne crois pas que Marinó ait agi seul et se soit ensuite suicidé, lui opposa Elma en attrapant un morceau de gingembre mariné – Sævar ne les mangeait jamais. Non, pour moi, quelqu'un d'autre savait ce qui était arrivé à Lise, et la mort de Marinó y est directement liée.

– Tu penses donc que c'est cette deuxième personne qui a mis le feu à sa chambre ?

– Oui, acquiesça-t-elle avant de boire une gorgée de soda. Mais je ne suis pas sûre du mobile. Le but était-il de réduire Marinó au silence, ou bien de se venger de ce qu'il avait fait à Lise ?

Sævar lui tendit le plateau de sushis, mais elle secoua la tête.

– Tu n'as pas faim ?

– Non, et ma mère m'a invitée à dîner pour son anniversaire.

– Ah oui ? Tu lui souhaiteras un joyeux anniversaire de ma part.

Sævar reprit le plateau et mangea un sushi supplémentaire.

– Sans faute, répondit Elma avec une certaine gêne. Ce qui me laisse perplexe, c'est l'absence de traces de blessures sur le corps de Lise. Il n'est pas exclu que sa mort ait été un accident. Mais dans ce cas, pourquoi la cacher ? Pourquoi ne pas avoir alerté les secours ?

– On va peut-être découvrir des blessures qui n'étaient pas immédiatement visibles, répliqua Sævar, la bouche pleine.

– Quand Hannes compte-t-il l'autopsier, déjà ?

Il haussa les épaules.

– Dès que possible.

Dégoûtée par l'odeur de poisson cru, Elma se leva et se dirigea vers la fenêtre. Elle but une nouvelle gorgée de soda et se sentit tout de suite mieux. Elle s'appuya au plan de travail de la cuisine.

– Tu sais que j'ai failli partir en Espagne en tant que jeune fille au pair ? J'avais trouvé une famille et tout organisé. On s'était parlé au téléphone, il ne me restait plus qu'à réserver mon billet d'avion.

– Que s'est-il passé ?

– Ils ont annulé.

– Pourquoi ?

– Divorce.

La famille en question vivait dans un petit village du nord de l'Espagne, Elma devait s'occuper d'un garçon de trois ans et d'une fille de cinq ans. Elle se rappelait distinctement leur photo. Des parents séduisants qui tenaient leurs deux enfants. Le père avait le bras tendu pour que tout le monde rentre dans le cadre, et en arrière-plan on distinguait des montagnes arborées. La fillette avait le teint mat et les dents du bonheur, le garçon des cheveux blond platine qui contrastaient avec ses yeux marron foncé.

Elma avait terriblement hâte de faire leur connaissance, mais un mois avant son départ, elle avait reçu un mail du mari, au ton étrangement intime. Il lui expliquait que sa femme les avait quittés, qu'elle avait rencontré un autre homme et était partie vivre avec lui. Si Elma souhaitait quand même venir, il n'y voyait pas d'inconvénient, mais elle devait payer elle-même son billet, car il n'était pas sûr de l'avenir financier de la famille. Elle était partante, cependant ses parents l'en avaient dissuadée, et aujourd'hui, elle comprenait mieux pourquoi.

Elle finit son verre de soda et prit congé de Sævar.

– N'oublie pas de saluer ta mère pour moi ! lui lança-t-il tandis qu'elle sortait.

Sur l'écran de télévision, une femme mince au visage anguleux et aux cheveux longs jusqu'aux épaules récitait : « Selon nos sources, la récente découverte d'un corps à Akranes serait liée à l'incendie qui… »

Laufey appuya sur un bouton de la télécommande et l'écran devint noir. Il régnait dans la maison un silence complet. Les filles étaient endormies et Unnar était parti jouer au badminton avec Óskar. Elle entendit une voiture se garer dans l'allée, et un instant plus tard, la porte du garage claqua.

Enfilant un gilet et ses chaussons, elle sortit et alla frapper chez Andri. Lorsqu'il lui eut ouvert, elle se glissa à l'intérieur et referma derrière elle.

– Qu'est-ce qui s'est passé à ton entraînement ? Ingi m'a téléphoné, il s'inquiète pour toi.

– Il s'inquiète pour moi ? répondit-il d'un ton sarcastique.

– Moi aussi, je m'inquiète. Tu es sûr que tout va bien ?

– Sûr.

– Comment ça s'est passé, au commissariat ?

– Bah… Rien à signaler.

– Que voulaient-ils savoir ?

– Juste où j'étais, ce genre de choses.

Laufey regarda longuement son fils. Allongé sur son

lit défait, il portait encore ses vêtements de sport. Il régnait dans sa chambre une odeur de sueur et de baskets mêlée à un vague parfum d'après-rasage. Andri n'avait jamais été un grand maniaque, mais à cet instant cela lui importait peu.

– Je sais que ce n'est pas…, commença-t-elle avant de prendre une profonde inspiration. Qu'est-ce que tu veux faire ?

– Tu sais bien ce que je veux faire.

Laufey hocha la tête et sortit.

De retour dans la maison, elle ne résista pas à la tentation d'ouvrir ses vieux albums photos. Ces temps où tout lui paraissait plus simple lui manquaient. Andri était désormais adulte, et depuis longtemps elle essayait de déterminer à quel moment elle l'avait perdu. Quand l'avait-elle pris pour la dernière fois dans ses bras sans qu'il lui demande de le lâcher ? Quand l'avait-elle touché pour la dernière fois sans ressentir un certain malaise ?

Andri avait toujours été renfermé, même petit. Il avait du mal à se concentrer, ne se souvenait jamais de rien. Il fallait sans cesse lui rappeler de prendre son cartable, de verrouiller la porte derrière lui, de rentrer à l'heure, d'éteindre les lumières, de ne pas laisser le réfrigérateur ouvert. Des choses évidentes pour la plupart des enfants, mais pas pour lui.

Il ne désobéissait pas, il avait simplement la tête ailleurs, ce qu'Unnar avait la plus grande difficulté à comprendre. Il estimait qu'il fallait se montrer sévère, que le gamin finirait par réagir et changer s'il était suffisamment puni. Laufey avait bien vu la manière dont Andri évitait de plus en plus son père, elle avait remarqué le silence et la nervosité qui s'emparaient de lui en sa présence.

La seule chose positive qu'Unnar avait faite pour son fils était de l'avoir emmené à un entraînement de football lorsqu'il avait quatre ans. Elle se rappelait le stress qu'elle avait éprouvé juste avant. Elle craignait que ses camarades le bousculent, qu'Andri se mette à sangloter devant les autres parents. Unnar ne supportait pas les larmes en public, or Andri pleurait facilement. Assise sur le banc, elle l'avait observé tandis qu'il escaladait tant bien que mal les obstacles, si chancelant, si hésitant, aussi fragile qu'un brin d'herbe. Mais après cela, il avait rejoint les autres enfants, on les avait séparés en deux équipes et on les avait fait disputer un match de foot. Au début, Andri restait immobile, il regardait les autres, les gênait sur leur passage. Puis il s'était mis à courir.

Laufey se rappellerait toujours cet instant fatidique qui allait déterminer son destin. Andri avait couru, récupéré le ballon, couru encore, et il avait marqué. S'agrippant à son siège, elle avait éclaté d'un rire ému et asséné un coup de coude à Unnar, plongé dans une conversation avec un autre père. Ce jour-là, le ballon semblait collé au pied d'Andri. Il le rattrapait toujours, courait, marquait. Encore et encore. Quatre ans seulement, plus petit et plus maigre que les autres, mais aussi plus rapide, plus agile. Désormais, sa vie entière tournerait autour du football.

Au fil des années, le sport avait cessé d'être un simple jeu ; c'était devenu son métier. Laufey avait passé suffisamment de temps avec l'équipe pour comprendre que le monde du foot n'était pas rose. Plus Andri se montrait doué, plus les attentes des gens s'intensifiaient, et lorsqu'il n'était pas à la hauteur de ces attentes, ils n'hésitaient pas à le dénigrer. En des termes si laids qu'elle en était horrifiée. Andri supportait mal la pression, elle n'éveillait qu'angoisse et stress en lui. À présent, Laufey craignait qu'il se sente dépassé par cette angoisse.

– Assieds-toi, s'il te plaît.

Adalheidur prit les couverts des mains de sa fille.

– Sérieusement, tu ne m'aides pas du tout.

– Maman, je sais encore mettre la table, rétorqua Elma, mais le bâillement qu'elle réprima en même temps lui fit perdre toute crédibilité.

– Vraiment ? Ma chérie, ce sont des cuillères à soupe et des couteaux que tu as dans les mains. Tu comptes manger ta viande avec une cuillère ?

Baissant les yeux, Elma constata que sa mère avait raison. Était-elle fatiguée à ce point ? Elle rangea les cuillères dans leur tiroir et s'assit avec la tasse de café qu'elle s'était servie dès son arrivée. Elle en avait bien besoin.

– Je vais m'en occuper, intervint Dagný, qui était déjà avec sa mère dans la cuisine lorsque Elma était entrée. Maman, tu ne veux pas t'asseoir, toi aussi ? C'est ton anniversaire, après tout.

– Oui mais…

– La viande est prête, j'ai coupé les légumes pour la salade, il ne reste plus qu'à mettre la table. Et à attendre que les pommes de terre soient cuites. Allez, repose-toi un peu.

– Bon.

Adalheidur hésita un instant, regardant Dagný, puis elle s'essuya les mains sur son tablier avant de le retirer.

– Alors, reprit-elle en s'installant face à Elma. Comment va le travail ?

– Tu veux plutôt dire « où en est l'enquête », non ?

– Oui.

– Oh, soupira Elma. Je n'ai même pas envie d'en parler.

– Ça se passe si mal que ça ?

En guise de réponse, Elma se contenta de soupirer de nouveau.

– Tu te souviens que tu l'as gardé quand il était petit ?

– Qui ça ?

– Ce garçon. Andri. Ses parents vous l'avaient confié, à toi et à Silja, pendant tout un été. Vous l'emmeniez au terrain de jeu, et que sais-je. Vous deviez avoir quatorze ou quinze ans, non ?

– Plutôt quinze ou seize, j'imagine, répondit Elma, comprenant enfin pourquoi le visage du jeune homme lui semblait si familier. Et ses parents ne nous l'avaient pas confié à toutes les deux, c'est Silja qui faisait du baby-sitting un week-end sur deux et certains soirs. Je l'ai juste accompagnée quelques fois.

– Oui, peut-être. Le baby-sitting, ça n'a jamais vraiment été ton truc. Les enfants en général, d'ailleurs.

Elma inspira profondément et changea de sujet.

– Tu as fait quelque chose de particulier aujourd'hui ? Je veux dire, à part cuisiner pour nous ?

– Ton père et moi sommes allés nous balader jusqu'au port, et nous nous sommes arrêtés à la boulangerie. Ma sœur Lóa est ensuite passée pour le café.

– Et comment vis-tu cet âge respectable ?

– Ma foi, je ne me plains pas.

– En tout cas, tu as toujours l'air aussi jeune.

Elma le pensait sincèrement. Sa mère ne lui semblait pas avoir changé le moins du monde depuis qu'elle était enfant.

– Oh, ça, je ne sais pas.

– De nos jours, l'âge ne veut plus rien dire, glissa Dagný avant de s'asseoir avec elles.

Rien ne pressait, les pommes de terre devaient cuire encore un peu. Pour une fois, Alexander et Jökull restaient sagement assis devant la télévision avec leur caisse à jouets. Vidar, le mari de Dagný, s'était isolé dans une autre pièce pour répondre à un appel professionnel, et Jón, le père des deux sœurs, était sous la douche.

Dagný s'empara de la bouteille de vin ouverte sur la table et remplit trois verres.

– Allons bon, protesta Adalheidur, mais Elma remarqua qu'elle souriait.

Dagný leva son verre, et elles firent de même :

– Santé !

Elles trinquèrent dans un tintement de cristal.

Elma prit une grande gorgée de vin et sentit le goût âpre de l'alcool sur sa langue. Elle s'apprêtait à l'avaler lorsqu'elle se rendit compte de ce qu'elle faisait ; alors, elle se pencha en avant et recracha tout dans son verre.

Sa mère et sa sœur la regardèrent d'un air perplexe. Puis un petit sourire se dessina sur les lèvres de Dagný. Un sourire qui s'agrandit de seconde en seconde.

– Je le savais, dit-elle avant de boire une nouvelle gorgée. Je le savais !

– Quoi ? fit Adalheidur en les regardant tour à tour. Qu'est-ce que tu savais ?

Comme elle n'obtenait pas de réponse, elle reposa son verre et lança, d'un ton presque furieux :

– Ça suffit, les filles ! Vous voulez bien me dire pourquoi vous faites cette tête ?

Avril 2019

Andri avait de nombreuses amies. Du moins, cela semblait être le cas sur ses réseaux sociaux. Elles commentaient toutes ses photos et likaient tout ce qu'il postait. Pourtant, il ne postait pas grand-chose, et la plupart des photos sur lesquelles il apparaissait étaient publiées par d'autres personnes. Si elles n'étaient pas en lien avec le foot, il s'agissait de selfies avec des filles où il arborait un sourire gêné. Un peu comme s'il avait honte, *songea Lise.*

À la maison, il n'en ramenait qu'une. Elle s'appelait Júlía, elle était blonde, avait de longues jambes et s'habillait toujours comme si elle s'apprêtait à sortir faire la fête. Lise les observait parfois tandis qu'ils entraient tous les deux dans le garage. Ensuite, elle s'allongeait sur son lit et imaginait ce qui pouvait se passer à quelques mètres d'elle. Elle savait bien qu'ils ne se contentaient pas de bavarder : Júlía ne repartait généralement que tard la nuit, ou le lendemain matin.

On frappa à la porte de sa chambre et elle se redressa.

– Lise. Le repas est prêt.

Elle rejoignit Laufey et les filles, assises à la table de la cuisine. Le steak haché ressemblait à de la véritable viande de bœuf, mais il s'agissait probablement de pois et de légumes. Laufey préparait principalement des plats végétariens, surtout lorsque Unnar n'était pas à la maison. Or Lise s'était rapidement aperçue que, généralement, il ne rentrait pas dîner les jours de semaine.

Elle s'assit à côté de Klara. Tandis qu'elle se servait des grains de maïs, la porte d'entrée claqua.

– Andri ! s'exclama Laufey en se levant. Je ne savais pas que tu te joindrais à nous.

Il prit place à côté de Lise et s'empara de l'assiette que sa mère lui tendait.

Il sentait l'air de dehors et la sueur. Il revenait probablement de son entraînement.

Laufey ne cessa de parler pendant tout le repas. Lise mangeait lentement, elle ne voulait pas quitter la table tant qu'Andri était encore là. Alors qu'il débarrassait ses couverts, Laufey regarda Lise d'un air pensif.

– Andri, dit-elle ensuite, tu devrais présenter Lise à quelques-uns de tes amis. Qu'en penses-tu, Lise ? Tu n'as encore rencontré personne, je me trompe ?

– Non, répondit-elle en remuant les quelques grains de maïs qui restaient dans son assiette.

– Andri, qu'en penses-tu ?

Il haussa les épaules. Lise n'était pas sûre de ce que cela signifiait, cependant il vint frapper à sa porte le soir même.

Ils se rendirent chez deux de ses amis, Ísak et Sonja. Marinó et sa sœur Frída se joignirent également à eux. Ils passèrent une bonne partie de la soirée à jouer à des jeux de société en grignotant des sucreries. L'ambiance était plutôt agréable, et Lise se sentait étonnamment à l'aise. Elle se rendait soudain compte à quel point Anita et ses amis d'Amsterdam lui manquaient.

Le lendemain, ils sortirent tous les deux et firent un tour en voiture dans la ville. Lise pensait qu'ils se rendraient à nouveau chez Sonja et Ísak, mais Andri ne s'arrêta pas.

Au début, ils ne prononcèrent pas un mot.

Plongé dans ses pensées, le jeune homme ignora son téléphone qui ne cessait de vibrer dans sa poche. Il n'y jeta même pas un coup d'œil.

– Ta copine est drôlement mignonne, lança Lise, car ce devait être elle qui appelait avec une telle insistance – qui d'autre ?

– Qui ça ? Júlía ?

– Tu en as plusieurs ?

– Non, répondit-il en riant.

– Bref, elle est super belle. On dirait une actrice.

– Ouais, je sais, dit Andri, comme si c'était sans véritable importance.

Lise s'imaginait parfois ce que cela faisait d'être aussi belle. À côté de filles comme Júlía, elle avait l'impression d'être une gamine, avec ses baskets en toile, son sweat à capuche et sa queue de cheval. Elle ne savait pas s'habiller autrement.

– Ça fait longtemps que vous êtes ensemble ?

– À peu près un an.

– Comment ça va se passer si tu déménages à l'étranger pour le foot ?

– Je n'y ai pas vraiment réfléchi.

Ils prirent la direction du port, où Lise aperçut les quatre grands réservoirs bleus au bord de l'eau. La zone accueillait autrefois une usine de ciment, dominée par une grande cheminée blanche démolie tout juste quelques semaines auparavant.

– Ah bon ? À mon avis, elle y réfléchit, elle.

– Possible.

– Tu penses qu'elle va te manquer ?

Andri ralentit en arrivant près des quais. Le soleil

couchant projetait des rayons rose orangé sur la surface de l'océan.

– Non.

– Et tes parents, ils vont te manquer ?

Il hésita.

– Sûrement.

– Tu as de la chance, dit Lise en contemplant la mer – Andri s'était arrêté tout près de la jetée. Papa me manque tellement que j'ai parfois l'impression d'étouffer. Toi au moins, tu pourras les revoir.

– Je n'ai jamais perdu qui que ce soit. À part mon grand-père, mais il était très vieux.

– C'est différent.

– Je sais.

Lise gratta le tissu de son siège.

– Tes parents... ils ont toujours été heureux ensemble ?

– Mes parents ? Non.

– Quoi ? Vraiment ?

– Oui, ils... ils ne sont pas ce qu'ils prétendent.

– Comment ça ?

– C'est juste...

Lise patienta.

– Maman peut être vraiment dure, mais c'est parce qu'elle veut que tout soit toujours parfait. Parfois, elle en fait trop. Mais... mais en fait, c'est Papa le pire des deux. On ne s'est jamais vraiment entendus. Pas comme toi et ton père.

Lise le regarda et se mordit la lèvre inférieure. En y repensant, elle n'avait jamais vu Unnar et Andri se parler. Unnar ne venait même pas le voir jouer au foot, contrairement à sa mère qui ne manquait jamais un match et portait toujours des vêtements jaune et noir, aux couleurs de l'équipe. Elle pouvait aussi passer des heures à parler d'Andri aux amies qui lui rendaient visite.

– Papa est juste…

Andri tripota le volant.

Lise arqua les sourcils, mais il ne termina pas sa phrase.

Lundi

Il était à peine six heures et demie lorsque Elma renonça à essayer de se rendormir. Rien ne servait de rester allongée à ressasser les mêmes pensées. Elle était toujours aussi surprise par la réaction qu'avait eue sa mère en apprenant sa grossesse. Sans voix, Adalheidur avait eu les larmes aux yeux. Elle l'avait prise dans ses bras un long moment et avait posé étonnamment peu de questions, malgré sa nature curieuse. Elle n'avait même pas cherché à savoir qui était le père de l'enfant, mais à en juger par son regard malicieux, elle semblait l'avoir deviné.

Elma avait fait promettre à sa mère et à sa sœur de garder le secret tant qu'elle n'avait pas eu l'occasion d'avoir une conversation avec le père.

Il ne fallait pas que Sævar l'apprenne par quelqu'un d'autre. Elle allait devoir lui parler au plus vite, mais elle voulait d'abord avoir confirmation qu'elle était bel et bien enceinte. Elle avait pris rendez-vous chez une sage-femme à Mosfellsbær, mais sa sœur lui avait plus ou moins ordonné de venir la voir à l'hôpital ce matin même à neuf heures. Et même si l'idée que sa sage-femme soit sa sœur la mettait un peu mal à l'aise, Elma n'avait pas pu refuser. Dagný connaissait son métier, et la grossesse était évidemment le processus le plus naturel au monde.

Elma n'avait pas peur d'être enceinte ou de l'accouchement. Elle était certaine que le moment venu, son corps prendrait les rênes, et qu'elle devrait simplement essayer de surmonter la douleur. Elle craignait surtout la suite : être responsable d'une autre personne, avoir un enfant. Comment quelqu'un pourrait-il la regarder et se sentir en sécurité ? Comment tenir la comparaison avec sa propre mère, qui avait la solution à tous les problèmes et qui savait tout faire ? Littéralement tout. Elma composait son numéro à la moindre question : comment nettoyer une tache de vin rouge sur un vêtement ou combien de temps faire cuire un poulet au four. Comment était-elle soudain censée s'occuper d'un petit enfant, elle qui ne savait même pas cuisiner un bête poulet ?

Lorsque ses réflexions sur l'avenir devenaient un peu trop pesantes et un peu trop réelles, Elma essayait de se reconcentrer sur l'affaire. Elle avait eu une idée la veille.

De sa brève expérience de jeune fille au pair qui ne s'était jamais vraiment concrétisée, elle avait appris comment le système fonctionnait. Les jeunes qui partaient travailler à l'étranger passaient par des agences spécialisées, et elle savait exactement qui appeler.

L'anglais n'était visiblement pas la langue maternelle de l'homme qui répondit au téléphone de l'agence. Il avait un accent prononcé dont Elma était incapable de déterminer la provenance.

– J'ai trouvé son profil, lui dit-il. Lise Visser, dix-neuf ans, originaire d'Amsterdam. Où était-elle au pair, déjà ?

– En Islande.

– Je vois. Non, elle n'est pas partie avec notre agence.

– Mais elle avait créé un compte chez vous ?

Elma espérait en apprendre un peu plus sur le départ soudain de la jeune fille.

– Oui, n'importe qui peut s'enregistrer sur notre site. Les jeunes souhaitant devenir au pair ont un accès gratuit, mais les familles qui cherchent quelqu'un doivent payer. Il arrive cependant fréquemment que les gens s'organisent entre eux sans faire appel à nous.

– Quel service proposez-vous ? Je veux dire… pourquoi les jeunes filles, ou les jeunes garçons d'ailleurs, devraient-ils utiliser votre agence plutôt que se débrouiller seuls ?

– Nous recommandons toujours d'utiliser une agence pour des raisons de sécurité, répondit l'homme d'une voix un peu mécanique, comme s'il avait souvent répété le même discours. Nous nous chargeons de toute l'organisation, nous planifions des réunions avec la famille dès le début du processus, nous effectuons des recherches sur les antécédents des candidats, nous programmons des événements pour les jeunes au pair qui séjournent dans le même pays, nous envoyons les demandes de visa et autres formulaires, en plus de proposer des conseils et des solutions en cas de problème. De manière générale, nous gardons un contact étroit avec le jeune au pair et la famille pendant toute la durée du séjour.

– Quels sont les problèmes les plus courants auxquels vous êtes confrontés ? demanda Elma. Par exemple, qu'est-ce qui pourrait pousser un jeune à quitter la famille qui l'emploie ?

– Je ne peux évidemment pas citer d'exemples concrets.

Il y eut un bref silence au téléphone puis, comme si une porte s'était fermée derrière son interlocuteur, tous les bruits environnants cessèrent.

– Nous avons un système qui a fait ses preuves

pour mettre en contact familles et candidats, mais malgré cela, il arrive que le courant ne passe pas. Souvent, c'est simplement une question d'attentes qui ne sont pas satisfaites : les familles en demandent trop, ou le jeune au pair n'assume pas ses responsabilités. En d'autres termes, il y a parfois des malentendus, surtout si l'accord se fait de manière indépendante, sans agence. De notre côté, nous faisons signer aux deux parties un contrat établissant clairement leurs rôles et leurs devoirs. Cette expérience peut être très enrichissante lorsque tout se passe bien, mais malheureusement ce n'est pas toujours le cas.

– Je vois.

Elma ferma la fenêtre, car le vent froid commençait à faire voler les papiers sur sa table.

– Et si un imprévu survient ? reprit-elle. Vous avez déjà eu des cas de… comment dire… d'événements qui pousseraient un jeune à vouloir quitter rapidement la famille chez qui il loge ?

– C'est arrivé, bien sûr, mais c'est plutôt rare. En général, c'est quelque chose qu'on voit venir, la famille et le jeune font de leur mieux pour améliorer la situation avant de baisser les bras.

À nouveau, il hésita puis ajouta d'une voix plus basse :

– Nous avons eu quelques cas extrêmement rares de harcèlement ou de violences. Un garçon qui s'est fait gifler par une mère de famille, ou des filles qui ont subi un harcèlement sexuel de la part du père. Cela arrive surtout aux jeunes Philippines qui travaillent pour de riches familles européennes. Nous faisons évidemment de notre mieux pour éviter ce genre de situations en effectuant des recherches poussées sur les antécédents de nos candidats, mais il est impossible de tout savoir.

Certaines personnes peuvent avoir une carrière brillante, sembler parfaites sur le papier mais se révéler être de beaux salauds.

Un message de la police de Reykjavík attendait Hördur lorsqu'il arriva au bureau. Peinant à comprendre pleinement de quoi il retournait, il décida d'appeler directement sa consœur commissaire, Borghildur.

– Nous avons reçu un coup de fil d'une jeune femme à la recherche de son amie dont elle n'a plus de nouvelles depuis un moment, une certaine Lise Ragnarsdóttir Visser. Ça te dit probablement quelque chose ?

Hördur alla fermer la porte de son bureau.

– Très juste. C'est la fille qu'on a retrouvée morte ce week-end.

– C'est ce qu'il me semblait.

Borghildur se tut un instant, et il entendit un tiroir claquer puis un froissement de papier.

– J'ai son numéro. Je pense que le mieux, c'est qu'un de tes agents l'appelle.

Elle lui dicta le numéro de téléphone. Il s'apprêtait à raccrocher lorsque le ton de sa collègue se fit soudain moins formel.

– Au fait, je… Je voulais te présenter mes condoléances pour Gígja.

– Ah. Je te remercie.

– Comment vas-tu ?

– Ça va, répondit-il.

Il s'efforçait autant que possible de garder le moral, de prétendre que tout allait bien. Mais après un court silence, comme s'il n'était tout à coup plus d'humeur à faire semblant, il ajouta :

– Ça dépend des jours.

– C'est terrible. Gígja était une femme adorable.

Hördur se rappelait à quel point elles s'étaient appréciées lors d'un des dîners de la police. Un peu par hasard, elles avaient découvert qu'elles avaient des liens familiaux et avaient passé un long moment à retracer leur arbre généalogique. Se remémorant une ferme des fjords de l'Ouest qu'elles avaient toutes les deux visitée étant enfants, elles avaient ri en repensant au fermier qui se faisait sermonner par son épouse à cause de sa manie de cracher son tabac à chiquer dans leur évier.

– Oui, adorable, c'est le mot, répondit-il avec lenteur.

Lorsqu'il raccrocha, il se dit qu'il valait mieux laisser Elma se charger de parler à l'amie de Lise. Il ne se sentait pas vraiment à la hauteur d'une telle tâche en ce moment. Il avait absolument tenu à venir au travail après cette histoire d'incendie, mais à présent ses réserves d'énergie s'amenuisaient, et chaque jour qui passait, il était de plus en plus fatigué.

Elma avait dit à Hördur qu'elle serait en retard à cause d'un rendez-vous chez le dentiste. Étrange : le dentiste était toujours la première excuse qui lui venait à l'esprit quand elle devait mentir. Garée devant l'hôpital d'Akranes, elle essayait à présent de se convaincre de couper le moteur, d'ouvrir sa portière et de se diriger vers l'entrée.

Son téléphone sonna et le prénom de Dagný apparut à l'écran.

– Je suis dehors, lui répondit-elle.

– Je t'attends ! lança sa sœur avec enthousiasme.

En pleine conversation avec l'employée de l'accueil, Dagný sourit jusqu'aux oreilles en voyant Elma arriver.

– Suis-moi, dit-elle.

Elma lui emboîta le pas vers un petit cabinet équipé d'une table d'examen.

– Oh, c'est tellement excitant ! s'exclama Dagný en tapant doucement des mains avant de la regarder. Mais on croirait que tu vas passer devant un juge. Détends-toi un peu.

– Je suis très détendue, protesta Elma, en toute mauvaise foi.

– Je vois ça, oui.

Un large sourire aux lèvres, Dagný alluma son ordinateur.

La blouse blanche lui allait bien. Ses cheveux blonds lâchement attachés, elle ne portait ni bijoux ni maquillage. Elle qui aimait s'apprêter et arborer toutes sortes de fanfreluches semblait opter pour une plus grande sobriété au travail.

– OK, souffla-t-elle tandis que ses doigts dansaient sur le clavier. Je peux remplir à peu près tout le formulaire sans ton aide.

– Super.

Elma essuya discrètement ses mains moites et froides sur son pull.

– Sauf le nom du père, poursuivit Dagný sans quitter l'écran des yeux. Mais tu veux peut-être attendre un peu ?

– Oui.

Elma craignait qu'elle insiste mais, sans se formaliser, Dagný fit tourner son fauteuil pour lui faire face et demanda :

– Tu as fait un test ?

– Un test ?

– Oui, tu sais. Tu as fait pipi sur un bâton ?

– Oui, répliqua Elma avant de s'éclaircir la gorge. J'ai fait trois tests.

– Tous positifs ?

Elma hocha la tête et Dagný sourit.

– Excuse-moi, mais je suis sur mon petit nuage ! C'est tellement génial, Elma. J'ai hâte de rencontrer ma petite nièce.

– Ta petite nièce ?

– Oui, enfin... je me suis toujours dit que ton premier enfant serait une fille.

– Je vois.

Elma n'était pas allée aussi loin dans ses réflexions. Jusqu'ici, elle avait simplement imaginé un bébé. Une minuscule créature sans cheveux, mais pas une fille ou un garçon. Que préférait-elle ?

– Et l'idée de la mettre au monde moi-même..., reprit Dagný.

– Peut-être que ces tests ne marchaient pas. Peut-être...

– Ils sont plutôt sûrs en général, surtout si tu en as fait trois, l'interrompit sa sœur.

Elle s'efforça de reprendre une expression professionnelle, même si elle semblait avoir la plus grande difficulté à gommer son sourire.

– Quand tes dernières règles ont-elles commencé ?

Elma lui donna la date, et son regard se porta sur la maquette représentant une femme avec un bébé dans le ventre posée sur le bureau. Suspendue au mur, une affiche montrait les diverses étapes de la grossesse, de l'embryon au fœtus de neuf mois.

Dagný s'empara d'une sorte de disque qu'elle fit tourner.

– Tu dois donc en être à la onzième semaine, ce qui signifie que nous avons de bonnes chances de pouvoir entendre les battements du cœur.

– Les battements du cœur ? répéta Elma tandis que le sien s'emballait.

Elle ne savait pas exactement à quoi elle s'était

attendue – peut-être un autre test, une tape sur l'épaule et une prise de rendez-vous pour une échographie.

– Allonge-toi sur la table et soulève ton pull, lui ordonna Dagný en ouvrant un tiroir de son bureau.

Elma s'exécuta, laissant apparaître la peau pâle de son ventre. À vrai dire, il semblait encore plus plat que quelques semaines auparavant. Elle avait perdu l'appétit, ne mangeait plus de petit déjeuner. La seule chose qui lui faisait envie, aussi étrange que cela puisse paraître, c'était le concombre.

– Ça va être un peu froid, l'avertit sa sœur en étalant sur sa peau un gel qui la fit effectivement frissonner.

Elle saisit ensuite un appareil qui ressemblait à un vieux combiné de téléphone et le fit glisser sur son ventre. Elma entendit un léger bourdonnement, bientôt couplé à la vibration de son téléphone portable dans la poche de son manteau. L'air concentré, Dagný augmenta le volume de son appareil, et le bourdonnement envahit la pièce. Les sourcils froncés, elle appuya un peu plus fortement sur son ventre.

L'observant attentivement, Elma eut tout à coup la sensation que quelque chose n'allait pas. N'était-elle pas enceinte finalement ? Les tests étaient-ils tous des faux positifs ? Ou bien avait-elle fait une fausse couche sans s'en rendre compte ? *Cela simplifierait les choses*, songea-t-elle, en même temps qu'un soudain chagrin l'envahissait.

Le visage de Dagný s'adoucit, un sourire se dessina sur ses lèvres, et Elma poussa un soupir de soulagement. Une autre sensation s'empara d'elle lorsqu'un battement régulier se fit entendre à travers le bourdonnement. Un battement puissant et distinct.

– Ah, voilà ! s'exclama Dagný.

Elle regarda Elma et sourit.

– Un beau battement de cœur, comme tu l’entends. Ma petite nièce est visiblement en pleine forme.

Elma hocha la tête, renifla et cligna plusieurs fois des paupières.

Avril 2019

Le printemps semblait suspendu en cette fin avril après une soudaine chute de neige. Il en était tant tombé durant la nuit que les arbustes du jardin ployaient sous son poids. Ouvrant la fenêtre, Lise sentit l'air frais s'insinuer à l'intérieur. Dehors régnait un silence inhabituel. La neige atténuait tous les sons, on entendait à peine les voitures qui passaient, seuls lui parvenaient le chant des passereaux qui sautaient de branche en branche et le plic ploc des gouttes qui s'échouaient sur le cadre de la fenêtre tandis que le soleil faisait fondre la couche de poudreuse sur le toit.

Après le petit déjeuner, elle alla voir Laufey.

– Je me demandais si je pouvais emmener les filles faire de la luge ?

Laufey leva les yeux de la brochure qu'elle était en train de lire, dont la couverture arborait la photo d'une belle maison.

– Oui, bien sûr. Elles seront sûrement contentes.

Lorsqu'elle referma le dépliant, Lise eut un choc en apercevant sa main, d'un vert violacé et si gonflée qu'elle ne semblait pas prolonger son poignet. Voyant son regard qui s'attardait, Laufey posa son autre main dessus.

– Je me suis fait une entorse au cours de yoga de ce matin, expliqua-t-elle avant de se lever. Je vais chercher

des vêtements pour les filles. Elles seront prêtes dans un instant.

S'il lui suffisait pour les hivers froids et calmes des Pays-Bas, le manteau fin de Lise n'était clairement pas fait pour supporter la neige et le vent mordant d'Islande. Après un simple coup d'œil à sa tenue, Laufey alla fouiller dans le placard de l'entrée et lui tendit un pantalon de neige, une doudoune, une écharpe et des gants. Tout emmitouflées, les fillettes et elle s'apprêtaient à sortir lorsque Unnar rentra.

– Ça alors, vous allez où comme ça ? demanda-t-il en suspendant son manteau de laine dans le placard.

– On va faire de la luge ! s'exclama Anna avant de tirer sur son bras. Viens avec nous, Papa ! Comme ça, on pourra retourner à la montagne.

– À la montagne ? s'enquit Lise.

– Sur le mont Akrafjall, expliqua Unnar. On ne grimpe évidemment pas jusqu'au sommet, mais il y a une belle piste à son pied.

Il hésita avant de céder devant l'insistance de sa fille.

– Bon d'accord, je viens.

Les deux fillettes sautèrent donc dans la voiture au lieu de prendre à pied la direction de la pente située à deux pas de chez elles, qu'elles appelaient « la grande colline ». Ils quittèrent la ville et tournèrent bientôt vers un chemin de terre en direction de l'Akrafjall. Unnar se gara au pied de la montagne, et les filles se précipitèrent dehors. Sortie à son tour, Lise s'immobilisa un instant pour contempler le paysage, des étendues blanches cédant le passage aux eaux bleues du fjord et des pics montagneux à perte de vue.

– Joli, n'est-ce pas ?

Unnar tenait une luge sous chaque bras.

– Nous venons ici depuis que les filles sont petites.

La plupart du temps, nous avons la piste pour nous tout seuls.

Lise le regarda monter, les deux fillettes sur ses talons. Anna hurla de joie lorsqu'elle glissa le long de la piste sur sa luge ; même Klara souriait jusqu'aux oreilles.

– Il faut que tu essaies, Lise ! s'écria Anna, à bout de souffle après quelques tours supplémentaires. C'est génial. Allez, vas-y !

Unnar n'avait cessé de remonter les luges entre chaque descente et son visage ruisselait de sueur.

– D'accord, dit Lise.

Jusqu'ici, elle s'était contentée de les regarder avec envie. Elle s'apprêtait à s'emparer de la luge d'Anna, mais Unnar fut plus rapide.

– Tu as droit à la même qualité de service que les filles, lui lança-t-il d'un ton amusé en commençant à remonter la piste.

– C'est si beau ici, commenta-t-elle lorsqu'ils furent arrivés en haut.

Les fillettes les attendaient au pied de la descente, les joues rouges et le souffle court, à en juger par les petits nuages de condensation qui s'échappaient de leurs bouches.

– N'est-ce pas ? acquiesça Unnar en contemplant le fjord comme s'il se rendait seulement compte de la nature qui les entourait. On ne voit pas ça aux Pays-Bas, j'imagine ?

– Non. Et Papa ne supportait ni la neige ni le froid, il disait en avoir eu assez comme ça quand il était petit. Pour les vacances, on partait toujours au soleil.

– En Espagne, par exemple ?

– Non, il n'aimait pas les lieux trop touristiques. Il préférait dénicher des petits villages peu fréquentés.

Lise sourit en y repensant avant d'ajouter :

– À vrai dire, c'était devenu difficile, les touristes sont partout.

– Ça devait être magnifique. Je n'aurais rien contre un petit voyage à l'étranger en ce moment.

– Vraiment ? s'étonna Lise, sourire aux lèvres. Pour moi, il n'y a rien de mieux que ça. Cette neige, ces montagnes et...

Unnar rit et s'apprêtait à répondre quelque chose quand ils entendirent un cri d'impatience venu d'en bas.

– Vous venez ou quoi ?

Une fois installée sur la luge, Lise s'élança. Gagnant de la vitesse, elle sentit un picotement intense dans son ventre, et rien n'aurait pu gommer le sourire sur ses lèvres. Tandis que l'air froid lui piquait le visage, des tourbillons de poudre blanche s'élevaient partout autour d'elle.

Elle ne remarqua le caillou que trop tard. La luge fit une embardée et, tombant sur le côté, Lise fut prise d'une vive douleur dans le bras. Mais elle sentait surtout la neige glaciale contre son visage et son cou.

– Tout va bien ? lui demanda Unnar lorsqu'il l'eut rejointe.

Il se pencha et l'aida à se redresser. Malgré sa joue et son bras engourdis, elle se mit à rire.

– Je ne sais pas ce qui s'est passé. Je...

Elle se tut lorsque Unnar passa la main sur son visage. Ses doigts chauds firent fondre les traces de neige.

– Tu as une petite coupure sur la pommette, dit-il avec un sourire. Rien de sérieux.

Hochant la tête, Lise s'apprêta à prendre appui sur sa main pour se relever, mais une douleur subite lui traversa tout le bras.

– Tu es tombée dessus ? demanda Unnar en la rattrapant d'un geste précipité.

– Qu'est-ce qui s'est passé ? s'enquit Anna, arrivée en courant. Tu t'es fait mal ?

– Tout va bien ? renchérit Klara.

– Oui, répondit Lise dans un rire. Je suis juste très maladroite.

– Ça, je te le fais pas dire ! s'exclama Anna.

– Les filles, faites de la luge toutes seules un instant, dit Unnar. Je vais accompagner Lise à la voiture et vérifier qu'elle n'a rien de cassé.

– On doit rentrer à la maison tout de suite ?

– Non, répondit Lise avec empressement. Pas du tout. Je vais très bien.

Unnar la laissa s'installer sur le siège passager pendant qu'il cherchait la trousse à pharmacie dans le coffre.

– Sérieusement, tout va bien, insista-t-elle.

Elle se sentait un peu bête. N'était-elle même pas capable de faire un tour de luge sans se blesser ?

– Laisse-moi voir ça, répliqua Unnar.

Il se baissa et s'appuya sur un genou, semblant indifférent au fait que son pantalon allait être mouillé par la neige. S'emparant de sa main, il remonta la manche de son manteau.

– Relâche complètement ton bras, dit-il avant de remuer son poignet.

Elle avait l'impression d'être une poupée. Ses mains étaient si petites entre celles d'Unnar. Elle percevait le parfum de son shampooing, ainsi qu'une vague odeur de sueur émanant de sous son manteau ouvert. Dénouée, son écharpe noire ponctuée de rayures marron et bleu foncé pendait de part et d'autre de son cou. Il avait une barbe de trois jours, les cheveux fraîchement coupés et arborait sur la pommette gauche une petite tache de naissance brune.

– Ça te fait mal ?

– Hein ?

Rougissant lorsqu'il leva les yeux sur elle, Lise se demanda s'il avait senti son regard inquisiteur.

– Ça te fait mal quand je tourne ton poignet ?

– Pas tellement.

– Tant mieux, dit-il en lâchant sa main avant de la regarder dans les yeux. Tu veux un pansement pour la coupure sur ta joue ? Elle ne saigne plus.

– Non, ça va.

– Je vais juste la nettoyer.

Unnar s'empara d'un paquet de lingettes et l'ouvrit. Il hésita un instant.

– À moins que tu préfères le faire toute seule ?

– Non, ça va, répondit-elle, le souffle court.

Unnar passa délicatement la lingette sur sa blessure. Il était à présent si près d'elle qu'elle distinguait chaque détail de son visage. Comme cette ridule entre ses sourcils. Il se figea une fraction de seconde et la regarda dans les yeux. Le monde semblait s'être arrêté de tourner, et Lise avait la sensation qu'il ne voulait plus s'éloigner d'elle. Baissant finalement les yeux, il s'éclaircit la gorge d'un air embarrassé.

Elle resta seule dans la voiture pendant qu'il rejoignait les filles. Posée sur le siège conducteur, son écharpe était encore un peu humide de neige et de sueur. S'en emparant prudemment, Lise caressa la laine douce. Elle jeta un rapide coup d'œil à la piste où Unnar et ses filles s'amusaient toujours.

En un éclair, elle porta l'écharpe à son nez et renifla son odeur.

– Allô ?

Elma n'entendit rien d'autre qu'un craquement suivi d'un silence total.

– *Hello*, tenta-t-elle.

Son téléphone à la main, elle se leva et s'approcha de la fenêtre, comme si la réception y était meilleure.

– *Hello, do you hear me ?* lança soudain une voix au bout du fil.

Elma répondit dans son meilleur anglais :

– *Yes I do. Hi, Anita.*

La dénommée Anita, une amie proche de Lise, essayait de joindre cette dernière depuis un moment et était morte d'inquiétude. Elles étaient autrefois en contact régulier, mais les choses avaient changé depuis qu'elles vivaient dans deux pays différents.

– Je voulais lui laisser un peu d'espace, expliqua Anita. Elle est partie si rapidement après la mort de son père, je crois qu'elle ne s'est pas donné le temps de faire son deuil. Elle voulait à tout prix s'échapper, mais pour moi, ce n'était pas une bonne idée. Elle aurait mieux fait de rester chez elle, entourée des gens qui l'aiment. Enfin, elle ne m'a pas écoutée…

La jeune fille semblait faire les cent pas tout en parlant. Sa voix tremblait légèrement, et elle était essoufflée.

– Vous savez où je peux la joindre ? enchaîna-t-elle. Je veux juste m'assurer qu'elle va bien. Elle va bien, n'est-ce pas ?

Elma inspira profondément.

– Je suis vraiment désolée, mais votre amie a été retrouvée morte ce week-end.

Un lourd silence suivit, et Elma crut distinguer un gémissement réprimé à l'autre bout de la ligne.

– Je ne comprends pas, balbutia Anita. Ce n'est pas possible…

– Je suis sincèrement navrée.

Comme toujours dans ces circonstances, Elma était à court de mots. Que pouvait-elle dire, en dehors de la vérité pure et dure ? Une partie d'elle avait envie d'adoucir la réalité, mais comment le faire sans mentir ? Il n'y avait aucun moyen d'embellir la mort. Elle était telle qu'elle était, un fait aussi inéluctable que la vie elle-même.

– Que s'est-il passé ? murmura Anita.

– Nous ignorons la cause exacte de son décès. Il pourrait s'agir d'un accident.

– Il *pourrait* s'agir d'un accident, répéta Anita avec lenteur. Comment ça ? Ça pourrait être autre chose ? Elle s'est suicidée ?

– Pour le moment, nous ne savons rien, dit Elma, gênée de ne pas pouvoir donner une réponse plus précise. Quand avez-vous eu de ses nouvelles pour la dernière fois ?

– Il y a à peu près trois semaines. Ça faisait longtemps que je ne l'avais pas appelée. En général, on échangeait plutôt par messages sur Internet, mais cette fois, j'avais envie d'entendre sa voix. Je la trouvais un peu évasive dans ses réponses les semaines précédentes, je voulais m'assurer qu'elle allait bien et essayer de la convaincre de rentrer à la maison.

– Comment s'est passée votre conversation ?

– Je ne saurais pas vraiment vous dire. Lise était... Elle était bizarre au téléphone. Elle m'a dit qu'elle comptait revenir très prochainement. J'étais surprise, car ça ne lui ressemblait pas. Elle était toujours tellement bornée ! Comme je vous le disais, avant son départ, j'essayais de la dissuader d'aller en Islande, c'était trop tôt après la mort de son père, mais elle ne voulait rien entendre. J'étais sûre qu'elle y passerait toute l'année rien que pour me prouver qu'elle avait eu raison de partir, même si elle s'y sentait mal.

– Vous pensez donc qu'elle était malheureuse ?

S'emparant d'un stylo, Elma commença à prendre des notes sur une feuille de papier.

– Les premières semaines, elle était aux anges, elle trouvait tout génial et les gens très accueillants. Puis d'un coup, elle s'est faite beaucoup plus discrète. Elle ne me semblait pas malheureuse à proprement parler, mais on aurait dit qu'elle cachait quelque chose. J'ai insisté, et elle a fini par m'avouer qu'elle était tombée amoureuse d'un garçon.

– Ah ? fit Elma en posant son stylo. Vous savez de qui il s'agissait ?

– Non, elle ne m'a pas donné de nom, et en même temps, ça ne m'aurait rien dit... Je lui ai demandé de m'envoyer une photo, mais elle ne l'a jamais fait.

– Elle ne vous a pas donné d'autres détails concernant ce garçon ?

– Non, mais la dernière fois qu'on s'est parlé, elle m'a dit une chose que j'ai trouvée étrange. Elle a dit qu'elle ne rentrerait pas seule.

– Vous voulez dire que ce garçon allait venir avec elle ?

– Je crois, répondit Anita. Elle semblait enthousiaste à cette idée.

– Je ne comprends pas comment on va y arriver. Les relations à distance, ça crée toujours des problèmes.

– Oui, répondit Andri. Je sais.

Júlía se tourna vers lui et inclina la tête.

– Je ne ferais pas mieux de venir avec toi ? demanda-t-elle sur le ton de la plaisanterie, mais Andri sut immédiatement qu'elle était sérieuse : elle voulait vraiment le suivre, c'était si pathétique qu'il avait presque envie de pleurer.

Soudain, elle se pencha vers lui et l'embrassa, longuement et doucement, comme pour le forcer à éprouver quelque chose pour elle. Lorsqu'elle se détacha enfin de lui, elle souriait.

– Quoi ? lança-t-elle, sans soupçonner les pensées qui tournoyaient dans son esprit.

– Je réfléchissais juste à la manière dont ça se passerait, si tu venais.

– Et ?

– Ben, ce serait vraiment triste. Tu ferais quoi ? Tu resterais enfermée dans l'appartement à m'attendre pendant que je m'entraîne, c'est ça ?

Elle eut un mouvement de recul.

– Je pourrais suivre des études à distance, ou…

– Ou quoi ? l'interrompit Andri en se redressant avant de poursuivre, le nez dans son téléphone : Tu serais comme toutes ces idiotes qui sortent avec des footballeurs simplement pour profiter de leur argent. Histoire d'oublier le fait qu'elles-mêmes ne savent rien faire toutes seules à part prendre des poses de salopes sur Instagram.

– Tu plaisantes, Andri ?

Il la regarda, arquant l'un de ses sourcils.

– Non. Tu veux dire que j'ai tort ?

– Oui, fit-elle en repoussant la couverture et en

remettant son pull. Si tu crois que je suis comme ça, alors oui, tu as complètement tort.

– Vraiment ? Parce que tu ne passes pas ton temps à poster des photos de toi en mode allumeuse sur les réseaux ?

Ouvrant son profil, il se rallongea sur le lit.

– C'est tellement… tellement triste. Tu es tellement égocentrique. Je veux dire, regarde-toi.

Júlía ne regarda pas le téléphone. Elle enfila ses chaussures et ouvrit la porte du garage avant de se retourner vers lui.

– Andri, je… je ne comprends pas ce qui t'arrive. Tu auras le droit de m'appeler quand tu seras prêt à me demander pardon.

– J'aurai le droit ? répéta Andri d'un ton sarcastique. Merci, c'est trop généreux. Vraiment… Merci beaucoup.

La porte claqua si violemment que tout trembla dans la chambre.

Andri bâilla, reprit son téléphone et envoya un message succinct : « C'est terminé. »

Lise avait donc rencontré un garçon, mais la famille qui l'accueillait l'ignorait. Ils avaient même insisté sur le fait qu'elle ne sortait presque jamais le soir et n'avait pas de vie sociale. Cela dit, de nos jours, les gens n'avaient pas forcément besoin de se voir pour faire connaissance. Il n'était pas rare que des contacts se tissent d'une région à l'autre, voire d'un pays à l'autre. Peut-être que Lise ne sortait pas parce qu'elle avait déjà une vie sociale sur son ordinateur, qu'elle discutait en ligne avec un garçon qui vivait loin d'elle.

Ou tout près. Peut-être que ce garçon habitait à deux pas et se faisait passer pour quelqu'un d'autre. Nombreux étaient les pervers sur Internet qui revêtaient une fausse identité. Si c'était le cas, cela allongeait considérablement la liste des suspects, et pour ne rien arranger, ils n'avaient pas l'ordinateur de Lise. Seul son téléphone avait pu être analysé par le département scientifique de la police, qui n'y avait rien trouvé de probant.

Elma avait téléphoné à Anita pour lui demander si elle se souvenait de la date précise à laquelle Lise lui avait annoncé son retour imminent à Amsterdam avec ce mystérieux individu. Anita l'avait rappelée quelques minutes plus tard pour lui répondre que la conversation avait eu lieu le 4 septembre. Si elle n'en avait jamais parlé à son amie auparavant, Lise devait être en couple depuis peu – avec un garçon qui, néanmoins, comptait la suivre à l'étranger.

Il devait s'agir de quelqu'un qu'elle connaissait et avait rencontré dans la vraie vie, pas d'un obscur menteur sur Internet, car le corps de Lise avait été retrouvé chez Marinó. Il semblait improbable qu'un inconnu se soit rendu précisément là-bas, l'ait assassinée et abandonnée dans ce cabanon de jardin.

À vrai dire, Elma était à peu près certaine qu'ils avaient déjà croisé ce garçon mystère au cours de leur enquête. Et que quelqu'un leur avait menti.

Assis derrière son bureau, Sævar fixait l'écran de son ordinateur. Il avait devant lui un sachet de bonbons à la réglisse enrobés de chocolat et une bouteille de soda. S'asseyant à son tour, elle tendit la main vers le sachet mais se rendit compte qu'il était vide.

– Lise comptait rentrer à Amsterdam avec un garçon, dit-elle.

– Pardon ?

Sævar détacha enfin ses yeux de l'écran et se massa le menton.

– Lise a dit qu'elle ne rentrerait pas seule d'Islande.

Elma relâcha l'élastique trop serré de sa queue de cheval qui lui tirait les cheveux, puis elle passa la main sur sa nuque.

– Où as-tu eu cette information ?

Elle lui raconta sa conversation avec Anita.

– J'y ai beaucoup réfléchi, poursuivit-elle. À mon avis, Lise était en couple avec Andri ou l'un de ses amis. Laufey disait qu'elle ne sortait presque pas, je doute qu'elle soit allée retrouver un garçon hors de son cercle, à moins de passer ses soirées à discuter sur le Net avec lui. Pour moi, le plus probable, c'est Andri.

– Ils étaient d'ailleurs souvent seuls à la maison durant la journée.

– Exactement. Ils sortaient peut-être ensemble sans que les parents soient au courant.

– La question est de savoir si ça a quelque chose à voir avec les morts de Lise et Marinó. Je ne vois pas le lien.

– Moi non plus, soupira Elma. Je peux imaginer toutes sortes de mobiles et de scénarios dans ma tête, mais je n'ai aucune preuve. Et je ne sais même pas où chercher. Avec qui peut-on parler ? Nous avons interrogé la plupart des gens qui connaissaient Lise.

– Quelqu'un doit en savoir plus que ce qu'il prétend, répondit Sævar. Il faut juste qu'on découvre qui.

Hördur avait obtenu plus rapidement que prévu un mandat pour examiner la ligne du téléphone portable d'Andri et retracer ses déplacements des deux dernières semaines. Il lui fallut en revanche plus de temps pour parcourir toutes ces données et en déduire les allées et venues du jeune homme, mais après un travail acharné, il était enfin parvenu à un ensemble à peu près cohérent. S'appuyant au dossier de son fauteuil, il plissa les yeux à travers ses lunettes, qui visiblement n'étaient plus à sa vue.

Hannes ne lui avait toujours pas envoyé les conclusions de l'autopsie. Il estimait que Lise était morte le week-end des 7 et 8 septembre, sans toutefois pouvoir l'affirmer avec certitude. Un avis basé sur les fluctuations météorologiques des dernières semaines et leur effet probable sur le corps, en partant du principe qu'il n'avait pas bougé du cabanon dans lequel il avait été retrouvé.

Cela semblait en outre s'accorder avec la date à laquelle Lise avait été vue pour la dernière fois. Laufey l'avait croisée le samedi, et Andri l'avait emmenée chez Marinó le soir même. Quatre autres témoins confirmaient qu'elle était bien en vie ce soir-là, après quoi ils ne l'avaient plus revue. Bien sûr, il ne fallait pas exclure la possibilité qu'elle ait été encore vivante le dimanche matin, car quelqu'un avait récupéré ses bagages, mais puisque son corps avait été retrouvé chez Marinó, il était improbable qu'elle soit allée les chercher elle-même.

Hördur poussa un lourd soupir tandis qu'il essayait de remettre de l'ordre dans ses pensées. Si Lise n'avait pas récupéré ses valises, ce devait être quelqu'un qui avait accès à la maison – donc l'un de ses habitants.

– Andri, marmonna Hördur en rassemblant ses papiers. Andri Unnarsson.

Mai 2019

Assise à la table de la cuisine jonchée de manuels scolaires, Lise aidait Klara avec ses exercices de mathématiques. Laufey était occupée à faire cuire de la viande hachée pendant que l'eau bouillait dans une autre casserole, envoyant une colonne de condensation vers la hotte. C'était vendredi, et Anna avait choisi le plat servi pour le dîner : des spaghettis à la bolognaise, son préféré. À côté des plaques de cuisson attendait un verre de vin rouge que Laufey sirotait régulièrement.

– Maman ! s'exclama la voix d'Anna depuis l'entrée.

– Oui ?

– Tu sais quoi ? À l'entraînement de gym, j'ai fait un saut tellement incroyable que l'entraîneur a dit que je gagnerais sans doute la compétition !

Anna pénétra dans la cuisine, ses cheveux réunis en un chignon.

– C'est super, répondit Laufey avant de boire une gorgée de vin, mais la petite fille avait déjà rejoint le couloir pour exécuter une roue.

– Salut les filles !

Unnar entra à son tour et sourit à Lise et Klara. Il portait un costume cintré bleu marine et une chemise à carreaux bleus, ses cheveux poivre et sel coiffés en arrière. Il s'approcha de sa femme et posa la main sur sa hanche.

– Bonsoir, ma chérie.

– Salut, toi.

Elle se retourna et ils s'embrassèrent.

Baissant les yeux, Lise se concentra sur le problème de mathématiques de Klara. Elle se demanda si, autrefois, sa mère se tenait ainsi devant la cuisinière et si son père venait goûter les plats qu'elle préparait. Relevant la tête, elle observa les mains d'Unnar qui caressaient les larges hanches de Laufey. Serré contre elle, il posa le menton sur son épaule.

– Où est Andri ? demanda Laufey, jetant un regard circulaire tandis qu'ils s'installaient à table.

– Ici, lança l'adolescent depuis le coin télé.

Il entra dans la pièce en faisant traîner ses chaussons sur le sol tandis qu'il tapait quelque chose sur son téléphone.

Après leur soirée ensemble, Lise s'était attendue à ce qu'il l'invite à une nouvelle balade, mais Andri lui avait à peine adressé un regard. Júlía était venue le voir trois fois depuis. Lise suivait attentivement ses allées et venues, elle voyait la porte du garage depuis la fenêtre de sa chambre et jetait parfois un coup d'œil à travers les rideaux. Il lui arrivait d'imaginer des conversations entières avec Andri. Ce n'était pas un garçon très souriant, elle se disait que chacun de ses sourires devait signifier quelque chose de spécial. Et elle voulait en être la source plus souvent.

– Maman, lança Anna après avoir fini son assiette à une vitesse record, il y a du dessert ?

– Je vous ai acheté du pop-corn, au cas où vous auriez envie d'une soirée télé avec votre père.

– Avec moi ? fit Unnar, les sourcils arqués.

Il avait retiré sa veste et glissé sa serviette de table dans le col de sa chemise.

– Je sors avec Brynhildur et Peta, expliqua Laufey en reposant sa fourchette. Je te l'ai dit cette semaine.

Unnar regarda sa femme. Elle baissa les yeux et remua ses spaghettis.

– Il me semblait que Peta divorçait. Tu n'en avais pas ras le bol de ses histoires ?

– Unnar, dit Laufey dans un rire. Je n'ai jamais dit ça. C'est toi qui...

– Peu importe, l'interrompit-il. En tout cas, je ne suis pas là ce soir. C'est pour le boulot, et j'ai promis que je serais présent.

– Oh.

Laufey posa ses couverts et s'apprêta à boire une gorgée de vin, sans se rendre compte que son verre était vide.

– Quand penses-tu partir ? Je pourrais peut-être rentrer...

– Juste après manger, il ne faut pas que je tarde. Je suis désolé, chérie. J'avais complètement oublié.

Laufey regarda Andri d'un air suppliant.

– Tu peux t'occuper de tes sœurs ce soir, Andri ? J'ai vraiment envie de voir mes amies.

– Je sors, répondit l'adolescent tandis que son téléphone vibrait sur ses genoux.

– Avec qui ?

– Je peux m'en occuper, intervint Lise. Pas de souci.

– Mais tu as ta soirée de libre..., rétorqua Laufey.

– Ça ne me pose aucun problème, vraiment.

– Parfait. Voilà qui résout notre dilemme, dit Unnar en souriant à Laufey qui acquiesça.

– Très bien. Lise va garder les filles.

– Vous voyez ici que le téléphone d'Andri a capté le signal d'une antenne à Akureyri à dix-neuf heures trente-huit le samedi 7 septembre. Ce qui colle avec le fait qu'il a pris l'avion juste après vingt heures pour rejoindre Reykjavík. Ensuite, vous pouvez suivre le signal depuis la capitale jusqu'à Akranes. Il s'est arrêté une demi-heure, probablement chez lui, avant de se rendre ici.

Hördur avait étalé un plan d'Akranes sur la table où il avait marqué l'emplacement des différents émetteurs auxquels le téléphone du jeune homme s'était connecté ainsi que l'heure correspondante.

– Andri est resté chez Marinó jusqu'à cinq heures du matin.

– Ce qui veut dire qu'il y était avec Lise, dit Sævar.

– Voici maintenant le week-end suivant, enchaîna Hördur sans prêter attention à sa remarque. Andri fait plusieurs déplacements dans la ville durant la journée. Entre treize et seize heures, il joue un match dans le gymnase de Jadarsbakkar. À vingt heures, son téléphone capte le signal d'une antenne près du domicile de Júlía, sa petite amie, et juste avant deux heures du matin, il est chez lui.

– Comme il nous l'a dit.

– Le problème, c'est que Júlía habite tout près de chez Marinó. Je me suis renseigné, et on m'a confirmé que depuis chez elle comme depuis chez lui, les téléphones se connectent au même émetteur, situé à deux pas.

– Donc, ces données ne nous aident pas vraiment.

– Non, en effet, concéda Hördur. Mais ils accréditent le témoignage d'Andri et montrent qu'il n'est probablement pas ressorti de chez lui après être rentré.

– À moins qu'il ait laissé son téléphone derrière lui, nota Sævar.

– En bref, la géolocalisation ne confirme ni n'infirme aucune de nos hypothèses dans cette affaire, dit Elma.

– En effet, acquiesça Hördur en réunissant ses documents. Nous n'avons pas d'élément probant qui suggère la présence d'Andri au domicile de Marinó à l'heure à laquelle l'incendie a eu lieu.

– Lise et Andri n'étaient pas en couple, si c'est ce que vous croyez, dit Frída d'un ton assuré.

Elma s'était rendue au café où la jeune fille travaillait. Après avoir commandé un chocolat chaud et un beignet, elle avait demandé à s'entretenir brièvement avec elle. Elles s'étaient installées sur la terrasse, et Elma avait écarquillé les yeux en la voyant sortir un paquet de cigarettes et en allumer une. Elle qui croyait que les jeunes n'utilisaient plus que des cigarettes électroniques.

– Vous en êtes sûre ? demanda-t-elle en essayant d'éloigner la fumée.

– Évidemment, que j'en suis sûre.

– Nos amis ne nous disent pas tout. Par exemple, vous ne saviez pas que Marinó et Ísak s'étaient battus à cause de Sonja. Je ne comprends d'ailleurs toujours pas tout à fait pourquoi Marinó s'est soudain mis à la défendre si ardemment.

– Oh, Sonja est douée pour jouer les martyrs. Marinó et elle ont passé la soirée à se faire des confidences, et elle lui a raconté tout ce qu'Ísak lui faisait subir. Marinó ne supportait pas que les gens se comportent mal.

– Mais elle ne vous avait fait aucune confidence, à vous ? Je croyais que vous étiez très proches.

Frída grimaça, comme si ce commentaire l'avait agacée. Elle souffla un nuage de fumée sur le côté avant de répondre.

– On..., dit-elle avant de s'interrompre et d'écraser sa cigarette. On l'est. Elle est comme elle est, c'est tout.

– Qu'est-ce que ça veut dire ?

– Ça veut dire qu'elle fait ce que bon lui semble, elle l'a toujours fait.

Elma but une gorgée de son chocolat, et une agréable chaleur l'envahit.

– Vous ne pensez pas qu'il le méritait ?

Selon elle, Marinó avait eu du courage de défendre ainsi Sonja contre son ami.

– Qui ça ? Ísak ?

– Oui, j'ai cru comprendre qu'il avait vraiment maltraité Sonja.

– Ben..., fit Frída dans un soupir. Je ne veux pas me mêler de leurs affaires. Je dis juste que Sonja peut parfois dramatiser un peu, et j'ai appris depuis longtemps à ne pas prendre tout ce qu'elle raconte au pied de la lettre.

– Vous voulez dire qu'elle a l'habitude de mentir ?

– Pas de mentir au sens strict. Plutôt... d'exagérer. Quand on était en quatrième, Sonja est tombée amoureuse d'un mec, du genre à devenir complètement obsédée par lui. Elle ne parlait presque que de lui.

Frída but une gorgée d'eau avant de poursuivre :

– Elle ne le cachait pas, d'ailleurs. Elle likait toutes

ses photos, lui envoyait plein de messages. Au début, le garçon était plutôt intéressé, mais après il l'a ghostée.

– Ghostée ?

– Oui, vous voyez. Quand on ne répond pas aux messages.

– Il l'a ignorée, vous voulez dire ? la corrigea Elma.

– Si vous préférez. Bref, Sonja ne l'a vraiment pas bien pris. Elle pleurait tout le temps, elle écrivait même des poèmes. Je ne savais pas quoi faire, ce n'était pas comme si elle le connaissait, ce mec. Ils n'avaient jamais été ensemble. Ils s'étaient peut-être vus trois fois, et c'est à peine s'ils s'étaient touchés. Après, le garçon en question s'est mis en couple avec une autre fille, et Sonja a sombré dans une fureur noire. Pas contre lui, mais contre la fille.

Remuant sur son siège, Frída jeta un regard autour d'elle.

– Elle a créé un faux profil et a commencé à discuter avec elle en se faisant passer pour un garçon super mignon. La fille, qui n'était vraiment pas maligne, a accepté de lui envoyer des photos d'elle. Toute nue.

Elma fronça les sourcils.

– Quel âge avait-elle ?

– Quatorze ans. Sonja a fait circuler ces photos partout et ça a marché, ils ont rompu. Mais le garçon ne s'est toujours pas intéressé à elle pour autant.

Elma sentit son estomac se nouer en pensant à cette pauvre fille. Une simple enfant. Les adolescents pouvaient être si cruels.

– C'était pareil avec Ísak, poursuivit Frída. Sauf que lui a tenu plus longtemps. Je crois qu'il aimait bien le fait qu'elle soit à moitié folle. Ou peut-être qu'il voulait juste baiser. À quinze ans, c'est pas forcément évident, et Sonja était partante.

– Ça, c'était donc lorsqu'ils avaient quinze ans. Mais ils sont restés encore longtemps en couple, non ?

– En couple ? fit Frída dans un grognement. Si on veut, mais ils avaient une relation toxique. Ísak voulait tout le temps se débarrasser d'elle, et Sonja refusait de lâcher prise. Il finissait toujours par revenir, je ne sais pas pourquoi. Ça devait flatter son ego de la voir aussi obsédée par lui. Finalement, un beau jour, il a rompu pour de bon. Sonja restait persuadée qu'il reviendrait de lui-même comme d'habitude, mais pas cette fois.

– C'était quand ?

– Il y a un peu plus d'un an.

Un couple se dirigea vers le café. Frída attendit qu'ils aient disparu à l'intérieur avant de poursuivre :

– Et puis Sonja lui a annoncé qu'elle était enceinte, et cet imbécile d'Ísak s'est remis avec elle. Il disait qu'il voulait faire les choses correctement. Peut-être parce qu'il a lui-même été élevé par une mère célibataire.

– Je vois. Et leur relation n'a toujours pas fonctionné ?

– Non, répondit Frída en remuant de nouveau sur son siège, l'air mal à l'aise. Pas très longtemps. Au début, ça marchait bien, ils sont restés ensemble jusqu'à la naissance de Jóel, mais vous savez comment ça s'est terminé.

Elma hocha la tête.

– Sonja est mon amie, mais je sais qu'elle ne dit pas toujours la vérité. Elle n'était pas enceinte du tout lorsqu'elle a annoncé ça à Ísak. Elle m'avait demandé un tampon la veille, et puis le bébé est né dix mois plus tard. Je veux dire… je sais qu'un enfant peut naître en retard, mais au bout de dix mois, franchement…

– Ísak ne s'est rendu compte de rien ?

– Ísak ? grogna Frída. Non.

Elma termina son chocolat chaud et reposa sa tasse. Frída s'apprêta à se lever.

– Et concernant Lise, lança Elma avec précipitation avant qu'elle ne s'échappe. Quand avez-vous fait sa connaissance ?

– Elle est venue avec Andri lors d'une de nos soirées jeux de société au printemps.

– Elle vous a déjà parlé d'un garçon qu'elle aurait rencontré ?

– Non. Elle ne parlait pas beaucoup.

– Et vous êtes certaine qu'il ne s'est rien passé entre Andri et elle ?

– À cent pour cent.

Un souffle de vent froid la fit frissonner, et elle enroula ses bras autour d'elle.

– Vous étiez à la soirée il y a deux semaines, lorsque Lise est venue avec Andri. Comment était-elle ce jour-là ?

– Pas mal bourrée. À vrai dire, je ne suis pas rentrée très tard, mais quand je suis partie, Sonja, Marinó, Andri et Lise avaient déjà beaucoup bu. Surtout Andri.

– Et c'est inhabituel pour lui, de boire ?

– Oui, techniquement il n'a pas le droit, répondit-elle avant d'ajouter, devant l'expression perplexe d'Elma : À cause du foot.

– Je vois.

– Je ne l'ai jamais vu bourré, mais ce soir-là…

Frída réfléchit un instant.

– Ce soir-là, il avait vraiment abusé. Je ne l'avais jamais vu comme ça.

Quelque chose semblait troubler la jeune fille, et Elma laissa passer un temps, dans l'espoir qu'elle en dise davantage. Finalement, Frída se ressaisit et se contenta de lui sourire.

– J'imagine que mes cocktails étaient trop forts.

Elma sourit à son tour, avant d'être prise de court lorsqu'une larme coula soudain sur la joue de la jeune fille, qui l'essuya d'un geste vif et inspira par le nez.

– Pardon, je…

Sa voix se brisa et ses larmes redoublèrent.

– Je n'arrête pas de penser aux derniers jours. Marinó et moi, on s'engueulait sans arrêt parce que… parce qu'il ne voulait pas me laisser prendre la voiture. Comme si ça avait la moindre importance.

Elma se souvint alors du témoignage de la voisine, qui les avait entendus.

– La plupart des frères et sœurs se disputent, la rassura-t-elle. Croyez-moi, je connais le problème.

Frída sourit entre deux sanglots.

– C'est juste que Marinó me manque tellement.

Le lit était défait et les rideaux toujours tirés devant la fenêtre lorsque Elma rentra chez elle le soir. Elle ouvrit la porte-fenêtre donnant sur la terrasse pour aérer et alluma la télévision. Non pas dans l'intention de la regarder, mais parce qu'elle supportait mal le silence. Le bruit mettait de la vie dans son appartement, et elle en avait besoin à cet instant. Entendant son téléphone sonner, elle se laissa tomber sur le canapé avant de décrocher.

– Tu as dîné ? demanda Adalheidur sans même la saluer.

– Oui, Maman.

Parfois, elle se demandait si sa mère se rendait compte de l'âge qu'elle avait. Elle ne se comportait pas comme ça avec sa sœur, qui n'avait que trois ans de plus qu'elle. Peut-être parce que Dagný avait un mari et deux enfants. Sa mère estimait sans doute ne plus avoir les mêmes responsabilités.

– Qu'est-ce que tu as mangé ?

– Tu veux le menu de la journée entière, ou seulement celui de ce soir ? répliqua-t-elle en ouvrant son ordinateur portable.

– Tu dois prendre soin de toi, ma chérie. Surtout en ce moment.

Elma eut une vision soudaine des mois à venir. À présent que sa mère savait qu'elle était enceinte, elle n'aurait plus la paix une seconde.

– À vrai dire, je m'apprêtais à dîner, avoua-t-elle. Mais j'ai mangé une banane tout à l'heure. Et une barre énergétique.

– Il est presque vingt et une heures, lui fit remarquer sa mère. Tu sais que tu es toujours la bienvenue à la maison. J'ai préparé un plat indien pour ton père et moi, j'ai même fait une sauce au concombre et au yaourt pour aller avec. C'était très bon, ton père s'est resservi deux fois, lui qui prétend ne pas aimer le curry ! Il m'en reste encore, si tu pars maintenant, ce sera chaud à ton arrivée.

– Pour tout t'avouer, je suis épuisée. Mais je viendrai demain.

– Comme tu voudras, ma chérie.

Il y eut un court silence, et Elma sentit que sa mère avait envie d'ajouter quelque chose.

– Je comprends que tu sois fatiguée. Peut-être que tu devrais parler à Hördur et demander un…

– Non, je n'en ai pas besoin, l'interrompit Elma. Tout va bien. Sérieusement, Maman.

– Bon. Tu as pris rendez-vous chez une sage-femme ? Non, qu'est-ce que je raconte, tu iras évidemment voir ta sœur. Si tu veux, je peux venir avec toi, du moins s'il n'y a pas de père dans cette histoire…

– Maman.

– Je dis ça comme ça. Il y a donc bien un père ?

– Bon, je vais aller me faire à manger.

Lorsqu'elle réussit enfin à couper court à cette conversation, elle laissa échapper un lourd soupir. Sa mère était pleine de bonnes intentions, mais elle pouvait parfois en faire trop. Elma se leva et alla jeter un coup d'œil au contenu de son congélateur. Renonçant à la pizza surgelée, elle se versa finalement du yaourt et du muesli dans un bol.

Pendant qu'elle mangeait, elle consulta de nouveau les réseaux sociaux d'Andri. Ses comptes étaient publics, ce qui permettait à Elma de voir la liste de ses amis et tout un tas de photos, pour la plupart en lien avec le football et mises en ligne par d'autres personnes. Lui-même ne semblait pas très actif sur Internet, même s'il avait beaucoup d'amis et d'abonnés.

Parmi eux, Elma chercha le nom de Lena, ce qui ne donna qu'un seul résultat – une Islandaise, donc pas celle qui l'intéressait. Le plus simple aurait évidemment été de demander à Laufey et Unnar le nom complet de la jeune fille au pair qui avait précédé Lise, mais comment justifier une telle requête ? Elle ne pouvait pas leur révéler ses soupçons au sujet de leur fils.

Soudain, un souvenir apparut sur son fil Facebook. Une photo d'elle, que Davíd avait publiée lorsqu'elle avait été diplômée de son école de police, accompagnée d'un beau message, comme ils en écrivaient toujours à cette époque. Elma se rappelait si bien cette soirée. Ils étaient sortis dîner tous les deux pour célébrer l'occasion. Et Davíd lui avait réservé une surprise : des billets d'avion pour un séjour à Berlin l'été suivant. Les semaines précédant leur départ, ils avaient été étonnamment proches, un peu comme au tout début. Ils étaient redevenus inséparables.

Mais au cours du voyage, Elma avait pu voir une partie sombre de sa personnalité, qu'elle n'avait jusqu'ici qu'entraperçue. Un soir, ils avaient dîné dans un restaurant chic où les serveurs leur versaient du vin d'un geste expert, une main dans le dos. Elma et Davíd se sentaient comme deux enfants tombés par accident dans le monde des adultes raffinés. Ils avaient beaucoup trop bu et, riant comme des imbéciles, ils étaient ensuite entrés dans un bar un peu miteux où ils avaient passé leur temps à s'embrasser sur la piste entre deux danses. Alors qu'elle attendait une de leurs commandes au comptoir, Elma s'était vu offrir un verre par un inconnu. Elle avait refusé, mais cela n'avait rien changé. Soudain apparu à côté d'elle, Davíd avait asséné un coup de poing à l'homme. Pétrifiée, Elma avait observé la suite avec effroi : les gens qui accouraient, les hommes qui s'énervaient, les boissons qui tombaient par terre. Elle avait fini par perdre Davíd dans le tumulte. Impossible de retrouver sa trace dans le bar ou à l'hôtel. Elle avait essayé de l'appeler toute la nuit, sans succès. Il n'était réapparu que le lendemain vers midi, refusant de lui dire où il était allé. Ils avaient passé le reste de leur séjour dans un silence écrasant.

Elma ferma les yeux et essaya de réprimer sa culpabilité. Elle avait été si furieuse, elle lui en avait tellement voulu de lui avoir fait une chose pareille. Elle ne s'était pas privée de le lui faire sentir pendant des jours et des jours. Après ce voyage, leur relation avait changé, vacillant sans cesse entre crises et accalmies. La faute à Davíd et à ses sautes d'humeur, se disait-elle à l'époque. À présent, elle se considérait comme responsable pour n'avoir pas vu sa souffrance et ne pas l'avoir poussé à chercher de l'aide.

Il était trop tard. Davíd était parti et ne reviendrait plus. Il ne serait jamais père, lui qui parlait si souvent de son désir d'enfants. Quelque part, elle s'en voulait de devenir bientôt mère. C'était injuste.

Son téléphone sonna de nouveau, cette fois pour lui annoncer un message de Sævar. « Tu es chez toi ? »

Elma composa sa réponse, puis l'effaça et en écrivit une nouvelle. Elle voulait lui avouer sa grossesse ce soir, mais il s'échapperait probablement en courant si elle l'accueillait ainsi, les yeux rougis de larmes. C'est pourquoi elle lui envoya finalement : « Oui, mais sur le point de m'endormir. On se voit demain ? »

La réponse de Sævar fut immédiate : « Oui, oui, bonne nuit ☺ »

Elma mit son téléphone en mode silencieux et le reposa. Pour ne plus penser à Davíd, elle replongea dans ses explorations sur Internet. Elle consulta les listes d'amis d'Unnar et de Laufey, et même différents sites d'au pair où elle chercha le prénom Lena. Elle se rendit compte de la stupidité de cette idée devant le nombre de résultats. Lena était un prénom commun en Pologne, elle n'avait pas son nom de famille et ignorait à quoi elle ressemblait. Par ailleurs, il était peu probable que la jeune fille figure encore sur les sites d'au pair, surtout si son séjour s'était mal passé.

Elma retourna sur le profil de Laufey et parcourut les photos de la famille. Pas la moindre image de Lise ni de Lena, mais beaucoup de portraits des deux fillettes et d'Andri. Sur l'un d'entre eux, il était possible de cliquer sur le nom de Klara Unnarsdóttir, qui mena Elma à son profil. Elle était étonnée qu'une enfant de son âge possède un compte Facebook, mais elle n'avait que trente-deux amis, et aucune photo d'elle sur sa page. Jetant un coup d'œil à sa liste d'amis, Elma sentit son cœur manquer un battement lorsqu'elle vit enfin le nom qu'elle cherchait.

Lena Maja Kaminski.

Elma se rendit sur son profil et constata avec déception que l'essentiel du contenu était verrouillé. Posant son bol de yaourt, elle envoya un court message à la jeune fille et attendit un instant pour voir si elle répondait, mais rien. Finalement, elle referma son ordinateur, éteignit la télévision et se glissa dans son lit.

Mai 2019

Lise frappa à la porte de la chambre de Klara avant d'ouvrir. Assise sur son lit, la petite fille lisait. Au-dessus de sa tête, l'applique éclairait ses cheveux ébouriffés d'une lueur chaude.

– Tu lis quoi ?

Klara souleva son ouvrage pour le lui montrer.

– Trois filles et neuf bonnes résolutions, récita Lise.

– C'est un roman d'amitié, marmonna Klara en le reposant.

Lise rit.

– Je sais, je l'ai lu.

– Ah oui ?

– Quand j'avais ton âge, je lisais tout ce qui me tombait sous la main. Je comptais devenir écrivain plus tard.

– Vraiment ? s'étonna Klara.

– Après, je me suis rendu compte que c'est drôlement dur, et qu'on ne gagne pas un sou. Du moins, pour la majorité des auteurs. Mon père voulait que je continue à écrire, cela dit. Il m'a même offert un beau carnet pour ça.

– Il ressemblait à quoi ?

– Un peu à un journal intime. Mais avec des pages toutes blanches. Je pense qu'il aurait aimé que j'écrive des histoires.

– Ce n'était pas ce que tu écrivais ?

– Non, répondit Lise en visualisant le petit cahier vert qu'elle avait dissimulé entre le matelas et le mur dans sa chambre. Non, pas des histoires. Juste... des bêtises.

– Quel genre de bêtises ? insista Klara.

– Des bêtises sans intérêt, dit Lise avec un sourire. Bref, il est l'heure de te coucher. Bonne nuit, Klara.

La petite fille retira ses lunettes rouges et les posa sur sa table de chevet. Elle bâilla, puis s'enfonça dans son lit et monta la couette jusqu'à ses épaules.

– Bonne nuit, Lise.

Lise ferma doucement la porte en souriant pour elle-même.

Elle avait laissé la télévision allumée dans le salon, mais elle décida d'aller l'éteindre. Sa conversation avec Klara lui avait donné envie de se plonger dans un bon bouquin. Unnar et Laufey devaient rentrer tard.

Elle s'immobilisa sur le seuil en voyant Unnar assis sur la méridienne du canapé, la télécommande dans une main, et dans l'autre un verre contenant un liquide qui n'était sûrement pas de l'eau. Vêtu d'un pantalon de costume et d'une chemise bleu marine, il avait légèrement dénoué sa cravate.

– Tiens ! s'exclama-t-il en l'apercevant. Les filles dorment ?

– Oui. Vous êtes rentré tôt.

– Vraiment ? fit-il en jetant un coup d'œil à sa montre. Laufey n'est pas encore revenue ?

– Non.

Lise crut le voir serrer les dents.

– Tu as vu ce film ?

Posant la télécommande, il se redressa et pointa son verre en direction du téléviseur. Il semblait plus détendu que d'ordinaire, et cela le rajeunissait.

Lise jeta un coup d'œil rapide à l'écran mais ne reconnut aucun acteur.

– Non. Je comptais lire ce soir.

– C'est un Tarantino. Un classique.

Lise piétina sur le seuil.

– Viens t'asseoir, lui dit Unnar en tapotant l'emplacement à côté de lui. Regarde avec moi.

– Je...

– J'insiste, ajouta-t-il, la voix résolue malgré son sourire.

S'installant à l'autre bout du canapé, Lise ramena ses jambes sous elle.

– Attends ici.

Unnar trébucha en se levant et dut faire un pas de plus pour retrouver son équilibre. Il revint avec un verre de liquide transparent orné d'une tranche de citron vert.

– Un gin tonic pour la demoiselle, dit-il en le lui tendant.

– Mais je...

Lise baissa les yeux sur son cocktail, à la surface duquel de petites bulles pétillaient dans un murmure continu. Elle buvait rarement, et ne s'attendait surtout pas à trinquer avec la famille chez qui elle travaillait.

– Bois, lui ordonna Unnar en s'asseyant de nouveau, plus près d'elle. Santé.

Ils firent tinter leurs verres et Lise but une gorgée.

– Tu as déjà consommé de l'alcool, non ? Je ne suis quand même pas en train de te corrompre ?

– Non, ne vous inquiétez pas. J'en ai déjà bu, mais c'est rare. La première fois, ça ne m'a pas réussi. Je n'ai pas su m'arrêter, et j'ai fini par vomir sur le canapé des parents d'Anita, ma meilleure amie. Elle a porté le chapeau et prétendu qu'elle avait été malade,

mais ils ont senti l'odeur de l'alcool et l'ont privée de sortie pendant un mois.

Se mordant la langue, Lise se rappela qu'il valait mieux réfléchir avant de parler.

– Tu caches bien ton jeu, dit Unnar en riant. Dis-m'en plus. Tu avais quel âge ?

– Seize ans, répondit Lise en faisant glisser un doigt sur le motif gravé sur le verre. Papa était furieux. Il m'a dit que ça ne serait jamais arrivé si Maman était encore en vie. Je lui ai répondu que ça n'avait rien à voir. Ce n'était pas sa faute, tous les jeunes passaient par là. J'ai fini par devoir le consoler, et c'est peut-être pour ça que ma crise d'adolescence s'est en quelque sorte terminée avant même d'avoir commencé.

– Tu avais quel âge lorsque ta mère est décédée ?

– Neuf ans. Mais je me souviens à peine d'elle.

– Il doit bien te rester quelques images de ton enfance, non ? demanda Unnar d'un ton amical.

– J'ai des souvenirs de choses qu'on a dites ou faites, mais lorsque je ferme les yeux et que j'essaie de la visualiser, en fait, je ne vois que des photos. Parfois, j'ai l'impression qu'elles ont effacé tous les vrais souvenirs. Je n'arrive pas à l'imaginer en train de parler, de rire ou de bouger. Elle est toujours... immobile.

Lise but une grande gorgée et grimaça à cause du goût amer de l'alcool. Posant la main sur son dos, Unnar la caressa doucement.

– Je me dis que..., dit-il, hésitant avant de poursuivre, un sourire aux lèvres : J'espère que tu ne vas pas le prendre mal, parce que je ne veux surtout pas te mettre mal à l'aise, mais depuis ton arrivée ici, tu me sembles en quelque sorte plus âgée que tu ne l'es. On t'a déjà dit que tu avais une vieille âme ?

– Oui, répondit Lise en souriant, malgré la boule

qu'elle sentait se former dans sa gorge. Papa disait toujours ça.

Unnar la regarda, son silence plus éloquent que n'importe quel mot. Lise se sentait bien. En sécurité. Elle but une nouvelle gorgée et Unnar augmenta le son de la télévision. Il avait toujours la main dans son dos, et lorsqu'elle s'inclina en arrière, elle eut presque la sensation d'être dans ses bras. Soudain, elle se souvint de ce qu'elle éprouvait lorsque son père et elle regardaient des films ensemble quand elle était petite. Ce grand corps était comme un océan doux et chaud dans lequel il faisait bon se plonger.

Son verre était vide lorsque Lise osa enfin demander :

– Laufey et vous, vous... vous êtes heureux ?

Unnar retira sa main et se pencha en avant. Elle regretta immédiatement sa question.

– Je demande simplement parce que vous en avez l'air, s'empressa-t-elle d'ajouter. J'imagine que mes parents seraient exactement pareils si...

– C'est difficile de répondre à cette question, dit Unnar en se massant le menton. Laufey a changé depuis notre jeunesse. Et moi aussi, sans doute, mais... disons que parfois, nous sommes heureux, parfois, nous ne le sommes pas.

– Je comprends, acquiesça Lise.

– Ah oui ? fit Unnar en la regardant d'un air amusé. En tout cas, tu comprendras lorsque tu seras plus âgée et que tu auras un mari. Le mariage, c'est tout sauf simple. Parfois, j'ai l'impression que Laufey trouve des petites choses sans importance et les triture dans tous les sens jusqu'à ce qu'elles deviennent énormes et prennent toute la place. Moi aussi, j'ai mes défauts, bien sûr, je travaille beaucoup trop.

Il soupira.

– Excuse-moi, je dois t'ennuyer avec mes histoires.

– Non, le rassura Lise. Je vois ce que vous voulez dire.

Elle le regarda dans les yeux. La couleur de ses iris lui évoquait une forêt vierge et sauvage.

– Tu sais quoi ? lui dit-il. Un jour, tu rendras un homme très heureux.

Lise rit et Unnar continua de sourire. Elle décela quelque chose de triste dans ce sourire. Quelque chose qu'elle ne comprenait pas pleinement. Elle cessa de rire, et pendant quelques instants, ils se fixèrent. C'était comme si le monde s'était arrêté de tourner. Lise sentit ses battements cardiaques s'accélérer. Elle ne comprenait pas ce qui se passait, même si elle voyait bien qu'il se penchait vers elle, de plus en plus près, comme attiré par une force mystérieuse. Puis il sembla subitement revenir à lui.

– Waouh, lâcha-t-il dans un rire en secouant la tête. Excuse-moi, je ne suis pas tout à fait moi-même. J'ai sûrement bu quelques verres de trop. Je devrais aller me coucher.

– Moi aussi.

Lise essaya de reprendre le contrôle de sa respiration. Son cœur battait à une telle vitesse qu'il semblait vouloir s'échapper de son corps.

Unnar se tourna de nouveau vers elle avant de quitter la pièce.

– Lise, Lise, asséna-t-il avec un sourire en coin. Tu es vraiment quelqu'un de spécial.

Mardi

Elma grignotait son cinquième biscuit à la cannelle en attendant que Hördur leur présente le rapport préliminaire du médecin légiste.

– Ça a pris du temps cette fois, commença-t-il. Apparemment, c'était un peu compliqué.

Humectant son index, il sépara deux feuilles de papier, puis il remonta ses lunettes avant de reprendre la parole.

– Je dois avouer que les conclusions de Hannes m'ont pas mal surpris. Il n'est d'ailleurs pas totalement sûr de lui, étant donné que si elles se révèlent justes, il s'agit d'un cas vraiment rare. Alors…

Hördur s'interrompit et parcourut ses feuilles.

Sævar et Elma échangèrent un regard impatient. Que voulait-il dire exactement ?

– Bien…, reprit-il. Donc, Lise est morte suite à un coup derrière la tête. L'autopsie a révélé une lésion au niveau du lobe frontal ainsi qu'un hématome sous-dural.

– Le lobe frontal, ce n'est pas censé être à l'avant du crâne ? demanda Sævar.

– Si, mais le choc a provoqué une commotion, et c'est sur le lobe frontal qu'une lésion s'est produite. Je ne sais pas exactement comment, mais c'est ce que Hannes dit ici. Quant à l'hématome sous-dural, il s'agit simplement d'un saignement dans le cerveau. Cela ne signifie pas que le coup était nécessairement très violent. En fait, la plupart des gens y auraient survécu.

Retirant ses lunettes, Hördur posa les coudes sur la table.

– Hannes explique les choses en ces termes : l'hématome est dû à tout un tas de petits saignements qui, en temps normal, auraient dû cicatriser sans causer de dommage majeur. Mais dans le cas de Lise, l'hémorragie s'est étendue sur la couche externe du cerveau où une sorte de flaque de sang s'est accumulée avant de se rompre, causant son décès.

Elma et Sævar restèrent muets.

Hördur leva les mains en l'air.

– Je sais, je sais, c'est difficile à comprendre. J'ai dû le relire plusieurs fois. Mais le plus important, c'est de savoir que ce processus a sans doute pris des heures et des heures. Peut-être même des jours.

– Quoi ? fit Elma en se penchant en avant. Donc, Lise aurait potentiellement reçu un coup à la tête plusieurs jours avant de mourir ? Mais comment…

– Oui, c'est ce que dit Hannes. Lise a reçu un coup, elle a sans doute eu le tournis et éprouvé d'autres symptômes de la commotion cérébrale sans pour autant perdre connaissance. Peut-être qu'elle s'est sentie mal, fatiguée, qu'elle a eu mal à la tête ou la nausée. Puis cette accumulation de sang s'est rompue et…

– Et elle est morte, conclut Sævar.

Hördur hocha la tête.

– Tu disais que normalement, cela aurait dû cicatriser tout seul. Pourquoi ça n'a pas été le cas ?

– Parce que Lise souffrait d'un problème de coagulation sanguine. Par exemple, elle n'avait pas le droit de prendre de médicaments anticoagulants. Hannes a contacté son médecin de famille aux Pays-Bas pour en avoir la confirmation.

– En gros, peut-être que personne ne lui a rien fait au cours de cette fête ? Et on n'a aucun moyen de déterminer avec précision quand le coup a été donné ?

– Très juste, répondit Hördur. Cela dit, elle est morte là-bas, et c'est sans doute Marinó qui a caché son corps dans le cabanon. Peut-être avec l'aide d'un tiers.

– Mais pourquoi ? Pourquoi ne pas avoir simplement appelé les secours ? glissa Elma.

– Ça, je ne sais pas.

– Il y avait d'autres traces de traumatismes ? s'enquit Sævar.

– Pas de traces de violences sexuelles, juste des ecchymoses sur les bras. Qui ont pu arriver en même temps que le coup à la tête.

– Mais le coup à la tête aurait-il pu être strictement accidentel ? demanda Sævar. Elle a pu se cogner. Est-ce qu'on est sûr qu'elle a été agressée ?

– Ce sont justement les ecchymoses sur les bras qui le suggèrent. D'après Hannes, ses blessures laissent supposer que quelqu'un l'a attrapée puis violemment plaquée contre un mur.

– Est-ce qu'il donne une estimation du moment où ça a eu lieu ?

– Un jour ou deux avant le décès.

– Il peut donc s'agir de n'importe qui, soupira Elma. Qu'est-ce qu'on fait ?

– Il y a autre chose que vous devez savoir et qui soulève d'intéressantes questions, poursuivit Hördur. Visiblement, Lise était bel et bien en couple avec quelqu'un. N'était-ce pas ce que tu pensais, Elma ?

– Si, son amie Anita m'a dit qu'elle comptait revenir accompagnée à Amsterdam.

– Je vois. Elle avait sans doute raison, car selon Hannes, Lise a subi une fausse couche peu avant sa mort.

– Bien, le moment est venu d'aborder le premier point à l'ordre du jour, dossier numéro…

Laufey relâcha son attention dès que le président de l'assemblée commença à parler. C'était pourtant un dossier intéressant, et l'un de ses chevaux de bataille : les solutions pour que les entreprises d'Akranes deviennent plus durables et respectueuses de l'environnement. Elle en avait fait un thème majeur de sa campagne, à travers notamment des discours entièrement axés sur la responsabilité des entreprises au sein de la société. Chaque soir, elle se plongeait religieusement dans la lecture d'articles scientifiques jusqu'à ce qu'ils n'aient plus de mystères pour elle, afin d'être capable de répondre à toutes les questions qu'on lui poserait.

Elle but une gorgée d'eau gazeuse et s'efforça de se concentrer sur ce que le premier intervenant disait, mais rien n'y faisait. Sentant son téléphone vibrer dans sa poche, elle appuya sur une des touches latérales pour le faire taire. Personne ne sembla le remarquer.

– Certaines entreprises ont une empreinte bien plus importante que d'autres, et c'est sur elles que nous devons nous concentrer. Il faut introduire des mesures et…

À nouveau, son téléphone vibra, et cette fois, quelques regards se tournèrent vers elle. Un sourire aux lèvres, Laufey s'empressa d'appuyer sur le bouton avant de jeter un coup d'œil à l'appareil pour voir qui cherchait à la joindre. Unnar.

Depuis le départ de Lise, il devait rentrer tôt à la

maison les soirs de conseil municipal pour surveiller les filles.

Durant la pause-café, Einar vint lui parler.

– J'ai entendu dire que cette fille qu'on a retrouvée morte était au pair chez vous, c'est vrai ?

– Oui. La pauvre Lise. Quelle tragédie.

– Qu'est-ce qui s'est passé au juste ? s'enquit Vigdís, qui s'était également tournée vers elle.

Membre du conseil depuis dix ans, elle avait le chic pour lui donner l'impression d'être une moins-que-rien. Laufey la voyait parfois sourire en coin lorsqu'elle faisait un discours, comme si ce qu'elle disait était stupide. Un jour, Vigdís avait proposé à ses collègues d'aller chercher du café, et elle en avait rapporté à tout le monde, sauf à Laufey. Il ne fallait sans doute pas trop chercher à lire entre les lignes ; cela dit, elle ne pouvait s'empêcher de la craindre un peu. Mais là, le ton était différent, et Vigdís la regardait pour la première fois avec un intérêt sincère.

– Aucune idée. Sûrement un accident. J'ai du mal à croire que…

– C'est bien ton fils qui l'a emmenée à cette soirée ?

Laufey rougit.

– Oui mais…

– Il ne sait rien de ce qui est arrivé ?

– Non, bien sûr que non, répliqua-t-elle, discernant une pointe de colère dans sa propre voix.

– Oui, c'était forcément un accident, ajouta Einar comme pour venir à sa rescousse. C'est quand même drôlement bizarre qu'on l'ait retrouvée dans ce cabanon. Elle n'y est pas allée toute seule !

– J'ai entendu dire qu'elle était enveloppée dans une espèce de bâche en plastique, glissa Tryggvi, le plus conservateur des membres du conseil – Laufey avait parfois envie de s'arracher les cheveux en l'écoutant. Un de mes amis habite juste à côté, il a vu la police l'emmener.

– Ça doit être lié à l'incendie, enchaîna Vigdís, et plusieurs autres approuvèrent. À mon avis, ce garçon, Marinó, avait quelque chose sur la conscience.

– Taisez-vous ! lâcha soudain Laufey.

Tout le monde se tourna vers elle. Vigdís arqua les sourcils, et son regard condescendant fut la goutte d'eau qui fit déborder le vase. C'en était trop.

– Utiliser le conseil municipal pour colporter des rumeurs ! Si les électeurs savaient ce que vous répandez au cours de ces réunions…

S'emparant de sa veste restée sur sa chaise, elle la glissa sous son bras et reprit :

– J'ai été témoin de beaucoup de conversations depuis que je vous ai rejoints, mais cette fois je n'en reviens pas ! Tenir des propos pareils au sujet d'un garçon qui vient de mourir dans des circonstances horribles !

Elle tremblait encore en s'asseyant dans sa voiture et en saisissant le volant. Le visage écarlate, elle transpirait des aisselles. Et en même temps, un étrange bien-être s'empara d'elle. Elle avait enfin osé dire ce qu'elle avait sur le cœur. Enfin.

Lorsqu'elle fut de retour chez elle, Anna était introuvable et Klara, attablée dans la cuisine, mangeait de la glace. Il était dix-neuf heures passées, la maison était silencieuse et la soupe qu'elle avait demandé à Unnar de réchauffer attendait toujours sur le plan de travail.

– Où est Papa ? demanda Laufey en rangeant la boîte de glace dans le congélateur.

– Il est sorti, répondit Klara avant de lécher sa cuillère.

– Sorti ? Où ?

Laufey avait essayé de le rappeler après la réunion, mais son téléphone était éteint. S'emparant d'une casserole, elle y versa la soupe puis alluma une plaque ainsi que le four. La brève euphorie qu'elle avait ressentie s'était déjà évaporée, et un lourd nuage d'angoisse avait pris sa place.

– Je ne sais pas.

– Il ne t'a rien dit ?

– Non, mais il a essayé de t'appeler.

– Oui, j'ai vu.

– Il m'a juste dit qu'il n'en aurait pas pour longtemps, fit Klara avant de se lever et de renifler l'air. C'est quoi ? demanda-t-elle avec un geste en direction de la casserole.

– De la soupe de poulet. C'est très bon.

Laufey glissa une baguette de pain surgelée dans le four avant de jeter un coup d'œil à son téléphone.

– Il est parti quand ?

– Je ne sais plus très bien. Pas très longtemps après toi.

Laufey essaya à nouveau de l'appeler, mais toujours rien. Elle alla jeter un coup d'œil dans la chambre d'Anna, où elle trouva la petite allongée sur son lit, et remarqua instantanément à ses yeux rouges qu'elle avait pleuré.

– Qu'est-ce qui se passe ? demanda-t-elle en s'asseyant à côté d'elle.

Anna n'était pas du genre à pleurer. Des deux filles, c'était elle la plus capable de prendre sur elle face à n'importe quelle situation.

– Quelque chose ne va pas ?

– Maman ?

– Oui ?

– Qu'est-ce qui est arrivé à Lise ?

– Je ne sais pas, ma chérie.

– Elle est morte ?

– Oui. Oui, elle est morte.

Laufey avait envie de lui dire que Lise les avait quittés pour un monde meilleur, mais cette phrase semblait si creuse. La vérité, c'était qu'elle n'avait aucune idée d'où se trouvait Lise à présent.

– J'ai peur, murmura Anna.

– Peur ? De quoi ?

– Je ne voulais pas être toute seule à la maison. J'ai demandé à Papa de rester, parce que…

– Parce que quoi ? répondit Laufey en lui caressant le front. Ça arrive assez souvent que vous soyez toutes seules à la maison pendant un petit moment. Pourquoi ça te fait peur maintenant ?

Anna refusa de s'expliquer, et Laufey finit par baisser les bras.

Restant un instant immobile dans le couloir, elle se demanda ce qui avait pu se passer. Pourquoi Anna avait-elle si peur, et qu'est-ce qui avait poussé Unnar à partir si soudainement ? Il savait pourtant bien qu'elle n'aimait pas laisser les filles seules. Même si elles étaient assez grandes, Laufey n'était pas sûre qu'elles sauraient exactement comment réagir si une urgence survenait. Surtout lorsque Klara s'enfermait dans sa chambre pour dessiner en oubliant le monde extérieur, tandis que sa sœur courait partout avec Dieu savait quelles bêtises en tête.

Contre le mur de l'entrée, Laufey aperçut la sacoche dans laquelle Unnar transportait son ordinateur portable. Il n'avait pas pour habitude de la laisser traîner là. En général, il la gardait dans sa voiture, bien qu'elle lui eût mille fois répété que ce n'était pas très sûr et que, de surcroît, l'humidité risquait d'endommager l'appareil. En y repensant, elle n'avait jamais ouvert cette sacoche. N'avait jamais eu de raison de le faire – elle ne contenait que l'ordinateur et divers documents liés à son travail. Du moins, c'était ce que Laufey pensait.

Elle jeta un coup d'œil en direction du coin télévision. Elle avait autorisé les filles à choisir un film, elles ne réapparaîtraient donc pas avant d'être appelées à table. Après avoir baissé le feu sous la soupe, elle s'empara de la sacoche. Unnar l'avait achetée lui-même. Noire, d'un design épuré, elle était équipée d'une bandoulière large. Laufey rejoignit la chambre à coucher et s'y enferma à clé, se sentant un peu bête tandis que son cœur s'emballait dans sa poitrine. Ce n'était pas comme si elle n'avait pas le droit de toucher aux affaires de son mari.

Laufey sortit l'ordinateur et le posa sur le lit. Il était protégé par un mot de passe, mais ce n'était pas un problème : Unnar utilisait le même depuis que ces machines faisaient partie de leurs vies, il n'allait pas en changer maintenant. Laufey sourit en voyant qu'elle avait raison, puis elle sursauta lorsque l'appareil émit une alerte sonore qui résonna dans toute la chambre. Elle tendit l'oreille pour s'assurer qu'Unnar n'était pas rentré. Seul le murmure du téléviseur lui parvint, aussi se reconcentra-t-elle sur sa tâche. Elle cliqua sur la petite enveloppe dans un coin de l'écran, et la boîte mail s'ouvrit sur une impressionnante liste de courriers, pour la plupart professionnels. Il lui faudrait une éternité pour parcourir tout ça. Elle ne savait même pas ce qu'elle cherchait, ce qu'elle s'attendait à trouver. Les échanges entre Unnar et ses collègues ne l'intéressaient pas vraiment. Elle remarqua alors une fenêtre de chat ouverte, par laquelle son mari discutait en ligne avec Tómas, qui travaillait avec lui depuis longtemps. Un homme pour qui elle avait beaucoup de sympathie. Malheureusement, il avait divorcé de sa femme aussi adorable que drôle. Depuis leur séparation, les soirées liées au travail d'Unnar étaient bien moins amusantes – et en même temps, la dernière commençait à dater. Un an auparavant, lors du dîner rituel de l'entreprise, Tómas était apparu avec une nouvelle compagne, Helena. Une jeune fille sympathique qui était plus proche de l'âge d'Andri que du leur. Laufey ne comprenait pas ce que cette jolie demoiselle faisait avec un homme comme lui.

Elle vit qu'Unnar et Tómas s'étaient parlé un peu plus tôt dans la journée, s'accordant sur le fait que la nourriture servie à la cafétéria n'avait rien de très appétissant et qu'ils feraient mieux d'aller au restaurant. Laufey parcourut la conversation, remontant sans cesse jusqu'à tomber sur une photo que Tómas avait envoyée. Elle sursauta en reconnaissant Helena, et son premier réflexe fut de baisser les yeux, car la jeune femme était allongée sur un lit, endormie et entièrement nue, la couverture ne dissimulant qu'une seule de ses jambes. Sous le choc, Laufey n'arrivait pas à croire que Tómas puisse partager une telle photo. N'avait-il pas une fille presque adulte ? Elle ferma la fenêtre avant de se demander s'il y en avait davantage. Elle rouvrit l'onglet et appuya sur les flèches du clavier pour consulter les précédentes images qu'ils avaient échangées. Cette fois, ce ne fut pas Helena qui apparut à l'écran, mais une autre fille. Une fille qu'elle connaissait très bien.

Juillet 2019

La luminosité n'aurait pas dû la surprendre. Elle n'était pas une novice concernant l'Islande, et son père parlait souvent de ces longues nuits où le soleil ne se couchait pas. Lise ne s'attendait toutefois pas à avoir de telles difficultés à trouver le sommeil. Tout l'été, elle avait eu un mal fou à s'endormir le soir, et se réveillait sans cesse pendant que les autres dormaient à poings fermés. Le jour, elle était molle, manquait d'énergie, et avait la sensation que ses pensées lui échappaient avant même d'avoir été pleinement formées. Elle avait l'impression de ne jamais pouvoir dormir, mais de ne jamais être complètement réveillée non plus. Et surtout, elle se sentait bête.

Car cela n'avait évidemment rien à voir avec la luminosité. C'était Unnar. Depuis le soir où il était rentré ivre et où ils avaient regardé la télévision ensemble, elle pensait sans cesse à lui. Durant une brève période, elle s'était autorisée à croire qu'il y avait quelque chose entre eux. À présent, seule avec son insomnie, elle rougissait en songeant à quel point elle avait été stupide. Immature et même purement et simplement mauvaise. Et Laufey ? Et les filles ? Et Andri ? S'imaginer qu'elle, une idiote de dix-neuf ans, puisse emménager chez cette famille et leur faire quelque chose d'aussi affreux.

Unnar l'évitait depuis cette soirée, c'est à peine s'il se montrait à la maison. Laufey faisait comme si de rien n'était, mais Lise soupçonnait que leur mariage n'allait pas si bien.

Se tournant sur le côté, elle serra l'oreiller dans ses bras. Bientôt deux heures du matin. Elle aurait tout donné pour rentrer chez elle. Elle avait envie de prendre le téléphone et d'appeler Anita. De lui dire qu'elle avait raison. Elle se figea soudain lorsqu'une voiture se gara devant la maison. L'autoradio se tut et, une fois la portière claquée, un bip indiqua le verrouillage du véhicule. Écoutant le bruit des pas, Lise s'attendit à les entendre passer devant sa fenêtre puis à percevoir le grincement de la porte du garage. Elle visualisa Andri, ses jambes légèrement arquées, ses épaules voûtées, ses mains dans ses poches.

Ils avaient reçu la confirmation de son transfert au sein de l'équipe suédoise, et les médias avaient publié une photo de lui avec l'entraîneur. Ce soir-là, Laufey était aux anges, et ils étaient tous sortis manger au restaurant, à l'exception d'Unnar qui devait travailler tard. Cela avait d'ailleurs beaucoup agacé Laufey. Après l'appel de son mari, elle avait longuement regardé son téléphone avant de prendre une profonde inspiration et de retrouver son sourire lumineux.

La porte de sa chambre vacilla légèrement et Lise bondit. Le courant d'air.

Cela signifiait que quelqu'un avait ouvert la porte d'entrée. Ce n'était donc pas Andri, mais Unnar.

Fermant les yeux, elle tendit de nouveau l'oreille. Un bruit de pas discret dans le couloir, la porte du réfrigérateur. Un léger pschitt à l'ouverture d'une canette de soda, puis rien pendant quelques instants. Parfaitement immobile, Lise osait à peine respirer. Elle avait beau se forcer à ne plus penser à Unnar, c'était comme si son inconscient n'était pas d'accord. Car dès qu'elle s'endormait, elle rêvait qu'elle était Laufey. Qu'Unnar lui appartenait. Qu'ils formaient une famille.

Elle sursauta en entendant le craquement du parquet devant sa porte. Suivirent deux coups discrets. L'espace d'une seconde, elle se demanda si elle n'avait pas halluciné. Peut-être qu'elle s'était assoupie, peut-être que c'était le vent dehors. Elle se leva et alla prudemment ouvrir. Il était là. Son cœur manqua un battement, et elle resta sans voix.

– Je peux entrer ?

Unnar lui fit son sourire légèrement en biais, et Lise recula d'un pas. Il regarda autour de lui avant de s'asseoir sur le lit.

– Ferme la porte, lui murmura-t-il, et elle obéit. Je crois qu'on devrait discuter un peu.

Elle sentait son haleine alcoolisée. Il avait les yeux rouges, sa chemise était chiffonnée et tachée. Elle resta debout, les bras ballants, jusqu'à ce qu'il tapote le matelas à côté de lui.

– Je ne mords pas, dit-il avec un petit sourire.

Elle s'assit, aussi loin de lui que possible.

Un moment passa avant qu'il ne reprenne la parole. La fixant des yeux, il ne cessait de croiser et décroiser les doigts d'un air nerveux. Puis il esquissa un sourire presque enfantin, et Lise eut la sensation qu'il n'y avait plus la moindre différence d'âge entre eux. Comme si elle était dans sa chambre avec un garçon dont elle était amoureuse et qu'elle ne savait pas quoi dire ou faire. Son cœur se mit à cogner contre sa poitrine lorsqu'elle lui sourit à son tour.

– Lise, je... je ne sais pas comment..., bafouilla-t-il avant de soupirer et de secouer la tête. Je ne devrais pas

te dire ça, mais je n'arrête pas de penser à toi. Excuse-moi. Je peux te laisser tranquille si tu le souhaites. Tu veux que je parte ?

Il ne partit pas. Et ce n'était pas ce que Lise voulait.

– Qu'est-ce que... pourquoi ?

– Pourquoi je pense à toi ? fit-il avec douceur. Parce que tu es intelligente et drôle et tellement, tellement belle. Lise, tu es... tu es incroyable. Je sais que je ne devrais pas dire des choses comme ça. Tu dois me voir comme un vieil homme, mais...

– Non, chuchota-t-elle. Non, pas du tout.

Unnar hésita, puis il tendit la main vers elle, et elle s'en saisit. Ils restèrent ainsi un moment, leurs doigts entremêlés. Un contact si fragile, mais si intime. Puis Unnar l'attira à lui, et tous les doutes qu'elle avait éprouvés se noyèrent dans la chaleur de son corps.

Son téléphone était resté silencieux toute la soirée, et Sonja en avait marre d'attendre. Elle avait l'impression d'avoir passé sa vie entière à attendre des hommes. Pas seulement Ísak. Son père aussi. Pendant des années, elle attendait son appel un week-end sur deux, appel qui ne venait pas toujours. Quand il se décidait enfin, elle attendait alors qu'il vienne la chercher, et quand ils se retrouvaient tous les deux, elle attendait qu'il lui parle. Ce qu'il ne faisait jamais. Il se contentait de lui demander si elle voulait de la glace et si elle comptait rester pour le dîner.

Le jour où son père lui avait annoncé qu'elle allait devenir grande sœur, elle avait été si heureuse. Sa nouvelle femme était enceinte, et pendant des mois Sonja avait attendu l'arrivée de ce petit frère. Lorsqu'il était né, c'était sa mère qui le lui avait annoncé, et elle avait dû attendre encore une année avant de le voir. Âgé d'un an, il s'était mis à hurler lorsqu'elle avait essayé de le prendre dans ses bras, car il ne la connaissait pas. Elle qui pensait que ce petit frère lui permettrait de nouer des liens plus solides avec son père ! Elle s'était imaginée en train de le serrer contre elle, de lui faire des câlins, de jouer avec lui. Elle avait eu tort. Après la naissance de son frère, les week-ends avec son père s'étaient encore raréfiés, et elle avait fini par mépriser ce petit morveux pourri gâté.

Elle ne faisait jamais de reproches à son père, et elle se détestait de ne pas en avoir le courage. Elle aurait voulu lui dire tant de choses. Finalement, elle s'était contentée d'acquiescer lorsqu'il lui avait demandé un jour si elle n'était pas trop grande pour les « week-ends avec Papa ». À présent, cela faisait deux ans qu'elle ne l'avait pas vu. Et la dernière fois, c'était un pur hasard. Elle était tombée sur lui au centre commercial avec sa femme et leurs trois enfants qui étaient censés être ses frères et sœurs mais dont elle ne se rappelait jamais les prénoms.

Cette fois, Sonja ne voulait pas attendre. Elle s'empara de son téléphone et s'apprêta à composer le numéro lorsque l'interphone sonna de manière insistante. Au début, elle crut que c'étaient des gamins qui s'amusaient, mais elle reconnut la voix de Frída et la fit monter.

Elle remarqua immédiatement que quelque chose n'allait pas. Les yeux rouges, Frída refusa d'aller plus loin que l'entrée dans l'appartement.

– Qu'est-ce que tu as dit à Marinó la veille… la veille de sa mort ? demanda-t-elle sans préambule.

– Qu'est-ce que je lui ai dit ? fit Sonja en fixant son amie. Je lui ai raconté ce que j'ai vécu avec Ísak.

– Du genre ?

– Ce qu'il me faisait subir.

– Sonja. Qu'est-ce qu'il te faisait subir, au juste ?

– Tu le sais très bien. Il…

– Oui, oui, je sais, asséna Frída avant d'être prise d'une hésitation. Je crois que tu en sais plus que ce que tu veux bien dire, Sonja. Tu vois, je n'ai pas arrêté de repenser à cette soirée. Je sais qu'il se passait quelque chose entre vous, même si j'ignore quoi exactement. Et je compte le découvrir, aussi bien pour Lise que pour mon frère.

– N'est-ce pas évident ? murmura Sonja.

– Non, pas du tout, répliqua Frída en plissant les yeux. Qu'est-ce qui te semble si évident ?

– Frída, je comprends que ce soit difficile pour toi d'admettre que ton frère ait commis un acte aussi affreux, mais il l'a lui-même avoué. Tu te souviens de ce qu'il n'arrêtait pas de répéter toute la soirée ? « Qu'est-ce que j'ai fait ? Qu'est-ce que j'ai fait ? » Comme s'il regrettait quelque chose. Je suis sûre qu'il ne parlait pas d'Ísak.

– Donc, tu penses que c'est Marinó qui a… qui a laissé Lise là-dedans ? Qui l'a tuée ? cracha Frída, ses yeux lançant des éclairs. Vraiment, Sonja ? Je croyais que tu le connaissais mieux que ça. Marinó était incapable de faire du mal à une mouche.

– Ça, je… je ne sais pas, répondit Sonja en baissant les yeux. Pardon, Frída. Je ne voulais pas…

– Oh, tais-toi, Sonja !

Frída parlait de plus en plus fort, et Jóel avait commencé à remuer dans la chambre.

– Je ne sais pas ce que tu sous-entends…, reprit Sonja. J'ignore ce qui s'est passé, et non, bien sûr que non, je ne pense pas que Marinó soit responsable de la mort de Lise.

Frída se mit à rire.

– Quoi ? lâcha Sonja.

Elle n'avait jamais vu son amie dans un tel état. Elle semblait prête à lui sauter à la gorge.

– Je sais que tu mens. Je te connais, Sonja.

– Mais…

– Laisse tomber, siffla Frída en ouvrant la porte d'entrée. Je te connais assez pour savoir quand tu mens.

Je te préviens : la vérité finira par éclater. Ne t'imagine pas que tu vas t'en tirer comme ça.

– Mais, Frída…, commença Sonja.

Trop tard. Elle avait claqué la porte derrière elle sans lui laisser le temps de finir sa phrase.

Anna n'arrivait pas à s'endormir. Cela faisait plusieurs nuits qu'elle n'avait pas fermé l'œil. Chaque fois qu'elle s'allongeait sur son lit et éteignait la lumière, les ombres recommençaient à rôder autour d'elle, et son corps semblait perdre toute force. Elle ne parvenait plus à bouger. Elle n'osait pas quitter son lit, de crainte que quelqu'un lui attrape les pieds. Elle n'osait pas regarder par la fenêtre, car *elle* était peut-être là, de l'autre côté, à l'observer.

Lorsqu'elle eut réuni suffisamment de courage, elle bondit et courut aussi rapidement que possible jusqu'à la chambre voisine.

– Klara, murmura-t-elle en s'asseyant sur le lit de sa sœur – elle s'empressa de remonter ses jambes pour que personne ne les attrape.

– Hmm.

– Je peux dormir avec toi ?

Klara ne répondit pas, mais elle se décala légèrement pour lui permettre de s'allonger. Son lit était plus moelleux et plus doux – peut-être parce que de son côté, Anna n'obéissait jamais à sa mère et jouait sur le sien avec ses copines, laissant du sable ou des miettes sur les draps.

– Klara, murmura-t-elle de nouveau après un bref silence.

– Dors, Anna.

– Je…, balbutia-t-elle, d'abord hésitante, avant de prendre son courage à deux mains : J'ai vu Lise.

Anna crut que sa sœur ne l'avait pas entendue, mais après un instant celle-ci se retourna, soudain bien réveillée.

– Je ne plaisante pas, s'empressa-t-elle d'ajouter. Je l'ai vue. Elle… elle était dans notre jardin et… et elle voulait entrer.

Les mots restèrent suspendus, et Anna frissonna en repensant à cette nuit-là. Elle s'était réveillée car elle avait envie de faire pipi, et elle était allée dans la salle de bains, qui avait une porte vitrée donnant sur l'extérieur. Assise à demi endormie sur les toilettes, elle avait surpris un mouvement du coin de l'œil. Sursautant et osant à peine cligner des paupières, elle avait regardé à travers la porte et aperçu la fille qui se tenait dans leur jardin.

– Dis, Klara… Les fantômes, ça existe ?

– Non, répliqua celle-ci d'une voix cependant peu convaincante.

– Mais c'était bien Lise, gémit Anna.

Essuyant ses larmes, elle remarqua que ses mains tremblaient. Elle avait envie de tirer la couverture par-dessus sa tête et de se serrer aussi fort que possible contre Klara. Ce n'était pas qu'elle ne voulait pas voir Lise ; elle n'avait pas peur de la jeune fille. Lise était gentille et jouait toujours avec elle. Oui, c'était même son amie. Mais elle était morte, et Anna savait que quand les gens sont morts, ils ne reviennent pas. Ils ne se baladent pas dans les jardins, ne regardent pas furtivement dans les maisons. Pourtant, elle avait bien vu les cheveux sombres de Lise flottant dans le vent lorsque celle-ci avait appuyé son front contre une des fenêtres et jeté un coup d'œil à l'intérieur.

– Je sais, Anna.

Anna regarda sa sœur qui la fixait, les yeux écarquillés.

– Je le sais parce que…, reprit Klara avant de déglutir et de poursuivre, d'une voix si basse qu'Anna l'entendit à peine : Moi aussi, j'ai vu Lise.

Août 2019

« C'était une erreur », avait dit Unnar. Dès qu'il s'était redressé dans le lit, il s'était tourné vers elle et avait prononcé ces mots. Une erreur. Il n'avait pas réussi à s'en empêcher, après avoir passé tant de temps à essayer de maîtriser ses sentiments.

Lise savait bien qu'il avait raison. Non seulement, il avait quarante-cinq ans et elle dix-neuf, mais il était également marié, et père de famille. Elle se sentait si coupable à l'égard de Laufey qu'elle n'osait plus la regarder en face. Elle avait l'impression que sa trahison était écrite sur son front en grosses lettres noires.

Stupide, stupide gamine, *ne cessait-elle de se répéter. Comment avait-elle pu faire preuve d'un tel manque de discernement ?*

Au milieu du mois d'août, assise dans la salle de bains, elle s'était retrouvée face à ces deux petits traits. Elle n'avait qu'une semaine de retard, mais le test était positif. Elle était enceinte.

Elle n'arrêtait pas de répéter la phrase dans sa tête, encore et encore, sans parvenir à saisir la réalité de ce fait. Elle avait même essayé de la prononcer à voix haute, mais cela ne semblait pas plus réel.

Comment était-ce possible ?

Bien sûr, elle savait ce qui s'était passé, elle n'était

pas complètement demeurée. Mais elle n'avait jamais envisagé que cela puisse lui arriver. Pas comme ça.

Elle avait mis plusieurs jours à accepter l'idée, et puis tout semblait s'être éclairci. Peut-être qu'un enfant n'était finalement pas la pire chose au monde. Sa mère avait dix-huit ans quand elle était née, et elle n'avait manqué de rien dans son enfance. L'âge, ce n'est qu'un nombre, *se disait-elle. Elle était parfaitement capable d'élever un enfant. Son père lui avait laissé un héritage décent ainsi que l'appartement, le bébé et elle ne seraient pas à la rue.*

Tout se passerait bien, et désormais, elle ne serait plus jamais seule. Elle ne pouvait cependant pas rester au pair beaucoup plus longtemps, car bientôt sa grossesse se verrait. De toute façon, elle n'avait plus envie de vivre ici. Elle voulait rentrer chez elle.

Quelques jours plus tard, elle avait appelé Anita pour lui annoncer son retour imminent, et qu'elle ne comptait pas revenir seule. Anita avait bien essayé de lui faire avouer ce qu'elle entendait par là, mais Lise s'était contentée de répondre dans un rire : « Tu le sauras très vite, promis. »

– Je commence à me demander sérieusement si toute cette affaire n'est pas un énorme malentendu, dit Elma le soir venu, alors qu'ils étaient installés sur son canapé, Birta lovée à côté d'eux. Lise est morte chez Marinó, et pour une mystérieuse raison, il s'est senti obligé de cacher le corps. Peut-être a-t-il cru que c'était sa faute, même si j'ai du mal à saisir pourquoi.

Elle avait posé ses pieds sur les cuisses de Sævar, qui les lui massait.

– Tu as peut-être raison, mais quelqu'un a bien assassiné Marinó, et il y a sans doute un lien avec Lise.

Ils fixaient tous les deux l'écran de télévision, mais Elma soupçonnait que, comme elle, il avait du mal à se concentrer sur ce qui s'y passait. Ramenant ses jambes, elle se sentit soudain nerveuse. Elle n'était pas sûre d'avoir la force de lui avouer sa grossesse, finalement. Mais avait-elle le choix ? Elle ne pouvait quand même pas attendre qu'il comprenne tout seul en voyant son ventre grossir ?

– Elma.

Elle tourna la tête vers lui.

– Quoi ?

Il la regarda un instant, l'air scrutateur, semblant inspecter les mouvements de son visage.

– Tu as… Je te trouve soucieuse ces temps-ci. J'ai fait quelque chose ?

Avait-il fait quelque chose ? Bonne question. Depuis qu'ils couchaient ensemble, il n'avait pas vraiment semblé préoccupé par la possibilité qu'elle tombe enceinte. C'était pourtant un des fondamentaux de la biologie, le genre de choses qu'on apprenait à l'école. Pourquoi devrait-elle porter seule la responsabilité d'une éventuelle conséquence ? Pourquoi était-ce son rôle à elle de s'assurer que rien n'adviendrait ? Elma baissa les yeux et concentra son attention sur Birta. Maintenant, elle culpabilisait d'avoir considéré le bébé comme une « conséquence ». C'était un enfant. Son enfant. Leur enfant.

Les mots lui échappèrent avant qu'elle ait eu le temps de réfléchir à une meilleure formulation :

– On peut dire ça. Tu m'as mise enceinte.

Elle avait voulu prononcer cette phrase avec humour, mais cela ressemblait plutôt à une accusation.

– Très marrant.

– Non, sérieusement. Je vais avoir un bébé.

Elle reporta son regard sur le visage de Sævar, son expression apathique, sa bouche bée.

– Tu… tu es enceinte ?

Il la scruta en clignant nerveusement des yeux, cherchant à savoir si elle plaisantait ou non.

– Oui.

Elma passa la main sur son cou, prise d'une inexplicable bouffée de chaleur.

– Enfin, je crois. Non, en fait, ce n'est pas que je crois : je suis allée voir le médecin, enfin ma sœur, qui est sage-femme, et il y avait un battement de cœur. Pas le mien, celui du fœtus, je veux dire. De l'enfant. Donc euh… oui, je suis enceinte.

Elma déglutit et le silence s'étira entre eux.

– Je... euh..., bafouilla Sævar avant de s'éclaircir la gorge et de se redresser sur le canapé. C'était prévu, ou bien... ? Je veux dire, c'est quelque chose que tu voulais ?

– Euh... non. C'était pas prévu, non. Mais maintenant, oui, j'en ai envie. Enfin, je crois.

– Mais... commença Sævar, détachant son regard d'elle et se penchant en avant. Mais pourquoi tu ne m'en as pas parlé plus tôt ?

– Je n'avais rien planifié. Ça s'est passé, c'est tout.

– Oui, mais...

– J'ai fait attention, l'interrompit Elma, sentant la colère monter en elle. Toi, tu n'as jamais fait attention, Sævar. C'était toujours à moi de... prendre les mesures.

– Oui, je croyais simplement que..., balbutia-t-il d'une voix piteuse.

– Je t'ai dit que ce n'était pas prévu !

Elma serra les lèvres et expira lentement par le nez. Elle était soudain submergée par un sentiment d'injustice. Il se comportait comme si c'était sa faute, comme si elle était coupable. Ce n'était pas lui qui allait devoir porter cet enfant. C'était elle qui verrait son corps grossir, changer, elle qui subirait la douleur de l'accouchement.

Elle se leva d'un bond.

– Tu vas où ? demanda-t-il.

– Je... aux toilettes, répondit-elle sans lui accorder un regard.

Elle s'enferma dans la salle de bains et s'assit sur le bord de la baignoire. La sensation de l'émail froid contre sa peau lui fit du bien. Elle ferma les yeux et essaya de respirer calmement. Peut-être avait-elle réagi de manière excessive. Ce n'était pas son genre de s'emporter ainsi, et à présent la colère avait cédé la place à une autre émotion. Elle rouvrit les paupières et se ressaisit. Il fallait qu'ils aient une conversation sérieuse au sujet de l'avenir, sans s'enflammer.

Croisant son reflet dans le miroir, elle se força à sourire et ressortit.

– Sævar, je…

Elle s'arrêta en milieu de phrase lorsqu'elle se rendit compte qu'il n'y avait plus personne sur le canapé. Sævar et Birta étaient partis.

Unnar était ivre lorsqu'il rentra enfin à la maison. Laufey le vit s'avancer d'un pas titubant, faire tomber son téléphone et manquer de chuter lui aussi en se penchant pour le ramasser. Il s'appuya au mur et traversa le salon en chancelant jusqu'à s'écrouler sur le canapé. Elle l'observa tandis que sa respiration se calmait et que son corps était pris de légers spasmes, comme s'il rêvait. Puis elle pénétra à son tour dans le salon, s'assit sur le fauteuil et le contempla.

Cet homme, c'était son mari, le père de ses enfants. Il avait quarante-cinq ans, trois de plus qu'elle, et ils s'étaient rencontrés alors qu'elle n'en avait que quinze. Elle le connaissait donc depuis vingt-sept ans. Une éternité.

Elle avait emménagé à Akranes avec son père à l'âge de quinze ans. Ils étaient passés dans une épicerie acheter du lait et d'autres produits de base avant de se rendre dans leur nouvel appartement. Longeant le rayon frais, Laufey se demandait quel yaourt choisir lorsqu'elle avait aperçu un groupe de garçons. Tous avaient une canette de soda et une barre de chocolat à la main, et portaient le même genre de pantalon aux jambes retroussées. Elle avait immédiatement été fascinée par l'un d'entre eux.

Vêtu d'une chemise à manches courtes dont il avait remonté le col, il avait eu un sourire en coin lorsqu'il s'était rendu compte qu'elle le fixait. Ce sourire avait fait vaciller ses genoux, et après ça elle n'avait plus pensé qu'à le revoir.

Unnar tressaillit légèrement. Elle crut qu'il allait se réveiller, mais prenant une profonde inspiration, il se remit à ronfler.

Laufey ne l'avait revu que plusieurs mois après cette première rencontre, lors d'une fête où elle s'était rendue avec une amie. La prenant à part, il l'avait embrassée avec une assurance plutôt rare chez les garçons de cet âge. Le baiser l'avait tant surprise qu'elle n'avait vraiment pris conscience de ce qui s'était passé qu'*a posteriori*. Il ne lui avait pas parlé, ne lui avait posé aucune question, il avait simplement fait ce qu'il voulait. Du haut de ses quinze ans, elle s'était dit qu'elle avait une chance incroyable.

Dès le début, leur relation avait été construite sur un déséquilibre. Même après leur mariage et la naissance de leurs enfants, elle avait toujours craint de le perdre.

Elle essuya ses larmes d'un geste furieux.

– Laufey, articula soudain Unnar d'une voix éraillée, et elle sursauta. Qu'est-ce… qu'est-ce que tu fais ? Il est quelle heure ?

– Où étais-tu ? demanda-t-elle, songeant qu'en fait, elle ne voulait pas le savoir – qu'elle s'en fichait.

– Je suis sorti.

Laufey hocha la tête, se leva et se dirigea vers sa chambre. Elle se glissa de nouveau sous la couette et la remonta jusqu'à ses épaules. Unnar la suivit bientôt et s'assit sur le lit.

– J'ai essayé, dit-il d'une voix traînante en enlevant son tee-shirt. J'ai essayé d'améliorer les choses.

– Je sais, répliqua Laufey en se tournant vers lui.

– Tu es dure.

Il s'allongea sur le ventre et la regarda. Il arborait le même sourire en coin que lors de leur première rencontre. Il était donc toujours là, ce sourire, caché derrière tout ce qu'il lui avait fait subir.

– Moi, je suis dure ?

– Oui.

Unnar lui prit fermement le bras et l'enfonça dans le matelas. Il émit un léger rire puis l'embrassa sur la bouche, parlant entre deux baisers :

– Tu devrais être un peu plus flexible. Je fais de mon mieux, Laufey. Pour nous.

– Je sais, murmura-t-elle en cessant de lutter.

Unnar était le père de ses enfants, elle n'avait connu que lui pendant vingt-sept ans, mais cette nuit, c'était la dernière fois.

À trois heures du matin, Lena avait tellement bu que les silhouettes des gens étaient devenues floues et semblaient se balancer au rythme de la musique. Dans l'appartement, l'air était lourd et moite, comme un épais brouillard. Une cigarette à la main, un homme dansait devant elle en la déshabillant du regard. Elle attrapa sa cigarette et prit une bouffée. Un sourire aux lèvres, il posa la main sur sa hanche.

Lena aspira une nouvelle bouffée et scruta les environs à la recherche d'Olga. Sous ses pieds, le sol était collant, et elle eut soudain l'impression de ne plus pouvoir respirer. L'homme se rapprocha, se serra contre elle. Sa main descendit.

Lena se détacha de lui et s'échappa d'un pas rapide avant qu'il n'ait le temps de protester. Elle avait toujours sa cigarette et la fumait avec ferveur. Elle essaya de repérer Olga en chemin, mais c'était sans espoir parmi la foule entassée là-dedans.

Lorsqu'elle parvint enfin à l'air libre, il ne lui restait plus qu'un mégot entre les doigts. Percutant une femme plus âgée avec un paquet à la main, elle lui réclama une cigarette mais récolta un non ferme. Pris de pitié pour elle, l'homme qui l'accompagnait lui tendit son paquet. Puis il lui tint son briquet avant de lui dire de rentrer chez elle. Elle avait trop bu.

Lena grimaça mais elle n'eut pas le courage de répondre. Elle ne pouvait pas répondre. Elle était tout juste capable d'ouvrir les lèvres pour y glisser le filtre. Elle s'éloigna de la foule et s'appuya contre un mur en pierre froid. Heureusement, elle avait toujours son sac à l'épaule, et son téléphone était rangé à l'intérieur. Elle l'alluma et vit un texto d'Olga. « T'es où, putain ? Tu me fais toujours ce coup-là ! » Lena essaya de répondre, mais les mots qu'elle écrivait n'avaient aucun sens, des assemblages anarchiques de lettres. Elle abandonna et remit son téléphone dans son sac.

En général, elle ne buvait pas tant que ça, mais depuis qu'elle avait reçu le message de cette femme, des souvenirs qu'elle aurait voulu oublier avaient ressurgi. Cette famille affreuse. Ces gens effroyables.

Qu'ils aillent se faire foutre, pensa Lena en terminant sa cigarette.

Elle se laissa glisser contre le mur et s'assit sur le trottoir sale. À en juger par l'odeur, beaucoup avaient uriné là au cours de la soirée.

Il serait facile d'ignorer ce message, de ne plus jamais repenser à tout ça. D'un autre côté, la femme avait expliqué que c'était lié à une jeune fille qui était actuellement au pair chez eux. Ça voulait dire qu'ils en avaient engagé une autre après ce qui s'était passé.

C'était probablement *lui* qui l'avait proposé. Et lui qui l'avait personnellement choisie.

Ressortant son téléphone, Lena retrouva le message. Elle avait les pensées plus claires, les lettres ne bougeaient plus autant. Elle s'appliqua, se relut attentivement avant d'envoyer sa réponse, puis elle supprima son profil.

Mercredi

Ce matin-là, Elma partit d'un pas vif vers le commissariat. Ce n'était pas loin de chez elle, juste quelques minutes de marche le long d'immeubles pourvus de jardins trop grands et presque jamais utilisés qui ne servaient qu'à rogner sur l'espace public. Le soleil était déjà levé et, dans le lointain, les montagnes se découpaient clairement sur le ciel ; l'air froid exhalait un parfum d'automne. Elma croisa peu de monde, la plupart des gens n'étaient pas encore sortis de chez eux, et les écoles n'ouvriraient pas avant huit heures et demie. Elle était essoufflée lorsqu'elle poussa enfin la porte de son bureau.

Après s'être installée, elle alluma son ordinateur et relut le message de Lena. Son compte avait été supprimé, elle ne pouvait pas lui répondre. Ces quelques phrases lui étaient parvenues au milieu de la nuit, et visiblement la jeune fille ne voulait pas en discuter davantage.

Dans le couloir, ses collègues allaient et venaient, et elle se raidit soudain en entendant la voix de Sævar. Il n'était pas revenu la veille, ne l'avait pas appelée pour s'excuser. Elle-même était trop têtue pour lui téléphoner. Sa réaction l'avait laissée sans voix. Elle s'était attendue à de la surprise, certes, peut-être de la peur, elle imaginait bien qu'il aurait besoin de temps pour se faire à l'idée. Mais jamais elle n'aurait pu deviner qu'il prendrait la fuite et l'abandonnerait ainsi à son sort. Elle n'était pas sûre de pouvoir le lui pardonner.

Elle se leva et sortit de son bureau. Elle se contrefichait qu'il voie sous ses yeux les cernes qui refusaient de disparaître malgré toute l'eau froide qu'elle s'était passée sur le visage à son réveil. À la lumière du jour, elle aurait presque pu rire d'elle-même. Elle passait son temps à geindre ces temps-ci, sans doute un effet des hormones qui affluaient dans son corps – n'était-ce pas une expérience commune à toutes les femmes enceintes ?

Son ventre se serra toutefois encore davantage lorsqu'elle vit Sævar assis à son bureau. Visiblement, il n'avait pas fait une nuit blanche comme elle et, soigneusement coiffé, il portait un joli polo bleu.

– Elma…, dit-il lorsqu'elle entra.

Il lâcha immédiatement la souris de son ordinateur.

– Je…

– J'ai reçu un message de Lena cette nuit, l'interrompit-elle, d'un ton parfaitement normal qui la surprit elle-même.

Elle s'assit face à lui et tendit son téléphone.

– Lena ?

– L'ancienne jeune fille au pair de Laufey et Unnar.

Sævar la fixa un instant avant de s'emparer de l'appareil.

Le message de Lena allait droit au but. Elle expliquait que quelques semaines seulement après son arrivée en Islande, Unnar était entré dans sa chambre, ivre, et lui avait tenu des propos complètement inappropriés. Des confidences au sujet de son mariage avec Laufey et de son sentiment de solitude, des compliments sur sa beauté. Il avait ensuite essayé de l'embrasser. Sous le choc, Lena avait fait ses bagages et pris un vol de retour dès le lendemain.

Sævar semblait choqué. Il lui redonna son téléphone.

– Tu penses que la même chose est arrivée à Lise ?

– Ça n'est pas improbable. L'autre jour, j'ai appelé l'agence d'au pair où elle avait posté son annonce. L'homme que j'ai eu m'a dit qu'il avait déjà vu des exemples de pères de famille essayant de profiter de jeunes filles venues de pays plus pauvres.

– Laufey n'est sans doute pas au courant de tout ça, puisqu'elle a accepté d'en engager une nouvelle.

– Non, je ne pense pas qu'elle sache.

Sævar hocha la tête. Il la regarda de nouveau d'un air hésitant, comme s'il voulait ajouter quelque chose. Elma se leva sans lui en laisser le temps.

– Bref, je ne sais pas ce que ça signifie, mais si Lise et Unnar avaient une liaison, il a clairement un mobile, non ?

Août 2019

Le soleil était aussi lumineux que chaud, quelque chose que Lise n'aurait pas cru possible en Islande. Elle avait proposé de faire un peu de jardinage pendant l'été, et Laufey avait insisté pour lui donner de l'argent en plus : elle tondait la pelouse toutes les semaines et désherbait les plates-bandes. À genoux, elle travaillait sur l'une d'entre elles en prenant son temps : les filles étaient retournées à l'école, et elle éprouvait du plaisir à rester simplement dehors et à sentir le soleil sur sa peau.

Elle n'avait pas encore osé révéler sa grossesse à Unnar. Elle n'était même pas sûre de le faire. En même temps, elle estimait qu'il avait le droit de savoir, et peu importait ce qu'il ferait de cette information. C'était à lui de déterminer s'il voulait en parler à Laufey ou pas.

Son désir de retourner à Amsterdam grandissait chaque jour. Elle avait surtout hâte de laisser cette situation gênante derrière elle et d'entamer un nouveau chapitre dans sa vie. Un chapitre difficile, certes, mais pas insurmontable. Elle avait encore des gens qui l'aimaient.

Lise se leva et s'essuya le front avec son bras. Elle s'apprêtait à reprendre son activité lorsqu'elle entendit un bruit régulier de l'autre côté de la maison. Faisant le tour, elle trouva Andri dans le jardin, qui jonglait avec un ballon de football. Désormais, ils se connaissaient plutôt bien, ils discutaient parfois durant la journée avant le retour des autres. Sans sa famille, il se montrait plus loquace et souriant.

Il ne remarqua sa présence que lorsqu'elle le salua.

– Depuis combien de temps tu fais du foot ? lui demanda-t-elle en s'allongeant sur le dos dans l'herbe.

– Depuis combien de temps ? répéta-t-il, semblant trouver la question étrange. Depuis... ben, depuis toujours. Aussi loin que je me souvienne.

– Et tu aimes ça ?

– Ouais... oui, oui.

Andri lâcha son ballon et le posa sur la pelouse.

Ayant remarqué son hésitation, Lise le fixa.

– Tu n'as pas l'air convaincu, lui fit-elle remarquer avec un sourire.

– Ouais, je veux dire, j'ai commencé à jouer quand j'étais petit, et j'étais très bon. C'est la seule chose que je sache vraiment faire.

– Ça ne répond pas à ma question, dit Lise en penchant la tête.

– Non, admit Andri en s'asseyant – il se mit à arracher des brins d'herbe tout en parlant. C'était différent quand j'étais petit. À l'époque, il n'y avait rien de plus amusant pour moi. Aujourd'hui... c'est plus comme un boulot.

– Ça doit être dur de perdre.

Andri esquissa un sourire en coin.

– C'est le jeu.

– Tout le monde qui te crie dessus et rejette la faute sur toi.

Il arqua les sourcils.

– Papa regardait le foot à la télé, expliqua-t-elle.

Moi, je n'y arrivais pas, parce que j'avais toujours pitié pour l'équipe perdante. Ils avaient l'air si tristes en quittant le terrain. Je me suis toujours dit que ce devait être une pression énorme, de ne pas vouloir décevoir des centaines de milliers de gens.

Andri rit et haussa les épaules.

– C'est juste du foot, il ne faut pas prendre ça trop au sérieux.

– Pourtant, tes parents ont l'air de le prendre au sérieux.

– Oh, ils veulent juste que je parte à l'étranger pour faire carrière et tout ça...

– Et ça va être le cas.

– Oui, acquiesça-t-il. Oui, je m'en vais à l'étranger.

– Tu es content ?

– Oui mais...

Jetant un coup d'œil en direction de la maison, il baissa la voix.

– Mais si ça ne se passe pas bien, c'est pas si grave. Je veux juste me barrer d'ici. Essayer de vivre ailleurs, tu vois.

– Tu devrais venir à Amsterdam.

– J'y suis déjà allé.

– Ah oui ?

– Oui, mais je n'ai pas vu grand-chose. C'était pour un match.

– Oh, OK, dit Lise. Tu devrais venir en été. Il n'y a rien de mieux que de longer...

– Andri.

Lise s'interrompit et leva les yeux. Júlía se tenait derrière la clôture, des sandales aux pieds, ses longues jambes joliment bronzées. Elle retenait ses cheveux blonds en arrière avec d'énormes lunettes de soleil.

– Oh, salut, dit-il en s'écartant de Lise.

– Qu'est-ce que tu fais ? Je n'ai pas arrêté d'essayer de t'appeler.

Júlía fixait Lise pendant qu'elle parlait.

– Ah, OK.

– On devait aller à la piscine, tu te souviens ?

– Oui, bien sûr.

Il se leva, épousseta son pantalon et partit avec Júlía. Non sans avoir adressé un sourire à Lise.

Bien que le message de Lena fût un indice précieux sur ce qui se passait au sein de cette maison, ils n'étaient toujours pas près de résoudre le meurtre de Marinó.

Unnar n'était pas chez ce dernier le soir où Lise était morte.

Mais la mort de la jeune fille avait eu lieu dans des circonstances pour le moins singulières. Le médecin légiste estimait qu'elle avait reçu un coup à la tête plusieurs heures voire plusieurs jours avant de mourir. Cela pouvait remonter au vendredi, par exemple, même si elle n'avait succombé à sa blessure que le samedi soir. Elma imagina la panique qui avait dû s'emparer de ce groupe de jeunes lorsqu'ils avaient soudain pris conscience que Lise était morte. Qui était encore là ? Andri et Marinó ? Marinó seul ? Se croyait-il responsable, ce qui expliquerait pourquoi il avait caché son corps dans le cabanon ?

Elma se leva et attrapa son sac à main.

Sur le chemin de la sortie, elle se retint de regarder dans le bureau de Sævar et continua tout droit, déterminée à prouver qu'elle savait se débrouiller seule. Elle n'avait pas besoin d'aide. Ni de lui, ni de qui que ce soit d'autre.

Le terrain de football de Jadarsbakkar était situé tout près de la mer. Du côté opposé à la plage, une petite tribune arborait des sièges aux couleurs du club, les noirs formant les initiales de l'association sportive au milieu de l'étendue des jaunes. En face, des gradins avaient été grossièrement sculptés dans un monticule d'herbe.

Elle se gara près de la piscine et descendit à pied vers le terrain. Andri s'échauffait avec ses coéquipiers. Lorsqu'il l'aperçut, il s'immobilisa, adressa un mot à son entraîneur puis la rejoignit.

– Qu'est-ce que vous faites ici ?

– Je voulais vous poser quelques questions au sujet de Lena, répondit Elma.

– Pourquoi ?

– Parce qu'elle avait des choses intéressantes à dire concernant votre père.

Andri la regarda en silence un instant, puis ses épaules se détendirent.

– Vous savez ce qui s'est passé, poursuivit Elma en le scrutant.

– Je sais qu'elle racontait des choses. Mais Maman m'a dit que c'était juste un malentendu.

– Et vous, vous en pensez quoi ? C'était un malentendu ?

– Je sais pas, répondit Andri en s'entourant de ses bras comme s'il avait soudain froid. Mais je sais ce qu'on raconte en ville sur Papa.

– C'est la vérité ?

Andri haussa les épaules.

– Il y a souvent un peu de vrai dans ce genre d'histoires, non ?

– Et au sujet de Lise ? Vous pensez qu'ils auraient pu…

– Non, répliqua Andri sans conviction en jetant un coup d'œil derrière lui.

Personne ne les entendait. Ses coéquipiers jouaient sur le terrain.

– Lorsque je suis parti de chez Marinó, Lise y était encore. Je ne sais pas ce qui s'est passé ensuite mais…

– Mais quoi ?

– Mais quand je suis rentré à la maison, Papa ne dormait pas et…

Andri ferma les yeux et déglutit.

– Et il m'a demandé où était Lise.

– Vous lui avez dit ?

– Oui, répondit Andri. Oui, je lui ai dit.

– Papa.

La voix était faible, à peine un murmure, mais Hördur comprit immédiatement que quelque chose n'allait pas.

– Tu es où ?

Ouvrant le tiroir de son bureau, il fouilla parmi le désordre qui y régnait à la recherche de ses clés de voiture. Avant de se souvenir qu'elles étaient dans la poche de son manteau.

– À l'hôpital.

– J'arrive.

– Non, Snorri est avec moi. Je…

Sa fille se tut, puis il entendit comme un sanglot qui se transforma bientôt en un gémissement de douleur.

Hördur prit son mal en patience. Il avait la sensation que le monde s'était arrêté. Depuis la mort de Gígja, tout lui semblait si fugace. Avant cela, jamais il n'avait envisagé qu'il pouvait perdre quelqu'un, comme si cela n'arrivait qu'aux autres, mais à présent, il s'attendait tous les jours à recevoir des mauvaises nouvelles.

– Katrín ?

– Pardon…

Elle éclata d'un rire noué par l'émotion.

– Le bébé arrive. Ça ne fait qu'une heure qu'on est à l'hôpital, mais tout se passe plutôt vite. Je voulais juste te prévenir.

Hördur hocha la tête.

– Papa ?

– Oui, répondit-il.

Déglutissant, il s'efforça de retrouver une voix normale :

– Je suis là.

– Je te rappellerai quand il sera né.

Il posa son téléphone et resta debout au milieu de la pièce, ne sachant soudain plus quoi faire. Devait-il se rendre à l'hôpital, attendre devant ? Ou bien continuer à travailler ?

Il reprit place à son bureau et observa la pile de papiers devant lui. Incapable de se concentrer ne serait-ce qu'une seconde, il fut soulagé lorsqu'on frappa à sa porte.

– Hördur ?

Il fit signe à Elma d'entrer. Au lieu de s'asseoir, elle le regarda en fronçant les sourcils.

– Tout va bien ?

– Hein ? Oui, oui, tout va bien.

Puis, sans parvenir à maîtriser son sourire, il ajouta :

– C'est juste… Katrín. Elle est en train d'accoucher.

– Oh, génial ! s'exclama Elma, affichant à son tour un large sourire. Je croyais qu'il ne devait pas arriver avant le mois prochain.

– C'était le cas, il faut croire qu'il est pressé. C'était pareil pour Gígja. Tous nos enfants sont arrivés en avance.

Katrín elle-même était née cinq semaines avant terme, ce qui ne l'avait pas empêchée d'être en pleine santé. Avec un cri si tonitruant que la sage-femme leur avait assuré qu'ils avaient là une future chanteuse. Et pour sûr, elle aimait donner de la voix, même si ça ne sonnait jamais très juste. Petite, elle passait son temps à chanter, si faux mais avec tant de cœur que Gígja et lui peinaient à se retenir de rire.

– À part ça, tu venais me voir pour une raison particulière ? enchaîna-t-il.

Elma lui fit part du message de Lena et du fait que, selon Sævar et elle, Lise s'était sans doute retrouvée dans une situation comparable, avec des conséquences bien plus dramatiques. Elle ajouta qu'Unnar n'avait pas mentionné avoir parlé avec Andri lorsque celui-ci était rentré cette nuit-là, ce qui paraissait suspect.

Hördur accepta immédiatement de lancer une requête pour obtenir les données réseau de la ligne du téléphone portable d'Unnar. Ils devaient retracer ses allées et venues pendant le week-end de la mort de Lise et celui de l'incendie.

– Tu crois que ça suffira pour obtenir un mandat de perquisition ? demanda Elma.

– Si quelque chose ressort de l'analyse de son téléphone, on aura sans doute une autorisation de perquisitionner. Ce serait bien de vérifier si les bagages de Lise sont toujours chez lui. Je vais me renseigner, et je te tiens au courant.

Elma hocha la tête, l'air satisfait.

Hördur se remit au travail, mais il dut se faire violence pour lâcher son téléphone des yeux.

Les cris stridents qui résonnaient dans le gymnase ne perturbaient absolument pas Laufey. Elle aimait rester ainsi, assise à contempler les enfants, perdue dans ses pensées. Parfois, la fatigue s'emparait d'elle et elle se souvenait de ces moments de somnolence qui la prenaient en plein milieu d'un cours au lycée. Combien il était difficile de garder les paupières ouvertes et les yeux fixés sur le tableau.

– Comment ça va ? lança une voix derrière elle, la faisant sursauter.

Brynhildur s'installa à côté d'elle. L'expression inquiète sur son visage suggérait qu'elle en savait déjà beaucoup trop.

– Très bien.

Brynhildur garda le silence, le regard inquisiteur.

– Vraiment, ajouta Laufey en souriant, même si elle se rendait bien compte que son sourire était forcé. Pourquoi tu me demandes ça ?

– J'ai entendu dire que la police voulait parler à Andri.

– Oui, et à moi aussi. Ils parlent à tout le monde.

Laufey ne prit pas la peine d'adoucir le ton de sa voix. Elle était si lasse de faire semblant, si lasse de se montrer polie, de prétendre que tout allait bien. Brynhildur et elle étaient amies par le biais de leurs maris. Elles se connaissaient depuis des années – Anna venait de naître, Klara avait trois ans, Andri onze, et sa vie tournait déjà depuis longtemps autour du football. Au début, elles s'entendaient bien, c'était même probablement une des raisons pour lesquelles leurs deux familles étaient devenues aussi proches. Ils dînaient ensemble, partaient en vacances ensemble. Et puis les années avaient passé. Laufey s'était peu à peu rendu compte que Brynhildur n'était jamais vraiment honnête envers elle, mais elle laissait passer, ne disait rien, gardait toujours ce même masque. Feignait d'être son amie. Pour qui, finalement ?

– Tu as sans doute raison. J'espère qu'ils vont élucider cette histoire au plus vite. Quel sort terrible pour cette pauvre jeune fille ! D'où venait-elle, déjà ?

– Lise était hollandaise, répondit Laufey avant de faire un signe de la main à Anna, qui venait de réaliser un saut parfait sur le trampoline avant de lever les yeux vers les gradins pour s'assurer que sa mère l'avait vu.

– Très juste. Elle avait l'air charmante.

Laufey se tourna vers elle, un sourcil arqué.

– Je l'avais croisée un jour chez vous, ajouta Brynhildur.

– Ah oui, c'est vrai.

Laufey avait complètement oublié. C'était peut-être d'ailleurs symbolique de ce que leur prétendue amitié était devenue. Brynhildur et son mari Villi leur avaient rendu visite avec leur fils au printemps. Ils avaient bu des bières et fait griller des saucisses sur le barbecue pendant que les enfants sautaient sur le trampoline.

– Anna et Klara semblaient si attachées à elle.

– Oui, elles l'étaient.

Brynhildur la fixa, les yeux pleins de pitié derrière ses lunettes rondes marron. Laufey s'était toujours dit qu'elle ressemblait à un chien. Pas un petit chiot adorable, mais un gros chien de chasse à la peau flasque et aux oreilles tombantes.

– Et en plus, Marinó était l'ami d'Andri, poursuivit-elle.

– Oui.

– Comment va-t-il ?

– Ça va. Il va très bien.

Il était hors de question qu'elle partage ses inquiétudes au sujet de son fils avec Brynhildur. Mais oui, elle s'inquiétait. Andri était distant, il semblait toujours sur les nerfs. Elle comptait les jours avant leur départ loin de tout ce marasme.

– Quand partez-vous, déjà ? C'est toujours prévu, non ?

– Nous partons dès la fin de la saison, dans un peu plus d'une semaine.

– Juste tous les deux ?

– Oui, pour commencer.

– Unnar va devoir rester seul avec les filles, commenta Brynhildur en souriant, comme si l'idée l'amusait. Tu vas lui manquer.

L'entraînement de gymnastique prit fin et les filles se précipitèrent dans les vestiaires. Autour d'elles, les parents commencèrent à réunir leurs sacs et à mettre leurs manteaux.

– Brynhildur, soupira Laufey en regardant droit devant elle. Tu sais très bien que non, je ne vais pas lui manquer.

Brynhildur sembla prise de court, bien que Laufey fût parfaitement calme et posée.

– Hein, qu'est-ce que… qu'est-ce que tu veux dire ?

– Eh bien, juste qu'Unnar n'aura pas le temps de s'ennuyer pendant mon absence. Tu sais, avec toutes ses maîtresses. Villi a dû t'en parler.

Brynhildur ouvrit la bouche avant de la refermer. Son expression de mère parfaite avait disparu, et des taches rouges apparurent sous sa copieuse couche de fond de teint.

– Je plaisante, lâcha Laufey dans un rire.

Brynhildur rit à son tour, sans conviction. À vrai dire, elle était presque écarlate à présent, et semblait tout faire pour éviter son regard.

– Bien, je dois y aller, enchaîna Laufey en se levant. Salue Villi pour moi. Dis-lui que je peux refaire le gâteau au chocolat qu'il avait tant aimé à l'occasion.

– Je lui transmettrai le message.

Un large sourire aux lèvres, Laufey alla retrouver Anna, qui devait être prête.

– Tu comptes m'éviter encore longtemps ?

Elma remonta la fermeture de son manteau et, s'emparant de son téléphone, remarqua qu'il était déjà tard. Dagný l'avait invitée à dîner, et elle était morte de faim. Elle avait hâte de serrer ses petits neveux Alexander et Jökull dans ses bras. À vrai dire, Alexander prétendait désormais être bien trop grand pour supporter ses câlins, mais Elma ne le laissait pas s'en tirer aussi facilement. Quant à Jökull, il ne refusait jamais un geste de tendresse. Et elle en avait terriblement besoin à cet instant.

– Elma ?

– Sævar, je ne t'évite pas, dit-elle en souriant. Je suis pressée, c'est tout. Dagný m'attend.

Elle s'apprêta à prendre congé.

– Une petite seconde, Elma. Je ne voulais pas…

Il s'interrompit lorsque Kári passa dans le couloir en fredonnant, une tasse de café à la main.

– Tout va bien, Sævar. Je t'assure.

Elle se força à sourire et à le regarder dans les yeux. Son air malheureux lui inspira presque de la pitié, mais elle était encore trop furieuse.

– On peut discuter ce soir ?

– De quoi ?

Son ton glacial la surprit elle-même. Elle ne voulait pas lui montrer à quel point elle était blessée, juste en finir avec cette journée et ce dîner chez sa sœur sans s'effondrer. Fermant les yeux, elle inspira profondément. Il fallait qu'elle tienne le coup. Si Sævar comptait fuir ses responsabilités, tant pis.

– Je t'appelle après, dit-elle.

Il lui rendit son sourire. Elle s'échappa avant qu'il ait eu le temps de répondre. À son tour de rester seul, les bras ballants.

– Papa.

– Il est arrivé ?

Hördur n'avait pas encore quitté le bureau. Sa maison n'était plus vraiment un refuge pour lui. Sans Gígja, ce n'était plus un foyer chaleureux, mais de simples murs. Certes, il y avait tous ces meubles qu'ils avaient achetés ensemble au fil des années, ce lit qu'ils avaient partagé tant de nuits, cependant tout ça lui semblait désormais fade et incolore. Ces pièces, autrefois si habitées par Gígja, sa voix, son odeur, étaient à présent tellement silencieuses que Hördur avait l'impression de ne plus être dans la même maison.

C'est pourquoi il était déterminé à la vendre et à déménager dès qu'il aurait trouvé le bon appartement. Il s'imaginait un petit logement moderne dans un immeuble près de la mer.

– Il…

Katrín eut un moment d'hésitation, et le cœur de Hördur manqua un battement.

– Katrín ?

– Viens, Papa. Le bébé attend son grand-père avec impatience.

– Tout s'est bien passé ?

– Très bien. Enfin, c'était affreusement douloureux, mais ça en valait la peine.

– Bon, tant mieux.

– Par contre, plus jamais ça ! s'exclama sa fille dans un rire.

Un cri puissant et strident résonna derrière elle. Le bébé avait exactement la même voix qu'elle à sa naissance.

Il se leva dès qu'il eut raccroché, mais alors qu'il s'apprêtait à éteindre son ordinateur, un mail apparut. C'étaient les données du téléphone d'Unnar qu'il avait réclamées.

Il soupira. Il fallait consulter ce document au plus vite, mais peut-être qu'Elma pouvait s'en charger. S'il se montrait parfaitement honnête envers lui-même, il aurait sans doute dû prendre un congé plus long. Sa concentration était loin d'être optimale depuis une semaine, et dans une affaire telle que celle-ci, ce n'était pas acceptable. Après une courte réflexion, il transmit le mail à Elma. Son petit-fils l'attendait, c'était tout ce qui comptait pour le moment.

– Qu'est-ce que c'est ?
– Une maison.
– Une maison ? Quel genre de maison ?
– La mienne.
– Celle où on est ?
– Nooon. *Ma* maison, celle que j'aurai quand je serai grand. Je veux une piscine, un Jacuzzi sur le toit et un circuit de voitures.
– Un circuit de voitures ?
– Oui, fit Alexander en haussant les épaules avec désinvolture. Pour pouvoir organiser des courses avec toutes les voitures que je vais m'acheter.
– Ah, je vois, acquiesça Elma, osant à peine toucher à la construction de Lego dans la chambre du petit garçon, qui l'avait attrapée par la main pour lui montrer son œuvre. Comme des autos-tamponneuses, c'est ça ?
– Des autos-tamponneuses ? répéta Alexander en la regardant comme si elle débarquait d'une autre planète. Non, je veux m'acheter des Bugatti. Les voitures les plus rapides au monde.
– Des Bugatti ? Je ne sais même pas ce que c'est.

Alexander garda le silence, mais à en juger par son expression, il était déçu par sa tante. Il poursuivit sa construction, et Elma en profita pour s'asseoir sur le lit et contempler sa chambre. Hier encore, elle abritait des dizaines d'ours en peluche, un petit tipi et une mignonne lampe en forme de lapin. À présent, les étagères étaient chargées de toutes sortes de Lego et d'images de footballeurs. Un bureau jonché de manuels scolaires avait remplacé le tipi.

– Non ! s'écria soudain Alexander. Va-t'en, Jökull !

Sentant le drame arriver, Elma prit son petit neveu dans ses bras avant qu'il ne parvienne à arracher le Jacuzzi du toit de la maison en Lego.

– Moi aussi je veux jouer aux cubes ! cria-t-il en se débattant.

À presque trois ans, il s'estimait probablement trop grand pour qu'Elma le tienne ainsi.

– Et si on allait dans la cuisine aider Maman ? On en profitera pour grignoter quelque chose !

Jökull hésita un instant avant de hocher la tête.

Vidar faisait dorer de la viande hachée pendant que Dagný découpait des légumes et les plaçait dans de petits bols. Elma posa Jökull et lui donna quelques nachos. L'air satisfait, il rejoignit le salon pour regarder des dessins animés à la télévision. Les deux frères étaient si différents : grassouillet, Jökull avait un appétit insatiable, tandis qu'Alexander courait toujours partout et ne prenait jamais le temps de manger.

– Je ne t'ai même pas encore félicitée, Elma ! s'exclama Vidar en la serrant dans ses bras. Je suis si heureux pour toi.

– Oh. Merci.

– J'espère que tu ne m'en veux pas de lui avoir dit, glissa Dagný. Je n'en ai parlé à personne d'autre, promis.

– Non, bien sûr que non, fit Elma en baissant les yeux. Je ne vais pas pouvoir le cacher encore très longtemps.

Devant son miroir, le matin même, elle avait eu la sensation que son ventre s'était légèrement arrondi.

– Bon, tout est presque prêt, lança Dagný en posant un bol avec des tranches de concombre sur la table. Je vois que tu as faim.

– Oui, très, acquiesça Elma en l'aidant avec le reste des légumes.

Sa famille aimait depuis toujours la taquiner sur le fait que, lorsqu'elle avait faim, elle n'était plus que l'ombre d'elle-même. Chaque fois qu'elle était de mauvaise humeur, on lui demandait si elle n'avait pas oublié de manger. Elma admettait volontiers que c'était vrai lorsqu'elle était adolescente, mais elle n'était pas sûre que ce le soit encore aujourd'hui.

Se contentant de sourire, Dagný appela ses deux fils.

Après le repas, Alexander et Jökull eurent tous deux le droit d'emporter un bâtonnet de glace à l'eau devant la télévision. Pendant ce temps, les adultes débarrassèrent la table avant de s'asseoir de nouveau pour manger le dessert.

– Je voudrais tellement…, commença Dagný en faisant tournoyer sa cuillère dans la crème fouettée. Tu as pensé à l'endroit où tu voudrais accoucher ?

– Je n'ai pas vraiment réfléchi à quoi que ce soit, avoua Elma.

– Tu en as parlé au père ?

– Oui. Mais je ne sais pas si…, dit-elle avant d'enfoncer une bouchée de crème et de meringue dans sa bouche. Bref, c'est sans importance. Ça va aller.

– Est-ce que je dois aller casser la figure à quelqu'un ? glissa Vidar, récoltant un regard moqueur de sa femme.

– Toi ? lança Dagný. Ce serait plutôt moi, oui. Tu es bien trop gentil.

– Et toi, tu ne l'es pas ?

– Je suis… moins diplomate, répliqua-t-elle avec un sourire. Si quelqu'un fait du mal à l'un de mes proches, attention aux yeux.

– Personne ne m'a fait de mal, soupira Elma. Nous… il… Oh, parlons d'autre chose.

– En tout cas, tu ne seras jamais seule, poursuivit Dagný. J'aimerais… pouvoir assurer le suivi. Tu vois, être ta sage-femme. Jusqu'au bout.

– Jusqu'à l'accouchement, tu veux dire ? fit Elma, les yeux écarquillés. Ça ne te mettrait pas mal à l'aise ?

– Mal à l'aise ? grogna sa sœur. Elma, au cas où tu l'aurais oublié, c'est mon travail ! Il n'y a rien de gênant à donner naissance à un enfant. C'est la chose la plus naturelle au…

– Oui, oui, l'interrompit-elle. Et bien sûr que je veux que ce soit toi. Enfin, c'est toujours mieux que d'avoir affaire à un inconnu.

Elle avala une fraise et sursauta lorsque ses yeux se posèrent sur Dagný. Sa cuillère en l'air, celle-ci ne cessait de cligner des paupières, semblant avoir la plus grande difficulté à retenir ses larmes.

– Pardon, je suis tellement émue. C'est si…

Elle inspira profondément et but une gorgée d'eau. Des cris et des protestations du grand frère éclatèrent dans l'autre pièce. Les deux parents se levèrent en même temps, mais Dagný força son mari à se rasseoir.

– J'y vais, j'y vais.

Vidar et Elma échangèrent un sourire en coin. Dagný était émotive, cela n'avait rien de nouveau, mais cette fois, Elma était étrangement touchée. Toute la journée, elle s'était répété que tout irait bien, avait cherché à se convaincre qu'elle était capable d'affronter la maternité seule.

Elle venait de comprendre qu'en vérité, elle ne serait jamais seule.

Lorsque Katrín avait annoncé sa grossesse, ils avaient célébré la bonne nouvelle tous ensemble, sans soupçonner que Gígja ne connaîtrait jamais son quatrième petit-enfant. Cette pensée remplissait Hördur d'un chagrin si accablant qu'il eut soudain le pas lourd en pénétrant dans l'hôpital. Alors que, quelques minutes auparavant, il courait pour récupérer sa voiture, il était maintenant effondré sur une des chaises du hall d'accueil. Comme si la réalité du deuil venait de le frapper pour la première fois. Ils auraient dû venir ensemble faire la connaissance du fils de leur fille. Gígja aurait dû être à côté de lui, intarissable comme d'habitude, pleine d'amour et de bienveillance à l'égard de ses proches.

Serrant l'accoudoir de son siège, il sentit son cœur cogner contre sa poitrine. Régulièrement, depuis le décès de sa femme, la tristesse devenait si oppressante qu'il avait du mal à reprendre son souffle. L'autre jour, il avait même fait un malaise.

Sa respiration finit par se calmer et il se dit qu'il fallait qu'il se lève, qu'il aille voir sa fille.

Hördur connaissait désormais bien le chemin, après avoir fait ici la connaissance de ses trois premiers petits-enfants ces dernières années. Il donna le nom de Katrín à la femme vêtue de blanc qu'il croisa, et elle lui indiqua la chambre au fond du couloir.

Assise sur le lit double tout blanc, elle regardait les photos que Snorri lui montrait sur un gros appareil. Le bébé était allongé dans ses bras, la tête appuyée contre sa poitrine.

– Félicitations, ma grande, dit-il en l'embrassant. Je

n'ai rien apporté. C'était ta mère qui s'occupait toujours de ces choses-là.

– Ne t'inquiète pas, dit Katrín.

Un sourire à demi amusé aux lèvres, elle ajouta :

– Comment tu la trouves ?

– Elle est parfaite. Exactement telle que je…

Hördur s'interrompit en se rendant compte de ce qu'il disait.

– Attends… comment je *la* trouve ?

Katrín éclata de rire.

– Eh oui ! J'aurais mieux fait de t'écouter. Maintenant, il va falloir qu'on repeigne sa chambre.

Hördur caressa la tête du bébé. Malgré son jeune âge, il ne faisait aucun doute que c'était bien une petite fille. De longs cils foncés, les lèvres et le nez fins. Et de toutes petites mains.

– Papa.

Hördur leva la tête et sursauta en voyant les larmes de sa fille. Elle riait cependant. Essuyant ses joues humides, elle renifla et dit :

– Je te présente la petite Gígja. Tu veux la prendre dans tes bras ?

Une fois rentrée chez elle, Elma ouvrit le message de Hördur. Elle n'eut pas à regarder les chiffres très longtemps pour comprendre leur signification. Juste avant trois heures du matin, dans la nuit du samedi 14 au dimanche 15 septembre, le téléphone d'Unnar s'était connecté à une antenne tout près de chez Marinó. À peu près à l'heure à laquelle l'alarme incendie s'était déclenchée, réveillant les voisins.

Elma observa les déplacements du téléphone tout au long de la journée. De l'après-midi jusqu'au soir, il restait connecté à la même antenne, à deux pas du domicile de Laufey et d'Unnar. À deux heures et demie, il s'était relié à une autre antenne, puis encore une, jusqu'à atteindre celle qui se trouvait près de la maison de Marinó. Unnar semblait s'être arrêté un quart d'heure sur place avant de repartir chez lui.

Elma s'assit et réfléchit. Pouvait-il y avoir une autre explication à ces déambulations nocturnes dans la zone où l'incendie avait eu lieu ? C'était assurément suspect, mais il ne fallait exclure aucun scénario. Unnar n'avait pas évoqué le fait qu'il était sorti cette nuit-là lorsqu'ils avaient interrogé le couple – d'un autre côté, ils ne lui avaient pas posé la question. Elle se rappelait simplement que Laufey leur avait dit qu'ils avaient des amis à dîner, et elle n'avait pas cherché à en savoir plus.

Elma essaya d'appeler Hördur, mais tomba sur son répondeur.

Elle sursauta lorsqu'on frappa soudain à la porte-fenêtre qui donnait sur sa terrasse.

– Tu veux me tuer ou quoi ? demanda-t-elle en ouvrant à Sævar.

– Non, ce n'était pas le but.

Il resta debout au milieu du salon, l'air gêné. En se rasseyant sur le canapé, Elma décida de le laisser mariner. Aucune raison de lui faciliter la vie. Elle s'empara de son ordinateur et continua de réfléchir à Unnar.

– Je…, commença Sævar, mais elle l'interrompit aussitôt :

– Pourquoi tu es parti ?

Elle reposa son ordinateur et croisa les bras.

– Je… je ne sais pas, dit-il dans un soupir. Je ne savais pas quoi faire.

– Donc, tu as juste levé le camp ?

– Je… Oui. C'est ça.

Une vague de déception la submergea. Elle s'était

attendue à une explication, une réponse, mais Sævar restait planté là et ne semblait même pas comprendre ce qu'il avait fait de mal. Elle soupira et reprit son ordinateur.

– Bon, je vais me contenter de ça, répliqua-t-elle, s'efforçant de faire comme si cela lui était égal.

– Elma.

Sævar s'assit sur le canapé et éloigna l'ordinateur. Elle s'apprêtait à protester, mais il posa la main sur son bras.

– Je suis parti parce que j'avais peur de ce que tu allais dire.

– De ce que j'allais dire ?

– Oui, je croyais que tu ne voulais pas…, fit-il avant d'hésiter. Que tu ne voulais pas tout ça.

– Tout ça ?

– Oui, acquiesça-t-il avec un sourire un peu embarrassé. Je suis plutôt nul pour ce genre de conversation, hein ?

– Oui, plutôt.

Elma baissa les yeux sur sa main, qui la tenait toujours. Elle ne saisissait pas bien ce qui s'était passé entre eux.

– Je croyais que j'allais devoir gérer ça toute seule.

– Tu n'es pas sérieuse ?

– Je peux gérer toute seule.

– Je sais bien que tu en es parfaitement capable.

– Ça ne me poserait aucun problème. Si tu ne souhaites pas…

– Elma.

Se penchant en avant, il la fit taire avec un baiser.

– C'est tout ce que je souhaite.

Que pouvait dire Unnar ? Oui, c'était un imbécile qui trompait sa femme et qui parfois, seulement parfois, prenait des photos des filles. Le but n'était pas de les partager sur Internet, mais de prolonger un peu le souvenir des nuits passées avec elles. Il ne les montrait à personne, sauf peut-être à Tommi, qui ne se serait jamais permis de les diffuser. C'était parfaitement innocent.

La veille au soir, il avait reçu un appel d'une de ses petites amies d'Akranes qui voulait le voir, et il y était allé. Il comptait seulement passer en coup de vent, mais sa visite avait duré plus longtemps que prévu. En rentrant chez lui, il s'attendait à trouver Laufey furieuse, cependant elle semblait parfaitement calme. Il faut dire qu'elle en faisait toujours trop : les filles étaient assez grandes pour rester seules une heure ou deux à la maison.

Il avait eu besoin de sortir, de penser à autre chose qu'à Lise. Lorsqu'il pensait à elle, il éprouvait un mélange de honte et de fierté. Elle en pinçait vraiment pour lui, il avait eu du mal à ne pas en profiter.

Tellement de mal qu'une fois, et une seule fois, il avait cédé.

Son cerveau tournait en rond ; un instant, il voulait s'améliorer, passer plus de temps avec sa famille, le suivant, il avait la sensation d'étouffer et éprouvait un besoin impérieux de s'échapper.

Merde alors, c'était trop dur. Avant la naissance d'Andri, il n'avait pas anticipé toutes ces nuits blanches, ces cris incessants et la frustration qui en découlerait. Il s'était rapidement rendu compte que la paternité ne lui correspondait pas. S'il avait su à quel point avoir un enfant bouleversait tout, il y aurait réfléchi à deux fois.

Il aimait ses enfants, bien entendu, mais la vie de famille n'était pas faite pour lui. Peut-être parce qu'il n'en avait jamais fait l'expérience. Son père était un minable qui frappait sa mère, et sa mère une larve qui le laissait faire.

Son cœur s'était endurci dès la petite enfance. Il avait appris très tôt à sourire, à prétendre que tout allait bien, mais toute sa vie, il avait été perdu, profondément tourmenté ; à cela, ni Laufey ni les enfants ne pouvaient changer quoi que ce soit.

Unnar se sentait comme deux hommes dans un seul corps, et parfois il remarquait à peine lorsque la division s'opérait. Il pouvait être assis sur le canapé avec Laufey à choisir un film à regarder après avoir bordé les filles, et éprouver soudain le besoin de s'échapper.

Le seul moyen de tenir, c'était d'avoir un exutoire, c'est pourquoi il était à présent assis dans un bar un verre à la main, essayant de ne pas penser à Lise, à la manière dont tout était parti en vrille dès qu'elle était apparue dans leurs vies.

Septembre 2019

Lise s'enfuit en courant. Elle ne savait pas où aller, il fallait juste qu'elle s'échappe. Un couple de passants la regarda d'un air perplexe, mais elle fila aussi vite que ses pieds le lui permettaient, jusqu'à se retrouver au milieu du cimetière, de l'autre côté de la route. Elle se laissa tomber dans l'herbe au pied du clocher et prit son visage dans ses mains.

Que s'était-il passé ?

Elle revoyait le regard fou d'Unnar, sentait ses mains se serrer sur ses bras.

Il lui avait fait mal.

Jamais auparavant quelqu'un ne lui avait fait mal volontairement, pas même à l'école primaire. Pour elle, l'idée n'était pas envisageable. Et pourtant. Unnar ne s'était pas contenté de l'attraper brusquement par les bras, il l'avait violemment poussée contre le mur, et elle s'était cogné la tête. Elle avait à présent si mal à l'arrière du crâne qu'elle parvenait à peine à retenir ses larmes.

Elle ne comprenait pas comment il avait pu se métamorphoser aussi rapidement. Un instant, il buvait son café et l'écoutait, assis à la table de la cuisine. Le suivant, il bondissait et l'attaquait. Comme si un esprit maléfique s'était emparé de lui. Son regard avait changé, et elle avait remarqué qu'il avait dû se forcer pour s'arrêter, pour la relâcher.

Après ça, il avait tenté de s'excuser, l'avait interpellée tandis qu'elle prenait la fuite, la suppliant de rester, de lui pardonner.

Lise ne voulait pas pardonner.

Elle s'essuya les yeux et regarda autour d'elle. Dans le cimetière vide régnait une atmosphère apaisante. Elle avait la tête qui tournait, et la douleur s'intensifiait à chaque minute qui passait.

Soudain, elle aperçut la voiture d'Unnar sortant de l'impasse où se trouvait la maison. Elle se baissa rapidement, se cacha derrière le clocher et attendit. Jetant un coup d'œil à l'angle du mur, elle vit Unnar tourner en direction du cimetière. Elle reprit sa course.

Jeudi

Une odeur de nourriture mêlée à un doux parfum de bougie flottait dans la maison. Laufey eut l'air surprise de voir Elma et Sævar, mais elle les invita à entrer. Les deux petites filles jetèrent un regard curieux par la porte de leurs chambres respectives avant de se désintéresser d'eux – sans uniformes, ils avaient l'air affreusement banals.

Lorsqu'ils demandèrent à voir Unnar, Laufey leur répondit qu'il était encore au travail, mais elle proposa de l'appeler et s'éloigna un instant. À son retour, elle leur dit d'attendre dans le salon.

– Il sort tout juste du tunnel sous le Hvalfjördur, expliqua-t-elle. Il ne devrait plus tarder.

Ils la suivirent et s'installèrent sur le canapé tandis qu'elle allumait un lampadaire. Elle semblait hésiter entre s'asseoir avec eux ou les laisser seuls.

– C'est à quel sujet ? leur demanda-t-elle après un bref instant. Je peux peut-être vous aider ?

– Vous nous avez dit avoir eu des amis à dîner le soir de l'incendie, lui rappela Elma.

– En effet. Des amis d'enfance d'Unnar et leurs compagnes.

– Vous avez veillé tard ?

– Oui, assez, acquiesça Laufey. Mais tout le monde était parti vers une heure.

– Vous vous êtes donc tous les deux couchés à ce moment-là ?

– Oui. Oui, je crois. En tout cas, moi, je me suis endormie dès que j'ai posé la tête sur mon oreiller, mais Unnar n'était pas encore au lit.

Laufey essuya ses paumes contre ses cuisses et jeta un coup d'œil en direction de la porte d'entrée.

– Pourquoi ces questions ? reprit-elle.

– Nous…

Avant qu'Elma ait eu le temps de répondre, une clé tourna dans la serrure.

– Bonsoir ! lança Unnar d'un ton joyeux en entrant dans le salon.

– Bonsoir, dit Elma.

– En quoi puis-je vous être utile ? demanda-t-il en s'asseyant face à eux.

– Lors de l'autopsie de Lise, le médecin légiste a découvert qu'elle avait très récemment fait une fausse couche. Il est donc clair qu'elle entretenait une liaison avec quelqu'un pendant qu'elle vivait chez vous. Vous avez une idée de qui il pourrait s'agir ?

– Lise ? fit Laufey. Vous devez vous tromper.

Elma et Sævar patientèrent. Le silence était parfois la réponse la plus efficace.

Unnar se massa nerveusement les doigts.

– Il n'est évidemment pas impossible qu'elle ait…

– Je t'en prie, Unnar. Elle n'avait aucun ami ici ! Je n'arrêtais pas de la pousser à rencontrer du monde. C'est même pour ça que j'ai demandé à Andri de… Attendez une seconde.

Elle les regarda l'un après l'autre.

– Vous ne croyez tout de même pas qu'un des amis d'Andri l'a mise enceinte ?

– Nous pensions que vous pourriez peut-être nous le

dire. Au début, nous croyions qu'Andri et Lise étaient ensemble. Cela aurait pu arriver sous votre toit sans que vous vous en rendiez compte.

– Voyons ! s'exclama Laufey. Andri a une petite amie, et nous aurions remarqué s'il se faufilait dans la maison la nuit.

– Mais ensuite, nous nous sommes entretenus avec Lena, poursuivit Elma. Et nous avons appris des choses très intéressantes.

– Allons bon, fit Unnar en toussant avant de poser la main sur le bras de sa femme. Vous n'imaginez tout de même pas que ça puisse avoir un rapport ? Lise a été retrouvée morte dans le jardin de Marinó. Ça explique tout ce qu'il y a à savoir, non ? Il l'a tuée, a regretté son geste et a lui-même mis le feu. Vous comptez aller jusqu'où comme ça pour trouver un autre coupable ?

– Si vous le souhaitez, nous pouvons en discuter plus en détail au commissariat, glissa Sævar d'un ton bienveillant.

Unnar se leva sans se faire prier.

– Mais… pourquoi ? intervint Laufey en se levant à son tour. Unnar, je…

– Je n'en ai pas pour longtemps.

Laufey leva les mains en l'air.

– Bon. Très bien. Je ne comprends pas pourquoi, mais puisque vous jugez cela nécessaire…

Elma eut un sourire triste. Laufey comprendrait bientôt.

Au commissariat, Unnar n'était plus aussi sûr de lui. Sa cage thoracique se soulevait par à-coups, il haletait et avait du mal à retrouver un souffle régulier. Son état ne s'améliora pas lorsque Sævar lui lut ses droits et lui demanda si, en tant que suspect dans une affaire de meurtre, il souhaitait l'assistance d'un avocat. Il déclina, désireux de mettre fin à l'interrogatoire au plus vite.

– Je peux avoir de l'eau ? réclama-t-il.

Elma lui apporta un verre.

– Laissez-moi vous dire que vous vous fourvoyez complètement, asséna-t-il ensuite.

– C'est possible, répondit Sævar en prenant place face à lui. Mais maintenant que votre femme n'est plus là, le plus simple serait de tout nous raconter.

Elma alluma le magnétophone et récita les formalités. Puis elle regarda Unnar et commença :

– Pouvez-vous nous décrire la nature de votre relation avec Lise Ragnarsdóttir ?

– Elle était au pair et s'occupait de mes enfants.

– Vous êtes certain que vous n'étiez pas plus proches ?

– Qu'est-ce que c'est que ces conneries ? maugréa Unnar. Je suis marié, j'ai trois enfants. Pensez-vous vraiment que…

– Et Lena ? Vous étiez aussi marié avec trois enfants lorsqu'elle est venue vivre chez vous, rétorqua Elma en lui tendant une copie du mail de la jeune fille. Elle affirme ici que vous avez eu un comportement inapproprié à son égard.

– Ce n'était qu'un malentendu. Je… je ne faisais que parler avec elle. Je ne me souviens pas précisément de ce qui s'est passé, j'étais ivre et…

Unnar prit son visage entre ses mains. Ils attendirent.

– J'aimais beaucoup Lise, je ne lui aurais jamais fait de mal, ajouta-t-il.

– Vous avez couché ensemble ? demanda Elma.

– C'est elle qui est venue vers moi.

– Ah ? s'étonna Sævar. Nous sommes censés vous croire ?

– Croyez ce que vous voulez, mais c'est la vérité. Nous n'étions pas amants, non, cela dit… c'est arrivé une fois. Je ne comptais pas…

Sævar arqua les sourcils.

– Donc, vous couchiez ensemble ?

– Non ! s'écria Unnar. Ce n'était pas comme ça, pas du tout.

Il finit son verre d'eau d'un trait avant de poursuivre :

– Ça n'est arrivé qu'une seule fois. J'étais bourré, je suis rentré à la maison, elle était là et… Ça n'aurait jamais dû arriver. Je m'en voulais tellement que j'osais à peine la regarder, sans parler de Laufey.

– Vous saviez qu'elle était enceinte ?

Unnar fixa la table devant lui. Serrant la main si fort sur son verre que ses jointures devinrent blanches, il hocha imperceptiblement la tête.

– Vous devez répondre à voix haute, l'informa Elma. Pour l'enregistrement.

– Oui. Je savais que Lise était enceinte.

– Quand vous l'a-t-elle dit ?

– Le vendredi précédant le week-end de son départ.

– Vous voulez dire le week-end de sa mort, le corrigea Elma, et à nouveau il acquiesça. Qu'avez-vous fait quand vous avez appris la nouvelle ?

– Rien du tout, je…, balbutia Unnar en se penchant en avant et en se massant le front avec les deux mains. Je sais de quoi ça a l'air, mais je ne lui ai rien fait. Je vous le jure.

– Lise voulait garder l'enfant, c'était ça le problème ? reprit Sævar. Ou bien elle comptait révéler la vérité à Laufey ?

– Oui, mais… Non, elle n'avait pas du tout l'intention d'en parler à Laufey.

– Quelle a été votre réaction ? insista Elma. D'après

l'autopsie, Lise a reçu un coup à l'arrière du crâne. Vous pouvez nous en dire plus ?

Le silence d'Unnar était éloquent.

– Donc, lorsque Andri est rentré ce samedi soir et vous a dit que Lise était restée chez Marinó, vous avez décidé d'aller la chercher. Sauf qu'à votre arrivée, elle était morte. Ou bien elle est décédée alors que vous vous trouviez avec elle ?

Elma l'observa, son crâne qui se dégarnissait, ses sourcils ébouriffés après qu'il les avait frottés, sa barbe rasée de près.

Unnar ferma les yeux et se mit à trembler de tout son corps. Un instant, elle crut qu'il pleurait, jusqu'à remarquer le sourire sur ses lèvres, qui ne faisait que s'élargir.

– Vous… c'est… C'est une blague. Une putain de blague.

– Ce que je ne comprends pas, c'est le rôle de Marinó dans tout ça, poursuivit Elma. Pourquoi a-t-il accepté de vous aider à cacher le corps ? Vous lui avez promis de l'argent, vous l'avez menacé ? Et pourquoi l'avoir tué, lui ? Pour le faire taire ?

– Sérieusement ? répliqua Unnar. C'est ce que vous croyez ? Marinó était l'un des meilleurs amis de mon fils ! Je le connais depuis qu'il est tout petit, jamais je ne lui aurais fait de mal.

– Dans ce cas, pouvez-vous nous dire où vous étiez la nuit de la mort de Lise, le 7 septembre, et celle de la mort de Marinó, le 14 ? demanda Sævar.

Le rire désagréable qui succéda à cette question les prit tous deux au dépourvu.

Inspirant profondément, Unnar finit par retrouver son sérieux.

– La nuit du 7, j'étais avec mes filles, car Laufey

était sortie avec ses amies. Le 14, nous avions du monde à dîner, je peux vous donner leurs noms afin qu'ils confirment leur présence.

– Ça, c'était la soirée, rétorqua Elma. Les données de votre téléphone suggèrent que vous vous trouviez à proximité du domicile de Marinó plus tard dans la nuit.

Unnar se figea.

– Je n'ai rien à voir là-dedans.

– Dans ce cas, répondez à la question, lui enjoignit Sævar.

– Non, lâcha-t-il en baissant les yeux. Pas sans un avocat.

Vendredi

– On cherche quelque chose de spécial ?

– Un manteau. Noir, avec un col en fourrure.

Réfugiée dans la cuisine, Elma essayait de gêner le moins possible l'équipe scientifique. Laufey était sortie avec ses filles pendant la fouille. Un agent glissa les chaussures d'Unnar dans un sac en plastique pendant qu'un de ses collègues emportait l'ordinateur familial. Persuadée qu'Unnar était à l'origine du coup à la tête qui avait causé la mort de Lise, Elma n'était cependant pas encore tout à fait sûre de la suite des événements. Elle avait du mal à le croire également coupable du meurtre de Marinó, malgré les données de son téléphone portable. Pourquoi aurait-il pris la peine de le droguer avec des somnifères et de mettre le feu à sa chambre, mais pas de retirer le corps de Lise du cabanon ? Il restait trop de détails en suspens, trop d'éléments qu'elle ne comprenait pas.

– Comme celui-ci ?

Une des policières de la Scientifique tendait vers elle un manteau noir qui ressemblait à celui aperçu sur la vidéo de surveillance prise par le voisin.

– Oui, c'est possible.

Elle se gardait bien de crier victoire trop vite, car ce genre de vêtement était très populaire en Islande, et on pouvait le trouver dans un tas de maisons – du moins chez ceux qui avaient les moyens d'investir dans un manteau de cette qualité.

– Comment on fait s'il a été lavé ? demanda-t-elle.

– Il peut rester des traces, répondit la femme. Une machine classique aura du mal à faire disparaître complètement des taches d'essence.

Elma se dirigea vers le réfrigérateur dont la porte était ornée d'une multitude de papiers fixés avec des aimants. Deux emplois du temps, un certificat de progrès en gymnastique, un dessin représentant un moulin et deux filles au bord d'une rivière, l'une plus petite que l'autre.

Amsterdam.

Elma était certaine que les deux filles représentées étaient Lise et Klara. Elle avait vu les dessins de cette dernière dans sa chambre, si matures pour son âge. Des tons pastel, un trait soigné, pas le moindre gribouillis. Les proportions n'étaient pas réalistes, mais pas comme dans les dessins d'enfants habituels. Plutôt comme si c'était volontaire, comme si tout était calculé.

Elma retourna dans la chambre de Klara et observa ses créations sur son bureau. Ses yeux allaient de l'une à l'autre sans qu'elle sache précisément ce qu'elle cherchait. Ici, leur maison, le jardin, Andri avec un ballon de foot, clairement reconnaissable à la parfaite exécution du nez et des cheveux.

Et là, un dessin du garage et d'une fille.

Elma se pencha plus près et fronça les sourcils. C'était assez particulier. Le garage semblait isolé, entouré d'arbres hauts penchés dans sa direction. Les proportions étaient telles qu'on aurait dit un rêve plutôt qu'une représentation de la réalité : tout était tordu, flou, mais comme si c'était voulu. Le garage était percé d'une fenêtre aux rideaux tirés, et devant la porte fermée se tenait une jeune fille de dos. Naturellement, on ne voyait pas son visage, seulement ses longs cheveux sombres. On aurait dit qu'elle s'apprêtait à frapper à la porte, mais ses paumes étaient collées au mur de part et d'autre.

– Ils demandent si nous avons besoin d'autre chose ?

La voix de Sævar.

– Elma ?

Elle continuait de fixer le dessin, s'efforçant de déterminer s'il s'agissait d'un personnage réel, ou si Klara avait entièrement imaginé la scène.

– Tu ne trouves pas ça bizarre ?

– Quoi ? Ce dessin ?

Sævar s'approcha et l'examina à son tour.

– Oui, il est un peu morbide, on dirait que c'est tiré d'un film d'horreur.

– D'après toi, qui est cette fille ? demanda Elma.

– Lise ?

– Oui mais…

Elle hésita. Il pouvait bien s'agir de la jeune fille au pair. Elle était brune.

– En tout cas, la petite a du talent, commenta Sævar. Elle a quoi, dix ans ?

– Oui, c'est ça.

– C'est fou. Bon, tu veux autre chose que les chaussures, le manteau et l'ordinateur ?

– Non, je crois que c'est tout ce dont nous avons besoin, dit-elle en relevant la tête. Et la valise, bien sûr. Il se peut que la valise de Lise soit cachée quelque part.

– OK, je transmets.

Elma jeta un dernier coup d'œil au dessin avant de secouer la tête et de quitter la chambre. Ce n'était pas l'œuvre d'une gamine de dix ans qui allait lui donner le moindre indice.

Septembre 2019

Ce vendredi matin, Lise n'était pas retournée à la maison avant d'être certaine qu'Unnar était parti au travail. Elle n'avait toutefois pas à s'inquiéter, car il ne s'était plus montré de la journée, et il ne lui aurait rien fait tant que Lanfey était là.

Elle commença à saigner le samedi matin. D'abord une petite tache dans ses sous-vêtements, puis une quantité de plus en plus impressionnante. Lise contempla le sang avec un sentiment de déconnexion totale, comme si elle avait quitté son propre corps.

– Tu es prête ? lui demanda Andri le soir venu en passant la tête par la porte de sa chambre.

Détachant son regard du mur qu'elle fixait depuis une éternité, elle se tourna vers lui.

– Prête ?

– Oui, tu sais. Pour la fête chez Marinó.

– Oh, oui, c'est vrai.

Elle baissa les yeux sur son pantalon de pyjama à carreaux rouges.

Toute la journée, elle s'était sentie léthargique, fatiguée, hébétée. Elle avait encore mal au crâne, et lorsqu'elle passait la main sur l'endroit le plus douloureux, elle sentait une grosse bosse.

– Tu as le temps de te changer, lui dit Andri d'un

ton maladroit après un bref silence. Mais si tu n'as pas envie de venir, pas de souci.

– Non, je viens, s'empressa-t-elle de répondre.

L'idée de sortir ne l'enchantait pas plus que ça, mais c'était toujours mieux que de rester à la maison toute la soirée.

– Cool, fit Andri. Euh... tu n'as qu'à frapper à ma porte quand tu es prête.

Elle hocha la tête et se força à sourire. Lorsqu'il fut reparti, elle ferma soigneusement la porte de sa chambre et se posta devant le miroir suspendu au mur. Ce soir, elle comptait faire la fête et oublier tout ce qui s'était passé.

Et demain, elle partirait. Elle n'avait toujours pas réservé de billet d'avion, mais c'était sans importance. Elle avait touché un bel héritage de son père, s'il fallait qu'elle loge à l'hôtel quelques nuits, ça ne poserait pas de problème. Dans une poignée de jours, elle serait de retour chez elle, à Amsterdam. Elle respirerait le parfum de l'appartement de son père, elle retrouverait Anita, elle sortirait dans des cafés, et tout ce qu'elle avait vécu en Islande appartiendrait au passé.

Lise passa sa brosse dans ses cheveux. Elle n'avait jamais su se maquiller comme les amies d'Andri, et elle s'abstint d'essayer.

Après une courte réflexion, elle tira sa valise de sous son lit et l'épousseta. Elle se rappelait bien son arrivée à Akranes, le moment où Unnar avait soulevé cette même valise pour la mettre dans le coffre de leur Jeep. Elle était alors si enthousiaste. Unnar et Laufey lui semblaient être le couple parfait, des gens qu'elle aurait aimé avoir pour parents. Elle était loin d'imaginer tous ces petits secrets qui bouillonnaient sous la surface.

Dans une sorte de transe, elle attrapa autant de vêtements qu'elle le pouvait avant de les jeter dedans. Puis elle plia soigneusement les dessins que Klara lui avait donnés et les glissa dans son journal, qu'elle posa sur ce tas anarchique.

En quelques minutes, Lise eut rangé l'ensemble de sa vie islandaise, et elle se sentit immédiatement plus légère. Elle s'assit sur la valise et porta ses mains à son visage. Malgré son mal de crâne, elle ne pouvait s'empêcher de sourire.

Elle allait enfin quitter ce lieu.

Samedi

– Félicitations ! lança Elma lorsque Hördur entra dans la salle de réunion. Alors finalement, c'était une fille.

– Merci, répondit-il avec un large sourire. Ça leur apprendra à vouloir jeter un coup d'œil aux cadeaux avant Noël !

Il s'assit, tira quelques feuilles de son sac sans se départir de son sourire, puis il but une gorgée de café avant de commencer :

– Bien, il faut déterminer les étapes à venir. J'ai ici les conclusions du département scientifique. Ils ont trouvé sur le manteau d'Unnar des traces d'essence comparable à celle qui a servi à mettre le feu chez Marinó. Rien sur les paires de chaussures qui ont été saisies, mais il a probablement jeté celles qu'il portait ce soir-là. Le manteau et la position de son téléphone nous confirment donc sa présence sur les lieux au moment du crime. L'équipe scientifique a également fouillé la valise de Lise, qui a été retrouvée dans les combles du garage. Elle contenait notamment son journal intime. Il a fallu le traduire, car il était écrit en hollandais, mais elle y fait explicitement mention de sa relation avec Unnar. Il n'a visiblement pas menti : ils n'ont eu qu'un seul rapport, et après ça, il l'a évitée. Dans sa dernière note, Lise décrit la manière dont il l'a poussée contre un mur, et elle évoque ses maux de tête.

Le silence retomba un instant, puis Sævar demanda :

– On a assez d'éléments pour une mise en examen, non ?

– Nous savons en tout cas qu'Unnar a attaqué Lise, et son manteau le relie à la scène de l'incendie, mais…

Hördur hésita avant d'ajouter :

– Mais nous n'avons pas de mobile, il me semble ? On ignore pourquoi Unnar aurait tué Marinó.

– Marinó devait savoir ce qui était arrivé à Lise. Il comptait peut-être le dénoncer ?

– Si c'est le cas, pourquoi aurait-il accepté de devenir son complice en cachant le corps de Lise dans le cabanon de son jardin ? Par ailleurs, nous n'avons aucune preuve que les deux hommes aient été en contact.

– Mais… et le manteau ? insista Sævar. Et la localisation du téléphone ? Je veux dire, je sais qu'il nous manque encore des éléments, mais il me semble évident qu'Unnar est derrière tout ça, non ?

– Un autre membre de la famille aurait pu emprunter son manteau, suggéra Elma.

Ils se turent un instant en observant les documents étalés sur la table devant eux.

– Comme je l'ai dit, reprit Hördur, nous sommes encore dans l'incertitude, et Unnar nie toute implication dans le meurtre de Marinó. N'oublions pas qu'il s'agit d'un crime prémédité, probablement commis par un proche de la victime. Après tout, Marinó l'a laissé entrer chez lui et a accepté de boire le cocktail qu'il lui a donné. Le cocktail qui contenait une importante quantité de somnifères et qui a causé sa mort avant que l'incendie ne soit déclenché.

– Pourquoi mettre le feu ? s'interrogea Elma. Pourquoi

ne pas se contenter de l'empoisonner ? Un incendie attire beaucoup plus l'attention qu'une overdose, qui aurait pu passer pour un suicide.

– Mais nous avons le téléphone et le manteau, répéta Sævar. Je ne sais pas pourquoi nous irions chercher un autre coupable. Unnar a clairement agi seul. Il a peut-être mis le feu pour cacher d'éventuelles preuves chez Marinó.

– Oui, acquiesça Elma. Tu as sans doute raison.

Dimanche

– Je vais y aller.

– Arrête, dit Elma en attrapant une veste accrochée sur un cintre dans son placard. Je suis enceinte, pas à l'article de la mort. Je peux encore aller m'acheter ma propre glace.

– Tu es sûre ? demanda Sævar sans quitter l'écran des yeux.

– Certaine.

Il grimaça lorsqu'un des joueurs tomba et que les supporters se mirent à siffler.

– Ce n'est même pas ton équipe, commenta Elma en secouant la tête.

– Non mais… il fait semblant !

Il la regarda comme s'il s'attendait à recevoir son approbation.

– Sérieusement, Sævar…, soupira-t-elle en levant les yeux au ciel.

En route vers le magasin, elle fredonna la mélodie d'une chanson qui passait à la radio. La pluie tombait si fort sur le pare-brise que les essuie-glaces peinaient à tenir la cadence.

Plus tôt dans la journée, elle avait lu la traduction complète du journal de Lise. Elle s'était sentie mal de violer ainsi l'intimité de la jeune fille, cependant elle avait désormais l'impression de mieux la connaître. En plus d'être dotée d'une intelligence frappante, Lise avait du talent pour l'écriture, et son sens de la poésie transparaissait même à travers une traduction qui ne devait pas lui rendre justice. Elle était très proche de son père, et son chagrin si sincère, si total avait rendu la lecture de ses mots parfois éprouvante.

Lise nourrissait des sentiments complexes à l'égard d'Unnar. Elle avait visiblement honte de ce qui s'était passé entre eux, estimant que c'était sa faute, mais pour Elma il semblait clair à la lecture du journal qu'Unnar avait déjà flirté avec elle avant la fameuse nuit. Après, en revanche, il était devenu beaucoup plus distant.

Il n'avait jamais été violent envers elle, Lise le décrivait au contraire comme quelqu'un de doux et de gentil, mais le jour où elle lui avait fait part de sa grossesse, il avait perdu les pédales. Elle-même avait du mal à y croire.

Au terme de sa lecture, Elma songea que Lise n'avait pas vraiment le profil d'une briseuse de ménages ; c'était simplement une jeune fille en proie à un chagrin immense. Son désir d'avoir une famille était presque palpable et ressortait à chaque page. Émue, Elma avait surtout eu envie de la prendre dans ses bras.

Elle comprenait pourquoi Lise n'avait pas voulu avorter, comme Unnar l'avait exigé. Elle n'avait plus de famille, l'enfant était sans doute pour elle le moyen d'en fonder une nouvelle.

Le journal intime s'achevait le samedi de la soirée chez Marinó. Dans sa dernière note, elle évoquait même des saignements, elle était donc consciente d'avoir fait une fausse couche.

Selon Andri, elle avait beaucoup bu ce soir-là. Il était

rentré sans elle, et avait croisé son père qui lui avait demandé où elle était. Unnar avait ensuite dû sortir pour la retrouver.

Après cela, les événements étaient plus flous. Ces prochains jours, leur mission serait de constituer un dossier solide. Tous les indices suggéraient qu'Unnar était impliqué, mais pour le mettre en examen, il fallait encore clarifier quelques points. Elma continuait d'espérer qu'il finirait par baisser les bras et avouer. Cela simplifierait les choses.

En sortant du magasin, elle entama une glace à l'eau et décida de prendre le chemin le plus long. Ces derniers temps, elle avait des envies irrépressibles de froid. Le soir, à défaut de mieux, il lui arrivait de croquer des glaçons. Tandis qu'elle empruntait la rue Innnesvegur qui longeait la côte, elle aperçut un visage familier sur le trottoir ; le jeune homme, son sac à dos sur une épaule et la main enfoncée dans la poche de son pantalon, semblait indifférent à la pluie – il était probablement déjà trempé.

Elma ralentit et baissa sa vitre.

– Andri ! lança-t-elle. Je vous raccompagne ?

D'abord hésitant, il s'approcha de la voiture. Avec ses cheveux mouillés, sa frange lui tomba dans les yeux lorsqu'il se baissa. Une goutte glissa d'une des mèches et atterrit sur sa joue.

– Ça va aller.

– Allez, montez.

– Vous êtes sûre ? Je peux marcher.

– Oui, pas de problème. Je ne suis pas pressée.

Il s'installa sur le siège passager et lui sourit. Il sentait la sueur et la pluie, et ses mains étaient rouges.

– Vous revenez de l'entraînement ?

– Oui, le dernier, j'espère.

– C'est vrai, vous partez bientôt à l'étranger, non ? C'est toujours votre projet ?

La situation familiale devait avoir été bousculée par la garde à vue de son père. Elma ignorait la position de Laufey, si elle croyait son mari, si elle était prête à le soutenir.

– Dans deux jours, oui.

– Génial. Je suis soulagée que vous puissiez partir quand même.

– Oui, acquiesça Andri. Mes sœurs vont venir avec moi.

– Ah, super !

Ils passèrent devant la résidence pour seniors et le nouvel immeuble d'habitation qui avait reçu l'étrange nom de Diamant Noir. C'était toujours mieux que le Bord de la Tombe, surnom que les habitants de la ville lui avaient donné pendant qu'il était en construction, à cause de sa proximité avec la maison de retraite.

– Vous croyez que… qu'il va aller en prison ?

Andri n'eut pas besoin de préciser de qui il parlait.

Elma marqua une petite pause avant de répondre :

– Je ne sais pas. J'imagine qu'il va falloir attendre, l'avenir nous le dira.

– Oui, fit Andri dans un soupir en penchant la tête en arrière. J'espère qu'il ira.

Elma lui lança un regard interrogateur.

– Ben… C'est juste que Papa n'a jamais vraiment été… jamais vraiment été très sympa avec Maman.

– Je suis désolée.

Ils arrivaient devant la maison. Elma se gara.

– Enfin, vous voyez, il ne l'a jamais maltraitée physiquement, comme il l'a fait à Lise, mais c'est presque pire. Lise était enceinte de lui et… et tout le monde ici sait qu'il passe son temps avec d'autres femmes. Il se contrefiche de nous.

Elle ne savait pas quoi dire. Pauvre gamin. Elle ne pouvait s'imaginer ce que cela faisait de grandir en subissant des commérages pareils au sujet de son père.

S'emparant de son sac posé par terre, Andri la remercia de l'avoir ramené. Elle l'observa tandis qu'il s'éloignait en direction du garage, la tête légèrement en arrière, laissant la pluie tomber sur son visage. Il jeta un coup d'œil furtif par-dessus son épaule avant de pénétrer dans sa chambre et de refermer la porte derrière lui.

Elma s'apprêtait à redémarrer lorsqu'elle aperçut Klara et Anna qui s'approchaient sur le trottoir. Après un regard rapide vers la maison, elle sortit de sa voiture. Elle savait bien que s'entretenir avec des mineurs sans l'accord de leurs parents était discutable, mais ce n'était pas comme si elle comptait les interroger.

– Salut ! lança-t-elle en se dirigeant vers les deux fillettes.

Elle sourit à Anna, mais s'adressa plutôt à sa sœur aînée :

– Tu t'appelles Klara, c'est bien ça ?

– Oui.

Elles s'arrêtèrent toutes les deux alors qu'Elma était encore à quelques pas. Klara portait un ciré jaune, mais de longues mèches de ses cheveux frisés, dépassant de sa capuche, étaient trempées.

– J'ai appris que tu savais très bien dessiner.

La fillette resta silencieuse.

– Je..., commença Elma. J'ai vu un très beau dessin dans ta chambre, avec une jeune fille qui... qui regarde par une fenêtre.

Elle ne répondait toujours pas. Toutes les deux la fixaient d'un air perplexe, et Elma se rendit compte à quel point son discours devait sembler étrange à leurs oreilles. Elles n'avaient sans doute même pas conscience de qui elle était, ou de comment elle avait vu ce dessin sur le bureau de Klara.

– Tu sais duquel je parle ? poursuivit Elma.

Klara hocha la tête.

– Je suis tellement curieuse, j'ai envie de savoir qui est cette fille. C'est quelqu'un que tu connais, ou bien… ?

À sa surprise, la fillette se figea, les yeux écarquillés, comme si elle avait soudain peur.

– Klara, dit Elma en faisant un pas vers elle. Tout va bien ?

La petite bondit et s'enfuit en courant avant qu'elle n'ait eu le temps d'ajouter quoi que ce soit. Elma entendit la porte de la maison claquer à travers la pluie. Soupirant, elle s'apprêtait à retourner dans sa voiture lorsqu'elle remarqua qu'Anna se tenait toujours sur le trottoir devant elle et la regardait.

– C'est Lise, répondit-elle, plissant imperceptiblement les yeux.

Elle se pencha en avant et ajouta :

– Nous l'avons vue toutes les deux la nuit.

– La nuit ?

Une bourrasque projeta des gouttes sur le visage d'Elma, et elle resserra les pans de sa veste.

– Elle est morte mais…, fit Anna avant de baisser la voix. Mais elle n'est pas partie.

Septembre 2019

– Entrez, dit Frída en ouvrant à Lise et à Andri.

Pieds nus dans ses chaussons, elle portait un débardeur. De la musique résonnait à un volume puissant dans le salon, et un courant d'air fit claquer la porte qui le séparait du vestibule.

– Oups ! lança Frída en refermant la porte d'entrée. C'est ouvert de l'autre côté, Marinó est en train de faire griller des steaks pour les hamburgers.

– Cool. Je vais voir s'il a besoin d'aide.

Leur passant devant, Andri rejoignit son ami sur la terrasse.

L'îlot central de la cuisine accueillait un pack de bières et toutes sortes de bouteilles, de la menthe ainsi que du sucre. Une petite flaque s'était formée sous un sac de glaçons à côté du mixeur.

– Tu veux boire quelque chose ? proposa Frída. Je prépare des mojitos.

– Je veux bien, merci.

Les enceintes diffusaient « I don't care » de Justin Bieber. La chanson qu'Anna n'avait cessé de passer pendant tout l'été. Fan absolue du chanteur, elle avait son poster dans sa chambre. Trois ans auparavant, elle était allée à son concert et avait acheté un tee-shirt bien trop grand arborant son portrait. Elle le portait tout le temps avec une paire de leggings, comme s'il s'agissait d'une robe. Lise sourit en y repensant. Les deux petites filles lui manqueraient. Malgré tout ce qui s'était passé, elle les voyait un peu comme ses sœurs, et elle les aimait tant qu'elle eut soudain les larmes aux yeux en prenant conscience qu'elle ne les reverrait sans doute plus jamais.

– Où sont les mecs ? lança Sonja, soudain apparue dans la cuisine. Oh, salut Lise.

– Salut.

Lise était toujours un peu gênée en présence de Sonja, avec sa vie si mouvementée et les problèmes qui la suivaient partout où elle allait : Ísak, l'enfant, l'appartement, le travail et un obscur type qui semblait ne jamais la laisser tranquille. Elles ne s'étaient pas vues très souvent, mais à chaque fois, la conversation ne tournait qu'autour d'elle. À vrai dire, Lise soupçonnait que c'était Sonja qui courait après les ennuis plutôt que l'inverse. Elle semblait être le genre de personnes qui s'épanouissent dans le drame et le conflit.

– Tu veux bien m'en faire un extrafort ? demanda Sonja à Frída.

– Pas de problème, répondit celle-ci. Et sinon, les mecs sont dehors.

Sonja attrapa son verre et sortit à son tour.

– Elle est sûrement partie provoquer une dispute avec Ísak. Je ne sais pas si c'était une bonne idée de les inviter tous les deux alors qu'on va pas mal picoler, murmura Frída.

– Pourquoi ?

– Oh, soupira-t-elle. Ça a été difficile ces derniers temps entre eux. Ils ne vont pas bien ensemble.

– Ah bon ?

– Non, ils font toujours des problèmes. Ne répète pas ça à Sonja.

Frída lui tendit son verre avec un grand sourire.

– À part ça, tu as remarqué qu'Andri passe son temps à te regarder ?

– Hein, vraiment ? fit Lise en jetant un rapide coup d'œil aux garçons – elle le vit aussitôt baisser les yeux. Il n'y a rien entre nous. On est amis, c'est tout.

– Si tu le dis.

Lise hocha la tête et enfonça la paille dans sa bouche. Sucré et rafraîchissant, le cocktail lui fit du bien. Elle avait pris un antidouleur pour son mal de crâne avant de venir et se sentait déjà mieux. Elle se leva et rejoignit les garçons sur la terrasse. Le soleil encore chaud, l'odeur des steaks grillés et l'alcool dans ses veines lui permirent un instant de tout oublier, exactement comme elle l'avait voulu.

Les sacs de courses n'étaient pas spécialement lourds, même si Elma avait acheté bien plus que de la glace, mais cela n'empêcha pas Sævar d'accourir pour les lui prendre des mains. S'il comptait la choyer ainsi durant toute sa grossesse, elle ne bouderait pas son plaisir.

– Tu as faim ? lui demanda-t-il pendant qu'ils rangeaient la nourriture dans le réfrigérateur.

– Très.

– Et tu comptais manger ça ? fit Sævar en brandissant un paquet de nems.

– Ils sont très bons, voyons !

– Elma, souffla-t-il, l'expression sérieuse. Non, ils ne sont pas bons. Je vais te préparer quelque chose qui l'est vraiment.

Il sortit une boîte d'œufs et d'autres ingrédients du réfrigérateur et ordonna à Elma de s'asseoir sur le canapé.

Ses vêtements étaient un peu humides après sa conversation avec les deux fillettes sous la pluie. Sous le choc de tous ces événements, elles imaginaient sans doute avoir vu Lise. Les enfants avaient souvent du mal à envisager la mort comme quelque chose de définitif, et peut-être que ces visions en étaient la manifestation. Elma était loin d'être une experte en pédopsychiatrie, mais elle avait tout de même suivi deux années de psychologie avant d'abandonner l'université. Elle proposerait l'assistance d'un professionnel à Laufey ; avec un peu de chance, les deux fillettes pourraient ainsi retrouver le sommeil.

– Tu savais qu'une étude a montré que les femmes ont tendance à être attirées par les psychopathes ? dit Elma en s'approchant de Sævar.

Il faisait frire des œufs dans des tranches de pain de mie au milieu desquelles il avait percé un trou.

– C'est pour ça que tu as eu le béguin pour moi ? répliqua-t-il avec un sourire.

– Ted Bundy a reçu d'innombrables lettres d'amour en prison.

– Vraiment ?

– Oui, je crois même qu'il a eu un enfant.

– Intéressant, commenta Sævar en posant une assiette sur la table et en lui enjoignant de s'asseoir.

Plus tard dans la soirée, alors qu'elle se brossait les dents, elle se remémora sa conversation avec Andri. Il n'aimait visiblement pas beaucoup son père, et elle ne pouvait pas le lui reprocher. Elle soupçonnait à vrai dire qu'ils n'avaient jamais été très proches. Andri semblait attaché à protéger sa mère en toutes circonstances et ne supportait pas l'attitude de son père à son égard.

Mais une des phrases qu'il avait prononcées continuait de la hanter, et plus elle y repensait, plus elle était convaincue que ces mots étaient loin d'être innocents.

Lundi

Fermant la dernière valise, Laufey éprouva un irrépressible besoin de caser tous leurs bagages dans le coffre de la voiture et de partir sur-le-champ. Elle attendait ce moment depuis si longtemps que, soudain, la perspective de laisser passer ne serait-ce qu'une minute de plus lui était insupportable. Elle voulait quitter cette maison, cette ville, ce pays. L'appartement qu'elle avait loué en Suède était déjà prêt, meublé et équipé de tout ce dont ils auraient besoin. La météo annonçait encore du soleil à Örebro. La température avait même dépassé les vingt degrés la veille, et les prochains jours devaient être aussi beaux.

Elle se voyait déjà étalant une couverture sur l'herbe du petit terrain devant l'immeuble et s'accordant un moment de détente pendant qu'Anna faisait sa gymnastique et que Klara lisait. Elles seraient heureuses, là-bas.

Laufey se demanda quand il conviendrait de leur dire qu'elles ne reviendraient pas en Islande. Faudrait-il leur en parler dans l'avion ou à leur arrivée dans l'appartement ? Il valait sans doute mieux attendre un peu. Profiter des premiers jours, leur faire découvrir la ville. À deux pas de l'immeuble, il y avait une plage ; peut-être qu'elle pourrait leur annoncer la nouvelle là-bas. Anna protesterait, mais elle ne s'inquiétait pas pour elle. Elle se faisait des amis facilement, était capable de s'intégrer dans n'importe quel groupe.

De son côté, Klara ne le prendrait sans doute pas mal. À Akranes, elle n'aimait pas particulièrement l'école, où elle avait atterri dans une classe qui ne lui allait pas, avec de fortes personnalités parmi lesquelles elle se noyait. Après cinq ans là-bas, elle n'avait toujours pas de véritable ami.

Les deux filles s'en sortiraient, Andri jouerait au foot, et s'il en avait marre, il pourrait étudier quelque chose. Peu importait, elle le soutiendrait quelle que soit sa décision.

Elle avait tout de même un plan B au cas où les enfants rechigneraient à accepter leur nouvelle situation : un chien. Laufey comptait acheter un gros chien touffu qu'elle pourrait promener sur la plage en bas de chez elle et qui dormirait par terre au pied de son lit.

Les filles étaient prêtes à tout pour avoir un chien.

– Qu'est-ce que tu fais, Maman ? Il y a quoi, dans cette valise ?

Anna bondit sur le lit de ses parents. Les pieds nus, elle avait du vernis sur les ongles – elle l'avait clairement appliqué elle-même, mais le résultat n'était pas si mauvais pour une enfant de sept ans.

– Nos vêtements.

Laufey vit son nez se retrousser.

– Pourquoi ?

– Je comptais vous l'annoncer ce soir mais..., répondit-elle avant de se pencher en avant et de murmurer : On part en Suède avec Andri.

– Sérieusement ? s'exclama Anna, sautant sur le lit avec enthousiasme. Je peux manquer l'école ?

– Oui, acquiesça Laufey avec un sourire. Temporairement.

L'école était l'un des problèmes qu'elle n'avait pas encore réglés. Elle n'avait contacté personne, ni en Islande, ni en Suède, craignant de mettre son plan en péril. Il suffisait d'un mail ou d'un coup de téléphone pour qu'Unnar découvre ce qu'elle préparait, elle ne pouvait courir un tel risque.

– Trop bien ! Il faut que j'appelle Ína pour lui dire !

– Non ! lança Laufey en attrapant la main d'Anna. Tu dois me jurer de n'en parler à personne. C'est un secret.

– Juste à Ína, personne d'autre.

– Non, je suis désolée ma chérie, dit Laufey.

Elle devrait se souvenir de surveiller le téléphone pour s'assurer qu'Anna n'allait pas s'en servir en catimini – elle en était bien capable.

– Et Papa ? Il vient aussi ?

Laufey soupira de soulagement au moment où la sonnette retentit, lui donnant une parfaite excuse pour ne pas répondre à cette question.

Elma sentit qu'elle n'était pas la bienvenue, mais c'était sans importance, elle avait l'habitude. Elle était même plutôt surprise lorsque les gens réservaient à la police un bon accueil, qu'ils leur offraient du café. En général, ils avaient plutôt tendance à les mettre dehors le plus vite possible.

– Andri est là ? demanda-t-elle.

– Oui, répondit Laufey. Il est sous la douche.

– Parfait, je peux peut-être l'attendre ?

– Je vous en prie.

Laufey jeta un rapide coup d'œil par-dessus son épaule, et Elma se rendit compte que les filles étaient à la maison. Deux cartables reposaient contre le mur, et à en juger par les voix aiguës qu'elle entendait au loin, un dessin animé passait à la télévision quelque part. Elle pria pour ne pas les croiser, cela pourrait entraîner des questions gênantes.

– Je peux vous offrir quelque chose ? proposa enfin Laufey, comme si elle se résolvait à céder à sa nature hospitalière.

– Non merci, répondit Elma, avant de se raviser et d'ajouter : Ou peut-être juste un verre d'eau.

Elle suivit Laufey dans la cuisine et resta debout pour boire.

– Comment allez-vous ? s'enquit-elle ensuite.

– Ça va, répondit Laufey avec un faible sourire. Nous allons survivre.

– Bien sûr.

Elma aurait voulu lui demander si elle avait soupçonné une liaison entre Lise et son mari, mais cela lui semblait inapproprié. Laufey en avait probablement assez de parler d'Unnar.

– Andri m'a dit que vous partiez à l'étranger.

– Oui, nous allons l'accompagner en Suède.

– Les filles aussi ?

– Oui, je crois qu'un peu de vacances ne nous fera pas de mal.

Elle sursauta lorsqu'une porte claqua dans le couloir.

– Tiens, Andri est sorti de la douche.

Laufey s'empressa de le rejoindre, et Elma les entendit chuchoter. Le jeune homme apparut un instant plus tard, vêtu d'un jogging et d'un tee-shirt. Il la regarda d'un air méfiant.

– Bonjour ! lui lança-t-elle avec un sourire amical.

Laufey n'était pas revenue, ils étaient seuls dans la cuisine.

– Ouais, bonjour, et merci encore de m'avoir ramené hier, dit-il avant d'ouvrir un placard et d'en sortir un verre. Pourquoi vous vouliez me voir ?

– J'avais quelques questions, si ça ne vous dérange pas ?

Il ne répondit pas, se contentant de la fixer en haussant les sourcils. Elma prit cela comme un signe d'assentiment.

– Je me demandais comment était votre relation avec Lise. Vous étiez proches ?

Elle lui avait déjà posé la question, et avait eu la sensation qu'ils se connaissaient peu, voire pas du tout. Andri affirmait l'avoir invitée chez ses amis simplement pour faire plaisir à sa mère, qui s'inquiétait de la solitude de Lise.

– Non, pas vraiment.

Il ouvrit le robinet et remplit son verre d'eau.

– Le truc, c'est que la police a décidé de ne pas tout divulguer au public concernant cette affaire, dit Elma avant de reformuler : En d'autres termes, il n'y a que nous qui sommes au courant de certains éléments.

Andri patienta.

– Mais hier, lorsque je vous ai ramené, vous avez dit quelque chose que… Eh bien, que vous n'auriez pas pu savoir, à moins que Lise vous l'ait confié.

– Qu'est-ce que j'ai dit ?

– Qu'elle était enceinte.

Elma attendit une réaction, mais comme rien ne venait :

– Comment le saviez-vous ?

Andri haussa les épaules.

– Elle me l'a dit

– Je ne comprends pas, poursuivit Elma. Si vous saviez que votre père et Lise avaient une liaison, pourquoi ne pas en avoir parlé ? Il ne vous est pas venu à l'esprit que cela pouvait avoir un lien avec sa mort ? Vous pensiez vraiment que ces informations n'avaient pas d'importance ?

Andri vida son verre d'un trait avant de le poser dans l'évier.

– Pendant tout ce temps, vous saviez qu'il s'était passé quelque chose entre votre père et Lise. Vous m'avez même dit qu'il vous avait demandé où elle était le soir de sa mort, vous saviez donc qu'il était parti la retrouver.

– Je…, commença-t-il.

Lorsqu'il se tourna de nouveau vers elle, il avait le visage crispé par la souffrance :

– Ce n'était pas ça.

– C'était quoi alors, Andri ? Vous étiez au courant de leur relation, oui ou non ? Pourquoi vous ne nous en avez pas parlé ?

Il hésita, se massant le front du bout des doigts. Elma nota que ses mains tremblaient.

– Andri, dit-elle en faisant un pas vers lui. Que s'est-il passé ?

– Je croyais qu'elle était amoureuse de moi. Je croyais vraiment que Lise voulait sortir avec moi. Je croyais qu'elle était différente, que je pouvais lui parler, mais… mais elle est tombée enceinte de mon père.

Il avait craché ces derniers mots avec dégoût.

– Andri, répéta Elma à voix basse. Vous avez fait du mal à Lise lorsqu'elle vous a rejeté ?

Avant qu'il ne parvienne à répondre, un léger cliquetis rompit le silence.

Septembre 2019

La cuvette des toilettes était devenue une vision beaucoup trop familière. Lise n'entendait plus de coups contre la porte, ils l'avaient enfin laissée seule. Elle s'assit par terre et appuya sa tête contre le bord de la baignoire. La sueur sur son front était froide à présent, les antidouleurs n'agissaient plus et elle avait la sensation que quelqu'un jouait du tambour à l'intérieur de son crâne.

Que s'était-il passé ?

Elle se rappelait avoir dansé, s'être confiée plus que de raison. Elle leur avait même parlé de son père avant de se mettre à pleurer comme une idiote. Puis elle s'était reposée sur l'épaule de Frída pendant que celle-ci lui caressait les cheveux.

La nausée interrompit ses pensées.

Après avoir de nouveau vomi, elle se redressa et regarda son reflet dans le miroir. Elle lissa ses cheveux avec ses doigts, se rinça la bouche, cracha et but un peu d'eau au robinet.

Le moment était venu de rentrer. Elle en était capable.

Il y avait toujours de la musique lorsqu'elle sortit de la salle de bains, à un volume toutefois moins fort. Elle trouva Andri avachi sur le canapé du salon, les yeux dans le vague, son téléphone devant lui.

– Tu m'attendais ? demanda-t-elle.

– Oui. Ça va ?

Elle haussa les épaules.

– Tu veux t'allonger une minute ? fit une voix derrière elle.

Tournant la tête, elle fit face à un Marinó titubant qui tenait un torchon et une canette de bière vide à la main.

– Je fais un peu de rangement avant que mes parents rentrent de leur week-end, expliqua-t-il d'une voix pâteuse, un sourire éteint aux lèvres. Mais tu peux aller te reposer. Le lit de Frída est libre, elle dort chez son copain.

Elle avait beau avoir envie de rentrer, Lise éprouva le soudain besoin de s'allonger. Elle cligna des paupières plusieurs fois, sentant la terre faire des vagues sous ses pieds.

– Je t'accompagne, dit Andri.

Il lui prit le bras et, d'un pas mal assuré, la mena vers la chambre.

Les mains de Laufey ne tremblaient pas, son regard était résolu. Parfaitement calme, la femme qui se tenait face à Elma et pointait sur elle un fusil savait exactement ce qu'elle faisait.

– Laufey, je ne pense pas que ce soit nécessaire. Je ne compte pas…

– Peut-être pas, la coupa-t-elle. Mais je ne peux pas courir le risque que vous retourniez au commissariat.

– Maman ?

C'était une des deux filles qui l'appelait. Elle ne bougea pas.

– Andri, va voir tes sœurs. Assure-toi qu'elles ne viennent pas par ici.

Du coin de l'œil, Elma vit le jeune homme passer une main sur son visage. Il ne lui accorda pas un regard en quittant la cuisine. Laufey, quant à elle, ne la lâchait pas des yeux.

– C'était un accident, reprit-elle. Andri n'avait pas l'intention de lui faire du mal. Il était censé appeler la police et gâcher sa vie, c'est ça ? Qui aurait cru à son histoire ?

– Que s'est-il passé ? demanda Elma le plus posément possible.

Elle faisait de son mieux pour garder son sang-froid,

malgré son cœur qui battait à cent à l'heure. Laufey savait-elle se servir de cette arme ? Elle n'en avait aucune idée, mais il était certain qu'au moindre mouvement de son doigt, volontaire ou non, le coup pouvait partir.

– Il ne s'en souvient pas. Il était complètement ivre, il s'est endormi et lorsqu'il s'est réveillé, Lise était morte à côté de lui. Il devrait aller en prison pour un acte qu'il ne se rappelle même pas avoir commis ? Et le foot ? Tout ce pour quoi il travaille si dur depuis tout petit ? Il ne peut pas être mêlé à une affaire pareille alors qu'il a enfin une occasion en or de jouer pour une équipe étrangère ! Si la police était venue, ils auraient tiré de mauvaises conclusions, et ça l'aurait poursuivi toute sa vie.

– Andri n'a pas tué Lise, dit Elma rapidement.

La situation était en train de s'éclaircir, et elle se rendait compte que tout cela découlait d'un énorme malentendu.

Laufey fronça les sourcils.

– Lise avait une maladie rare, continua Elma sans lui laisser le temps de reprendre la parole. Un problème de coagulation. Un coup pouvait avoir sur elle des conséquences bien plus sérieuses que sur une personne en bonne santé. Lorsque Unnar l'a poussée et que sa tête a cogné contre le mur, cela a entraîné un saignement dans son cerveau qui a fini par lui être fatal.

Elma entendait la peur dans sa propre voix, mais aussi l'espoir, grâce à ces informations, d'arriver à convaincre Laufey qu'il était temps de poser son arme.

– Mais…

– Andri n'a pas tué Lise, répéta Elma. Il ne s'en souvient pas parce que ce n'est jamais arrivé. La mort de Lise n'avait rien à voir avec lui.

Laufey baissa légèrement le fusil, luttant visiblement contre les larmes.

– Alors Unnar…

– Oui, c'est Unnar qui est responsable de sa mort. Mais il ne sera jamais jugé pour homicide volontaire. Il ne pouvait pas savoir que Lise mourrait des suites de ce coup à la tête.

Laufey resserra d'un coup sa prise sur la crosse.

– Ça ne change rien ! Andri risque toujours la prison pour avoir caché le corps, et même s'il n'est pas condamné, tout est foutu. Il portera toujours cette croix.

Le dessin animé se tut et l'une des petites filles appela de nouveau.

– Maman arrive tout de suite ! s'écria Laufey d'une voix enjouée, relâchant son attention l'espace d'une seconde.

Saisissant l'occasion, Elma jeta un coup d'œil aux alentours. Y avait-il quelque chose sur la table qu'elle pouvait utiliser pour se défendre ? Un paquet de céréales, une salière qui traînaient, mais pas de couteau ni d'objet lourd.

Elles entendirent Andri donner un ordre à ses sœurs, puis une porte se ferma et le silence retomba.

Dehors, une voiture passa devant la maison sans s'arrêter.

Personne ne savait où elle se trouvait. La veille au soir, elle avait bien fait part à Sævar de ses soupçons concernant Andri, mais elle n'était même pas sûre qu'il l'ait vraiment entendue. Lorsqu'elle était entrée dans la chambre, il avait les yeux mi-clos, et même s'il avait hoché la tête pendant qu'elle lui parlait, peut-être dormait-il déjà à moitié.

– Suivez-moi, lui ordonna Laufey en désignant le couloir avec le canon de son fusil.

Elle semblait soudain avoir mal aux yeux, ne cessait de cligner des paupières. Elma remarqua également que sa respiration était saccadée.

– Pourquoi Marinó devait-il mourir ? l'interrogea-t-elle pour gagner du temps.

– C'était un accident, ça n'aurait pas dû arriver. Rien de tout ça n'aurait dû arriver.

Laufey baissa son arme et s'appuya au mur. Elle ferma les yeux et se laissa glisser par terre.

– Je ne me sens pas bien, je ne crois pas pouvoir…

Elma en profita pour s'approcher d'elle. Se penchant prudemment, elle s'apprêtait à attraper le fusil lorsqu'elle ressentit une vive douleur à la tête.

Septembre 2019

Andri mena tant bien que mal Lise jusqu'à la chambre de Frída et l'aida à s'installer sur le lit. Le matelas était confortable et la couverture douce, mais elle avait toujours terriblement mal à la tête et tout tournait autour d'elle. Elle ferma les yeux, sentant une main lui caresser le front. Andri ? C'était lui ? Elle se redressa et, prenant appui sur son coude, regarda autour d'elle.

– Tu te sens mieux ?

Assis à côté d'elle, il la fixait.

– Il est quelle heure ?

– Trois heures.

– Oh. On devrait peut-être...

Andri se leva et elle se tut. Puis il reprit place à côté d'elle sur le lit, les mains dans les poches. Cette fois, il lui parla sans la regarder.

– Pourquoi tu es venue ?

– Quoi ?

– Pourquoi tu as décidé de venir à Akranes ? Qu'est-ce qui peut bien pousser quelqu'un à choisir un endroit pareil ?

Il semblait avoir du mal à garder les yeux ouverts.

– Tu es bourré ? lui demanda-t-elle, surprise – elle pensait qu'il ne buvait pas.

– Un peu, répondit-il en souriant.

Il cligna plusieurs fois des paupières et s'éclaircit la gorge.

– Mais pas autant que j'en ai l'air, ajouta-t-il.

– Pas de problème.

– Je ne bois presque jamais.

– Non.

– Je dois rester en forme.

Il s'approcha d'elle et elle eut un mouvement de recul.

– Qu'est-ce que tu fais, Andri ?

– Tu es mignonne. Mais pas comme les autres. Pas comme ça. Plutôt genre... genre normale.

– Normale ? demanda Lise.

– Ouais, genre naturelle. Ici, les filles sont toujours tellement... fausses, avec leur maquillage et leurs cheveux colorés et tout le reste. Toi, t'es juste normale. Pas de conneries de ce genre.

– Tu veux parler de Júlia ?

– Ouais, acquiesça-t-il en riant. Elle n'est pas comme toi.

– Comme moi ?

– Oui, tu vois. Genre...

La tête d'Andri s'affaissait progressivement vers elle, comme s'il était sur le point de tomber. Puis il eut un sursaut et regarda de nouveau droit devant.

– Genre normale ? dit Lise avec un sourire.

– Ouais...

Il se redressa encore, la regarda un instant sans prononcer un mot, puis :

– Elles sont tellement stupides. Tellement vides. Parfois, quand je les écoute discuter entre elles, j'ai envie de hurler. Elles ne parlent que de mecs et de vêtements et... et du meilleur putain de mascara ou truc comme ça. Toi, t'es pas comme ça.

Il fit glisser un doigt du front à la joue de Lise ; elle sentit un léger picotement sur sa peau, qui se transforma presque en brûlure.

– Je..., commença-t-elle, sans pouvoir aller plus loin.

Andri se pencha en avant. Elle sursauta mais ne s'éloigna pas. Ses lèvres lui firent l'effet d'un petit papillon contre les siennes. C'était un baiser si doux, si chaud, salé. Elle entrouvrit la bouche, et une sensation de chaleur l'envahit lorsque sa langue l'effleura. Derrière l'odeur d'alcool et de cigarette, elle décela un parfum d'après-rasage. Le même que celui d'Unnar.

– Arrête, murmura-t-elle soudain.

Andri ne sembla pas l'avoir entendue. Elle le repoussa et contempla son visage. Il avait les traits si beaux, si innocents. Tout l'inverse d'Unnar.

– Tu ne veux pas... ? demanda-t-il d'un air surpris.

Elle déglutit. Elle devait lui expliquer pourquoi elle ne pouvait pas être avec lui. Elle espérait simplement qu'il ne le prendrait pas trop mal. Fixant ses si beaux yeux, elle se redressa.

– Andri, il y a quelque chose que tu dois savoir.

– Vous n'auriez pas dû venir.

La voix provenait de l'autre bout de la pièce. La gorge sèche, Elma cligna des paupières. La lumière était éteinte, mais les petites fenêtres du garage laissaient passer un peu de jour. Elle ignorait l'heure, le soleil était caché derrière d'épais nuages gris.

Essayant de se redresser, elle comprit pourquoi elle avait si mal aux poignets. Ils étaient liés par un fin cordon qui s'enfonçait dans sa peau. Elle voulut bouger ses mains, mais elles étaient si fermement attachées que c'était presque impossible.

– On voulait oublier tout ça, dit Andri. Maman avait tout planifié.

– Vous n'avez pas besoin de faire ça, vous n'avez pas tué Lise, répliqua Elma. On va trouver une autre solution. Je suis sûre que vous n'aurez qu'une courte peine, peut-être même pas de prison du tout. C'est votre père qui…

– Oui, mais Papa n'a pas caché le corps, et il n'a pas tué Marinó.

Il y avait presque de l'innocence dans sa voix calme, mais quelque chose dans son regard, une sorte d'effronterie, lui faisait peur.

Elma l'observa plus longuement. Il se tenait à quelques

pas d'elle, les mains dans les poches, comme la veille quand il rentrait chez lui. Il ne semblait pas bouleversé, paraissait même éprouver un certain plaisir. Ses lèvres esquissaient un léger sourire, son expression n'avait plus rien à voir avec celle qu'il arborait dans la cuisine un peu plus tôt. Il ne jouait plus, ne faisait plus semblant. Et cette sérénité qui émanait de lui était terrifiante.

– Qu'est-il arrivé à Marinó ? demanda-t-elle à voix basse.

– Il voulait tout raconter. Il ne pouvait pas garder le silence sur ce qui était arrivé à Lise. On a caché le corps dans le cabanon, on voulait le déplacer le week-end suivant, mais le moment venu, il s'est dégonflé.

– Alors vous l'avez tué ?

– Non, je…

Andri hésita et finalement s'interrompit puis tourna les talons, visiblement décidé à partir.

Elma s'empressa de lui demander :

– C'est vous qui avez mis le feu ?

– Non.

– Mais qui…, souffla-t-elle, comprenant en un instant qui était venu en aide au jeune homme.

– Maman prend toujours soin de moi, répondit Andri.

– Alors c'est elle qui a provoqué l'incendie ? Mais pourquoi ?

– Parce que la police aurait vu que j'étais chez lui, on aurait retrouvé des empreintes ou… ou je ne sais quoi d'autre.

Andri s'empara de la poignée de la porte.

– Andri, vous savez que…

– Désolé, la coupa-t-il sans lui accorder un regard. J'ai pas le choix.

Sævar ne pouvait s'empêcher de siffler. Il savait que cela agaçait ses collègues, mais il ne se contrôlait pas. Begga avait même passé la tête dans son bureau pour lui demander si elle pouvait fermer la porte. Et le regard qu'elle lui avait lancé n'avait rien de très amical.

Ces derniers jours, il était d'humeur si légère. Les tâches du quotidien qui d'ordinaire lui pesaient n'avaient plus d'effet sur lui. Même la rédaction de tous ces rapports ne l'ennuyait plus autant. Rien ne pouvait entamer sa joie de vivre, ni la pluie qui tombait dehors, ni la tempête annoncée pour le week-end. À vrai dire, il avait hâte de se pelotonner sur le canapé avec Elma pour regarder un film et manger un bon petit plat.

Alors malgré la météo et la paperasse, il continuait de siffler, et le temps fila à toute vitesse. Midi approchant, il se leva et s'étira. Le commissariat était calme, et il se dit qu'il pourrait sortir déjeuner avec Elma.

La porte de son bureau était entrouverte. Il jeta un coup d'œil à l'intérieur, pensant la trouver assise derrière son ordinateur, mais étonnamment elle n'était pas là. Peut-être discutait-elle avec Begga dans la salle de pause – il leur arrivait d'oublier le temps pendant qu'elles bavardaient. C'est alors qu'il remarqua que son sac n'était pas posé à côté de son bureau, et que son manteau ne pendait pas à la patère près de la porte. Étrange. Généralement, Elma ne sortait pas sans l'avertir.

Sævar rejoignit la salle de pause, où Begga était assise avec Kári.

– Vous avez vu Elma ? demanda-t-il.

Ils secouèrent tous les deux la tête, et Sævar retourna dans son bureau pour lui téléphoner. Accueilli par son répondeur, il essaya d'éloigner le malaise qui commençait à naître en lui, mais à présent, il n'était plus du tout d'humeur à siffloter.

– Vous devez bien voir, bien comprendre..., dit Laufey, le ton beaucoup trop amical. Ce n'était pas la faute d'Andri. Je devais tout faire pour lui éviter la prison.

Cela faisait maintenant un long moment qu'Andri l'avait abandonnée dans le garage. Pendant tout ce temps, elle avait essayé d'arracher avec ses dents le cordon qui liait ses mains. Les plaies de ses poignets avaient commencé à saigner, et la douleur lorsque le fil s'y enfonçait lui donnait les larmes aux yeux.

Mais elle avait aussi pu réfléchir. Elle comprenait désormais comment Andri était parvenu à tous les tromper. Il n'avait peut-être pas tué Lise, mais il l'avait dissimulée dans le cabanon avec l'aide de Marinó, avant d'assassiner ce dernier de sang-froid. Il ne semblait même pas chagriné de voir son père porter la responsabilité de ses crimes. C'était brutal, quelle que soit la nature de leur relation.

– Je n'avais pas le choix, poursuivit Laufey. Il fallait que je protège Andri.

Oui, elle était probablement convaincue de ne pas avoir eu d'autre option. Mais qu'elle ait accepté de commettre un tel acte pour son fils... Elma n'en revenait pas. La fixant des yeux, elle pencha légèrement la tête. Laufey soutint son regard et, comme si elle lisait dans ses pensées, ajouta :

– On est prêt à tous les sacrifices pour ses enfants.

– Je sais.

Elma s'appuya contre le mur de pierre froid et grimaça lorsque le fil s'enfonça de nouveau dans ses plaies. Il était inutile de chercher à parlementer avec cette femme.

– Vous n'avez pas d'enfants, je crois ? demanda Laufey.

– Non, mais… mais je suis enceinte.

Laufey sourit un instant, comme si elle partageait son bonheur, avant que son expression devienne soudain plus triste.

– Vous savez, je n'ai pas du tout envie de faire ça.

Elle baissa les yeux sur son fusil et inspira profondément.

– Ce n'est pas nécessaire, dit Elma en fermant les yeux, la gorge serrée.

Elle avait envie de la supplier de la libérer. Pas pour elle-même, simplement pour permettre à leur enfant de vivre.

La veille au soir, Sævar et elle avaient cherché sur Internet à quoi ressemblait un fœtus à ce stade de la grossesse. À leur grande surprise, ils avaient découvert un véritable être humain miniature, avec des petites jambes et des petits bras. Même les doigts avaient commencé à prendre forme. Contemplant les images sous ses yeux, elle avait songé avec étonnement que si tout se passait bien, elle tiendrait un enfant contre elle dans quelques tout petits mois. Un individu unique, avec sa propre personnalité, ses propres pensées. Elle avait tellement hâte de faire sa connaissance.

Mais maintenant, tout ça était compromis, jamais elle ne pourrait prendre son bébé dans ses bras.

– J'ai bien peur de ne pas avoir le choix, répliqua Laufey avec un sourire triste, en pointant son fusil sur elle.

Elma sentit les pulsations de son cœur s'accélérer en même temps qu'un sentiment accablant d'impuissance l'envahissait – elle ne pouvait rien faire. La situation lui semblait si irréelle. Cela ne pouvait pas avoir lieu, pas en vrai.

– Comment…, lâcha-t-elle d'une voix désespérée. Comment… Pourquoi Unnar était là-bas ?

– Quoi ?

– Le téléphone d'Unnar, précisa Elma avec empressement. Il avait l'air d'être près de la maison de Marinó le soir de sa mort. Et nous avons retrouvé des traces d'essence sur son manteau.

– Ah, oui, fit Laufey avec un léger sourire. Ce n'était pas prémédité, mais j'ai pris son manteau, et il garde toujours son téléphone dans sa poche. Je lui ai demandé mille fois d'y faire plus attention, et maintenant… eh bien, j'imagine qu'il a retenu sa leçon.

– Vous étiez au courant pour Lise et lui ?

– Je l'ai su plus tard, répondit Laufey avant d'ajouter d'un ton sarcastique : Cette semaine, j'ai découvert pas mal de choses sur mon adorable mari, et en ce qui me concerne, il peut bien passer quelques jours derrière les barreaux.

– Vous avez donc pris son manteau. Il était où, pendant ce temps ?

– Après le départ de nos invités, Unnar a bu un dernier verre, comme il le fait toujours. J'avais glissé un somnifère dedans, et j'ai attendu qu'il se mette au lit. Puis j'ai fait ce que j'avais à faire.

– Et comment avez-vous réussi à entrer chez Marinó ?

– Andri savait où ils cachaient leur jeu de clés supplémentaire.

Son fils l'appela juste à ce moment, depuis le jardin. Elle balaya une mèche de cheveux de son visage et soupira.

– Bon…

– Je m'occupais d'Andri quand il était petit, lança Elma dans une énième tentative de repousser l'instant fatidique. Enfin… c'est mon amie qui était sa baby-sitter, et je passais beaucoup de temps avec elle.

– Ça alors ! Comment s'appelait-elle déjà ? Silvía ou…

– Silja.

– Oui, Silja. C'est ça.

– Il était adorable.

– Oui, acquiesça Laufey avec un sourire. Et il l'est encore. Dans mon esprit, il sera toujours ce beau petit garçon pour qui je suis prête à tout.

Laufey inspira à fond et resserra sa prise sur le fusil. Fermant les yeux, Elma attendit.

– Vous avez besoin d'entrer ?

La voisine d'Elma venait d'ouvrir la porte de l'immeuble. Derrière elle, deux petits garçons faisaient la course pour sortir en premier.

– Non, ça va aller, répondit Sævar.

Il avait déjà sonné trois fois à l'interphone, elle ne semblait pas être chez elle.

La femme lui sourit, avant d'ordonner à ses deux fils de l'attendre. Ils n'obéirent pas.

Sævar regagna sa voiture. Il se repassa mentalement le film de la journée pour s'assurer que rien ne lui avait échappé. Elma et lui étaient arrivés au travail à la même heure, chacun de leur côté comme d'habitude, puis ils avaient bu un café et rejoint leurs bureaux respectifs. Il se rappelait avoir aperçu Elma tandis qu'elle allait aux toilettes vers dix heures, après ça plus rien. Depuis midi, il n'avait pas arrêté d'essayer de la rappeler, mais il tombait toujours sur son répondeur. Il était désormais dix-sept heures, et il n'avait aucune nouvelle.

Il décida de passer devant chez ses parents, même si cela lui donnait un peu l'impression de la traquer. Il voulait juste vérifier si sa voiture était là-bas, après quoi il s'en irait. Il but une gorgée du soda tiède qu'il avait ouvert la veille et redémarra.

Les parents d'Elma habitaient dans une impasse à deux pas de chez elle. Sævar les avait rencontrés plusieurs fois et ne pouvait que les apprécier. Sa mère Adalheidur était un vrai moulin à paroles, et elle passait son temps à aller et venir partout dans la maison. Il ne se souvenait pas de l'avoir déjà vue rester les bras croisés plus de cinq minutes. Par ailleurs, elle connaissait le football anglais presque mieux que lui, ce qui la rendait encore plus sympathique. Elma ressemblait davantage à son père Jón, un homme calme et tranquille. Lorsqu'il était d'humeur à débattre, ils pouvaient cependant discuter pendant des heures de tout et de rien. S'il le cachait mieux, il était aussi curieux que son épouse. Lui aussi nourrissait un grand intérêt pour tous les aspects techniques du métier de policier, et ne se lassait jamais de l'inonder de questions.

Lorsqu'il fut arrivé devant chez eux, il ne vit pas de voiture dans l'allée. À l'évidence, Elma n'était pas chez ses parents.

Sævar ne comprenait pas. Incapable de rentrer chez lui sans savoir où elle se trouvait, il fit le tour de la ville en espérant tomber par hasard sur elle ou sur sa voiture. Il passa devant l'hôpital et inspecta le parking, le cœur serré. Heureusement, sa voiture n'était pas là.

Il devait s'être passé quelque chose. Simplement, il n'avait aucune idée de ce que cela pouvait être.

Lorsqu'il se gara enfin devant chez lui, son instinct lui dit de ne pas rentrer. Mais il ne pouvait rien faire d'autre et ne savait pas où chercher Elma, aussi finit-il par couper le moteur et rejoindre son appartement.

Les fillettes bavardèrent pendant tout le trajet jusqu'à l'aéroport international de Keflavík. Elles étaient si enthousiastes qu'elles ne pouvaient pas se taire plus d'une minute. Andri jouait à un jeu sur son téléphone, l'air concentré, ses doigts se déplaçant à toute vitesse sur l'écran. Laufey essayait de dompter les tremblements de son corps, mais c'était peine perdue.

Un sentiment d'irréalité s'était emparé d'elle lorsqu'elle avait baissé son fusil et observé Elma sur le sol du garage. Elle était sortie à reculons, le pas à la fois lourd et léger. Elle avait eu envie de s'enfuir en courant, mais elle avait pris le temps de bien verrouiller la porte – et il lui avait fallu une éternité pour insérer la clé dans la serrure.

Après cela, elle avait réservé des places sur le vol suivant, avait fini de faire ses bagages, puis elle avait dit à ses enfants de monter dans la voiture sans tarder. Tout ce processus avait dû lui prendre une heure à peine, et c'était comme si son corps était en pilote automatique, car elle ne parvenait à penser à rien d'autre qu'à ce qu'elle avait fait. Elle qui avait tout planifié si soigneusement. La situation ne pouvait pas lui échapper maintenant, à cause d'une seule personne qui en savait trop. C'était hors de question.

Laufey consulta l'heure. L'avion partait deux heures plus tard, et ils étaient presque arrivés à l'aéroport. Elle se demanda combien de temps elle mettrait à se sentir de nouveau elle-même, quand le monde cesserait de lui sembler si absurde.

Regardant Andri, elle vit comme toujours le petit garçon qu'il était autrefois. Ses cheveux blonds, ses petites mains, son visage sévère qui s'illuminait dès qu'il avait le ballon au pied.

Il n'était plus le même, elle en avait bien conscience.

C'était un adulte, et son petit garçon ne reviendrait jamais. Cela l'emplissait d'une certaine nostalgie, ce qui était stupide, car Andri était encore là. Juste à côté d'elle. Et elle voulait évidemment que ses enfants grandissent et mûrissent.

Elle repensa à la nuit où elle avait mis le feu. Andri était rentré juste au moment où Óskar et Harpa s'en allaient. Il avait filé tout droit vers son garage sans même leur accorder un regard. Elle avait senti que quelque chose n'allait pas. Après leur départ, elle était allée frapper à sa porte et l'avait trouvé en état de choc. C'est là qu'il lui avait tout raconté. Il avait agi sans réfléchir, le regrettant immédiatement. Et il l'avait suppliée de l'aider. Il tenait encore la clé de chez Marinó dans sa main, avait ressenti l'étrange besoin de refermer derrière lui lorsqu'il avait quitté les lieux.

Laufey lui avait pris la clé et dit d'aller se coucher. Après quoi elle était retournée dans la maison, avait servi à Unnar un verre dans lequel elle avait écrasé un somnifère, puis elle avait attendu qu'il s'endorme. Lorsqu'elle était entrée chez Finnur et Gerda, il régnait un silence de mort. Elle ne se rappelait plus si elle avait immédiatement trouvé la chambre, ou si elle avait dû la chercher. Elle se souvenait simplement d'être restée un moment debout à regarder le pauvre garçon étendu sur son lit pendant qu'elle essayait de rassembler son courage. Il ne lui avait fallu qu'une poignée de minutes pour verser l'essence par terre et l'embraser. Exactement comme à cet instant, elle avait la sensation de ne pas être tout à fait éveillée. De s'être dédoublée, comme extérieure à elle-même.

Le fait d'avoir beaucoup trop bu avait probablement aidé, mais elle ne pensait qu'à sauver Andri. Le mal était fait, elle devait simplement s'assurer que rien ne mettrait la police sur la piste de son fils.

Elle avait beau savoir que Marinó était déjà mort, elle s'était attendue à entendre un cri d'effroi derrière elle. Il n'était jamais venu. Elle n'avait perçu que le craquement du feu qui progressait à toute vitesse, la forçant à s'échapper sans tarder.

– Andri.

– Hmm.

Il ne leva pas les yeux. Ses doigts continuaient de pianoter sur l'écran de son téléphone. Laufey remarqua qu'il jouait à un jeu de football. Elle déglutit. Elle avait tant de questions, mais n'osait pas les lui poser. Craignait-elle ses réponses ?

– Tu sais que nous devons partir ailleurs ? dit-elle après un bref instant.

– Oui, je sais.

– Et que tu ne vas pas pouvoir jouer avec cette nouvelle équipe.

– Je m'en fiche, répondit-il en la regardant enfin. Je me fous de l'équipe et du foot. Je veux juste partir.

Elma avait toujours été impulsive. Si une idée lui traversait l'esprit, elle la mettait généralement en application sans réfléchir aux éventuelles conséquences. Sævar avait fini par s'en rendre compte, lui qui la connaissait depuis maintenant deux ans. Il ne s'agissait pas seulement de leur voyage à Tenerife, cela se manifestait dans tout un tas de petits moments de la vie quotidienne, dans la cuisine ou les travaux, comme la fois où elle avait percé un rebord de fenêtre et brisé la vitre, ou celle où elle avait recouvert sans aucune préparation un carrelage avec une peinture de mauvaise qualité qui s'était effritée au bout de quelques jours.

Il lui arrivait aussi de se montrer imprudente au travail, de laisser sa curiosité la mener à des situations délicates. Elle n'avertissait pas toujours ses collègues lorsqu'elle allait rencontrer des gens. Elle se laissait constamment guider par son intuition, et Sævar avait souvent dû lui rappeler qu'elle n'était pas l'héroïne d'une série télévisée ou d'un polar. Ils avaient des règles à suivre afin d'assurer leur sécurité.

Les mots qu'elle avait prononcés la veille au soir l'avaient hanté toute la journée. Il ne s'agissait que d'un petit commentaire, rien qui ne lui avait semblé mériter plus d'attention sur le moment. Elma pensait que le fait qu'Andri sache que Lise était enceinte devait signifier quelque chose, étant donné que l'information n'avait pas encore été divulguée. Personne ne savait que le coup mortel avait été porté au moins vingt-quatre heures avant sa mort, et à leur connaissance, seul Unnar était au courant de sa grossesse.

Mais visiblement, Andri savait, ce qui voulait dire qu'il leur avait menti. Il avait agi comme si Lise et lui n'étaient pas particulièrement proches, et n'avait jamais évoqué le fait qu'elle attendait un enfant de son père. D'après Sævar, il devait plutôt en avoir honte, ou bien il voulait protéger son père. Il y avait forcément une explication à cet oubli, quelle qu'elle soit. Mais Sævar n'était pas certain qu'Elma soit de son avis, et après avoir tourné en rond chez lui pendant une heure, il décida d'aller jeter un coup d'œil chez Laufey et Unnar.

La première chose qu'il vit fut la voiture d'Elma, garée sur le trottoir d'en face. D'abord soulagé, il éprouva rapidement une certaine inquiétude. Il était clair que la maison était vide. Pas de véhicule dans l'allée, toutes lumières éteintes. Il se dirigea néanmoins vers la porte d'entrée et frappa. De petits coups pour commencer, puis de plus en plus fort, jusqu'à en avoir mal à la main.

Tandis que son corps se couvrait d'une sueur froide, il s'efforça de réfléchir de manière rationnelle. Si la voiture d'Elma était là, elle devait être venue dans le but de voir Andri. Où était-il, dans ce cas ?

Sævar s'approcha du garage, où la chambre du jeune homme avait été aménagée. Il frappa là aussi à la porte puis, sans attendre, alla jeter un coup d'œil par la fenêtre. À l'intérieur, tout était en désordre. Un tas de vêtements sur le lit, de la vaisselle sur le bureau. Sævar essaya de nouveau de téléphoner à Elma, et sans surprise, il tomba sur son répondeur. Il s'immisça dans le jardin et regarda par toutes les fenêtres. Les rideaux étaient tirés devant ce qui devait être la chambre parentale, mais il put voir celles des deux petites. L'une était une chambre typique de fillette, avec sa coiffeuse et ses tas de poupées, tandis que l'autre semblait plus mature, avec son bureau, ses livres et ses crayons de couleur. Lorsqu'il atteignit la terrasse, il vit le voisin jeter un regard méfiant dans sa direction. Il devait avoir l'air d'un cambrioleur, à inspecter toutes les fenêtres de la sorte. En tant qu'inspecteur, il ne portait jamais l'uniforme, et pouvait comprendre les inquiétudes du pauvre homme.

Mais c'était sans importance. Se concentrant à nouveau, il évalua tout ce qu'il venait de voir. Tout suggérait que la famille n'était sortie que pour une courte durée, qu'ils allaient bientôt revenir : la vaisselle sur les tables, les vêtements et les jouets éparpillés par terre. Cependant, il était bientôt dix-neuf heures, et il n'y avait personne. Sans parler de la voiture d'Elma. Elle devait bien se trouver quelque part ici. Il se demanda si elle connaissait quelqu'un d'autre dans cette rue. Peut-être que tout ça n'était qu'un malentendu ? Non, impossible.

Elle ne disparaîtrait jamais aussi longtemps sans le prévenir. Bien sûr, elle ne lui devait aucune explication, mais cela ne lui ressemblait pas.

Abandonnant toute raison, il testa la poignée de la porte-fenêtre. Elle était fermée, néanmoins il pouvait sans doute la faire céder en forçant. Le voisin qui s'inquiétait un peu avant était sûrement en train de contacter la police. La porte lui résistait ; Sævar laissa échapper un juron et se gratta la tête.

Peut-être devrait-il appeler la famille ? Il commença par Laufey, tomba sur le répondeur. Puis Andri, qui raccrocha après deux sonneries. Lorsque Sævar voulut rappeler, il tomba directement sur la messagerie.

Son cœur cognait contre sa poitrine au moment où il rangea son téléphone dans sa poche. Se mordant la lèvre, il se demanda quoi faire. Il ne pouvait quand même pas entrer par effraction ? Saisissant la poignée de la porte-fenêtre, il jeta un coup d'œil à la maison voisine. L'homme le regardait en parlant au téléphone.

L'épaule en avant, il prit un élan de quelques pas et se jeta de toutes ses forces sur la porte.

Le cadre céda et, trébuchant sur le seuil, Sævar parvint de justesse à garder l'équilibre. Il regarda partout autour de lui.

– Elma ! lança-t-il.

Pas de réponse.

Bientôt, ses collègues arriveraient et l'interrogeraient. Comment expliquer ce qu'il était en train de faire ? Il explora la maison à toute vitesse, ouvrant les portes et criant le nom d'Elma. Dans la chambre des parents, des vêtements étaient empilés sur le lit, comme chez Andri. Visiblement, la famille était partie dans la précipitation.

Sævar passa une main dans ses cheveux et réfléchit.

Il regarda par la fenêtre, et se rendit compte qu'il n'avait plus qu'un endroit à vérifier.

L'armoire à clés de l'entrée contenait tout un tas de trousseaux. Sævar les prit tous et ressortit.

Il frappa sur la porte du garage et hurla le nom d'Elma. Inspectant les clés dans ses mains, il essaya de reconnaître celle qui pourrait correspondre à la serrure.

La première n'était pas la bonne, ni la deuxième. Lorsqu'il enfonça la troisième, il parvint à la tourner sans effort. Du coin de l'œil, il aperçut une voiture de police qui se garait devant la maison, mais ne prit même pas la peine d'aller expliquer la situation à ses collègues. Il actionna l'interrupteur.

C'est là qu'il vit Elma.

– Sævar ! lança une voix à l'extérieur du garage. Sævar, bon sang, qu'est-ce que tu fais ?

Il reconnut Kári, mais ne répondit pas. Sa seule préoccupation, c'était Elma.

Elle était allongée contre le mur, et Sævar eut un choc en voyant son visage. D'une pâleur presque grise, maladive. Ses mains étaient attachées à une étagère murale en acier surchargée de cartons.

– Elma.

Il se pencha en avant et lui caressa les cheveux. Elle avait les poignets liés avec une fine cordelette qui bloquait visiblement la circulation de son sang.

– Que s'est-il passé, Elma ?

Elle toussa et grimaça.

– Tu veux bien… ?

– Te détacher ?

– Je ne sens plus… je ne sens plus mes mains.

Sævar essaya de défaire les nœuds, mais ils étaient trop serrés.

– Que s'est-il passé ? C'était Andri ?

– Oui, Andri, balbutia Elma. Et Laufey.

– Kári ! lança Sævar sans se retourner. Appelle des renforts !

– C'est sûrement trop tard.

Elma grimaça de nouveau lorsqu'il parvint à desserrer un nœud. Elle n'avait finalement peut-être pas perdu toute sensation.

– Ils devaient prendre l'avion aujourd'hui, ajouta-t-elle. Je suis là depuis ce matin. Il est quelle heure ?

– Presque dix-neuf heures.

– Dix-neuf heures…, répéta Elma en déglutissant. Alors ils sont partis.

Kári était ressorti du garage, ils l'entendaient parler au téléphone.

– Où ça ? Où comptaient-ils aller ? demanda Sævar en observant les alentours à la recherche d'un couteau ou d'un autre objet suffisamment pointu pour couper la cordelette.

– Je ne sais pas, répondit Elma d'une voix basse et rauque. À l'étranger, en tout cas.

Apercevant une caisse à outils, Sævar l'ouvrit et trouva un cutter qu'il glissa sous ses liens. Lorsqu'ils cédèrent enfin, Elma poussa un soupir de soulagement. Elle se massa les mains, l'air épuisé. Soudain, Sævar se contrefichait de Laufey et d'Andri, il voulait juste l'emmener loin d'ici.

– Ça va aller ? lui demanda-t-il.

– Je…

Elma sourit, d'un sourire qui semblait pouvoir céder la place aux larmes d'une seconde à l'autre.

– Elle comptait me tirer dessus. Elle avait un fusil, et elle le pointait sur moi, le doigt sur la détente. Je croyais que c'était fini pour moi.

– Que s'est-il passé ?

– Laufey a tout avoué. Andri croyait avoir tué Lise, et Marinó l'a aidé à cacher le corps. Après ça, Marinó voulait prévenir la police, alors Andri l'a tué, et c'est Laufey qui a mis le feu à la maison.

Kári revint dans le garage.

– L'ambulance est arrivée.

– L'ambulance ? fit Elma en essayant de se lever. Je n'ai pas besoin d'une ambulance. J'ai juste un peu la tête qui tourne, mais à part ça…

Sævar la retint avant qu'elle tombe.

– Elma…

– Je vais très bien, insista-t-elle en s'efforçant de maintenir son équilibre. J'ai juste très soif, et faim, c'est tout.

– Dans ce cas, on va te donner à boire et à manger. À l'hôpital, ajouta Sævar avec un sourire en l'accompagnant vers la porte.

Octobre 2019

Laufey regarda par la fenêtre. Cela avait beau être un quartier calme, de nombreux passants déambulaient dans la rue. Ici, les gens étaient différents, personne ne se mêlait de ce que faisaient les autres. Chacun pensait à soi, impossible de faire autrement dans une telle foule. La population était extrêmement variée. Sortir avec les filles était à chaque fois une nouvelle expérience. Voir ces rues si vivantes, ce monde si vibrant tout autour d'elles constituait une aventure à leurs yeux.

Lorsqu'elle leur avait annoncé qu'elles pouvaient se choisir un nouveau nom et qu'elles auraient bientôt un chien, c'était comme si Noël était arrivé en avance. Une joie incontrôlée s'était emparée d'elles. Il y avait bien des manières de disparaître et, moyennant le bon montant, nombreux étaient ceux qui étaient prêts à aider. Le premier jour représentait le plus grand danger. Ils avaient quitté l'Islande avec leurs propres passeports, les autorités pouvaient donc facilement découvrir qu'ils avaient atterri en France. Il fallait garder un bon train d'avance, ce qui avait été leur cas. Ce n'était que plusieurs heures après leur atterrissage que Laufey avait vu leurs noms apparaître dans les médias islandais. Quelques minutes plus tard, elle avait donné son téléphone et celui d'Andri à une famille sans abri qui vivait dans une ruelle.

Ensuite, ils avaient pris un train. Incapable de fermer l'œil tandis qu'ils filaient à travers les ténèbres, elle avait contemplé ses trois beaux enfants, priant pour qu'il ne leur arrive rien de mal. Pour que tout s'arrange. Lorsqu'ils étaient descendus du wagon après un périple de huit heures, un soleil chaud et l'odeur de la mer les avaient accueillis. Enfin, Laufey s'était sentie en sécurité.

Elle repensa à ce dîner qu'ils avaient organisé, elle et Unnar, et à la manière dont une nuit avait suffi à tout bouleverser. Lorsqu'elle avait vu son mari et Harpa s'embrasser dans le jardin, quelque chose s'était brisé en elle. Pendant des années, elle s'était convaincue que son mariage s'améliorerait si elle n'était pas stressée en permanence. Mais ce soir-là, devant ce baiser échangé dans la pénombre, elle s'était mise à rire tant la situation lui paraissait ridicule. Puis le rire avait cédé la place à l'humiliation. Se refaisant le film de sa vie conjugale, elle avait pris conscience de sa naïveté, de sa soumission. Et dans la pénombre de la cuisine, son visage était devenu écarlate, brûlant de honte. Elle avait vu Unnar saisir la poitrine de Harpa, puis sa main descendre. Elle avait vu l'intensité, la passion de leur étreinte, qui n'avait pris fin que lorsque la pluie s'était mise à tomber à verse. Elle s'était forcée à bien regarder, craignant de commencer à lui trouver des excuses si elle baissait les yeux, comme elle l'avait si longtemps fait.

– Maman.

Laufey se tourna vers Andri.

– Oui, mon chéri ?

– Je sors jouer un peu au ballon.

– Tu veux bien emmener tes sœurs ?

– Pas de problème.

Il sourit et appela les deux petites filles qui accoururent.

Laufey les observa tandis qu'ils rejoignaient le terrain de foot à quelques mètres. Andri était si séduisant, et surtout si gentil. Depuis leur arrivée, il s'était toujours assuré que ses petites sœurs ne s'ennuient pas. Il était sorti avec elles, avait inventé toutes sortes de jeux, laissant ainsi le temps à sa mère de bien les installer dans ce nouvel appartement. De lui donner l'allure d'un véritable foyer. Elle ignorait ce qu'il adviendrait ensuite, mais elle savait que tôt ou tard, elle devrait prendre une décision pour leur avenir.

En attendant, elle était heureuse ici, en sécurité, avec ses enfants.

Communiqué de presse
03/11/2019

La police a arrêté cette nuit la femme suspectée d'avoir provoqué l'incendie du 15 septembre dernier à Akranes. Elle avait fui le pays avec son fils et ses deux filles en septembre. Ces dernières ont été confiées à leur père.

La femme s'est rendue dès son arrivée à l'aéroport de Keflavík. Elle a été placée en garde à vue pendant que l'enquête suit son cours.

Son fils, Andri Unnarsson, est toujours recherché. Quiconque estime détenir des informations à son sujet est prié de bien vouloir prendre contact avec les autorités.

Novembre 2019

Sa mère ne répondait toujours pas. Sonja essaya de nouveau de l'appeler – cela devait bien faire vingt fois. Elle allait et venait nerveusement dans l'appartement. Jóel dormait, et elle avait fait le ménage de fond en comble, simplement parce qu'elle ne pouvait pas rester les bras croisés. Depuis qu'elle avait appris le retour de Laufey en Islande, elle ne pensait plus qu'à ça. Parce que Laufey devait savoir où Andri se cachait, et elle avait impérativement besoin de le contacter.

C'est alors que l'interphone sonna. Elle reconnut immédiatement la voix du policier et le laissa entrer.

– Bonjour, lui dit-il lorsqu'elle ouvrit la porte de son appartement. Je suis Sævar, et voici Elma. Nous nous sommes rencontrés il y a quelque temps.

– Oui, je me souviens.

Sonja essaya de maîtriser le tremblement dans sa voix. Que faisait la police chez elle ?

– Il y a un endroit où on pourrait s'asseoir ? demanda Elma.

Son ventre s'était considérablement arrondi depuis sa dernière visite, il ne faisait aucun doute qu'elle était enceinte.

– On peut aller dans le salon.

– Vous avez vu les informations ? Laufey, la mère

d'Andri, s'est rendue, lança Sævar sur le ton d'une simple conversation.

– Oui, acquiesça Sonja. Oui, j'ai vu.

– Andri est en chemin aussi, ajouta Sævar.

Le cœur de Sonja s'emballa, et elle sentit son visage pâlir.

– Vraiment ?

– Oui. Son avion doit atterrir ce soir.

Elle garda le silence, consciente qu'ils n'étaient pas seulement venus pour lui annoncer le retour d'Andri. Elle avait un mauvais pressentiment.

– Nous nous sommes déjà entretenus avec lui, reprit Sævar. Et il avait une histoire tout à fait intéressante à nous raconter. D'après lui, c'est vous qui avez mis des somnifères dans le cocktail de Marinó, et Andri l'ignorait. Il nous a dit que vous étiez allés chez votre ami ce samedi soir 14 septembre pour déterminer la façon dont vous alliez vous débarrasser du corps de Lise Ragnarsdóttir Visser, qui était morte le week-end précédent.

Sonja essaya d'envoyer un message télépathique à Jóel pour qu'il se réveille. Elle avait besoin d'une excuse pour sortir de la pièce un instant, besoin de reprendre le contrôle de ses pensées afin d'élaborer une histoire plausible.

– Marinó voulait avouer, mais vous deux, vous vous y opposiez, c'est bien ça ? dit Sævar, puis, sans attendre la réponse : D'après Andri, vous êtes allée dans la cuisine et vous avez préparé des cocktails pour tout le monde, mais il ne savait pas que vous aviez empoisonné celui de Marinó, il ne l'a découvert que trop tard.

– Non, fit Sonja en secouant la tête. Non, c'est un mensonge. Je ne sais pas pourquoi Andri vous a raconté une chose pareille. J'imagine qu'il a peur d'aller en prison.

– Avant de venir vous voir, nous avons rendu visite à votre mère, intervint Elma, prenant le relais de son collègue. Elle était très surprise lorsque nous lui avons demandé si des médicaments avaient disparu de son placard à pharmacie ces derniers mois, car il s'avère que son stock entier de somnifères s'est évaporé le week-end où Marinó a été assassiné.

– Vous êtes allés voir ma mère ?

Sa voix n'était plus qu'un murmure. Pourquoi sa mère ne l'avait-elle pas avertie ? C'était la seule personne au monde qui l'avait toujours soutenue, et maintenant, elle la trahissait à son tour, comme les autres. Ísak, son père, Andri.

– Sonja, dit Elma, avec une douceur qui lui serra le cœur.

– Je l'ai fait pour Andri, lâcha-t-elle dans un sanglot.

– Très bien, Sonja. Nous devons vous emmener au poste pour prendre votre déposition. Vous avez droit à l'assistance d'un avocat.

– Et Jóel ?

– Nous allons attendre que votre mère arrive, répondit Elma, toujours avec la même gentillesse.

À présent un peu plus calme, Sonja sourit à travers ses larmes.

Septembre 2019

Lorsque Andri se réveilla, sa langue était collée à son palais, aussi sèche que du papier. Il se sentait toujours ivre. L'espace d'un instant, il ne parvint pas à déterminer où il se trouvait, puis il jeta un coup d'œil trouble autour de lui et distingua la silhouette de Lise à côté de lui dans le lit. Visiblement, elle aussi s'était endormie, allongée sur le dos, son visage tourné vers lui.

Il la fixa, essayant vainement de se remémorer ce qui s'était passé. À travers le brouillard de l'alcool, des fragments de conversation lui revinrent. Lise, une fille de son âge, avait couché avec son père. Aussi fou et absurde que ce soit, ça ne l'étonnait pas de la part de son père – Andri avait souvent entendu des ragots à son sujet en ville. Mais coucher avec la jeune fille au pair et la mettre enceinte… voilà qui devait atteindre des records de stupidité.

Pris d'un haut-le-cœur, il sentit sa bouche se remplir de salive et déglutit. Lorsque la nausée passa enfin, il se demanda ce qu'il faisait dans le même lit que Lise.

Il tenta de se rappeler ce qui avait suivi la révélation, mais impossible de se souvenir comment il avait réagi. L'alcool avait fini par le faire tomber de fatigue, et cela semblait être son cas à elle aussi. Elle dormait très profondément, n'émettait pas un bruit. En fait, maintenant que ses yeux s'étaient habitués à la pénombre, il nota qu'elle était étonnamment immobile.

Se redressant sur son coude, il l'observa de plus près. Était-ce normal ? Sa cage thoracique ne bougeait pas du tout, et il ne l'entendait pas respirer en dépit du silence total dans la chambre.

Il toucha son bras. Elle était froide. Pas glaciale, mais plus froide que lui. Il approcha un doigt timide de son nez, s'attendant à percevoir un filet d'air chaud, mais rien.

La panique s'empara de lui et sa propre respiration se fit rauque. Sentant les coins durs de son téléphone dans sa poche, il le sortit, alluma la lampe torche d'une main tremblante et l'éclaira. Sa tête était tournée vers lui, mais ses yeux n'étaient pas fermés comme il s'y attendait : ils étaient à demi ouverts et étrangement ternes. Un hurlement quitta ses lèvres. On aurait dit qu'il venait de quelqu'un d'autre. Pas de lui.

Presque instantanément, la porte s'ouvrit et Sonja apparut.

– Qu'est-ce qui t'arrive ? demanda-t-elle, son regard allant de lui à la silhouette immobile sur le lit.

– Je… Je ne sais pas…

Les mots restaient coincés dans sa gorge.

– Que s'est-il passé ?

Andri demeura paralysé, essayant de rassembler les pièces du puzzle. Qu'avait-il fait ? Il se souvenait que Lise l'avait rejeté, il se rappelait la douleur qu'il avait éprouvée. Cette douleur qui s'était ensuite transformée en fureur lorsqu'elle lui avait expliqué la raison. Après ça, c'était le noir.

– Qu'est-ce qu'elle a, Lise ?

Sonja alluma le plafonnier, et soudain tout devint net : le regard blafard de Lise, son corps complètement figé. Sonja ne manifesta aucune émotion. Sa seule réaction fut de tourner de nouveau la tête vers lui, l'expression indéchiffrable.

– Je ne sais pas ce qui s'est passé, dit Andri lorsqu'il retrouva enfin l'usage de la parole. Elle était dans cet état quand je me suis réveillé. Je ne lui ai rien fait. Elle était juste… juste allongée comme ça.

– Elle est morte ? demanda Sonja en s'approchant du lit et en l'examinant.

Andri ne pouvait voir son visage. Il répéta qu'il n'y était pour rien, peut-être pour se convaincre lui-même plus que son amie. Il était presque certain d'être incapable d'avoir fait du mal à Lise, pourtant la réalité semblait le narguer. Car elle gisait là, indéniablement morte.

Lorsque Sonja lui fit face, elle paraissait incroyablement calme.

– Vous avez couché ensemble ? demanda-t-elle.

– Non, s'empressa-t-il de répondre, car il en était sûr – il se souvenait d'à peu près tout jusqu'à sa révélation, et jamais il n'aurait pu coucher avec elle après.

– Vraiment ? insista Sonja.

– Oui, il ne s'est rien passé entre nous.

Cette question était étrange. Lise était morte, et c'était tout ce qui intéressait Sonja ? Il avait bien conscience qu'elle avait le béguin pour lui, mais c'était hors sujet à cet instant.

Il se rendit alors compte de ce qui avait dû arriver.

– Lise était enceinte, balbutia-t-il. Elle a dû… elle a dû perdre le bébé.

Il éprouva un soudain soulagement. Oui, c'était la seule explication. Il n'était pour rien dans sa mort : quelque chose était arrivé au bébé, et elle n'avait pas survécu.

– Enceinte ? répéta Sonja en fronçant les sourcils. Qui était le père ?

– Pas moi, répondit Andri avec précipitation.

– Qui, alors ?

Andri hésita avant de bafouiller qu'il ne savait pas.

Sonja plissa les yeux.

– Elle a d'énormes bleus sur les bras.

Andri reporta son regard vers Lise et, dans la lumière jaune vif du plafonnier, il vit les traces sombres qu'il n'avait pas remarquées auparavant. Un besoin irrépressible de disparaître, de prétendre qu'il n'avait jamais été là s'empara de lui.

Sonja inspira profondément.

– Il faut qu'on appelle les secours.

– On ne ferait pas mieux de partir ?

– De partir ? Pourquoi ? Tu n'as rien fait… c'est sûr ?

– Oui, dit-il d'une voix étranglée par le désespoir.

Il n'était pas convaincant. Parce que, en vérité, il n'avait aucune idée de ce qui s'était passé. Mais une fois que des personnes extérieures seraient mêlées à cette histoire, les dés seraient jetés. Il s'était réveillé à côté d'une fille morte qui avait probablement fait une fausse couche et qui, en outre, avait de vilaines ecchymoses sur les bras. Son ADN serait retrouvé sur le lit et sur le corps de Lise. Peut-être même en elle, même s'il n'y croyait pas du tout. Tout le monde se ficherait de savoir s'il se souvenait ou pas de ce qui était arrivé.

Andri en était malade. Il visualisa sa mère, ses petites sœurs, ses amis et coéquipiers. Ce serait la fin de tout : ses rêves d'une carrière de footballeur, de partir vivre à l'étranger, de devenir quelqu'un. De faire la fierté de tous. Quel que soit le verdict, il suffisait d'être associé à une affaire comme celle-ci pour que toutes les portes se ferment sur votre passage.

– Sonja, gronda-t-il. Ça craint. Putain, ça craint à mort…

Elle resta silencieuse.

– Est-ce qu'on peut… ? commença-t-il avant de s'interrompre.

Que comptait-il demander exactement ? Que voulait-il faire ? Son désir le plus cher était de disparaître, mais c'était impossible.

Alors il y avait une autre option : faire disparaître Lise.

Il repensa à la soirée de la veille. Ses parents croyaient qu'elle s'apprêtait à repartir à Amsterdam. Elle lui avait dit qu'elle comptait prendre un billet d'avion. Personne ne s'interrogerait si on ne la revoyait plus à Akranes, et ce n'était pas comme si elle avait encore beaucoup de proches aux Pays-Bas. Pas de parents ni de famille pour s'inquiéter de sa disparition et alerter la police.

– Donc tu ne veux pas que j'appelle les secours ? demanda Sonja.

– Je ne sais pas, répondit-il. Il faut que tu me croies : je ne lui ai rien fait. Mais si la police arrive et voit ça… ça craint pour moi. Vraiment. Je perdrai tout.

– Où veux-tu en venir, Andri ?

Il déglutit, massant son front moite. Ses mains tremblaient, il avait la tête qui tournait à cause de l'alcool qu'il avait bu tout au long de la soirée, et cela lui obscurcissait l'esprit, l'empêchait de réfléchir.

– Là où je veux en venir, c'est que je ne suis pas prêt à tout perdre.

Il s'approcha d'elle et posa la main sur son épaule.

– Alors tu veux faire quoi ? murmura-t-elle, semblant soudain à bout de souffle.

– On peut peut-être la mettre ailleurs ? C'est si dingue que ça ? Je veux dire… Elle est morte, de toute façon, appeler la police n'y changera rien. Ça ne fera que nous attirer des ennuis.

– Oh, Andri… Je ne sais pas…, rétorqua Sonja, les yeux écarquillés.

– S'il te plaît Sonja, supplia-t-il en lui caressant les cheveux. Si on appelle les secours, ça va devenir un truc énorme qui impliquera la police et nos parents. Toute la ville parlera de nous. Ça va tourner en boucle dans les médias.

– Oui, mais… la police, ou un docteur qui l'examinera va forcément comprendre ce qui s'est passé, ils ne vont pas te juger coupable.

Andri grimaça, luttant pour essayer de réfléchir de manière rationnelle. Peut-être qu'il se faisait du souci pour rien. Peut-être que Lise était effectivement morte de manière accidentelle et qu'il était innocent. Bon sang, si seulement il pouvait se souvenir. Mais tout ce qui suivait l'instant où elle lui avait parlé de sa relation avec son père n'était qu'un immense trou noir. Il ne pouvait pas courir le risque d'alerter les secours. Il fallait qu'il réussisse à convaincre Sonja.

– Au final, ce qui est vraiment arrivé n'aura aucune importance. Tout ce qui comptera, c'est ce que les gens penseront. Tu ne vois donc pas l'image que ça donne de moi ?

Andri s'éclaircit la gorge ; sa voix était sur le point de se briser.

– Au football, il suffit d'être seulement mentionné dans une histoire comme celle-là pour que ta carrière soit foutue.

– Mais tu n'as rien fait ! protesta Sonja.

– Je sais, répondit Andri un peu trop brusquement.

La regardant dans les yeux, il ajouta d'un ton plus doux :

– Ça ne changera rien. On peut faire disparaître tout ça, Sonja. Ensemble.

Elle resta muette un instant, mais lorsqu'elle releva les yeux sur lui, il vit qu'elle était de son côté.

– OK, dit-elle avec un sourire hésitant. Si tu es sérieux quand tu dis qu'on le fera… ensemble.

Andri comprit immédiatement ce qu'elle sous-entendait et, conscient qu'il n'avait pas le choix, il acquiesça et ne broncha pas lorsqu'elle se précipita sur lui pour l'enlacer.

Un soudain mouvement sur le seuil de la chambre les força à se séparer. Marinó les observait, mais c'était comme s'il ne les voyait pas vraiment. Son regard se tourna ensuite vers le lit où gisait Lise et il vacilla, s'accrochant tant bien que mal au cadre de la porte.

Andri ne se rappelait pas avoir déjà vu son ami aussi ivre.

Durant ce qui sembla être une éternité, personne ne parla, mais lorsque Marinó perdit de nouveau l'équilibre, Sonja accourut pour le soutenir et l'aida à s'asseoir. Andri les observa tandis qu'elle lui expliquait ce qui s'était passé. Marinó se contentait de fixer le sol. Il luttait pour garder les yeux ouverts.

– Mais on ne peut pas la déplacer tout de suite. Tu comprends ? Hein ?

Sonja se pencha vers lui, essayant de le regarder dans les yeux. Il finit par relever la tête et acquiescer.

– On doit la laisser ici pendant deux, trois jours, le temps de trouver un meilleur endroit, juste par sécurité, poursuivit-elle. Tu as une idée d'où on peut la cacher ?

Le regard de Marinó se dirigea vers la fenêtre, et Sonja et Andri tournèrent tous deux la tête. Dehors, le ciel commençait à s'éclaircir, et ils voyaient suffisamment le jardin pour distinguer les contours d'un petit cabanon dans lequel Andri n'avait pas souvenir d'avoir un jour mis les pieds.

– Tu penses qu'on pourrait cacher Lise là-dedans ? demanda-t-il.

Marinó reporta son attention sur le corps qui gisait sur le lit.

– Qu'est-ce qui s'est passé ? marmonna-t-il, fronçant les sourcils pour essayer de se concentrer, le visage si blanc qu'Andri se demanda s'il n'allait pas être malade.

Réprimant sa propre nausée, il fut saisi d'un besoin incontrôlable d'en finir – afin de pouvoir rentrer se coucher et prétendre que cette nuit n'avait jamais eu lieu. S'agenouillant à côté du lit, il posa la main sur l'épaule de son ami.

– C'était un accident, Marinó, comme Sonja te l'a dit. Mais tu connais les gens, hein ? Ils ne comprendront pas, et ça va tout gâcher. S'il te plaît, je t'en supplie. Si tu nous dis où est la clé de ce cabanon, Sonja et moi allons nous occuper de ça. Toi, tu n'as qu'à aller t'allonger, OK ?

Impossible de savoir si Marinó avait vraiment écouté tout ce qu'il venait de lui dire, mais il hocha vaguement la tête avant de se hisser avec peine sur ses pieds. Il finit par réussir à leur expliquer que la clé du cabanon se trouvait dans l'armoire à clés de l'entrée, après quoi Andri l'aida à rejoindre sa chambre, où il s'effondra sur son lit.

Andri resta immobile quelques minutes, l'observant avec hésitation, se demandant s'il ne devait pas s'assurer que Marinó avait compris ce qu'ils lui avaient expliqué, et qu'il était bien d'accord pour suivre leur plan. C'est alors qu'il discerna un bruit métallique en provenance de l'entrée. Sonja avait déjà commencé à fouiller parmi les clés.

Il ferma les yeux un instant. Le sol lui semblait faire des vagues sous ses pieds. Lorsqu'il les rouvrit, il n'aurait su dire avec certitude s'il dormait ou s'il était éveillé. Il se pinça aussi fort que possible, mais ne sentit pas la moindre douleur.

Il ne ressentait rien du tout.

Novembre 2019

Jóel avait commencé à remuer, ce qui donna enfin une excuse à Sonja pour quitter la pièce. Dans la chambre, elle le prit dans ses bras et le serra fort contre elle, son cerveau tournant à toute vitesse.

Ses pensées la ramenèrent à l'instant où Andri l'avait enfin embrassée. Plus tôt dans la soirée, elle avait été si bouleversée et furieuse en le voyant disparaître dans cette chambre avec Lise. Elle était restée dehors à guetter et à se tourmenter, attendant de le voir ressortir.

Mais plus tard, il avait vu les sacrifices qu'elle était prête à faire pour lui. Elle n'avait pas hésité à l'aider à cacher le corps pour qu'il ne s'attire pas d'ennuis. Elle comprenait à quel point la situation était compromettante pour lui, et jamais elle n'avait songé qu'il pouvait être responsable de la mort de Lise. Elle le connaissait depuis suffisamment longtemps pour savoir qu'il n'était pas capable de faire du mal à qui que ce soit.

Une fois qu'Andri avait mis Marinó au lit, ils avaient transporté Lise jusqu'au cabanon et l'avaient camouflée sous les couvertures et bâches qui leur tombaient sous la main.

Les problèmes avaient commencé le lendemain, lorsque Marinó s'était réveillé sobre et horrifié par toute l'histoire. Une semaine plus tard, il se comportait comme s'il avait véritablement perdu la tête. Il ne cessait de marmonner à propos de ce qu'il avait fait, de ce *qu'ils avaient fait*. Terrifiée à l'idée qu'il puisse tout avouer, Sonja l'avait attiré dans une chambre, où elle avait tenté de détourner son attention en prétendant qu'Ísak s'était montré violent envers elle.

Mais en lui parlant, elle avait compris que Marinó n'était pas assez fort pour garder le secret. Que tôt ou tard, il finirait par cafter. Alors elle était rentrée chez elle et avait élaboré un plan.

Le lendemain soir, elle était allée chercher Andri chez sa petite amie et ensemble, ils s'étaient rendus chez Marinó.

Une fois à l'intérieur, elle avait demandé à ce dernier si elle pouvait utiliser son ordinateur. Elle n'était pas peu fière de son idée : prétendant vérifier ses messages, elle avait créé un historique de recherches suspect pour mettre plus tard la police sur une fausse piste.

Après cela, elle avait proposé aux garçons de leur faire des cocktails, utilisant le même mixeur que Frída la veille au soir. Elle avait mélangé des framboises surgelées, de la vodka et du citron puis, dans le verre de Marinó, elle avait ajouté les somnifères volés à sa mère.

Elle l'avait observé tandis qu'il buvait son cocktail, sans rien soupçonner, ni perdre une seule goutte. Au bout de quelques minutes, il avait dit se sentir « bizarre » et avait commencé à somnoler. Il s'était couché et rapidement mis à émettre d'étranges râles.

Andri avait accouru pour l'aider, mais Sonja lui avait pris le bras pour l'arrêter.

C'est là qu'il avait compris ce qu'elle avait fait. Il était resté figé un instant tandis que Marinó perdait conscience. Puis, pris d'un spasme, Andri avait vomi par terre.

Lorsqu'il s'était remis, toujours dans un état de panique intense, il avait attrapé Sonja et ils avaient fui cette maison de malheur.

La mort de Marinó aurait dû avoir l'air d'un suicide. Mais à cause du vomi, la police allait finir par découvrir qu'Andri était présent, qu'il avait joué un rôle dans cette histoire. Lorsque Sonja l'avait quitté ce soir-là, il tremblait de tout son corps.

Le lendemain matin, à son réveil, elle avait appris la nouvelle de l'incendie.

Quelques jours plus tard, elle avait enfin avoué ses sentiments à Andri. Leur relation n'était pas passée à la vitesse supérieure depuis leur premier baiser, et elle avait clairement l'impression qu'il cherchait à l'éviter. Il n'avait toujours pas rompu avec Júlía, malgré tout ce que Sonja avait fait pour lui. Alors elle était allée le voir dans son garage, lui avait dit qu'elle l'aimait, qu'ils étaient dans le même bateau et qu'elle ne révélerait jamais leur secret à personne. Du moment qu'il l'aimait en retour.

Andri lui avait lancé un regard étrange, avant de lui rendre son baiser et de lui promettre de quitter sa petite amie, l'avertissant toutefois qu'ils devraient attendre un peu avant de se mettre en couple, pour éviter d'éveiller des soupçons. Sonja était d'accord. Incapable de lui faire confiance, elle était cependant revenue plusieurs fois jeter un œil chez lui pour s'assurer que Júlía n'était pas là.

Et maintenant, il l'avait trahie.

Jóel bâilla et se blottit contre son cou. Revenant à elle, Sonja le serra dans ses bras. Les deux policiers qui l'attendaient dans l'autre pièce n'avaient pas tant de preuves contre elle, seulement cette histoire de somnifères et le témoignage d'Andri. Elle pouvait toujours prétendre qu'il l'avait forcée à voler ces médicaments, qu'il l'avait menacée. Oui, elle inventerait une histoire, et ce serait sa parole contre celle d'Andri. Il ne s'en tirerait pas aussi facilement, pas si elle avait son mot à dire.

Sonja embrassa son fils sur la joue avant de le reposer dans son lit. Puis elle se pencha et lui murmura :

– Tout va bien se passer, ne t'inquiète pas. On va s'èn sortir.

Les Éditions Points s'engagent pour la protection de l'environnement et une production française responsable

Ce livre a été imprimé en France, sur un papier certifié issu de forêts gérées durablement, chez un imprimeur labellisé Imprim'Vert, marque créée en partenariat avec l'Agence de l'eau, l'ADEME (Agence de l'environnement et de la maîtrise de l'énergie) et l'UNIIC (Union nationale des industries de l'impression et de la communication).

La marque Imprim'Vert apporte trois garanties essentielles :

- La suppression totale de l'utilisation de produits toxiques
- La sécurisation des stockages de produits et de déchets dangereux
- La collecte et le traitement de produits dangereux

RÉALISATION : NORD COMPO À VILLENEUVE-D'ASCQ
IMPRESSION : CPI FRANCE
DÉPÔT LÉGAL : JANVIER 2024. N° 155103-7 (3060817)
IMPRIMÉ EN FRANCE